황야의 나반

황야의 나반

1판 1쇄 찍음 2016년 11월 9일
1판 1쇄 펴냄 2016년 11월 16일

지은이 | 윤희원
펴낸이 | 고운숙
펴낸곳 | 봄 미디어

기획·편집 | 김민지, 김자우, 홍주희

출판등록 | 2014년 08월 25일 (제387-2014-000040호)
주소 | 경기도 부천시 원미구 소향로17, 304(두성프라자)
영업부 | 070-5015-0818 편집부 | 070-5015-0817 팩스 | 032-712-2815
E-mail | bommedia@naver.com
소식창 | http://blog.naver.com/bommedia

값 9,000원

ISBN 979-11-5810-258-6 03810

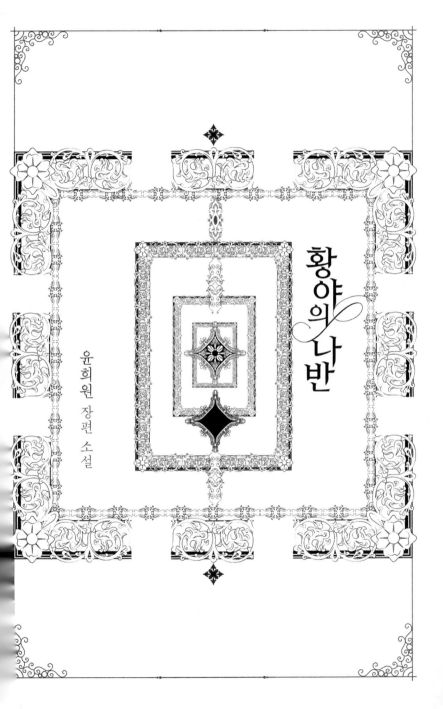

황야의 나반

윤희원 장편 소설

Contents

"힘을, 힘을 빼."

사내의 탄식 어린 속삭임이 어두운 방 안에 메아리처럼 울렸다.

미칠 듯한 열기는 사방으로 퍼져 가고 남녀의 육체에서 흐르는 진득한 욕망의 냄새가 구역질이 날 정도로 끝없이 새어 나왔다.

사내는 엎드린 여자의 머리끝을 잡아당겼다. 그리고 어떠한 준비도 없이 그대로 돌진해 강하게 움직였다.

"아파요!"

무작정 힘으로 밀어붙이니 여자의 몸뚱이가 앞으로 밀려나고 그럴수록 사내의 허리와 엉덩이에는 점점 힘이 들어갔다.

"제발⋯⋯."

여자는 울고 있었다. 머리채까지 잡힌 채 흔들리는 몸이 안쓰러울 정도였다.

그러나 사내는 개의치 않았다. 마치 승마라도 하듯 한 손으로는 여자의 머리카락을 잡아당기고 또 한 손은 제 허리에 얹은 채 엉덩이를 흔들어 대는 모양새가 한껏 정복감에 젖어 있었다.

허리 짓을 하던 사내는 여자의 허리를 잡고 짐짝마냥 일으켜 세우고는 다짜고짜 그녀의 얼굴을 제 중심부에 밀어 넣었다.

"읍. 읍……."

도리질을 해 보지만 역부족이었다. 여자의 뒷머리를 잡은 사내는 인정사정없었다.

그러기를 한참, 사내의 입에서 황홀경에 젖은 신음이 흘러나오고 여자는 지친 듯 뒤로 물러났다. 여자의 입가에는 허연 액체가 흘러내리고 있었다.

"전부 먹으라고. 특히 내 것은 몸에 좋다 알려지지 않았는가?"

농담처럼 내뱉으면서도 여인의 드러난 젖가슴을 양손으로 비틀어 잡는 사내. 그는 여자의 엉덩이를 소리가 나도록 크게 한 번 치고는 침상에서 내려와 의자에 놓인 가운을 걸쳤다.

"그래, 경애하는 동생아. 보기에는 어땠느냐."

그러자 두 사람만 있다고 여겼던 은밀한 곳에 놀라운 일이 펼쳐졌다.

화려한 침상 맞은편, 온통 금칠로 된 장식장 옆에 그림자처럼 한 사내가 서 있었다. 흡사 조각상 같은 그는 온통 검은색 일습이었다. 느릿하게 걸어 나온 사내의 얼굴에는 표정이 없었다.

"여자의 몸이란 근사한 것이지. 어떠한 노동 없이도 이 몸을 황홀하게 만들어 주니까."

"그러면 혼자 즐기시지, 관람객이 필요한 이유는? 황제 폐하."

놀리는 것도 그렇다고 달아오른 것도 아닌 덤덤한 태도의 사내. 그러자 황제라 불린 사내가 이를 드러내며 환하게 웃었다.

"누가 봐 주면 더 불타오르거든! 쾌락이 배가 된다 이 말이지."

여자와 격렬한 행위를 몇 번이나 즐긴 탓에 황제의 눈은 풀려 있었다.

그와는 반대로 지켜보는 사내의 눈빛은 냉철하기 그지없었다.

벽에 기대어 모든 행위를 전부 관람한 사내와 황제는 언뜻 봐도 분위기가 판이하게 달랐다. 그는 죽음의 사자처럼 거대했고, 긴 의자에 앉아 침상에 엎드린 여자의 엉덩이를 탐스러운 듯 바라보는 사내는 초라했다.

그 초라한 사내가 거대한 국가로 발돋움하며 세력을 넓히고 있는 세르안(Sereuan)의 황제 암포가(Amphoga)였다.

황제의 정사를 감정 없이 바라보던 사내는 감히 황제 앞에서 등을 돌렸다. 그러나 황제는 어떠한 반감도 없이 느긋한 시선으로 입술을 비죽거렸다.

"동생아, 가여운 내 동생아."

탄식하듯 중얼거린 황제의 목소리가 들리자 사내의 발걸음이 멈춰 섰다. 그 모습에 황제는 다시 이죽거렸다.

"그렇게 잘난 사내로 태어나서 육체의 쾌락을 모르다니. 검으로 살을 베어 내는 것보다 몇 천배는 더 황홀하다는 것을 언제 깨달을 것이냐?"

문으로 향하던 사내는 다시 몸을 돌려 황제를 노려보았다. 이번에는 상대를 죽일 듯한 눈빛이었다. 매섭기 짝이 없어 황제 역시도 순간 움찔했다. 뒷골이 서늘해지는 느낌. 황제는 저도 모르게 목덜미께로 손을 올려 이제는 흐릿하게 남은 상처 주변을 살살 쓸었다.

"오냐, 그래. 아직 멀었다 이거군. 출전을 앞두고 잡아 둬서 미안하다, 동생아. 그러나 이번 전투도 또다시 승전보가 울릴 테니 어떤 걱정도 없다. 그러니 맘껏 살육하고 오게나. 우리의 황제가 남기신 땅, 한껏 넓혀 보자고!"

황제는 또다시 이죽거리며 말을 내뱉고 침상으로 가 여자의 통통한 엉덩이를 도닥였다. 그의 말이 끝남과 동시에 멈춰 있던 사내는 문을 열고 나갔다.

황제는 이미 문을 열고 나간 사내는 안중에도 없는 듯 여자의 허리를 잡아채 다시 몸을 돌렸다. 어떠한 전희도 없이 이미 말라 버린 몸 안에 무작정 제 중심부를 밀어 넣었다.

"아악!"

여자가 비명을 지른다. 이번에는 황제의 눈빛이 찢어질 듯 사나워졌다.

"닥쳐라! 감히!"

자신에게서 등을 돌려 나간 사내의 눈빛을 생각하며 여자의 뺨을 올려붙였다, 몇 번이고.

그 탓에 이미 지친 여자는 뺨마저 벌게진 채 그대로 기절해 버렸다.

그러거나 말거나 여자의 몸을 타고 오르는 황제의 눈빛은 이미 흐리게 풀려 있었다. 한껏 허리 짓을 하면서도 잇새로는 사정없이 욕을 퍼부어 댔다.

"내가 황제다, 이 자식아. 아버지로부터 정당하게 받은 내 자리야. 오직 내 것이란 말이다!"

듣는 이 하나 없는 방 안에서 소리치던 황제는 단 한 가지만을 주시하고 있었다. 바로 거대한 황금빛 거울. 그리고 그 거울에는 원형으로 만든 펜던트가 반으로 조각난 채 걸려 있었다.

황제는 침대 맞은편, 정확히 황금빛 거울을 노려보며 여자와 이어진 자신의 몸을 자랑하듯 움직인다. 마치 세상 전부가 자신의 발아래에 있는 양 그의 표정은 거만하기 이를 데 없다.

기절한 여체의 움직임이란 참으로 미약한 것이었으나 상관

없었다. 오직 정복, 쾌락, 그리고 모든 것에 대한 상실.

"하아, 하아……."

이윽고 몇 번의 교성 끝에 황제는 몸에서 나온 액체를 늘어진 여자의 몸에다 뿜어 대기 시작했다.

✿ ✿ ✿

댕댕댕.

찬바람이 몰아치는 황폐한 땅. 장엄하게 울려 퍼지는 종소리는 무겁기 짝이 없다.

종소리에 놀란 듯 날개를 퍼덕이며 까맣게 날아다니는 독수리와 까마귀 떼들은 마치 서로를 견제하듯 한창 눈싸움 중이었다.

높은 종탑에서 시작된 종소리는 차가운 바람을 가르며 이미 몇 주에 걸친 전쟁으로 인해 쌓인 시체 더미와 비명을 지르며 도망치는 사람들 사이를 돌아다녔다. 한때 화려한 영광을 선보였던 땅덩이가 파괴와 살육으로 뒤덮여 사정없이 허물어졌다.

발악하듯 던지는 함성 소리와 살려 달라 애원하는 절규들이 가득한 지옥도. 그 한가운데에서 피 묻은 양검을 사정없이 휘두르는 사내는 그 어떠한 표정도 없었다.

퍽! 짓이겨지는 살덩이가 땅에 떨어지면서 난 둔탁한 소리는 종소리와 함께 어우러졌다.

"아악! 살려, 살려 주시오."

"제발, 목숨만은…… 윽!"

남들보다 어깨 하나가 더 큰 사내는 팔과 다리를 온전히 보호하는 갑옷은커녕 가슴께를 덮고 있는 질긴 가죽 하나가 몸에 걸친 전부였다.

그마저도 피와 먼지로 얼룩져 있다. 무척이나 짧게 잘려 있는 머리칼은 투구조차 쓰지 않아 날카로운 안광과 함께 도드라져 보였다.

무감정으로 점철된 분위기가 온통 암흑으로 대변되어 검은 그림자처럼 에워싸고 있는 사내. 태초부터 희로애락은 존재하지 않는 피조물처럼 살벌하기만 했다.

"제발, 너른 아량을 베푸시어……."

이미 오랜 시간 굶주림에 허덕여 쇠약해진 이 땅의 군사들은 사내를 당해 낼 힘이 없었다. 그러나 그들은 도망조차 갈 수가 없었다. 바로 지옥귀(地獄鬼) 같은 사내에게 고스란히 제 목숨을 내놓아야 하기에.

"죽어."

사내는 자비는커녕 용납할 수 없다는 눈빛으로 애원하는 이들을 향해 검을 사정없이 내려쳤다.

"으윽…… 지옥에나 떨어져라."

목이 잘리면서도 마지막까지 발악하며 쓰러졌다. 사내는 붉은 핏물에 젖은 채 피식 웃었다.

"이미 여기가 지옥인 것을."

사내는 감정 하나 남아 있지 않는 말투로 툭 내뱉고는 목 잘린 몸뚱이를 발로 밀어 버렸다.

그와 동시에 묵직한 종소리를 뒤덮을 정도로 쨍한 나팔소리가 울려 퍼지니 곧 수십의 군병들이 낡은 깃발을 휘두르며 사내에게 달려왔다.

제일 먼저 말에서 내린 군병은 머리에 쓰고 있던 투구를 벗어 옆구리에 꼈다. 그리고 피 묻은 검을 시체 옷자락에 닦고 있는 사내를 향해 한쪽 무릎을 꿇었다.

"사이프리드 장군님!"

장군이라 불린 사내, 파르지팔 사이프리드(Parsifal Seyfried). 일명 블랙 루카라 불리는 그는 전장에서 엄청난 활약을 보여 주고 있었다.

일병 대대보다 더한 성과를 이루는 사내. 일개 마을 하나가 장군 한 명으로 인해 초토화되었다 했다.

그가 지나간 자리마다 핏물이 흥건해 결코 살아남는 자가 없다고 할 정도였다. 그렇기에 그가 나타나는 전장마다 차마 눈뜨고 볼 수 없는 지옥도가 펼쳐졌다.

그 덕분에 세르안의 황제 암포가는 엄청난 속도로 땅덩이를 늘릴 수 있었다.

게다가 그는 뛰어난 전사이기 이전에 황제의 하나뿐인 동생이었다. 그러나 스스로 황실에 크게 적을 두지 않음을 침묵으로 강조하며 권력에 뜻이 없다고 밝히는 처지였다.

"곧 해가 저물 것이라 숙소를 마련했습니다."

자신을 둘러싸며 고개 숙이고 있는 군병들을 흘끔 본 루카는 차갑게 되물을 뿐이었다.

"결과는?"

"그게…… 신통치 않다는 기별입니다."

"웃기는군. 겨우 성 하나다. 그것도 이미 허물어져 가는. 그것 하나 함락하는 것이 뭐가 그렇게 어렵지?"

루카는 고개도 들지 못하는 군병들을 한심하게 바라보았다. 그의 얼굴에는 눈가에서부터 턱으로 이어진 긴 상처가 붉은 문신처럼 각인되어 꿈틀거렸다.

"그, 그러나 그곳의 영주는 오랜 세월 동안 마녀로 이름난……."

"닥쳐라!"

"윽!"

루카는 대답한 군병을 보지도 않고 검을 휘둘렀다. 날이 선 부분이 아닌데도 불구하고 지레 겁을 먹은 그들은 한 발짝 뒤로 물러났다.

"마녀 따위는 존재하지 않아. 쉬지 않고 진군한다."

"그래도 장군께서 휴식을……."

"오늘 안으로 브륀을 함락시킨다. 휴식은 그다음이야."

쉴 새 없이 전투에 임한 자는 그였다. 그렇기에 누구도 루카의 결정에 반박하지 못했다.

"준비하겠습니다."

그가 말한 바가 단 한 번도 달성되지 못한 적 없기에 그 자리에 있는 군병들은 고개 숙여 뜻을 따를 것을 알렸다. 루카는 준비된 흑마에 올랐다. 두 개의 검을 등에 얽어매고 멀리 종탑을 바라보았다. 이미 종소리는 지친 듯 힘없이 가라앉아 있었다.

"전군 출격!"

부대장 모랄트의 힘찬 외침에 맨 앞의 군병이 깃발을 흔들고 그 뒤에 도열해 있던 나팔수가 나팔을 불었다. 그것이 신호가 되어 멀리 있던 군병들까지 가세하니 그 수는 수백여 명. 루카의 직속 정예부대였다.

지친 기색 하나 없는 루카는 힘껏 말고삐를 잡아당기며 흑마의 옆구리를 박차고 날아오를 듯이 달려 나갔다. 그 뒤를 수십 개의 깃발이 따랐다. 그 뒤를 이어 말발굽 소리가 지진이라도 일어난 듯 요란히 땅으로 번졌다.

그들이 지나간 자리는 시체와 비릿한 피비린내로 가득했고 죽은 사체를 먹기 위해 다가온 검은 독수리와 까마귀들만이 음산한 소리를 지르며 축제를 벌일 준비를 하고 있었다.

정방형의 돌들을 깎아지른 듯 세워진 성채, 브뤼(Beurwin).

'위대한 에덴'이라 회자될 정도로 오래된 이곳은 사람의 손끝에서 지어졌지만 태초의 모습을 간직한 듯 신비감을 자아내는 지역이었다.

그 지역의 한가운데 화려하지는 않지만 수수하고 깊이 있는 성.

그러나 점점 세력이 무한해지고 있는 세르안과는 다소 떨어진 땅에다 작고 보잘 것 없는 지역, 특히 마녀의 성으로 불리는 브륀은 애초부터 관심 밖의 지역이었다.

그렇기에 세르안의 침략은 브륀으로서도 먼 나라의 일로만 여기고 있었다. 하지만 세르안의 막강한 부대가 주변을 초토화시켰고, 이제 멀지 않은 거리에 그들의 부대가 들어섰다는 흉흉한 소문이 현실로 다가오자 대부분의 사람들은 다른 곳으로 도망갔다.

악화 일로에 있던 브륀의 영주인 게일(Gaelic)은 너른 궁정 한편에서 성벽 건너편에 일어나는 먼지바람을 응시하고 있었다.

"여, 영주님. 그들이 곧장 이곳으로……."

사색이 된 채 안에 들어온 브륀의 궁정관 마예로(Mayero)는 등을 돌린 채 뒷짐을 지고 있는 게일을 소리쳐 불렀다.

"영주님!"

"압니다."

청아한 음색. 그러나 힘없이 들려오는 목소리는 이미 패배감이 짙게 깔려 있었다.

"얼른 몸을 피하셔야 합니다."

"괜찮습니다. 이미 대부분은 성을 빠져 나갔고 남은 주민들에게도 대피령을 내렸으니 이 땅에 남은 것이라고는 무너지려는 이 성과……."

말끝에 서글픔이 한가득 담겨 있었다. 그러나 꼿꼿한 의지처럼 고개만은 도도히 치켜들었다.

"이 모든 것은 나약한 저희들 탓, 부디 저희와 같이 이곳을 벗어나야 합니다. 그것만이 우리 브륀이 이어지는 길입니다. 영주님, 제발!"

절절한 심정의 궁정관은 게일에게 엎드려 빌기라도 할 태세로 함께 가기를 종용했다.

그러나 게일은 천천히 몸을 돌리며 궁정관의 늙은 손을 맞잡았다.

"이미 쇠락의 길로 접어든 지 오래입니다. 정해진 그것을 조금 앞당길 뿐, 저는 어디에도 갈 수가 없습니다. 아시지 않습니까."

"영주님!"

"저의 의무는 스스로를 희생하는 한이 있더라도 끝까지 이 땅을 지키는 것입니다. 설령 그것의 끝이 죽음뿐이더라도 말이지요."

담담하게 제 처지를 알리는 게일을 보며 궁정관은 안타까움을 감히 말로 전할 수 없었다. 게일 역시 제 마른 손을 움켜잡을 뿐이었다.

대대로 영주의 소임을 다하고 있는 가나베일 가문의 마지막 핏줄이었으며 이 땅의 마지막 주인인 그녀. 게일 쿤드리 가나베일(Gaelic kundeuri GhanaBale). 어떤 방법으로도 그녀를 도울 수가 없었다.

"어서 가세요."

게일은 단호하게 말을 내뱉었다. 궁정관은 고집을 꺾을 수 없음을 알기에 마지막으로 그녀에게 무릎을 꿇었다.

"영주님께 신의 가호가 함께하기를."

그녀의 손등에 입을 맞추어 예를 보인 뒤 자리에서 일어났다. 궁정관의 얼굴은 온통 눈물로 젖어 있었다. 게일은 맞잡았던 손을 풀었다.

아주 천천히, 무엇도 보이지 않는 장님처럼 게일은 더듬더듬 노회한 그의 어깨를 다독였다. 그녀의 눈가에는 검은 빛깔의 천이 칭칭 감겨 있었다.

"염려 마세요. 이미 모든 것은 예정된 것입니다. 저는 두렵지 않아요."

게일의 차분한 태도에 궁정관은 힘겹게 고개를 끄덕였다. 그러나 발걸음을 차마 떼지 못하니…….

"영주님, 절대 그들에게 눈을 보이시면 아니 됩니다. 만일 그들이……."

다시금 당부하는 말에 그의 충정을 느낀 게일은 슬픔을 내보이지 못한 채 고개 저었다.

"제가 마녀라 오해받을까 염려되십니까?"

궁정관은 멈칫했다. 그 모습이 눈에 보이는 듯해 눈가를 가리고 있는 게일은 희미하게 웃었다.

아무렇게나 묶여 있는 풍성한 흑발에 회색빛의 단순한 드레스만을 걸치고 있는데도 불구하고, 붉은 입술이 늘어지자 눈부신 살결에 생기가 도는 듯 매혹이 감돌았다. 그에 궁정관은 숨을 삼켰다.

"그래도 상관없습니다. 저들이 보기에 저는 마녀가 맞을지도 모르니까요."

"저들의 장군은 냉혹하기 짝이 없는 자입니다. 세르안의 황제에 버금갈 정도로 대단한 자라 합니다. 사지를 찢어 죽이는 것은 예사, 여인을 취하는 것도 짐승처럼 잔인하기가 이루 말할 수 없다 하니 만일 홀로 계신 영주님께 어떤 해라도 입힐까 그것이……."

"마예로."

게일이 궁정관의 이름을 불렀다. 더는 미진(微塵)하게 굴지 말라는 엄포였다.

길고 곧은 등을 꼿꼿이 세워 자세를 잡고 있는 모습에는 위엄이 서려 있었다.

그러나 한편으로는 소녀처럼 나약하기 짝이 없는 모습이었으니 그녀를 두고 차마 발걸음이 떨어지지가 않았다.

"내가 저들에게 당할 것 같습니까?"

"아닙니다. 다만……."

"마예로, 그들이 이미 가까이 왔습니다. 더는 지체하지 마세요. 이미 우리의 터전은 죽었습니다."

영주로서 그를 아끼는 마음이 고스란히 들어 있는 그녀의 재촉에 궁정관은 무거운 마음으로 물러났다. 그는 끝까지 당당하게 서 있는 게일의 모습을 눈에 새겼다.

태어나면서부터 이미 영주였던 그녀. 전통과 역사가 살아 숨 쉬는 작고 작은 이 땅에서 어린아이는 서서히 여인으로서 성장했다. 그 모든 것이 아스라이 스쳐 가는 듯 그의 눈빛이 회한에 젖었다.

게일 역시 다시금 너른 발코니 창으로 몸을 돌렸다. 어쩌면 성의 몰락일 수도 있는 지금, 그녀는 최후의 날까지 그 자리에 머물러 있을 것이다.

아아, 그 누구라도 그녀의 진실을 알게 된다면…… 궁정관은 차마 그녀의 마지막을 생각하지 않았다.

"부디, 영주님……."

믿음, 궁정관은 삶에 대한 무한함이 영주와 함께할 것이라 여겼다.

그가 숨겨진 비밀 통로를 재빠르게 빠져나와 먼지에 뒤덮여 있는 브륀 성을 바라보는 그 순간 그의 바람이 헛된 마음이었음을 느꼈다.

브륀의 성문이 처절하게 무너지고 있었으니, 바로 루카의 정예부대였다.

"안에는 쥐새끼 한 마리 보이지 않습니다!"

군병 하나가 소리쳤다. 그러자 루카가 손짓했고 수많은 군병들은 말에서 내려 사방으로 흩어졌다.

흑마 위에서 마치 말과 한 몸이 된 석상처럼 앞을 바라보던 루카의 눈이 날카롭게 빛나며 곳곳을 주시한다. 동그란 원석 위로 장엄하게 치솟았을 분수대는 이미 한쪽이 부서져 흙물만 쏟아 냈고 그 주변에 옹기종기 모여 있었을 나무와 화초들은 이미 뿌리 채 뽑혀 말라 가고 있었다.

"역시 아무도 없습니다. 텅 비었습니다, 장군님!"

곳곳에 흩어져 사방으로 정찰하던 군병들이 차례로 보고한다. 그들은 하나같이 아무도 없다며 입 모아 말했다. 그다지 화려하지 않은 성채이기는 하나 과거의 영광을 뒤로하고 성을 비웠다…….

자신들에 지레 겁을 먹은 것 치고는 조금은 괴이한 것이 사실. 그러나 루카는 어떠한 반응도 내보이지 않은 채 말에서 내렸다.

"오늘은 여기서 휴식을 취한다. 혹시 모를 것에 대비해 경계를 늦추지 말 것."

"명심하겠습니다!"

그의 명령에 모든 군병들은 간이 천막을 치기 시작했다. 그 모습들을 확인한 다음 루카는 이미 부서져서 열려 있는 성채 안으로 천천히 걸어 들어갔다.

그의 그림자는 서쪽으로 저물어 가는 햇살이 따라 들어 날개와 큰 발톱을 가진, 불을 뿜는 거대 괴물처럼 길게 그려지고 있었다.

안으로 들어선 루카는 전면 회랑 양옆으로 나 있는 원형 계단을 올라갔다. 이곳 역시 곳곳이 부서지고 파괴된 흔적이 역력했다.

한때 아름답고 고귀했을 예술품들이 긴 복도마다 쓰레기처럼 널브러져 있는 모습에 루카는 긴 한숨을 내쉬었다. 그의 눈빛은 고뇌에 싸인 듯 흐리게 빛났다.

2층을 지나 3층으로 올라가자 그의 눈에 거대한 청동색 양문이 들어왔다. 그 문은 굳게 닫혀 있었으며 무척이나 이질적이었다.

루카는 문을 향해 성큼성큼 걸어갔다. 그리고 아무런 거리낌 없이 자기 꼬리를 문 드래곤 모양의 고리 손잡이를 잡아당겼다.

"뭐지?"

이상하게도 문은 쉽게 열리지 않았다. 힘껏 고리 손잡이를 잡아당겼지만 몇 번을 해도 마찬가지였다.

"우습군."

저도 모르게 피식거린 루카는 이제 문고리를 놓았다. 손잡이가 소용없다면 다른 방도로 문을 열어야 한다. 그는 조금 뒤로 물러났다가 달려들며 제 어깨로 문을 밀어 버렸다. 그러기를 수차례.

쿵! 굉음을 일으키며 문 한 짝이 바닥으로 나동그라졌다. 루카는 쓰러진 문짝을 발로 밟으며 안으로 들어섰다. 그리고 더이상 움직이지 않았다.

거친 돌로 마감된 벽면, 정교한 짜임새와 무늬가 공들여 지은 흔적이 엿보이는 태피스트리(tapestry)를 배경으로 여자가 서 있었다.

여자는 피에 젖어 있는 루카를 보고도 소리 지르지 않았다. 다만 열린 창을 통해 불어오는 바람을 온몸으로 받으며 그를 응시하고 있었다. 눈가에 검은색 천을 칭칭 감은 채.

제1장

첫째 날 The first day

설핀 저녁놀. 붉은 하늘이 온통 거칠고 성기게 물들었다.

스러지는 저녁놀을 뒤로하고 앞에서는 피비린내까지 진동하니 입구 쪽으로 말갛게 응시하던 게일은 부서진 문짝 때문이 아닌 다른 의미로 이맛살을 찌푸렸다.

사내가 안으로 들어서는 순간, 방의 공기가 달라진다. 아니 흐름이 달라진다 할까.

온통 살벌한 기운에 죽음의 그림자가 곁에 있는 듯한 사내. 제 몸에 물든 핏물이 숨 막히다 못해 질식할 것처럼 역하건만, 이미 젖어 든 피비린내가 그와 한 몸처럼 부유하며 주변의 공기를 흐리게 만들었다.

오염된 공기, 게일은 그 오염에 심장이 오그라드는 기분이었다.

루카는 잠시 자신을 보는 듯한 눈앞의 여자를 응시하며 움직이지 않았다.

아무도 없음을 확인했다던가. 지친 군병들이 성을 대충 살폈다는 것이 저 여자를 통해 분명해진다. 늘 자신을 믿고 따르던 그들이 허투루 명령을 들었다는 사실에 허탈감이 느껴졌다.

역시나 믿을 것은 자기 자신뿐. 어디서나 언제나 늘 그래왔었다. 설핏 그의 얼굴에 웃음기가 돌았다. 그 웃음은 자조적이었다.

안일한 군병들을 뒤로하고 루카는 다시 여자를 주시했다. 핏기 하나 없는, 창에서 부는 바람으로도 능히 쓰러질 것 같았다.

그러나 분명한 것은 이 성에는 여자 혼자라는 것. 그리고 침입자가 있어도 겁을 내지 않는다는 것.

작고 오래된 성이기는 하나 유구한 역사가 있는 곳에 혼자 남았다. 주변에는 여자를 지키고 보호할 그 누구도 없는 상태. 더구나 여자는 갑작스럽게 문짝이 부서지는 소리에도 비명 한 번 지르지 않았다.

이 순간 혼자 남은 여자에 대해 충분히 알아볼 가치가 있다는 직감이 머릿속을 파고들었다. 오랜 시간 동안 전장을 누비며 터득한 경험이었다.

루카는 성큼성큼 걸어 여자에게 다가갔다. 그가 가까이 다가가도 경계조차 하지 않는 여자의 팔 하나를 잡아챘다. 그러나 깜짝 놀란 것은 여자가 아니라 루카였다.

자신의 한 손에 꽉 들이차는 가녀린 팔은 부드러웠다. 징처럼 단단한 손바닥에 여자의 팔 안쪽 살결이 닿자 숨이 멈추는 듯했다. 오금이 저린다고 한다면 과장일까.

그렇지만 곧 순간적으로 느꼈던 감촉과 느낌 따위를 평소처럼 지르밟듯 뭉개 버린 루카는 원래의 자신으로 돌아가 있었다.

"누가 있는 줄 몰랐군."

그는 혼잣말처럼 중얼거렸지만 말을 내뱉자마자 또다시 냉소적인 웃음이 떠올랐다.

사람이 있건 말건 무슨 상관인가. 웃기는군, 여러모로.

끼이익. 끼이익.

부서진 문과 연결된 또 다른 문에서 이음새가 빠진 듯 기이한 소리가 울렸다. 흘끗 바라보자 그 문 역시도 곧 떨어져 나갈 듯 덜렁거리고 있었다. 루카는 잡은 팔을 놓지 않은 채 여자를 응시했다.

"왜 아무 말도 하지 않지?"

화가 난 듯 살기 띤 어조로 말을 내뱉었지만 낯선 사내의 협박에도 여자는 미동도 하지 않았다. 아니, 팔을 잡혀 있음에도 불구하고 어떤 두려움도 보이지 않았다. 눈가를 가리고 있는 검은 천마저도 제법 그럴듯해 보일 만큼 풍기는 분위기가 심상치 않은 여자였다.

특히 여자를 즐기고 향락을 일삼는 황제가 본다면 꽤 구미가 당길 정도로.

순간, 구역질이 치밀었다. 아직도 황제의 금빛 침실에서 보고 들은 벌거벗은 육체들의 신음 소리가 생생했다. 보란 듯이 벌거벗고 허리를 움직이던 황제. 꼭 제 눈앞에서 여자들의 육체를 즐기는 그에게 이미 이골이 났지만 그곳을 벗어나는 것과 동시에 늘 그렇듯 망각했었다.

그런데 지금 눈을 가린 이 여자를 보니 이상하게도 생각하고 싶지 않았던 황제와 여자들의 모습이 불현듯 떠올랐다.

루카는 아직도 잡고 있는 여자의 가는 팔을 내려다보았다. 단도를 겨우 잡을 수 있을 정도로 가녀린 손과 팔목. 이것도 여자의 느낌이라고 연상된 탓인지 코웃음이 나왔다.

그러나 그 모든 것을 뒤로하고 루카는 다시금 여자를 죽일 듯 내려다보았다.

"아무것도 말하지 않아도 좋다. 어차피 너는 죽을 테니."

협박이 아니라 있는 그대로의 현실을 직시하게 만드는 분명한 루카의 눈빛. 거추장스런 여자 따위는 짐이나 되지 않으면 다행이니 지금 죽여 버리면 그뿐이다.

이제 루카는 잡고 있었던 팔을 던지다시피 놓아주었다. 그리고 등에 메고 있던 검 하나를 빼어 들었다. 아직도 핏물이 배인 그 검을 그대로 여자의 턱 가까이 가져갔다.

"죽음이 두렵지 않은가?"

마지막으로 물어보았다. 그것 역시 평소의 그라면 있을 수 없는 일. 그저 베어 내면 그뿐이었다. 그러나 루카는 이유 없이 여자에게 묻고 싶었다.

죽음, 그는 단 한 번도 자신의 죽음을 생각해 본 적 없었다. 그저 베어 내고 도려내고 죽일 뿐. 그의 유일한 일념은 생명이 있는 것들을 죽음의 사자라도 된 양 모두 거두어 간다는 것. 그런 그가 처음 본 여자에게 질문하다니. 이것 역시도 생소한 행동이었다.

그러나 여자는 아무런 대답도 없었다. 그것에 루카의 기분이 묘해졌다.

겁이 없는 건지 아니면 다른 꿍꿍이가 있는 것인지. 이렇게 무시무시한 검이 제 목을 겨누고 있다는 것에는 웬만큼 단련된 사내라도 겁나기 마련이었다.

그것도 검을 든 상대가 블랙 루카라 불리며 전장의 지옥도를 펼쳐 보이는 이라면 오줌이라도 지리며 몸을 사릴 것이다. 그러나 여자는 너무나 침착했다. 그대로 여자의 눈가를 감싸고 있는 검은 천에 시선이 향했다. 혹여 눈이 보이지 않는 것은 아닐까.

"너, 눈이 멀었나?"

역시나 아무런 답변도 없었다. 잠시의 침묵이 지난 뒤 루카는 여자의 목에 겨누어진 검을 아주 가까이 대고 찔러 보았다. 잘 벼린 검의 감촉이 무척이나 서늘할 것이 분명했다.

마침내 여자에게서 반응을 이끌어 냈다. 여자가 천천히 고개를 저은 것이다. 그 탓에 아무렇게나 묶여 있는 흑발이 몇 가닥 흩어졌다. 날카로운 칼의 감촉을 느낀 여자가 붉은 입술을 사리물었다.

하! 순간적으로 뱉어진 루카의 탄식. 겨우 작은 입술을 물었을 뿐, 여자가 애써 견디려 한 행동으로 말미암아 난데없이 그의 단전에는 힘이 불끈 들어갔다.

뭐냐, 이 느낌은. 대체 무엇 때문에!

루카는 당장이라도 여자의 몸을 베어 내고 짓이기고 싶었다. 그러나 막상 검을 휘두르지는 못하였다.

"뭐야, 그럼?"

머리끝까지 치받는 요상한 기운에 루카의 잇새로 뱉어지는 말은 신음과 다름없었다. 또한 계속해서 요동치는 단전에 어찌할 바를 모르는 상태였다. 바로 그 찰나.

"날, 죽이고 싶은가요?"

드디어 여자가 입을 열었다. 그러나 그는 제 육체적 이상에 어찌할 바를 몰라 그녀가 말한 것을 인지하지 못했다. 정말이지 단 한 번도 일어난 적이 없었던 본능이었다.

당황과 혼란. 그리고 그 와중에 갑작스럽게 창명히 들리는 질문.

그는 자신이 왜 이러는지를 이해할 수 없었다. 그저 살근거리며 움직이는 여자의 입술에 시선을 두고 있을 뿐. 모양 좋은, 아니 결코 만족스런 입술 크기는 아니었다. 작고 아기 입술처럼 오물거리는 모양새는 제 입술로 덮어 버린다면 단숨에 삼켜 버리게 될 그 정도…….

"젠장!"

더는 참지 못한 그가 여자의 뒷머리를 번개같이 잡아채고 제 품으로 끌어당겼다. 그리고 여자의 가는 목덜미에 깊게 검을 찔러 넣듯이 손아귀에 힘을 실었다.

"정체가 뭐야?"

진짜 마지막이다. 죽일 거다. 늘 그렇듯 베어 낼 것이다.

루카는 온몸으로 그렇게 말하고 있었다.

콰르르 쾅, 쾅!

순간, 마른하늘에 날벼락처럼 몇 줄기의 번개가 붉은 하늘을 수놓았다. 일시에 몰려드는 검은 구름들.

급작스럽게 번개가 치는 소리에 루카는 열려 있는 창으로 고개를 돌렸다. 순식간에 내리는 소나기는 굵은 빗방울이 어린아이의 주먹보다 큰 듯했다. 그 뒤를 이어 천막을 치고 휴식을 취하던 군병들의 투덜거리는 소리와 발소리가 크게 울려왔다.

쏴아, 쏴아아.

비는 곧 강이라도 이룰 듯 엄청난 기세로 쏟아지기 시작했다. 아울러 세찬 바람에 안으로 들어오는 빗줄기는 루카와 품에 안겨 있는 여자에게로 쏟아졌다.

"운이 좋았군."

루카는 제 어깨로 쏟아지는 빗줄기를 고스란히 맞으며 쓰러지듯 안겨 있는 여자를 일으켰다. 그는 겨누었던 검을 다시 등으로 옮겨 맸다.

"아니요. 운이 아니라 스콜(squall)입니다."

"스콜?"

"하늘을 보지 못했군요. 지금 이 지역은 우기에 접어드는 시기입니다. 한동안 세찬 소나기와 강풍, 천둥, 번개를 수반한 날씨가 열흘 이상 이어질 거예요. 아, 열흘이 아니라 한 달 이상 갈 수도 있습니다."

차분하고 담담한 말투. 여자는 등을 곧게 펴고 검은 천을 두른 얼굴로 루카를 올곧게 응시했다. 그런 여자의 쇄골 근처에는 가는 핏줄기가 흐르고 있었다. 루카의 검이 지나가며 옅은 상처를 낸 듯했다. 회색빛 드레스에 흑발, 그리고 실핏줄이 보일 듯 투명한 피부.

루카의 깊은 초록색 눈빛이 저도 모르게 여자를 유심히 관찰하고 있었다. 쇄골의 상처에서 작게 흘러내리는 핏물마저 괜한 생채기가 난 듯 안쓰러워 보일 지경이었다.

"이런 망할."

욕지기만 벌써 몇 번째인지 모른다. 여자와 대면한 지 겨우 수분(分)이나 흘렀나. 그런데도 격하게 오그라드는 제 감정을 수습할 수가 없다니.

"말버릇이 있으시네요."

저를 죽일 듯이 위협했던 사내, 태산처럼 장대하고 지옥의 왕 하무르처럼 위압적이며 잔인한 데다 누구보다 냉철한 사내.

게일은 내리는 빗소리에 한결 마음이 가벼워졌다. 이미 예상하고 있었던 날씨였다. 하늘의 별이 종용하던 날씨가 이처럼 위기에서 그녀를 구해 주다니. 왠지 모르게 두렵지 않았다. 그리고 느꼈다. 사내의 운명을, 그리고 저의 운명을…….

그래서 게일은 미소 지을 수 있었다.

"너 누구야!"

루카는 저를 놀리듯 입꼬리가 올라간 여자를 참지 못하고 또다시 달려들었다. 여자의 허리를 꺾어 버릴 듯 한 손으로 잡은 채 또 다른 손으로는 여자의 턱을 추켜세웠다.

"나는……."

인형처럼 온몸이 사내에게 잡힌 게일은 뜻 모를 감각과 감정을 느꼈다. 이상하고 이상한 느낌. 언젠가 만났던 적이 있는 것 같은, 결코 낯설지 않는 사내의 비릿한 체취.

루카 역시 한 팔에 꼭 안기는 여자의 몸에 숨을 삼키고 있었다. 미친다, 라는 표현은 지금 같은 경우에 쓰는 말이 아닐까 싶게 그의 입에서는 쉴 새 없이 욕지기와 거친 말이 튀어나왔다.

"날 몸으로 유혹할 생각이라면 집어치워!"

그것은 완벽한 위협이었다. 사내의 강건한 힘과 협박은 꼭 무기를 들지 않더라도 한 손으로도 충분히 죽여 버릴 수 있음을 알리는 신호였다.

"유혹?"

그러나 게일은 숨겨진 눈을 동그랗게 뜨며 저를 심연보다 더 깊은 눈빛으로 바라보는 사내에게 되물었다. 그러자 사내는 다시 어금니를 사리물며 곧 잡아 찢을 듯 으르렁댔다.

"네 정체가 뭔지 궁금하지 않아."

"그런데 왜 자꾸 질문을 하는 거죠?"

"버린 것이 분명한 성에 여자 혼자 남았다. 그러니 그 정체가 의심되는 것은 당연한 것 아닌가?"

"나는 유혹이란 것을 알지 못합니다."

하아, 이 망할 여자가.

루카는 머리가 아프고 가슴이 갑갑했다. 이 여자, 고단수이거나 아니면 백치이거나. 그것도 아니면 사내를 가지고 노는 것과 달아오르게 하는 것이 무엇인지 제대로 알고 있는 게 분명해.

루카는 신음을 억눌렀다. 여자의 허리를 움켜잡은 손아귀에 점점 힘이 차오른다. 아울러 제 중심부는 한없이 솟아올라 이제는 꺼덕거리며 눈물까지 흘렸다. 겨우 여자의 허리를 잡은 것뿐인데.

휘이잉. 휘이잉.

세찬 바람이 분다. 그와 동시에 거센 빗줄기가 바람에 실려 안으로 들이닥치며 여자의 몸을 훑고 지나갔다.

루카도 마찬가지였다. 강인한 어깨와 팔뚝에 빗물이 묻은 채 흘러내렸다.

여자의 흑발과 눈가에 감겨 있는 검은 천이 빗물을 함빡 머금었다. 마치 우는 것처럼 뺨으로 흘러내려 여자는 살짝 입술을 벌렸다.

아니, 벌린 것이 아니라 눈에서부터 흘러내리는 빗물이 입술에 닿자 그것이 간지러워 입술을 움직인 것이다. 그것도 분홍빛 혀를 내밀어 흘러내린 빗물을 홀짝이면서.

바로 눈앞에서 날름거리는 생생한 혀를 보자 루카의 눈에서는 불꽃이 튀었다. 곧장 제 혀로 감아 흡입하고자 하는 욕구. 막강한 충동이었다. 누구도 막지 못할 지독한 욕구가 다시금 내리 꽂히는 번개와 함께 루카의 본능을 자극했다.

"너……."

루카의 억눌린 신음이, 욕구가 넘쳐 버릴 지경이었다. 이 여자는 요물처럼 사내의 본능을 일깨운다. 눈앞에서 남녀의 육체가 헐떡이며 움직여도 눈 하나 깜짝이지 않았었다. 아니 어떠한 욕구도 일지 않았었다. 도리어 추하고 역겨워 소름끼칠 정도였다.

그런데 이 여자는 오랫동안 잃어버렸었던 육체적 갈망을 단숨에 지면으로 끌어 올렸다. 이제 그의 하반신은 누가 시키지도 않았건만 여자의 허벅지를 가르고 들어갔다. 그리고 당연하게 불뚝 솟아오른 그것이 여자의 배를 누른 채 율동을 하려 했다.

바로 그 순간, 검은 천 밑에 있는 게일의 눈이 한껏 팽창했다. 단단한 바위 같은 그것이 제 몸에 문질러지는 가운데 그녀는 너무나 깊어 속을 알 수 없는 과묵한 사내의 눈동자 안에서 온전한 자신을 발견했다.

'뭐지, 이 느낌.'

결코 생경하지 않은 이 감각. 게일은 흔들렸다. 늘어트리고 있던 제 두 손이 저절로 움직이며 사내의 굵은 목을 휘어 감았다. 그러자 루카는 기다렸다는 듯이 게일을 안아 올리려 벽에다 패대기치듯 가둬 버렸다.

사내의 손이 게일의 허리를 타고 내려가 엉덩이를 세게 움켜쥔다. 또한 제 중심부를 밀착하며 한껏 요동치는 그것을 치대었다.

아득했다. 서로의 시선 안에서 벗어나지 못한 채 세게 밀어 올리며 한껏 자극되었으나 누구도 이의를 달지 않았다. 루카의 또 다른 손이 게일의 납작한 배를 쓸어 올리며 드레스 위로 가슴을 어루만졌다.

"아……."

순간적으로 터져 나오는 여자의 신음에 향기가 배어 있었다. 그 향기는 몹시도 애절했으며 감미로웠다.

그는 제 행동을 억누르려 안간힘을 썼다. 그것은 게일도 마찬가지. 색색거리는 숨소리를 빙자하여 이상한 감각이 머리끝에서부터 발끝까지 관통해 심한 갈증이 일었다. 하여 게일은 또다시 마른 입술을 제 혀를 훔치고 말았다.

"하지 마……."

루카의 음성이 쉰 채 흘러나왔다. 그는 소리조차 내기가 힘들 정도였다. 여자에게 이끌려 욕망을 갈구한 적이 단 한 번도 없던 냉혈한 그였다.

그러나 그는 눈빛이 붉어지고 순식간에 여자의 옷을 찢어 버린 뒤 몸을 탐하고 싶었다. 여자의 입술을 물어뜯고 그 안으로 들어가 분홍빛 혀를 제 혀에 감고 마구 빨아 대고 싶다. 그와 동시에 단 한 번도 관통한 적 없는 미지의 세상으로 한껏 들어가고 싶다. 터지고 싶어 미칠 것만 같은 충동으로 몸서리가 쳐졌다.

이제 루카의 장딴지에 걸쳐 있는 게일의 엉덩이와 허벅지에는 뜨거운 액체가 흥건하게 내려앉았다. 그것을 인지한 그녀는 들키지 않으려 애를 써야 했다.

"이렇게 자극하는데 유혹이 아니라고?"

이미 루카의 모든 감각은 전부 여자를 향해 있었다. 당장 그 향기의 정체를 찾아 혀를 대고 맛보고 싶은 심정. 그의 눈빛이 매섭게 올라간다. 아울러 그의 손가락 하나가 게일의 허벅지 사이로 들어가려 했다.

그의 눈빛과 행동이 무엇을 말하는지 모를 리 없었다. 게일은 두 다리가 후들거리고 철썩 감긴 눈가의 검은 천이 무척이나 거치적거리기 시작했다.

밤새도록 치대고 만지고 하나가 되어 흔들리고 싶은 심정에 루카의 입술이 성난 야수처럼 길게 벌어진다.

루카는 마음속 염원을 행동으로 옮겼다. 이곳에 들어왔을 때부터 눈에 들어온 그 입술을 먹어 버리고자 제 얼굴을 움직여 여자의 입술에 내려앉으려 했다.

"장군님! 도망가려던 귀족 하나를 잡았습니다. 거물급입니다!"

바로 그때, 무너진 문짝을 발로 지르밟는 소리가 들리는가 싶더니 루카와 게일의 뒤로 군병 여럿이 몰려 들어오며 소리를 질렀다. 다행이라고 해야 할지, 아니면……

"멈춰!"

루카는 으르렁대며 낮게 읊조렸다. 그에 주춤거리며 더는 안으로 들지 못하는 군병들. 언제 열이 올랐나 싶게 냉정하고 엄한 음색이었다.

그러나 루카의 얼굴은 온통 일그러져 있었으니, 그것을 모르는 군병들이 오히려 다행이라 할까.

그만큼 제 행동이 제재를 받은 것에 대해 정신이 나갈 것만 같았다. 미칠 것 같은 심정이었으나 하염없이 자유를 갈망하는 제 중심부를 움직일 수조차 없었던 것이다. 그러나 게일은 달랐다.

"마예로!"

게일의 숨 가쁜 외침. 그러나 곧 사그라지는 말문. 단번에 루카의 눈빛이 날카로워진다. 온 신경이 그녀에게 가 있었으니 못 들을 리 없었다.

"마예로?"

게일의 허리를 꼭 잡은 채 보는 루카의 표정은 뭐라 헤아릴 수 없었다. 다시금 빗소리는 커져 가고 게일의 보이지 않는 눈빛은 쉼 없이 흔들리며 물결쳤다.

게일은 아차 싶었다. 하필이면 이때, 입이 제멋대로 움직이다니. 차라리 모른 척할 것을. 혹여 눈치챘을까.

궁정관 마예로. 태어났을 때부터 물심양면으로 보살펴 준 사람이었다. 적들이 오기 전에 안전하게 피신을 했을 거라 여겼건만.

게일은 당황과 슬픔으로 부들거렸다. 분명 궁정관은 혼자 남은 저를 위해 차마 발걸음을 재촉할 수 없었으리라.

루카는 울음을 터트릴 것만 같은 게일의 얼굴에서 시선을 돌리지 못했다. 아니 떨고 있는 그녀의 입술에서. 단번에 삼킬 수도 있었던 그 입술이 마치 잘 익은 석류인 양 톡톡 건드리면 과즙이 터질 듯했다. 도저히 베어 물지 않고는 견딜 수 없는 야릇함이었다.

게일은 제 허리를 움켜잡고 있는 사내의 손아귀에 힘이 들어가는 것을 느꼈다. 마치 허리를 우그러트리는 듯이 숨도 쉴 수 없을 정도로 옥죄어 오는 사내의 힘 앞에 그녀는 어찌할 바를 몰랐다. 그의 시선 앞에서 시선을 돌릴 수도 피할 수도 없었다.

눈가에 검은 천을 단단히 두르고 있건만 그의 안광은 단번에 그것을 뚫어 버릴 듯 번뜩인다. 숨쉬기도 버겁다면 과장일까. 아니, 과장이 아니었다. 사내는 치밀하고 잔인했다. 어떠한 감정도 담기지 않는 건조한 음색으로 게일을 흔들리게 했다.

"아는 자군."

역시나 눈치채고 말았다. 게일은 성급한 저의 행동을 후회하며 버릇처럼 제 입술을 질끈 물었다. 그런데 그게 또 문제였다.

윤기 나는 작은 입술, 하얀 치아, 분홍빛 혀, 그리고 떨고 있는 여자의 보드라운 허리와 등. 장대한 그의 신체와 완벽하게 대칭을 이루는 완벽한 여체.

단번에 여자의 속살을 보고 만지고 싶은 이상야릇한 충동. 그것이 진심인지 아니면 순전한 욕구 때문인지 루카는 알지 못했다.

아니 알고 싶지 않다. 단지 연약하면서도 품고 싶은 여체를 놓아주어야 하는 것이 안타까울 뿐. 루카의 손이 선뜻 풀리지 않았다.

"어, 어찌할까요, 장군님!"

그러자 더는 기다릴 수 없다는 듯 군병들이 루카의 눈치를 보며 의견을 물었다.

"잡아 둬. 내가 간다."

마침내 루카는 게일을 잡고 있던 손을 놓았다. 그의 몸짓에선 묘한 안타까움이 스며 있었다.

"너의 정체를 분명히 밝혀 주지."

그러면서도 떨고 있는 여자를 향해 터무니없는 고집을 부리는 것처럼 겁박하는 행동을 잊지 않았다. 등을 돌린 루카의 표정이 비웃듯 일그러졌다. 어리석은 것인지 아니면 둔한 것인지.

루카는 난생처음 제가 한 행동에 웃음이 났다. 그는 우직하게 솟아 있는 중심부 그대로 다소 어색한 몸짓으로 탄탄하게 움직였다.

"여자를 감시해라. 절대 놓쳐서는 안 돼. 그때는 네놈들이 죽을 것이다. 알겠나?"

이미 루카의 화려한 전적을 알고 있는 군병들은 힘차게 고개를 끄덕였다. 지금 이 순간부터 정체 모를 여자는 장군의 소관이었다.

그렇게 루카가 방을 벗어나자 잠시 적막이 흘렀다. 빗소리만이 여자 주변을 지키는 듯 고요했고 군병들은 루카의 지시를 이행하기 위해 그림자처럼 게일을 지키고 있었다.

군병들의 시선 앞에서 게일은 참담한 심정이었다. 오직 그녀가 염려하는 것은 궁정관의 안위였다. 이를 어찌하나. 장군이라는 사내에게 달려가 궁정관을 풀어 달라 사정할까, 아니면…….

"장군께서 여자를 데려오랍니다."

방으로 달려온 군병이 루카의 지시를 전했다. 게일을 감시하던 군병들은 고개를 끄덕였다. 그리고 게일에게 다가가 그녀의 팔을 잡으려 하자 들이닥쳤던 군병이 기겁을 하며 소리 질렀다.

"털끝 하나도 손대지 말라십니다!"

이어지는 지시에 게일의 팔을 막 잡으려는 군병 하나가 소리를 버럭 지른다. 그것도 숨을 헉헉거리며.

"거참, 그런 건 미리미리 말하라고! 손댈 뻔했잖아!"

장군의 여자. 그것을 잠시 망각한 군병은 손가락 하나 닿지 않았다는 것에 안도의 한숨을 내쉬었다. 그대로 팔을 잡고 데리고 갔더라면 최소 자신의 신체 하나가 잘렸을 것이다. 군병은 제 몸을 부르르 떨었다.

"들었지? 잘 따라오라고!"

조금은 친절해진 어투였다. 게일의 눈가에 감긴 검은 천으로 인해 군병들은 그녀를 장님으로 또는 눈이 불편한 여자로 인식한 것이 분명했다.

게일은 개의치 않고 마치 앞이 훤히 보이는 것처럼 유려하게 움직였다. 그러자 그녀의 옆과 뒤에서 따르던 군병들의 눈이 휘둥그레지며 저들끼리 눈짓을 나누었다.

대체 여자의 정체가 뭐야…….

원형 계단을 내려온 군병들과 게일은 1층 연회실, 높은 청동 샹들리에가 고풍스레 매달린 곳으로 들어갔다. 연회실에 들어선 여자는 이상하게도 압도적인 분위기를 풍겼다. 그들 전부가 게일의 시종처럼 보였다. 그만큼 여자는 당당하고 고고했다.

안으로 들어서는 게일을 본 루카는 잠시 숨을 멈춘 채 여자의 움직임을 주시했다.

여자는 화려하지 않다. 수수한 옷차림, 값비싼 장신구 하나 없이 그저 보이는 것이라고는 회색빛 긴 튜닉, 그리고 비단실로 수가 놓인 공단으로 공들여 만든 자줏빛의 신발뿐. 등을 곧게 편 채 걸음을 옮기는 여자의 분위기를 그 신발이 언뜻언뜻 보이며 더욱 우아하게 만든다. 이상하리만치 눈을 사로잡는다. 몸에 배인 풍새. 그리고 정면으로 보이는 자리에서 멈춘 채 두 손으로 드레스 자락을 움켜지는 모습.

저 여자, 장님이 아니다.

비로소 루카는 여자에 대한 판단을 어느 정도 마쳤다. 게다가 소작농들은 신을 수 없는 귀한 공단 신발이 루카의 눈에 단단히 박혔다. 제 몸의 모든 감각이 밖에서부터 이곳까지 움직이는 여자를 향해 촉각을 곤두세우고 있었다.

루카는 마른세수를 했다. 손바닥에 닿는 피부가 버석거렸다. 언제 씻었는지 기억조차 나지 않았다.

물론 그것을 신경 쓴 적은 단 한 번도 없었다. 전장에서 또 전장으로, 닥치는 대로 베어 내고 잘라 내고 늘 맨바닥에서 잠을 잔 그였다.

그런데 지금은 몸이 청결하기를 원한다. 행여나 여자와 닿을 수도 있겠다는 생각 때문이었다. 거기에 루카는 몹시 다급한 갈증을 느꼈다. 좀 전까지 여자의 살결에서 느껴지는 감각이 손에 잡힐 듯 분명했다.

"미치겠군."

루카는 여자의 걸음마다 집요한 눈길을 멈출 수가 없었다. 거기에 이미 뻣뻣해지고 거북스러워진 제 몸의 일부는 당연하게도 발악하고 있었다. 온몸이 여자로 인해 들고 일어서는 감각.

너무나 생소하면서도 갑작스러워 철두철미했던 루카의 평정심에 금이 간다. 그것도 깊숙이.

그러나 지금 그가 신경 써야 할 문제는 여자와 인질의 관계. 여자는 인질을 보고 흔들리고 있었고 인질 또한 들어서는 여자를 보고 고개를 떨어뜨린다.

"재밌어."

게일은 가까이 있는 루카의 비웃음을 들었다. 그의 빛나는 눈빛이 어쩌면 궁정관의 신분을 눈치챘는지도 모른다.

마예로가 살 수 있을까. 지독한 사내에게서 풀려 날 수 있을까.

그녀는 염려스러웠다. 궁정관은 꼭 살아야 할 사람이었다. 게일의 판단력이 마구 뒤섞여졌다. 지금 여기서 풀려나가는 것이 궁정관이기를 바라는 것인지, 아니면 자신이 사내에게서 벗어나는 것을 바라는 것인지를.

루카는 게일에게서 시선을 떼지 않은 채 인질에게 물었다.

"시간 낭비 안 해. 그러니 묻는 말에 대답하는 것이 좋을 거다."

단 한 톨의 동정이나 포용성이 담기지 않는 메마른 어조. 루카의 감정 없는 모습에 궁정관은 눈을 감았다. 이렇게 된 이상 조용히 죽음을 바라는 것이 게일을 위해서도 자신을 위해서도 나을 것이란 판단이었다.

"너의 신분은?"

한 걸음씩 다가오는 거대한 사내는 검은 그림자가 불길하게 덮고 있었다. 궁정관은 그 사내의 그림자에 가리어져 눈을 뜰 수밖에 없었다.

사방으로 피비린내를 내뿜는 사내가 등에서부터 검 하나를 뽑아 든 채 무릎 꿇고 있는 궁정관을 향해 정확히 겨냥했다.

"난, 나는……."

무시무시한 기운, 곧 사내의 검이 제 목을 내려치리라는 것을 본능적으로 깨달은 궁정관은 마지막으로 영주인 게일을 향해 고개를 돌렸다. 그러자 기다렸다는 듯이 루카의 굵직한 팔이 사내의 목덜미를 잡아채며 억지로 일으켜 세웠다.

"저 여자, 알고 있군. 그렇지? 속일 생각은 안 하는 게 좋을 것이다."

"헉!"

궁정관은 비명을 지를 수밖에 없었다. 사내에게 목덜미를 잡힌 상태인 데다 서늘한 검의 감촉까지 귓가에서 느껴졌기 때문이었다.

"저 여자의 정체는? 그리고 너의 신분은!"

궁정관은 숨은커녕 입안 가득 차오른 침도 삼키지 못했다. 명백한 살의를 담은 사내의 눈빛과 곧 제 목을 잘라 낼 검의 감촉까지 죽음보다 더 살벌했기 때문이다.

"아악!"

처절한 비명이 울리고 곧 궁정관의 어깨에서부터 허리까지 핏물이 배어 나왔다. 다시 루카의 검이 위로 올라갔다가 사선으로 그어졌다. 다시 베어지는 궁정관. 일말의 망설임도 없는 루카는 단호했다.

"으으윽."

바닥에는 늙은 궁정관의 피가 비명과 함께 흘러내렸다.

생각도 못 했었다. 적어도 일말의 동정심이 있는 사람이라면 비록 인질일지라도 죄를 지은 범죄자가 아니기에 조금의 아량을 베푸리라 생각했다. 그러나 사내는 아량은커녕 작은 동정심마저 내비치지 않았다. 궁정관은 루카에게 대롱대롱 매달린 채 고통의 눈물을 철철 흘렸다.

"멈춰요!"

게일은 더는 눈뜨고 볼 수 없었다. 흰머리의 궁정관은 거대한 사내의 반에도 미치지 못하는 신체에다 어떠한 방어구도 없는 나약한 노인일 뿐이었다. 오직 이 땅과 자신의 안위만을 염려하는 그가 이렇게 고통을 수반하며 죽어 나가게 둘 수는 없었다.

"내가 왜 그래야 하지?"

루카는 의도대로 자신의 행동을 막아서는 여자에 쾌재를 부르고 싶었다.

"그분을 놓아주세요."

"나와 흥정을 하겠다는 건가?"

"거래라도 좋아요. 그분을 놓아주세요. 부탁합니다."

여자의 말에 울음기가 섞였다. 분명 떨고 있음이 분명하나 자태만은 의연했고 비굴하지 않았다. 그것이 또 루카의 구미를 잡아당겼다.

"나는 싼흥정은 하지 않아."

루카는 더는 시간을 끌고 싶지 않다는 듯 인질을 잡고 있던 손아귀의 힘을 풀었다. 그다음 풀썩하고 쓰러진 인질의 배 부근을 발로 지르밟은 채 검을 가져갔다.

"무엇으로 흥정하겠다는 것이지? 쓰러져 가는 이 성? 아니면 어딘가 숨겨진 보물들? 미안하지만 나는 값비싼 보물도 이 낡은 성도 필요치 않은데?"

마치 게일을 약 올리듯 루카는 겨누고 있는 검으로 인질의 가슴 부근을 푹 찔렀다.

"으으."

저절로 나오는 비명이 흘러나왔다. 비록 검 끝이 살을 가르지는 않았으나 그 느낌만으로도 궁정관의 심장은 멈출 것 같았다.

그 모습에 게일의 판단력 또한 갈 곳을 잃었다. 오직 그를 살려야 한다는 일념뿐.

"뭐, 뭐라도 좋아요! 무엇을 원하나요?"

"뭐든지?"

"네, 뭐든지 거래가 된다면. 그러니 그분을 온전히 놓아주세요. 제발!"

눈가에 감긴 검은 천이 열어 놓은 창을 통해 바람에 흔들린다.

여자가 울고 있는 듯했다. 루카는 절절한 심정으로 자신에게 매달리는 그녀의 행동이 지극히 만족스러웠다. 그러나 아직 완벽한 것은 아니기에 마지막 쐐기를 위해 들고 있는 검을 높이 치켜세웠다.

"영주님!"

찢어지는 비명 소리와 동시에 인질이 외친 외마디.

루카는 여자를 직시했다. 분명 인질은 여자를 향해 외쳤다. 영주라고.

이제 그에게는 인질은 관심 없었다. 영주라는 불린 여자만이 루카를 잠식시키고 있었다.

"여자를 잡아."

그의 명이 떨어지자 수십 명의 군병들은 게일의 주변을 원형으로 에워싸기 시작했다.

"이 정도로 죽지 않아. 자, 난 거래를 원한다."

"너무해요! 어찌 그리도……."

"잔인하냐고? 몰랐나, 이 블랙 루카를? 그리고 뭐라 했지, 영주님?"

게일은 또다시 제 입술을 피가 날 정도로 짓씹었다. 궁정관의 고통에 찬 비명이 계속되고 있었다.

저를 부르는 그의 마음이 손에 잡힐 듯 안타까워 게일은 더는 참지 못했다. 당장 몸을 움직였다.

군병들이 놀라거나 말거나 쓰러진 궁정관 옆으로 달려가 드레스 자락을 찢었다. 상처 부위에 천을 감싸는 게일의 행동은 단호했다.

"지혈할 것이 필요합니다."

루카는 여자의 행동을 막으려는 군병을 한 손으로 제지했다.

여자가 드레스 자락을 찢기 위해 발목을 드러내고 무릎을 드러낼 때, 그 모습을 지켜보는 군병들의 눈알을 뽑고 싶은 충동을 느꼈다.

"미친……."

루카는 스스로에게 욕을 퍼부었다. 상처 입은 인질을 위해 제 드레스 자락을 찢은 것뿐이었다.

그럼에도 불구하고 그 행동에 이상하리만치 급한 육체적 욕구가 치밀어 오르다니. 루카의 온몸이 발화될 듯했다. 당장 발산하고픈 욕망에 하반신을 감싸고 있는 천 조각을 여자의 드레스처럼 찢어 버리고 싶다. 그리고 이 많은 사내의 눈들이 있는 가운데…….

"이런 젠장!"

쾅! 더는 참지 못한 루카는 벽면에 세워진 조각상 하나를 밀어 버렸다. 그로 인해 날카로운 파편 하나가 루카의 손등을 스치고 지나가며 긴 상흔을 만들었다.

그 소리에 게일의 몸이 저절로 일어났다. 그리고 다시 한번 사내를 보며 정중히 부탁했다.

"지혈할 것이 필요합니다."

루카는 여자의 보이지 않는 눈을 주시했다. 영주, 그리고 꽤나 정중한 행동의 인질. 어느 정도 그들의 관계가 보이는 듯했다.

"내 요구를 들어준다면."

"어떤 요구를 말하는 거죠?"

"인질은 살려 보내 주지. 단, 넌 여기 남아야 해."

"그래서요?"

"그래서? 그래서는 뭐가. 내 옆에 있으면 그뿐."

"얌전히 옆에만 있으면 되는 건가요? 난 검을 다룰 줄 모릅니다."

"그깟 검, 너 말고도 여기에는 숙련된 군병들이 즐비해. 그러니 억측은 금물이다."

게일은 잠시 머뭇거렸다. 그러나 바닥의 검붉은 핏물에 더는 생각지 않았다.

"일단 지혈할 것을……."

"지혈제 준비해."

게일의 태도를 긍정적으로 받아들인 루카는 곧 부대의 보급품을 가져오라 지시했다. 그러자 게일이 한발 빨랐다. 그녀는 고개를 저었다.

"아니, 제 것으로 하겠습니다. 그것이 훨씬 더 잘 들을 거예요."

"그것은 어디 있지?"

"먼저 환자를 옮겨 주세요. 이제 의식을 잃어 갑니다. 어서요!"

붙잡힌 주제에 명령을 하다니, 루카는 코웃음을 쳤다. 그러나 게일은 치켜든 고개를 숙이지 않았다. 그가 제 지시를 이행할 때까지 그대로 있겠다는 의지였다.

그 눈빛을 보던 루카는 괜히 쾌재를 부르고 싶은 심정이었다. 뜻밖의 인질 덕분에 수고를 덜게 되다니. 그래, 이 정도면

수확은 수확이지. 싼흥정은 될 것 같지 않군.

그제야 루카는 군병들에게 손짓했다. 그들은 일사불란하게 인질을 옮겼다. 그다음 그들 앞을 게일이 앞서고 1층 긴 회랑을 돌고 돌아 맨 구석에 있는 작은 문이 보이자 그녀가 문을 손수 열었다.

"이리로."

군병들이 궁정관을 침상에 눕히고 나오자 게일이 안으로 들어갔다. 물론 루카 역시 그 안으로 들어갔다.

"이 무슨……."

안으로 들어간 루카는 제 코를 막아야 했다. 매캐하고도 알싸한 향기는 결코 두 번 다시는 맡고 싶지 않은 요상한 것이었다.

여전히 코를 틀어막은 채로 루카는 방 안을 살피기 시작했다. 안은 밖에서 보기보다 꽤 넓은 공간이었다. 터놓은 베란다 끝 천정은 돔 형식의 유리로 된 온실이었으며 방 안 곳곳 매달린 식물들과 벽면의 장식장을 가득 채운 호리병들 안에는 난생처음 본 것들이 담겨져 있었다.

"진귀한 약초들과 귀한 명약을 만드는 재료들입니다."

이윽고 명료한 게일의 설명이 코를 찌르는 향기가 거북했던 루카의 정신을 돌아오게 만들었다. 그는 벽에 매달린 잎사귀들을 손으로 매만졌다.

"만지지 마세요!"

게일이 소리 질렀다. 마치 장난치려던 아이를 혼내는 모양새로. 그러자 루카의 눈빛이 실룩거리며 곧 재밌다는 듯이 빛나기 시작했다.

"영주라는 여자가 약초까지. 이곳의 영주가 마녀라는 소문이 자자하던데 이곳과 연관이 있는 모양이군."

뭔가가 납득되기 시작한 루카는 그녀를 흥미롭게 바라보았다. 그 말에 잠시 어깨로 숨을 쉰 게일. 그러나 그것도 잠시 의식을 잃어 가는 궁정관의 이마 위에 찬 물수건을 올린 뒤 급히 움직였다.

게일은 선반으로 다가가 그중 하나의 단지를 열었다. 단지 안의 갈색빛 나는 마른 잎을 한 움큼 잡더니 놀랍게도 제 입 안으로 털어 넣었다. 보기에도 쓴맛이 날 것 같은 그것에 루카 역시 묘하게 입가가 올라갔다.

이제 그는 기둥 하나에 몸을 기댄 채 팔짱을 끼고 게일의 행동 하나하나를 눈여겨보기 시작했다.

사내의 눈초리가 여간 거북한 것이 아니었다. 마치 제 드레스 자락 전부를 걷어치운 채 알몸을 투시하는 것 같은 눈빛. 신경이 그에게 흐르지 않는다면 그것은 거짓이었다. 그러나 게일은 일단 궁정관의 피를 멈춰야 했다. 이제 충분히 씹었다 여긴 잎사귀를 손바닥에 뱉어 그것을 그대로 궁정관의 베인 곳에 뭉쳐 비볐다.

"으으……."

잠시 궁정관의 고통 서린 비명이 흘렀다. 그것도 잠시 그가 의식을 잃은 것을 확인한 게일은 재빨리 뭉쳐 비빈 것을 그대로 도톰히 올리고 다시 깨끗한 붕대지를 가지고 와서 단단하게 묶기 시작했다.

게일은 다시 장식장 안에서 긴 유리병을 하나 꺼내 그 안 들어 있는 투명한 알 하나를 손바닥으로 짓이겼다. 그리고 궁정관의 입을 억지로 벌려 목구멍 깊숙이 밀어 넣었다.

그것으로도 부족한지 이번에는 물병에서 물을 따라 그 물을 제 입에 털어 넣었다. 그것을 앞뒤 생각지 않고 궁정관의 입으로 가까이 가던 순간이었다.

"그만."

기둥에 기대고 있던 루카가 어느 틈에 가까이 다가와 게일의 어깨를 잡고 제 쪽으로 돌려 세웠다. 그다음 게일의 입술을 막힘없이 집어 삼켰다.

루카는 게일이 하는 행위가 의료를 위한 것이라는 건 알 수 있었다. 묘한 여자, 납득이 되는 이곳 영주에 대한 무성한 소문들.

그러나 게일이 두리번거리며 뭔가를 찾다가 그대로 물병을 들이마신 채 그것을 인질의 입으로 가져가는 것이 눈에 들어오자 갑자기 불길이 확 타올랐다.

그는 게일에게 성큼성큼 다가가 그대로 제 쪽으로 돌려세웠다. 그리고 그토록 바라던 그녀의 입술을 거침없이 삼켰다. 루카의 입에서 짐승 같은 신음이 저절로 나왔다.

바라던 입술의 감촉, 상상 그대로였다.

꿀꺽. 루카는 게일의 입안에 있던 물을 자신이 마셨다. 그

물맛은 지독히 썼다.

그러나 그 쓴맛조차 지금 그에게는 최상의 맛이었으니, 실눈을 뜨자 경악한 것이 분명한 그녀의 표정이 눈에 들어왔다. 루카의 욕망은 더없이 커져만 갔다.

그는 그대로 게일의 두 손을 붙잡고 작은 얼굴을 들어 올렸다. 그리고 뜨겁고 긴 혀를 내밀어 그녀의 부드러운 윗입술과 아랫입술을 차례로, 차례로, 길게 핥았다.

"하아……."

미치겠다, 정말. 한 번 닿은 입술, 루카는 더 가까이 닿고 싶은 욕구를 참을 수가 없었다. 그래서 멀어지려는 제 의지를 배반한 채 다시금 게일의 목을 움켜쥐고 그대로 끌어당겨 세차게 부딪쳐 버렸다.

게일은 정신을 차릴 수가 없었다. 난데없이 다가온 사내의 입술, 그리고 입맞춤.

그것은 먹이를 먹어 치우려는 성급한 야수 같았다. 그러나 그를 밀어 버리기도 전에 닿은 따뜻한 입김과 등허리를 부드럽게 감싸 안는 손길에 제 몸이 떨고 있음을 알았다. 그의 손길은 무척 세심했다.

"이리 와."

지그시 바라보는 사내, 루카가 게일의 귓가에 속삭이는 감미로운 부름은 사내의 완전한 본능이 그녀를 덮어 버리려 했다.

그는 망설이지 않고 게일의 입술을 한입에 삼켜 버렸다. 그녀의 입술 사이를 힘껏 가르고 찌르듯 들어오는 세찬 혀. 당황하는 게일의 혀를 도망가지 못하게 휘감아 빨아 당기고 그것도 모자라 목구멍 깊숙이 찔러 넣으며 맛보고 음미했다. 엄청난 기세로 들어왔다 빠져나가는 사내의 혀는 게일을 혼돈(渾沌)의 도가니로 밀어 넣기를 주저하지 않았다.

마침내 숨을 색색거리는 게일을 아쉬운 눈빛으로 떨어트린 루카. 그의 눈빛은 아직도 활활 타는 활화산이었다.

"아무에게나 입술 주지 마."

허! 어찌나 황당한지 게일은 저도 모르게 발끈했다. 그런 그녀를 모르지 않을 터인데도 너무나 뻔뻔한 사내의 눈웃음에 온몸에서 힘이 빠져 버렸다.

"거래하지. 오직 나와만."

고단한 생활, 그것도 평범한 사람들이 겪는 생활이 아닌 전장에서 전장으로 인간 병기가 되어 황제가 명령하는 대로 땅덩이를 넓히는 데만 전념한 생활이었다. 단 한 번도 인간적인 본능에 휘둘린 적이 없었던 황폐한 생활임이 분명했다.

그저 있으면 있는 대로, 찬 음식 더운 음식 가릴 것 없이 허기만 가시면 되었고 또한 흙바닥이건 모래 바닥이건 잠을 자야 한다고 여기면 온몸을 긴장시킨 채 선잠으로 대신했다. 가슴에는 늘 긴 장검을 안아 들고서.

거기에 가장 원초적이라 할 수 있는 성욕, 사내가 되어 여체를 소유하며 발산하고자 하는 지극한 정욕조차 그에게는 먼 나라의 이야기라 할 수 있었다.

물론 전장에서 전리품으로 남겨진 수많은 여자들이 그의 손길을 기다리는 것은 늘 있는 일이었다. 적인데도 불구하고 장군인 그의 외향에 혹하여 제 땅이 사라지는 것도 아랑곳 않고 엉덩이 흔들며 그를 미혹시키기 위해 냄새 풍기는 여자들. 만일 하룻밤을 보냈다 해도 끝은 늘 피를 보기 일쑤였으니 그녀들은 결코 그를 소유하지 못했다.

그런데 지금 눈이 가려져 완전한 얼굴 형태조차 불분명한 여자를 눈앞에 둔 채 루카는 지독한 소유욕을 내보이고 있었다. 자기 것으로 만들고 싶은 욕망. 차가운 가슴속에 활활 타는 불꽃이 파닥거리며 맘껏 불을 싸지르고 있는 것이다.

"온전한 내 소유물이 되어 준다면 저자는 안전하게 이곳을 벗어나게 해 주겠다."

큰 선심이라도 쓰듯 시커먼 사내가 주절거리는 말에 게일은 분개했다. 방금 전까지 제 몸 한가운데서 일어난 보이지 않는 감각 따위는 단번에 사라지게 할 요량으로 그와 닿았던 입술을 손등으로 마구 문질렀다.

누가 상처를 입혔는데, 죄도 없는 나약한 사람을 누가 베었는데!

숨겨진 게일의 눈에 눈물이 차오른다. 이미 버려진 땅, 그리고 침략. 수많은 사람들이 제 안식처를 버리고 세상 곳곳으로 나앉게 된 상황임에도 안전하다고?

게일은 있는 힘껏 루카의 가슴을 밀어 버렸다.

"안전하게? 안전하다는 의미가 무엇인지는 아나요?"

물론 갑자기 큰 힘이 생길 리 만무하니 그녀가 아무리 힘을 주어도 전사인 루카의 몸은 꿈쩍도 하지 않았다. 그래도 게일은 그에게서 벗어나려 온 힘을 다했다. 아니 그와 그가 일으킨 감각에서 벗어나려 안간힘을 썼다.

제 입안으로 들어와 마구 헤치고 다녔던 그의 입술과 혀. 분명 그에게서는 비릿한 피 냄새가 깊게 배어 있었다. 역하기까지 한 그 냄새에 민감한 게일의 감각이 일어서는 것은 당연한 일이었다. 그러나 그의 혀가 잡아먹을 듯 제 입안으로 들어와 부드럽게 감쌀 때, 점점 강하게 옭아맬 때 단 한 번도 깨어난 적이 없는 그녀의 원초적 본능은 루카에게 매달리고 있었다.

그것이 지금 스스로를 비하하게 만들었다. 그러나 그녀는 긍지 높은 브륀의 영주였다. 오랜 세월, 마르고 황폐한 이 땅을 지키고 있는 가나베일의 유일한 자손이었다.

"그래서?"

아이의 재롱을 보는 듯 루카의 입술이 살짝 올라간다. 게일은 제 행동이 가소롭다는 듯 비웃고 있는 루카를 직시했다. 강력하고 무서운 상대. 그러나 그의 본질을 똑바로 꿰뚫길 바랐다.

"당신이 어찌 안전이라는 말을 할 수 있나요? 깊은 상처를 입혔습니다. 처음부터 반항조차 하지 않았던 선량한 사람한테요."

"그래서?"

"그래서? 당신이 늘 '그래서'라는 말을 하면서 원인이나 근거, 조건 따위를 따져 본 적이나 있던가요? 그저 닥치는 대로 피를 묻히는 것이 당신의 본질인가요? 상대에 대한 배려조차 없이?"

제법 인과관계를 철저하게 따지고 드는 여자. 그러나 그를 두려워하는 것이 분명한 그녀의 모습에 루카는 웃음을 띠었다.

여자는 제 가슴 앞에서 주먹을 쥐고 있다. 자그마한 그 주먹 쥔 손이 제 가슴을 간질이며 밀어 버리려 한다. 그러나 그 손은 떨고 있었다. 강한 척 용쓰는 여자의 투명함이 손에 잡힐 듯했다. 아울러 눈물이라도 흘릴 듯 부풀어 오른 입술까지 울먹이고 있는 것이다.

"그 눈은 어찌 된 거지?"

순간적으로 루카는 한껏 고양된 여자의 눈가에 두 손을 올렸다. 검은 천이 가리고 있는 눈이 눈물이라도 흘린 것처럼 찰싹 붙어 있었다.

여자는 마구 고개를 흔들었다. 제 의견이 묵사발 된 것에 대한 반발심인지 저를 만지고 있는 루카의 손을 치워 버리려 고개를 흔들고 가슴 앞의 주먹을 마구 휘둘렀다.

"난 밀려나지 않아."

그러나 루카는 꿈쩍하지 않았다. 한참을 지켜보던 그는 게일의 얼굴을 두 손으로 꼭 잡고 자신을 보게끔 만들었다.

"치워요!"

"아니, 안 치워. 봐야겠어."

"무엇을요?"

"네 눈."

"후회할 텐데요."

"후회? 내가 후회 따위 할 것으로 보이나?"

"앞뒤 가리지 않고 힘으로 상대를 제압하는 사람, 그런 사람은 제 명을 못 다하고 죽어요."

겁박 같지도 않은 게일의 말에 루카는 처음으로 소리 내 웃었다. 어찌나 큰 웃음이 났는지 의식을 잃고 있는 궁정관까지 몸을 뒤척이며 신음을 흘릴 정도였다.

그렇게 수초(秒)가 지나고 아직도 얼굴에는 웃음기가 가득했으나 점점 어두워지는 눈빛으로 게일과 코끝이 맞닿을 정도까지 루카가 다가왔다.

"내가 죽음을 두려워할 것 같이 보이던가?"

언제 웃었나 싶게도 그 뒤에 등장한 음산함, 쥐 죽은 나락처럼 너무나 고요해 절대 가까이 하고 싶지 않은 그의 존재감이 게일의 움직임을 멈추게 만들었다.

"누구나 죽음을 맞이해. 그러니 나 역시 언제 죽어도 상관없다 여긴다."

이번에는 더없는 쓸쓸함과 공허함이 그의 주변을 엄습했다. 음산하고 추운 겨울처럼 그의 주변에는 온통 회색빛 죽음뿐이었다.

그 순간 게일의 심장 또한 더없이 안타까워 저도 모르게 주먹 쥔 손의 힘이 풀려 버렸다.

알지 못하는 그의 삶이 너무나 가혹해 보이는 것은 그녀만의 착각일까.

그러나 눈앞의 거대한 사내가 누군가에게 짓밟히는 상상을 할 수가 없었다.

심지어 궁정관을 상처 입혔다. 바로 제 눈앞에서. 게일은 눈을 질끈 감고 외쳤다.

"왜 함부로 검을 휘두르나요?"

"난 그렇게 살아 왔어."

"단 한 번이라도 상대를 헤아리려 한 적이 있나요?"

"그렇게 할 이유가 없지, 나에겐."

"그런데 나를 소유하겠다고요? 나는 애완동물이 아니에요!"

한껏 소리친 게일. 그녀는 루카를 힘껏 밀었다. 어쩌면 그의 담담함에 치받는 감정이 그렇게 유도했는지도 모른다.

지금은 아무래도 좋았다. 잠시 틈이 생긴 것을 이용해 게일은 재빨리 팔을 움직여 선반 한쪽에 있던 작은 도검을 손에 쥐었다.

"마예로를 안전하게 보내 주겠다는 약속을 하세요. 사내답게, 그리고 장군답게 반드시 지켜질 것이라고 맹세라도 하란 말입니다!"

게일은 최후의 보루라도 되는 듯 평소 약초를 자를 때 사용하던 검을 손에 쥐고 어이없어하는 사내를 노려보았다. 그는 게일이 하는 양을 끝까지 바라보며 아직도 웃고 있었다. 그런 그의 모습, 허리에 두 손을 얹고 장대한 두 다리를 어깨 넓이만큼 벌린 모습은 흡사 백색의 신전 한가운데 정교하게 조각된 군신처럼 차갑기 그지없었다.

루카는 손안에 짧은 검을 쥔 채 저를 죽일 듯 노려보는 게일의 모습에 웃음이 났다. 그러나 웃음 뒤에 숨겨진 그의 본능은 어쩔 줄 모르고 있었다. 루카는 허리에 올렸던 손으로 또다시 마른세수를 했다.

저 여자, 어린 고양이처럼 칭얼거리면서도 한편으로는 도도하게 구는 모습이 사내의 본능을 자극하는 것이란 것을 알고나 있는 걸까. 아니면 일부러 사내를 홀릴 모양새로 본능을 자극하는 것일까.

게일이 두려움에 떨고 있는 사이, 루카는 머릿속을 어지럽게 하는 그녀와 자신의 모습에 숨을 쉬지 못하고 있었다. 유리 온실의 문이 반쯤 열린 듯 들이차는 바람에 여자의 눈을 가리고 있는 천이 나부꼈다.

그 흔들림 속에 루카는 있는 힘껏 여자의 회색빛 드레스를 잡아 찢었다.

여자의 눈부신 속살이 고스란히 드러나고 루카의 손바닥은 그녀의 모양 좋은 가슴 위를 덮는다. 그리고 음미하듯 손바닥으로 살살 문지르자 여자의 작은 정점은 귀엽게도 오뚝 솟아오른다.

그때 들려오는 여자의 감미로운 신음 소리. 그것이 신호라도 된 양 루카는 힘차게 그녀의 허벅지 사이를 가르고 들어간다. 이미 한껏 젖어 있는 그녀는 향기마저도 당장 죽어도 여한이 없을 것처럼 향긋했다.

그리고 루카는 인정사정없이 촉촉이 젖은 가랑이 사이에 제 중심부를 내리꽂는다. 여자의 거친 신음. 여자의 가는 팔이 루카의 목을 휘어 감는 사이 그의 엉덩이가 힘 있게 움직였다. 곧 서로는 땀에 젖는다. 점점 거세지는 바람, 그것은 육체가 일으키는 열정의 바람이다.

그와 더불어 그의 허리를 감고 있던 그녀의 벌거벗은 한쪽 다리가 움직임을 종용하듯 루카의 허리와 엉덩이를 자극하며 움직인다.

아아아…… 더는 참을 수 없어 단번에 그녀의 몸을 들어 올리고 힘차게 질주를 시작한다. 위아래, 어디 할 것 없이 사정없이 흔들리는 그녀의 몸이 루카를 맞이하며 급기야 게일의 입술이 그의 목덜미를 뜨겁게 물어 삼킨다.

헉!

루카는 신음을 내질렀다. 오직 상상만 했을 뿐인데, 그의 육중한 몸 한가운데가 급격하게 뜨거워졌다. 그것은 욕망의 액이었다. 미진하고 갈급한 욕구에 대한 것이 실제로 몽정이라도 한 것처럼 액이 분출되다니…….

"이 여자, 날 미치게 하는 마녀가 틀림없어."

누구라도 죽일 듯 깊게 내뱉는 루카의 음성이 낮게 가라앉아 있었다.

그것은 욕망과 육체의 열망으로 인해 까맣게 타들어 갔다는 증거였다. 그렇기에 더는 여자의 재롱을 얌전히 볼 수가 없었다. 하여 루카는 움직였다.

"가까이 오지 마세요!"

"가면?"

"당장 약속해요! 뭐라도 좋으니 궁정관을 안전하게 보내 준다고 맹세하란 말입니다!"

호오, 궁정관. 마침내 사내의 신분을 알게 되었다. 여자는 브륀의 영주, 사내는 궁정관.

이로써 여자의 신분은 완벽히 증명된 셈이다. 아울러 마녀라는 소문은 사실일 듯하고 말이지.

루카가 다가오자 게일은 주춤거리며 도망갈 곳을 찾아 고개를 두리번거렸다. 그러나 익숙한 공간임에도 불구하고 달아날 곳은 마땅치 않았다. 움직일 곳이라고는 오직 이어진 유리온실뿐.

게일은 뒷걸음질 쳤다. 그리고 상대도 되지 않는 검을 들어 올리며 매섭게 외쳤다.

"보기에는 이래도 검입니다."

"알아."

"가까이 오지 말아요!"

어느새 게일은 온실 한쪽에서 자라고 있는 상목(桑木)*의 기둥까지 물러선 채였다. 온실 안에서 제일 거대한, 높이는 사내

---

*상목(桑木):뽕나무.

의 서너 배. 숲에서 자라야 할 교목을 이곳에 심은 이유는 황량한 브륀 땅이 원인이었다.

메마르고 건조한 날씨와 정해진 우기. 상목은 게일에게 있어서 아주 중요한 역할을 하는 귀한 나무였다. 바로 그 나무 기둥에 등을 맞댄 게일. 더는 갈 곳이 없었다.

"오지 말아요!"

힘없는 외침. 그러나 루카는 입안이 마르고 눈은 휘어졌다. 그녀에게 가까이 다가갈수록 심장이 터져 나갈 듯 세차게 박동하고 있었다.

마침내 루카는 게일의 허리를 낚아채는 데 성공했다. 그러나 게일은 쉽게 항복하지 않을 듯 온몸의 털을 곤두세우고 있었다.

"너의 정체를 알았으니, 이제 그 눈에 대해 이야기할 차례다."

"보이지 않을 거야. 당신에게는."

"왜? 내가 보면 내 눈이 멀기라도 하는가?"

"당신은 감당할 수 없어요. 후회하기 전에 물러 나요, 어서!"

"제법 귀여운 협박이나 나에게는 통하지 않아."

게일은 속이 탔다. 어느새 그의 손은 제 뒷머리까지 올라가고 있었다. 분명 감겨 있는 검은 천의 매듭을 풀어낼 것이다.

안 돼, 그렇게 둘 수 없어!

"그만둬요!"

그렇게 소리친 게일은 손에 들고 있는 검을 있는 힘껏 그의 어깻죽지에 찔러 넣었다. 어찌나 깊숙이 박혔는지 제 풀에 놀란 게일이 두 손을 떼어도 그 검은 그의 어깨에 그대로 꽂혀 있었다.

"끝났나?"

루카의 표정에는 아무것도 드러난 것이 없었다. 무표정. 아무런 감정이나 고통이 보이지 않는 살벌함 그대로였다.

반대로 너무 놀란 게일은 두려운 듯 제 입을 막아 버리며 도리질했다.

루카는 그 모습에 피식대더니 몸통에서 팔이 이어지는 부분에 꽂힌 검을 단번에 빼내 멀리 던져 버렸다. 검에 찔린 것에는 어떠한 반응도 없었다. 시큰한지 얼굴만 살짝 찌푸렸을 뿐. 그리고 그의 어깨에서는 사정없이 피가 흘러내렸다.

"내, 내가……."

저절로 눈물이 흘렀다. 아무리 잔인한 상대라도 게일은 진짜로 검을 사용하려던 것은 아니었다. 그런데 그가 행했던 것처럼 자신도 똑같이 검으로 상대를 찔렀다.

"이제 보여 줘, 너의 눈."

그다음 루카는 한 손으로 게일의 눈을 가리고 있던 천을 그대로 들어 올렸다.

여자의 눈이 드러났다.

루카는 잠시 아무 말도 하지 못했다. 눈꺼풀이 떨리고 수정 같은 눈물이 흐르는 것은 둘째, 그녀의 눈동자는 이루 말할 수 없이 신비하게 빛을 반사했다.

"이런 망할!"

더는 참지 못한 루카는 울고 있는 그녀를 끌어당겨 떨고 있는 입술을 강하게 머금었다.

제2장

둘째 날 The second day

또똑. 또똑.

이중으로 된 석벽을 타고 떨어지는 물방울의 소리가 유난하다. 작지만 단단한 물방울이 일으키는 열기는 곧 수증기가 되어 진주조개 껍질과도 흡사한, 오색 무늬를 두른 사방을 가득 메우고 있었다.

밤새 내리던 빗줄기는 잠잠해졌고 곧 동이 틀 무렵이었다. 사방 천지 고요함만이 전부인 지금, 욕실 입구의 오각형 문짝하나가 열렸고 그 틈으로 엷은 열기와 함께 루카가 들어섰다. 그런 그의 등에는 여느 때와 같이 긴 검이 분신처럼 매달려 있었다.

한 발짝 한 발짝 무게감 가득한 움직임으로 욕실 한가운데 멈춰 선 그는 잠시 욕실 곳곳을 매섭게 주시했다. 그가 가지고 있는 버릇으로 혹 위험이 도사리고 있는 것은 아닌지, 어딘가에 적이 매복하고 있는 것은 아닌지 확인하는 절차였다. 그러나 이곳은 인적 없는 브륀 성.

이미 곳곳에서 승리를 이룬 관계로 루카는 어젯밤, 그의 정예 부대 중 3분의 2를 세르안으로 되돌려 보냈다. 떨어져 가는 물자도 그렇지만 오랫동안 전장에서 싸워 온 군병들에게 주는 일종의 휴가였다.

그렇기에 황량한 이곳에 남은 인원은 그리 많지 않았다. 그리고 그들이 되돌아오는 날, 남은 인원을 다시 되돌려 보내 사기를 가다듬은 부대를 이끌고 다시금 전장으로 내달릴 예정이었다.

이윽고 아무도 없음을 확인한 루카는 등에 매달린 검을 손에 닿을 거리에 세워 놓았다. 몸을 돌리는 순간, 다시 한 번 욕실의 문이 열리고 다소 흐린 표정의 게일이 조심스럽게 안으로 들어섰다.

게일의 눈가에는 다시금 검은 천이 묶여 있었다. 그것도 꽤나 단단히.

"좋군."

게일을 유심히 바라보는 루카. 젖은 그의 음성이 석벽으로 만든 공간으로 튕겨 나간다. 그러나 좋다는 것이 잘 설계된 욕실을 뜻함인지 아니면 들어선 그녀인지는 불분명했다.

게일은 아무 대답도 하지 않았다. 다만 손에 든 몇 가지 약초 그릇을 한쪽에 놓인 긴 의자 옆 탁자에 조심히 올려놓을 뿐이었다.

루카는 게일에게서 잠시 시선을 돌려 긴 의자와 탁자를 유심히 바라보았다.

목욕 중에 잠시 쉴 수 있는 긴 의자의 모양이 독특했다. 돌로 공들여 만들어졌으며 긴 의자의 다리 모양 또한 참으로 유난했다. 굽어져 있는 발톱 모양, 그것이 어떤 동물인지는 정확하지 않다. 다만 어제 보았던 게일의 눈동자와 무언가 비슷한 느낌이 들었다.

절대 잊혀지지 않는 그녀의 눈동자는 신비했으며 더없이 아름다웠다. 굳건한 그가 아닌 평범한 사람이 보았다면 단번에 홀릴 듯한 눈이었다.

그 역시도 그 눈빛에 참지 못하고 격한 입맞춤을 하지 않았던가.

루카는 게일이 하는 양을 바라보며 팔짱을 끼었다. 분명히 흔한 여자가 아니다. 아름답다. 심지어 획일화된 아름다움이 아니라 내면의 깊이와 신비감이 더해져 그녀만의 차분함으로 오랫동안 점철된, 누구도 따라 하지 못할 부분이었다. 거기에 사소한 행동 하나하나마다 품위와 격조가 숨어 있었다. 지금처럼.

궁정관을 치료하기 위해 찢어 낸 옷자락. 루카에 의해 벌어진 가슴팍. 어쩌면 기울고 허름하기 그지없는 모양새로 하녀처럼 물끄러미 서 있는 자태마저 고귀했다.

오래된 가문, 대대로 영주 가문이라 했던가. 이럴 줄 알았으면 브뢴에 대해 좀 더 알아 둘 것을, 내심 생각을 하며 루카는 제 턱을 쓸었다. 거뭇하게 나 있는 수염이 괜히 신경 쓰였다. 아울러 더러운 제 몸까지.

루카는 게일을 보았다. 그녀는 짐승의 다리 모양으로 문양이 새겨진 의자 옆에 오도카니 서서 움직일 줄을 몰랐다.

"이리 와."

루카는 게일에게 손을 내밀었다. 게일은 잠시 떨리는 가슴을 감추며 제 입술을 살짝 물었다. 안으로 들어설 때부터 느낀 시선은 따가웠다.

발 하나 들이밀었을 뿐이건만 날카롭다 못해 당장이라도 잡아먹을 듯 주시하는, 그것도 제 것임을 나타내고 싶어 안달 난 수컷.

게일은 힘겹게 숨을 들이쉬었다. 모든 것이 당황스러웠다. 자신 때문에 궁정관 마예로가 상처를 입었고 그를 구하기 위해 제 몸을 던져 펼쳐진 이 모든 상황이.

그녀는 한가운데 버티고 선 루카가 내밀고 있는 손을 응시했다. 그의 어깨에 물기가 고스란히 묻어 있었다. 아마도 상처는 아물지 못하고 곧 곪아 가겠지. 그리고 다가올 우기, 어쩌면 습한 날씨에 서서히 죽어 갈지도 몰라. 그래, 그렇게라도 죽어 버린다면⋯⋯.

게일은 눈앞의 남자를 곧은 눈빛으로 바라보았다. 그러나 그의 묵직한 시선 앞에서 그 안에 숨어 있는 비겁한 마음을 되돌릴 수가 없었다. 대체, 왜.

"깨물린 혀와 입술, 그리고 찔린…… 어깨를 그대로 두면 습한 기운에 곧 짓물러 나중에는 팔을 절단해야 할지도 몰라요."

게일은 어렵사리 입을 열었다. 그리고 제 의지와 반대로 열려 버린 입을 자근거리며 씹었다. 그러자 루카는 피딱지가 앉아 있는 입술로 웃었다.

"이 정도는 아무것도 아니야."

"하마터면 혀가 잘릴 수도 있었는데요."

"개미 한 마리 죽일 수 없는 것 같은데 사내의 혀를 자른다고?"

"순간적으로 힘을 낸다면……."

"아니, 불가능해. 나한테는."

태연한 루카. 게일은 그를 향해 뭐라도 던지며 맘껏 소리치고 싶었다.

그렇게 큰소리치는 사람이 나에게 입술을 물어뜯겼잖아요. 그리고 내 눈을 보고도…….

아아, 그래. 그는 나의 두 눈동자에도 불구하고 놀라거나 겁을 내지 않았다. 그저 있는 그대로의 나를 보아 주었다. 오직 그만이, 검을 들고 피를 묻히고 다니는 잔학한 사내가 나에게 손을 내밀었다. 게일은 제 눈가에 감긴 검은 천을 살짝 매만졌다.

장군이라는 사내는 감탄과 탄성을 올리며 게일의 눈을 바라보기를 주저하지 않았다.

"오로라(Aurora)가 네 두 눈에 들어 있군."

어쩌면 최고의 찬사였다. 게일에게 혀와 입술이 물렸으면서도 그는 망설이지 않고 자신의 본 바를 표현했다. 그 한마디에 한껏 몸부림치던 게일이 움직임을 멈췄었다. 믿기지 않은 듯 루카를 바라보며 눈물을 흘렸다.

그러자 사내는 눈물마저도 아까운 듯 제 손가락으로 훔쳐 주었다. 제 눈을 보고 도망치지도 기절하지도 않은 인간은 그가 최초였다.

"두, 두렵지 않은가요? 당신의 정신이…… 혼이 나갈 것 같지 않은가요?"

"그 무슨 말이지? 이렇게 아름다운 눈동자에…… 미쳤나, 다들? 그래서 눈동자에 유혹당하고 조종당할까 무서워 눈을 가리고 있게 하던가?"

"그, 그게……."

게일은 사실대로 말하고 싶었다. 눈물이 스쳐 지나 젖은 입술이 달싹거리며 뭔가를 말하고자 했다. 그러나 곧 입을 다물어 버렸다.

게일의 눈동자는 극광(極光)이라 불리며 한 가지 색을 가지고 있지 않았다. 빛의 방향에 따라, 또는 그녀의 감정에 따라

수시로 변했다. 때로는 깊은 파랑으로, 초록으로, 또는 엷은 회색빛으로 쉴 새 없이 바뀌어 가는 그녀의 눈동자에 다들 기함했다.

마녀의 저주라 불리는 그녀의 눈동자에는 또 다른 비밀이 있었다.

그녀의 동공을 감싸고 있는 블랙의 테두리 안에 갇힌 망막. 그것은 인간의 것이 아니었다.

아득한 세월 동안 이 땅에 터전을 잡았다 전해지는 태초의 태즈매니아(Thylacinus cynocephalus)*. 지독한 야수의 눈동자가 고스란히 게일에게 발현되었으니 태어나면서부터 그녀에게는 지독한 운명이 주어졌다.

단 한 번 보고 나면 자신의 의지를 상실하고 만다는 눈동자. 그러나 그 의지는 결코 좋은 쪽으로 흐르지 못함이니 인간으로서는 감당할 수 없는 태즈매니아의 눈빛을 마주한다면 현혹당하고 굴복당하다 급기야 미치고 만다고 전해졌다.

제일 측근에 있었던 궁정관조차도 그녀의 눈빛을 똑바로 보지 못했었다. 아니, 답답한 나머지 검은 천을 풀려고만 하면 기겁을 하며 머리를 조아렸었다. 그 모든 것은 게일을 위해서라며.

그녀의 눈동자를 보면 제 의지를 잃은 채 압도당하기에 절대 눈동자를 남에게 보이지 않아야 한다는 절절한 당부도 이

---

*태즈매니아 호랑이(Thylacinus cynocephalus):호랑이처럼 줄무늬를 갖고 있으나 전체적인 모습은 개와 유사.

어졌다. 그것은 몇십 년의 세월 동안 한결같이 지켜지고 있었던 그들만의 법칙이었다.

그것을 단숨에 깨부순 사내는 달랐다. 그 어떤 것도 해당 사항이 없었다. 도리어 그는 게일의 눈동자를 극찬하며 감탄했다.

그 점이 게일의 마음을 흔들어 버렸다. 아울러 그의 따뜻한 손도. 차가운 눈빛과는 대조적으로 게일을 감쌌던 손길은 그 무엇보다 부드러웠다.

게일은 스스로를 다독였다. 그를 치료할 명분이 충분했다. 이처럼 사적인 공간인 욕실로 들어온 이상 당당해지기로 했다.

"상처를 아물게 하는 약을 발라 드릴게요."

"이 친절에 내가 감사해야 하나?"

이죽이듯 루카의 매서운 눈빛이 게일을 향해 있다. 그러나 게일은 알고 있었다. 그가 자신의 눈을 확인한 뒤에 행했던 뜨거운 입맞춤은 정신을 차릴 수 없을 만큼 강렬했으며 따뜻했다.

그것이 곧 게일을 놀라게 했으며 또한 감췄던 그녀의 비밀 하나를 알아차린 것에 대한 결과물로써 그의 입술에 굳은 피 딱지가 자리 했다.

"얼굴의 상처처럼 간단히 아물 것이 아닙니다."

게일은 스스로의 한숨을 뒤로하고 루카의 얼굴을 정면으로 응시했다. 꽤나 보기 좋은 얼굴을 가로지르는 긴 상처. 눈 끝에서부터 턱까지 길게 이어져 있었다.

아마도 날카로운 검에 의해 지워지지 않을 상처를 입은 것이리라. 조금이라도 그 검이 빗겨 갔다면 아마도 그는 실명했을 것이다.

"이것은 너무 어렸을 때 난 상처라."

무심하게 내뱉은 루카. 그러나 그 무심함에 감춰진 것은 그만의 방식으로 살아온 무력의 세월일 것이다.

잠시 비가 그친 후의 적막감이 새벽하늘, 그리고 욕실 안의 표정 없는 루카까지도 충분히 감싸고 있었다.

"일단 씻으란 말이지?"

"자, 잠깐만!"

그는 게일이 미처 움직이기도 전에 걸치고 있던 옷을 아무렇게나 던져 버렸다. 그다음 물이 모여 있는 욕탕 안으로 저벅거리며 걸어 들어갔다. 차가운 돌로 만들어진 욕조 안은 생각보다 차지 않았다.

얼마 만의 목욕인지. 생각보다 괜찮은 느낌에 루카의 표정에는 한결 여유가 생겨난 듯 보였다.

그러나 게일은 무척이나 놀랐다. 심지어 가려진 눈동자가 어찌나 크게 팽창했는지 아마도 눈이 떨어질지도 모른다고 놀려도 할 말이 없을 정도였다.

제 눈앞에 드러난 사내의 알몸. 탄탄한 두 다리를 타고 올라오면 보이는 날렵한 허리와 넓은 어깨. 자잘한 상처들이 훈장처럼 매달려 있는 그의 몸은 군더더기 없이 완벽했다. 심지어 욕조 안으로 들어섰을 때의 그의 뒷모습은 엉덩이에 매달린 근육이 사뭇 바위 같았다.

그러나 잠시 주저하던 게일은 그가 알몸이거나 말거나 탁자에 놓았던 그릇 하나를 집어 들고 욕조 옆에 주저앉았다. 그리고 물기가 흐르고 있는 그의 팔, 정확히는 그녀가 검으로 찌른 팔을 움켜잡았다.

"상처에 물이 들어가면 안 됩니다!"

어찌나 큰 소리를 냈는지 높은 천장의 둥근 창으로 내려오던 새벽빛이 움찔하는 것만 같았다.

"괜찮아."

역시나 미동도 없이 덤덤했으나 루카는 게일에게 잡힌 팔을 빼지는 않았다. 게일은 그것이 상처를 치료하라는 승낙의 의미로 받아들였다.

"좋은 곳을 알려 줘서 고맙다고 해야 하나?"

비꼬는 것인지 아니면…… 게일은 아무 말 없이 그의 상처 난 팔을 잡고는 준비한 천으로 조심히 닦아 내기 시작했다. 루카의 양미간이 잠시 일그러졌다.

"따가워."

"소독할 겁니다. 아파도 참아요."

살균력이 강한 알코올이 함유되어 꽤나 쓰릴 터. 그러나 게일은 그가 인상을 쓰거나 말거나 묵묵하게 제 할 일을 해 나갔다. 루카 역시 눈매를 사납게 치뜰 뿐 더는 아무 말도 하지 않았다.

게일은 물기를 제거한 상처 위에 하얀 가루를 살살 뿌렸다. 그다음 깊게 베여 속살이 벌겋게 드러난 팔을 손에 올린 채 가져온 그릇 안의 잎사귀를 잘근거리며 씹기 시작했다. 그러다 문득 저를 주시하고 있는 루카와 시선이 닿았다.

"꽤나 익숙해 보이는군. 그렇게 약초를 잘 다루니 마녀라 소문난 것인가?"

그녀는 아무 말도 하지 않았다. 그러나 게일의 심장은 한껏 두근거렸다. 그가 물기 묻은 손을 그대로 들고 게일에게 다가왔다.

그리고 눈에 감긴 검은 천을 다시금 천천히 풀어냈다. 게일은 그에게 사로잡힌 듯 꼼짝도 할 수 없었다. 도리어 강한 눈빛으로 상대를 사로잡는 것은 게일이 아닌 루카였다.

"단둘이 있을 때는 하지 마."

왜냐고 묻고 싶었다. 그러나 게일은 시선 하나 돌리지 않은 채 씹은 약초를 그의 상처 난 팔에 문질렀다.

"아파."

이번에 그는 사실대로 말할 수밖에 없었다. 상처 부위에 얹어 있는 시커먼 덩어리가 어찌나 요란하게 쓰라린지 차라리 검에 찔리는 쪽이 나을 것 같았다.

"참아요. 이래 봬도 회복을 촉진하고 벌어진 상처를 붙게 만드는 역할을 합니다."

"상처 한두 개쯤."

"그 상처에 살아야 할 사람이 죽어요. 자만하지 마세요."

서로 간의 시선을 돌리지 않은 채 치료하는 자와 치료받는 자.

그러나 이내 드러난 게일의 눈동자에 루카는 엷은 웃음을 머금었다. 왜 웃음이 나는지 알 수 없었다. 지금 게일의 눈동자색은 푸른색이었다. 마치 높고 푸른 하늘을 그대로 옮겨 놓은 듯한 눈빛.

"어제는 깊은 초록색에 붉은색을 띠더니 지금은 하늘과 닮은 색이라…… 혹 자신의 감정에 따라 눈빛이 변하는 것인가?"

움찔, 게일은 단단히 감으려던 붕대지를 떨어트렸다. 그것이 루카의 질문에 대한 대답을 대신했다.

"그렇군."

루카 역시 더는 말하지 않았다. 다만 조금은 온화한 눈빛으로 제 상처를 꼼꼼히 치료하는 게일의 눈동자에서 시선을 거둘 줄 몰랐다.

심장이 터져 나간다. 사내의 눈빛에, 어쩌면 자신을 신뢰하는 것 같은 눈빛에 게일의 마음에 파문이 생기려 하고 있었다. 이 사내, 이중인격인가. 살벌하고 잔인할 때는 언제고. 마치 꼬리를 내리고 얌전히 주인을 바라보는 충직한…….

그러나 그의 행동으로 말미암아 게일은 또다시 궁정관의 고통을 상기하고 말았다. 그래서 냉정하게 말할 수밖에 없었다.

"다신 내 몸에 손대지 말아요."

"손대면 어찌할 건데?"

루카는 게일의 엄포 아닌 엄포에 비웃듯이 입가를 올렸다. 그것도 물속에 잠긴 두 다리를 들었다가 내리면서. 그 탓에 시커멓게 보이는 그의 중심부가 또렷하게 보였다가 이내 사라졌다.

게일은 눈을 질끈 감았다. 그리고 다시 잡은 붕대지를 빠르게 감기 시작했다.

"손대면?"

"손대지 마세요."

"댈 거야. 난."

"그러면 보란 듯이 온 세상에 내 눈을 내놓고 다닐 겁니다. 어머!"

갑작스레 당긴 루카의 힘 앞에서 게일의 오기는 무력해졌다.

첨벙! 곧 욕조 안의 물이 넘쳐흐르고 온몸이 젖어 버린 게일은 루카의 두 다리 사이에 갇힌 채 눈을 뜨지 못하고 있었다.

"그건 안 돼. 당신은 분명 나와 거래를 했잖아. 난 약속대로 궁정관을 이곳에서 내보내 줄 것이다. 매우 안전하게."

단호한 말이었다. 루카는 물이 묻어 있는 그녀의 얼굴을 손으로 훑어 주었다. 그리고 자신의 말을 허투루 듣지 말기를 종용하며 물기 머금은 게일을 제 앞으로 바짝 당겼다.

"이게 무슨 짓이에요?"

바락 소리치는 게일. 그 순간, 서서히 밝아지는 새벽 여명이 둥근 천정의 창으로 스며들었다.

그 빛줄기가 그녀의 머리 위로 내리비쳤다. 또다시 게일의 눈동자 색은 변해 있었다. 이번에는 검은 테두리를 남긴 채 환한 초록으로.

"파르지팔 사이프리드."

루카는 정확히 게일을 보면서 천천히 입을 열었다.

"파르지팔 사이프리드?"

"내 이름. 루카라 불러."

게일은 그의 단정하고도 불붙은 듯한 눈빛에 눈을 껌벅거렸다. 묻지도 않은 제 이름을 알려 주다니. 왜?

"앞으로는 이름으로 불러. 영주님, 그대의 이름은?"

상대의 이름을 알았으니 자신의 이름을 알려 주는 것은 당연한 예법. 게일은 당황했다.

"내가 계속하여 '너'라고 불러도 상관없겠나?"

손만 대면 닿을 거리에 있는 그의 가슴, 벌거벗은 그의 어깨에서 떨어지는 물방울. 잘 조각된 남상(男相)이 바로 눈앞에 있다.

"알려 주시지요. 브륀의 영주님."

정중하고 엄숙했다. 게일은 또 다른 빛을 띤 루카의 얼굴을 보며 눈꺼풀을 파닥거렸다.

루카는 물기 가득한 양손으로 게일의 손을 부드럽게 잡아올렸다. 그다음 그 손등에 나비가 날아들 듯 살포시 입맞춤을 했다. 루카의 손에서 전해진 물기는 그의 입술을 거쳐 게일의 핏기 어린 손등에 안착했다.

"그대의 이름은?"

다시 얼굴을 든 루카의 질문은 겁박도 아니요, 요청도 아니었다. 그저 게일의 이름을 알고자 한 순순한 본심이었다.

게일은 울컥했다. 손등에 닿은 그의 느낌이 제 마음에 북받쳤다.

"나는…… 게일 쿤드리 가나베일 아만."

게일이 루카에게 제 이름을 알려 준 것은 어찌 보면 탄식과 같았다. 알리지 말라는 심정과 알려 주라는 마음이 한껏 부딪치며 혼란과 가책을 동시에 가지게 했다. 그러나 자신도 모르게 루카에게 제 이름을 알렸다.

"나는 게일."

게일은 다시 한 번 제 이름을 입에 올리면서 희미하게 미소 지었다. 그 모습에 루카는 답하듯 눈웃음을 보였다. 상대가 혹할 듯 눈꼬리가 휘어지는 웃음이라니.

"잘했어. 게일."

그가 눈부셨다. 게일은 생각도 못 해 본 루카의 웃음에 멍해졌다. 아마도 분명 그것에 또 눈빛이 변했으리라.

루카는 신비하게 변하는 게일의 눈동자에서 시선을 돌릴 수가 없었다. 오묘하고도 신비하며 유려한 눈동자. 거기에 떨고 있음이 분명한 표정으로 제 얼굴을 보니 그것이 그에게 이상한 감정을 불어넣는 듯했다.

어제, 약초와 진귀한 물건들이 그득했던 그곳에서 루카는 게일의 눈을 확인한 동시에 뜨거운 입맞춤을 할 수밖에 없었다. 더없는 욕구에 못 이긴 탓도 있었지만 그녀의 눈, 세상에 존재하지 않을 눈동자에 루카는 소름이 끼쳤었다. 그리고 이어지는 찬미(讚美).

그러나 그것과는 별개로 다시금 그녀의 입술과 혀를 맛본 순간, 루카는 이지를 상실할 뻔했다.

더없이 우뚝 솟아 있는 그의 중심부는 이미 한차례의 액을 분출했으나 전초전이었음을 명백히 했다. 어찌나 요동치는지 루카는 뻐근함을 넘어 빳빳하게 경직된 그것을 속수무책으로 풀어 낼 수밖에 없는 지경이었다. 몸과 마음과 이성이 따로 노는 경우일까.

그런데 지금도 게일의 젖은 몸을 앞에 두니 더하면 더했지 결코 덜하지 않았다.

또똑. 또똑.

둘 사이의 자욱한 적막을 떨어지는 물방울이 남김없이 잘라 낸다. 서서히 욕실을 가득 메우는 수증기가 두 사람이 일으키는 기묘한 긴장감을 부채질하는 듯했다.

하여 루카는 또다시 생전 안 하던 행동을 하기 시작했다. 그는 소년처럼 씩 웃었다.

"같이 씻자."

뭐, 뭐라고…… 방금 들은 것이 무엇을 뜻하는 것인지 인식도 하기 전에 루카에 의해 물에 젖은 드레스가 벗겨지고 있었다. 그리고 그녀가 무슨 일이 벌어졌는지 확연히 느꼈을 때는 이미 젖은 드레스가 바닥 위에 던져져 있었다.

"이, 이게 무슨……."

게일은 당혹스러워 어쩔 줄 몰랐다. 벌거벗은 사내의 몸이 팔만 뻗치면 맞닿을 거리. 게다가 욕조 안.

"같이 씻자. 내 팔이 이 모양이잖아."

천연덕스럽게 붕대지를 감은 팔을 쓱 들어 올리는 루카. 게일은 이 상황이 너무나 기막혀 뭐라 반박할 수가 없었다.

정말이지 어떠한 단어도 떠오르지 않았다. 게일은 머리가 하얗게 비어 버렸다는 것이 어떤 뜻인지 이제야 이해할 수 있었다.

거기에다 자신에게 시선을 고정한 채 너무나 태연한 눈빛, 여자의 알몸쯤 아무렇지도 않다는 그의 시선이 무척 거슬렸다. 그러나 게일의 표정에도 불구하고 루카는 자못 진지한 눈빛으로 그녀의 상체를 응시했다.

"보기 좋아. 딱 좋군."

그제야 게일은 루카의 시선을 따라 제 가슴을 내려다보았다. 갑작스레 물이 닿은 탓에 새하얀 가슴의 작은 정점이 짙게 솟아 있었다.

"고개 돌려요, 어서!"

드레스가 벗겨졌으니 알몸이 드러난 것은 너무나 당연한 일. 그것을 미처 인지하지 못한 게일은 뒤늦게 드러낸 가슴을 두 손으로 감싸 버렸다.

게일의 눈동자는 색이 바뀌어 있었다. 이번에는 너무나 사랑스런 금빛. 무의식중에서도 매혹이라는 단어가 튀어나올 정도로 노랗게 빛나는 눈동자는 완벽한 보석이었다. 역시나 루카는 그 눈빛에 사로잡혔다.

아름다운 여체와 그녀만의 독특한 매력, 거기에 사내에게 쉽게 굴복당하지 않겠다는 고집스러움까지. 그 모든 것이 루카의 마음에 스며들었다.

"……이리 와."

"싫어!"

루카가 손을 뻗자 게일은 고개를 흔들며 몸을 벌떡 일으키려 했다. 부유하는 물속이라 생각보다 쉽게 그의 손아귀에서 빠져나갈 수 있으리라는 일념으로 세차게 몸을 일으킨 것이 그녀의 크나큰 과오였다.

"이런, 조심!"

욕조의 물이 세차게 물결을 일으켰다. 맹렬한 기세로 일어났던 파도가 밀려났다 달려드는 형국에 비틀거리던 게일은 자신을 끌어당기는 손에 의해 그의 탄탄한 가슴팍에 맞닿아 버렸다. 세차게 몸을 일으키려는 반동으로 그녀는 루카의 품으로 뛰어든 셈이 되어 버린 것이다.

맞닿은 가슴, 게일의 모양 좋은 가슴이 물컹하고 루카의 가슴에 닿자 그의 머리끝과 발끝이 쭈뼛 일어섰다. 루카의 확장된 동공은 오직 여체의 감촉을 온몸으로 감지한 채 헉헉거리는 중이었다. 당장 그녀를 갖고 싶다. 맹렬히 탐하고 싶다. 유려한 물고기처럼 그녀와 한 몸이 되어 물속에서 한껏 움직이고 싶다.

"조심하라고, 미끄럽잖아."

살의까지 느껴졌다. 그의 표정은 피가 뚝뚝 흐르는 살코기를 시식하기 위해 군침을 삼키는 포악한 짐승의 것이었다. 이성이 그를 배반하고 오직 욕망이 지배하는 손끝이 게일의 허리를 한껏 잡아당기려는 찰나, 금빛 눈을 마주한 루카는 힘이 풀려 버렸다.

"미, 미안해요."

게일은 무시무시한 눈길로 자신을 쏘아보는 루카에게 순간적으로 사과를 하고야 말았다. 자신의 성급함으로 인해 상처 입고 붕대지까지 감은 그의 팔을 또다시 다치게 할 뻔했기 때문이었다.

"하아……."

생각도 못 한 게일의 사과에 루카는 고통스런 신음을 흘렸다. 당장 해방되고자, 그녀의 몸을 지배하고자 모든 준비를 마친 그의 신체가 발악하는 고통.

지금 이 순간, 투명한 물과 뿌연 수증기를 사이에 둔 여자와 남자에게는 오직 감정만 남아 있는 듯했다. 살기를 희망하는, 생명 유지와 관련이 있는 갈증, 허기. 그중에서 허기를 발판 삼아 가장 크게 확장하고 있는 것은 성적 흥분이었다. 그것은 그 누구도 반박하지 못할 문제였다.

그러나 두 사람은 그것을 무시했다. 다만 서로가 빤히 보이는 알몸이라는 사실에 지극한 평정심을 유지하기 위해서 대단한 노력을 기울이는 것에는 의심의 여지가 없었다.

"난 당신처럼 누구를 치료하는 것 따위 하지 않아. 그러니 조심해."

참고 또 참고 있던 루카가 먼저 입을 열었다. 거칠고도 굵은, 거기에 쉬기까지 한 음색이었다. 루카는 잠시 제 목소리에 놀라 헛기침이 나오려 했다. 하마터면 속수무책으로 그녀를 탐할 뻔했다.

대체 이 여자가 뭐길래! 다른 여자와 뭐가 다르기에 이토록 인내하고 참으며 고통을 감당해야 하는 것인지.

그것이 성에 차지 않던 루카는 어금니를 사리물었다. 물속, 자신의 중심부가 꺼떡거리며 어서 넣어 달라 종용하는 것을 지독히도 구박하면서.

조금은 침착함을 되찾은 게일이 욕조 밖으로 흘러내린 물을 바라보았다. 지극히 순수해 보이는 옆모습이 애달파 보이기까지 했다.

루카는 마력을 담고 있는 그 눈동자가 쾌락을 담고 눈물을 떨어트린다면 과연 어떤 모습으로 변화할 것인지 너무나 보고 싶었다. 울면서 자신을 끌어당길까, 좀 더 강하게 해 달라고 요구할까, 아니면 아프다고 밀어낼까.

"참기 힘들군."

"네?"

"힘들다 했다."

"미안해요. 정말 미안합니다. 혹 부딪치거나 그런……."

"뭐……."

이 순진한 여자 같으니. 괜히 웃음이 날 것 같아 루카는 저도 모르게 인상을 찌푸렸다.

게일은 그 모습을 잘못 이해했다. 너무나 고통스러워 어쩔 줄 모른다 생각해 루카에게 일단 고개를 숙여야 했다. 벌거벗은 가슴을 가리며 고개를 숙이는 모습이 우스울지언정 욕조의 단단한 모서리에 제 머리가 받힐 뻔한 것을 그가 구해 준 것이나 진배없기에.

"조금 닿았나?"

그러면서 루카는 물기가 묻은 붕대지를 게일에게 내밀었다.

"물은 상처에 최악입니다. 청결도 중요하지만 먼저 곪지 않도록 하는 것이 우선이에요."

"그렇군."

게일은 제 알몸을 가릴 생각도 않고 물에 젖은 붕대지를 다시 한 번 꼼꼼히 살펴 주었다. 그 모습이 또 전에 없이 사랑스러우니, 극심한 충동을 억제키 위한 루카의 표정은 살벌하기 그지없었다.

"아파도 참아요."

아니, 내가 아픈 게 아니라 널 아프게 하고 싶어.

루카의 번득이는 눈빛이 게일의 손짓 하나하나를 눈에 담았다.

이대로 끌어당기고 입술을 탐하고 싶다. 양팔로 가둔 채 그대로 진입하고 싶다. 이대로 그냥, 자연 그대로의 모습으로 낮이나 밤이나 계속하여 널 탐하고 싶다.

"진짜……."

죽을 맛이군. 젠장! 루카는 자신을 억제하기 위해 이성을 총동원하고 있었다.

다만 그는 물속에 잠겨 있는 두 다리를 이용하여 게일의 알몸을 꼭 죄었다. 그와 더불어 한 팔로 그녀의 허리를 감싸 안아 제 앞에 고정시켰다.

"이러지 말아요."

"난 여자의 알몸 따위 관심 없다."

"그런데 왜 이래요?"

"꼭 알아야 하나?"

차디찬 루카의 말에 게일은 울고 싶은 심정이었다. 그로 인해 드러난 가슴이 얼마나 방망이질하는지 게일은 숨이 넘어갈 것 같았다.

차라리 소리라도 질러 근위병을 부를 수만 있다면. 그러나 이곳에는 근위병도 시녀도, 자신을 보호하고 지켜 줄 수 있는 자는 그 누구도 남아 있지 않았다.

게다가 상대는 블랙 루카. 도리어 그에게 덤빈 자들이 무모하게 죽어 나갈 것이니 따뜻한 물속에서 거대한 태산에 가로막힌 상황이었다.

게일은 눈을 꼭 감았다가 떴다. 그런 그녀의 눈동자는 또다시 빛깔이 바뀌었고, 그것을 지그시 응시한 루카는 강렬히 일어서려는 욕망을 잠재우기 위해 몸이 뒤틀릴 정도로 용을 써댔다.

알몸, 따뜻한 물속, 그리고 단둘인 지금 손만 뻗치면 한껏 가질 수 있는 여체.

그러나 눈앞의 여자는 그가 알던 여자들과 확연히 다르다. 시선만 돌려도 두 다리를 벌리는 여자야 차고 넘쳤기 때문에 여자란 생물은 인간이 아닌 욕구를 충족할 도구에 불과했었다.

눈앞의 그녀에게는 냉철한 그의 이성이 흔들렸다. 심지어 감정과 기분까지 염려하면서 게일의 눈치를 살피고 있었다. 그녀를 만난 지 얼마나 되었다고.

"망할."

"망할?"

이제는 제 욕지기를 그대로 따라하는 게일. 참으로 마음에 들지 않는 상황이었다. 왜냐하면 미간을 찡그리며 그 뜻이 무엇인지 분석하는 것이 분명한 그녀의 표정은 또 색다른 것이었기 때문이었다.

"변하는 눈동자에 질리지 않는 표정이라."

"누가요?"

"오로라, 너 말이야."

"내 눈동자에 겁나나요?"

"겁?"

"다들 내 눈동자에 지배당한다고들 하지요. 그러니 신기해도 자꾸 보게 되면……."

"게일!"

그윽한 목소리가 울리고 욕실에 흐리던 물방울이 잠시 적막에 휩싸인다. 게일 역시 가만히 그를 응시했다.

"난 겁먹지도 않았고 누구에게 지배당하지도 않아."

"그래 보이긴 하네요. 그런데 왜 그렇게 인상을 쓰죠?"

이제는 볼까지 불룩하게 만들며 불만을 표출한다. 그녀는 단숨에 먹어 치워도 무방할 만큼 매력적인 여자였다.

심심할 턱이 없군. 진짜 하고 싶어 미치겠네, 젠장 맞을! 이 여자는 요물임에 분명해. 틀림없는 마녀다.

루카는 정말이지 침착함을 잃지 않으려 노력에 노력, 그간의 인내심까지 총동원했다. 루카의 손아귀에 점점 힘이 들어갔다.

"게일."

또다시 자신의 이름이 불리자 게일은 고개를 치켜들었다. 그 와중에 떨리는 눈빛과 입술만은 그녀가 누구인지 상기시켜 주고 있었다. 비록 알몸인 채 낯선 사내에게 안겨 있었지만 긍지와 자존심만은 내려놓지 않겠다는 것을 분명히 주지하는 듯했다.

'바보 같은 여자.'

그 점이 자신의 시선을 돌리지 못하게 만드는 것을 알고나 있는지.

다시 한 번 게일의 눈동자는 황금 같은 눈빛이 서서히 가라앉은 파란색으로 바뀌어 갔다. 그것을 눈앞에서 고스란히 지켜본 루카는 그녀의 신비함에 한숨이 새어 나왔다. 이런 여자를 그 누가 마다할 수 있을까. 지금까지 그녀에 대해 아무런 소문이 나지 않은 것은 천운이었다. 특히나 여자를 좋아하는 황제가 알게 된다면…….

그 순간, 루카의 심장이 쿵 하고 내려앉았다.

"게일, 대답해."

"무엇을요?"

"진심으로 대답해 주기 바라."

"이런 모습으로 대체 무엇을요!"

"화났나?"

"화? 네, 화가 나네요. 아니 화가 났습니다."

"그럼 내가 어떻게 하면 되지?"

"양해를 구하세요. 분명하게."

"그럼 양해를 구하면 나와 함께 씻을 건가? 나와 함께 있어 줄 것인가?"

생각도 못 한 절절한 눈빛에 도리어 말문이 막혀 버렸다. 게일은 진정으로 양해를 구하는 그를 보자 웃음이 나오려 했다. 강하게 나가면 약하게. 약하게 나가면 강하게. 마치 저울에 각자의 감정을 올리며 자연스레 균형을 맞추는 모습이지 않은가.

"게일."

또 이름을 불렀다. 자신의 이름이 소리가 되어 울리는 것이 이처럼 기쁠 수가 없다니.

게일은 울고 싶은 심정이었다. 거기에 그의 갈급한 눈빛과 도리어 억세게 감겨 오는 손길. 들썩거리며 열에 들뜨게 되는 것 또한 막을 도리가 없었다. 스스로에게 화가 나면서도 한편으로는 야릇한 감정이 화르륵 불타올랐다.

전사이자 장군이며 잔인한 그는 야성이 짙은 사내가 분명했다. 충동으로 행동하고 느낌대로 움직이는. 자신과는 철저히 반대인 그에게 점점 관심이 가는 것이 게일은 무서웠다. 그럼에도 불구하고 어떠한 표정 없이 자신을 보는 그의 눈빛은 참으로 맑기 그지없었다. 그의 흐트러진 머리카락을 정돈해 주고 싶을 만큼.

순간, 게일은 스스로의 판단에 바락거리며 고개를 한껏 흔들었다. 그 모습을 물끄러미 바라보던 루카가 또다시 웃음을 흘렸다.

"비웃지 말아요."

"아니, 비웃는 게 아니야. 다만 내 팔이 이렇기에 이왕이면 함께……."

"난 한 번도 남에게 내 알몸을 보인 적이 없어요. 하물며 낯선 사내에게!"

게일은 괜히 서러웠다. 눈물을 보이고 싶지 않았건만 제 의지를 배반한 채 뺨으로 흐르는 눈물이라니.

그 눈물 앞에 루카의 어깨가 아래로 떨어졌다. 그는 아무 말도 하지 않았다. 힘을 주었던 손아귀의 힘을 천천히 풀어 내곤 제 몸을 옹송그리며 두 무릎을 안고 있는 게일에게 손을 움직였다.

'정말……'

게일은 이제 웃음이 나오려 했다. 루카는 제 손을 오목하게 구부려 그녀의 어깨 위로 따뜻한 물을 끼얹고 있었다. 어떠한 말도 하지 않고 얼룩진 눈빛만 보내며 묵묵히 행동하는 루카의 모습에 게일은 어쩔 줄 몰랐다.

'이 사내, 정말 이상해.'

게일은 버릇처럼 입술을 살짝 물었다. 그러자 여지없이 루카의 손가락 하나가 그 입술을 쓸어내렸다.

"좋지 않은 버릇이니 깨물지 마."

게일은 그냥 내버려 두라고 말하고 싶었다. 그러나 부드럽게 어르듯이 자신을 보고 있는 루카에게 아무 말도 할 수가 없었다.

"울다가 웃으면 어떻게 되는지 아나?"

완전한 암흑 같은 사내가 농담을 던진다. 시답잖다, 분명. 그럼에도 불구하고 게일은 시선을 돌릴 줄 몰랐다. 참으로 이상한 마음, 무엇으로도 설명할 수 없는 감정에 오직 그에게 사로잡힌 듯 그만을 주시하게 된다.

게일은 행여나 다시금 그에게 제 살결이 닿을까 최대한 몸을 오그릴 뿐, 아무것도 하지 않았다. 그저 꽁꽁 숨기고 싶었다. 한껏 흔들리는 마음이 그의 시선과 손짓으로부터 안전하기를 바랐다.

고요한 적막이 흐르고 게일도 루카도 서로의 눈동자 안에 자리한 채 자욱한 수증기와 더불어 이 순간이 멈췄으면 싶은 기분을 동시에 공명하듯 느꼈다.

먼저 제자리를 찾은 것은 게일이었다. 계속하여 물을 끼얹은 그의 손마디가 어느새 물에 불어 주름이 져 있었기 때문이었다. 어린애도 아니고, 정말.

"왜 자꾸 물을 끼얹어요?"

"씻겨 주는 거다."

"이게요?"

"그럼 뭐하는 것으로 보이는데?"

"……언제 씻었어요?"

"음, 기억나지 않아."

하마터면 왜 씻지 않았냐고 물을 뻔했다.

그는 수많은 군병들을 이끄는 장군이다. 거기에 거대한 세르안을 위해 영토를 넓히고 있는 피도 눈물도 없는 잔인함의 소유자. 그런 그가 언제 목욕을 했는지 알아서 무엇을 한단 말인가.

순간, 게일의 눈빛이 흑(黑)빛으로 변했다. 그것은 무척이나 사납게 보이기도 했다.

그러나 루카에게는 그 눈빛마저도 앙칼진 고양이가 발톱을 세우곤 주인에게 어리광 부리는 것처럼 보여 그저 안고 싶은 욕망과 사심만이 그득했다. 기막힌 상황이 아닌가. 루카는 입매를 단단히 굳혔다.

"그럼, 여자와 이렇게 함께 자주……."

"없어."

"진짜?"

"난 여자와 함께 먹지도 자지도 목욕하지도 않아!"

그럼, 지금은 뭔데요?

게일은 눈으로 말하는 듯했다. 루카는 미동도 않고 게일의 손을 다시 집어 들었다. 루카는 욕망을 갈구하는 시선을 숨기지 않은 채 그녀의 손등에 또 한 번 입을 맞췄다. 게일이 움찔하는 것이 느껴졌다. 그는 거기서 멈추지 않았다. 손가락마다 입을 맞추었다. 이제 게일이 색색거리며 숨을 참는 것이 느껴졌다.

물론 루카는 멈추지 않았다. 이번에는 손을 부드럽게 뒤집고 드러난 손바닥에 제 입술을 가져갔다. 그사이 루카의 검지는 노니는 듯 게일의 손목 안쪽을 간질였다.

"그, 그만……."

찌릿거린다. 몸이 오그라들 정도로 저릿저릿해 마치 감전이라도 당한 듯싶었다.

게일의 눈동자는 확장되어 있었다. 손바닥에 닿은 것은 그의 입술이 아니었다. 그의 혀였다. 발딱거리며 움직이는 그의 혀는 몇 번이나 손바닥을 훑더니 그다음에는 손목을 타고 오르기 시작했다.

"루, 루카!"

제발…… 점점 기어 오는 붉은 혀. 게일은 속수무책이었다.

✿　　　✿　　　✿

그즈음, 세르안의 황제 암포가(Amphoga)는 집무실에서 그간의 보고를 하는 관료를 심드렁한 눈빛으로 바라보며 상석에 앉아 있었다.

"하여 이번의 공은 전적으로 사이프리드 장군께 돌려야 합니다."

"그렇지요, 장군께서 이끄는 정예부대가 아니었다면 우린 막대한 자원과 재물을 동원하더라도 그 지역을 정복하는 것이 쉽지 않았을 것입니다."

흥, 웃긴 것들 같으니. 그 녀석은 내 말만 들어. 내가 그렇게 시켰잖아!

점점 표정이 일그러지던 암포가는 관료들이 '사이프리드 장군'을 영웅시 하며 과한 칭찬을 하는 것을 더는 들어 줄 수가 없었다.

정치야 그들이 잘 이끌어 가 이익만 남기면 그뿐, 차라리 점점 늘어가는 영토를 관장키 위해 저들만의 세력을 둘러싸고 황제인 저에게 갖은 아부와 아첨을 하는 쪽이 훨씬 나을 것 같았다.

"그만!"

암포가는 자리에서 벌떡 일어났다. 그러자 귀족들과 관료들 역시도 자리에서 일어났다.

"폐하, 내일 장군의 정예부대 일부가 도심으로 들어온다 하니 그들을 위해 승전보라도 울려야……."

"집어치우고 저녁 만찬이나 성대히 벌여 놓으시오!"

"폐하, 유보해 주시길 간청드리옵니다. 그들이 없었다면 이번처럼 막대한 승리가……."

"행정관 필라(Pyla)! 그대는 목숨이 둘이던가? 그대들이 칭송해 마지않는 사이프리드 장군은 내 동생이야. 내가 그렇게 완전무결한 병기로 만든 것임을 모르는가? 그러니 그 모든 승리의 축배는 내가 들어야지!"

당장 행정관의 목을 잘라도 시원치 않다는 눈빛을 보내며 암포가가 소리치자 모든 관료들은 고개를 숙였다. 그러자 유서 깊은 귀족들 역시도 못마땅한 눈빛을 감춘 채 허리를 숙일 수밖에 없었다. 그중 공작인 아르까(Areukka) 가문의 오지(Ooze)는 행정관인 필라와 눈빛을 교환하며 지금은 자중해야 함에 동의했다.

"그렇습니다. 그 모든 공은 오직 황제께 있습니다."

일제히 허리를 숙이는 귀족들과 관료들. 그제야 암포가의 표정이 환하게 바뀌었다.

"좋아, 좋아. 그건 그렇고 이번 교역품들 중 최고급 고래 기름의 수입을 늘리시오."

"그, 그게 너무나 값비싼 것이라, 그것을 수입하려면 막대한 비용이……."

"넓은 영토, 부강한 국력을 가진 우리요. 그깟 고래 기름의 수입이 힘겹다면, 고래를 수천마리 잡아 오라 시킬까요?"

"아, 아닙니다."

내륙에 위치한 세르안에서 고래라는 거대 생물을 잡는 것은 극히 어려운 일이었다. 그것을 알면서도 고래를 잡아 오라 한다면 운반 문제까지 골머리를 앓아야 할 터였다. 물론 그것의 뒷감당은 온전히 관료들의 몫이 될 터. 그것을 알고 있는 암포가는 저들의 시끄러운 입을 막기에 더없이 좋은 꼬투리를 잡은 셈이었다.

"최고급 비누가 넉넉히 있어야 좋지. 아울러 최고의 향료와 함께."

무심히 값비싼 수입을 늘리라 지시를 내린 암포가는 그렇게 집무실을 벗어났다.

그가 나간 집무실, 텅 빈 상석을 바라보며 이어지는 승전보와는 반대로 갈수록 낭비가 과해지는 황제를 감당하기가 쉽지 않았다. 수심이 깊어 가는 귀족들과 관료들이었다.

"쓸모없는 것들 같으니라고."

암포가는 늘 그렇듯 저만의 은밀한 침실에서 거대한 황금빛 의자에 두 다리를 벌린 채 앉아 있었다. 그의 바지는 이미 벗겨진 지 오래, 그런 황제의 다리 밑에는 두 명의 여자가 가슴을 드러낸 채 흡사 뱀처럼 구불거리고 있었다.

한 명은 그의 중심부를 두 손으로 잡고 머리를 박은 채 입을 벌리고 있었으며, 또 한 명의 여자는 제 젖가슴으로 황제의 허벅지를 내리누른 채 아래위로 비비고 있었다.

"어서 빨아, 힘껏!"

게슴츠레 지시를 내린 황제 암포가. 그의 지시에 인형처럼 기계적으로 움직이는 여자들.

여자들의 머리가 흔들리고 상체가 흔들린다. 곧 짐승의 욕정 어린 신음이 터져 나오고 비릿한 액이 넘치며 그 액을 먹고 바르고 문지르는 행위가 저녁 시간이 될 때까지 이어졌다.

그날 저녁, 궁의 만찬장에서 열리는 저녁 행사에 많은 이들이 참석하여 자리를 빛내고 있었다. 긴 타원형의 탁자 위에 황금빛으로 치장된 식기와 화병들과 빛을 발하고 있는 화려한 촛대들. 눈부신 광경이었다.

특히 황제의 측근으로 소문난 난폭한 기사 조르(Jor)는 제 무리들과 왁자한 대화를 나누며 만찬장을 소란스럽게 했다. 암포가는 스푼을 든 아름다운 시녀가 제 입안으로 넣어 주는 진미를 맛보는 참이었다.

"진짜, 그 소문의 브륀의 영주는 진실로 마녀가 분명한가요?"

"글쎄요, 조르. 그것은 주변인들의 과장된 소문에 지나지 않을까 합니다만, 역사학자들의 말을 빌리자면 브륀의 땅은 전설이 난무하고 전설 속의 영물이 그 땅을 일궈 내며 오랫동안 수호한다는 이야기가 전해집니다. 그중에서도 브륀의 직계 혈통인 현재의 영주에게는 자신의 반려자에게 영혼 불멸의 삶을 준다는 힘이 깃들어 있다는 소문이지요. 뭐, 믿거나 말거나."

"그 무슨, 말도 되지 않는 헛소문을!"

"그렇지요. 그저 소문일 뿐입니다. 아만이 갖는다는 제 반쪽인 나반을 위한 지고지순한 애정 따위가 우습기도 합니다."

그들의 대화를 가만히 듣고 있던 황제는 꽤나 구미가 당기는 이야기에 귀가 솔깃했다. 하여 무심한 척 그 대화에 끼어들었다.

"호오, 척박한 브륀에 그런 소문이? 진짜인가?"

"아, 황제 폐하! 그게 진짜인지는 저 역시도 도무지……."

"그럼 그 아만과 나반은 무슨 뜻이지?"

황제의 호기심 어린 시선에 머뭇거리는 일행 대신 기사 조르가 아는 체를 했다.

"나반(那般)은 태초의 남자, 아만(阿蔓)은 태초의 여자란 의미라더군요. 아만이 제 반쪽인 나반을 만든다…… 뭐 여자가 무슨 재주로 남자를 만드는지."

기사 조르는 그저 전설의 땅에 전해지는 소문이 우습다는 듯이 코웃음을 쳤다.

그러나 황제는 달랐다. 이제 앉은 방향까지 돌리면서 제일 먼저 입을 연 체이스 가(家)의 백작을 추궁했다. 갑작스레 황제에게 지목된 백작은 목을 축이며 곧 자신이 아는 바를 소상히 아뢰기 시작했다.

"저희 가문과 무역을 통해 오랫동안 교류하는 이국(夷國)의 선장이 그러더군요. 그 황야의 땅은 본디 푸른 오아시스가 무색한 땅이었다고 합니다. 수천 년의 세월 동안 대대로 영주의 자리에 있는 가나베일 아만 가문에서 여자가 태어나는 경우는 그 수가 희박하다 전해집니다. 힘겹게 태어난 이번 브뤼의 영주는 신비한 마력을 가진 마녀라 소문이 자자합니다. 바로 그 영주가 태초의 아만이라는 소문이 지배적입니다."

황제 암포가의 눈빛이 탐욕에 물들었다. 입맛이 당겼다. 식상한 여자들 따위 이제 진저리가 났다.

그런데 태초의 여자, 신비한 여자, 거기에 영원불멸의 마력이라⋯⋯.

암포가는 또다시 제 입으로 스푼을 넣으며 가슴을 비비는 시녀에게 뒤로 가라 손짓했다. 시녀는 잠시 제 손을 비틀었다. 생각보다 빨리 황제에게서 물러나게 되었으니 못마땅했다. 그러나 황제의 잔인함을 익히 알고 있기에 시녀는 얼른 제 감정을 숨겼다.

대신 아쉬운 듯, 아련한 듯 저만의 매혹을 드러내며 아주 천천히 눈을 내리깔았다. 황제는 시녀의 행동에 음심이 당겼다. 아니 시녀의 행동에서 그 브뤼의 영주라는 여자가 그려졌다.

영주는 어떤 반응을 할까, 어떻게 손을 내밀까, 또 어떻게 몸부림을⋯⋯ 단전에 확 힘이 들어갔다. 그러나 황제는 태연한 표정으로 손을 아래로 내렸다.

"헉. 폐, 폐하⋯⋯."

"대기하고 있어라."

어느새 치맛자락을 헤치고 중심부에 손가락 두 개를 찔러 넣은 황제로 인해 비명이 터진 시녀는 그저 고개만 끄떡였다.

그 모습이 제법 마음에 들었는지 황제가 시녀의 가랑이에 찔러 넣었던 손가락을 빼고 진하게 묻은 체액을 혀로 핥았다.

"제법 맛있군. 아무것도 입지 말고 대기해."

황제의 사적인 명령에 시녀는 얼이 나간 표정으로 급하게 자리를 벗어났다. 암포가는 옆에서 잔을 홀짝이는 기사 조르에게 눈짓했다.

"예, 폐하!"

"당장 브륀의 신비한 마력을 가진 여자에 대해 소상히 알아오도록."

"폐하, 그것이······."

"지체하지 마라. 학자든 뭐든 전부 소집해서라도 브륀에 대해 모든 것을 조사해 와! 당장!"

다급하고 엄중한 명이었다. 암포가의 표정이 어찌나 번들거리는지 조르는 황제를 마주하지도 못한 채 급히 자리를 벗어나야 했다. 황제의 심기를 건드려서 좋을 것이 없었다.

그렇다면 황제의 명을 이행하는 것은 당연지사. 조르는 화려한 만찬장을 벗어나 그날 밤, 세르안의 역사학자들을 필두로 모든 사학자들의 동원령을 명하며 새벽을 맞이하게 되었다.

✿   ✿   ✿

한편, 루카의 휴식처로 정해진 브륀 성의 오래된 서재에서는 점점 뜨거워져 가는 그의 열정적인 눈빛에 게일은 숨을 쉴 수가 없었다.

벽 전면이 3층 높이로 만들어져 책장으로 둘러싸인 이곳은 솔레아(solaire)*라고 불리는 곳이었다.

브륀의 역사가 깊은 만큼 소장 가치가 충분한 오래된 고서부터 희귀한 판본까지 대대로 이어져 내려온 이곳을 보존하기 위해 게일은 많은 노력을 기울였다. 그렇기에 성 안에서도 가장 오래된 역사와 기록이 숨 쉬는, 게일이 가장 좋아하며 애용하는 곳이기도 했다.

그에게 이곳을 내준 이유는 단순했다. 브륀은 일부가 무너진 성채인 데다 규모 면에서도 그리 크지 않은 성이기에 루카와 그 일행들이 머물 곳이 마땅치 않았다.

루카 역시 어깨에 부상을 입었으니 그 역시도 책임이라는 전제하에 그냥 두고 볼 수는 없는 일. 그래서 잠시 루카를 머물게 할 장소로 선택한 곳 또한 이곳이었다.

게일은 여지없이 느껴지는 시선을 등 뒤로 느끼며 침략자에게 베푼 온정을 거두고 싶었다.

"그만 쳐다보시지요?"

"내 눈이 바라보는 것도 죄인가?"

한쪽 어깨에는 두툼한 붕대지를 감은 채 두 다리는 거만하게 탁자에 올리고 있는 루카.

---

*솔레아(solaire) : 태양의.

"누가 양심과 도리까지 운운하라 했나요? 다만 사람이 움직이는 것을 신기한 동물 보듯 하지 말란 말이지요."

"도리에 벗어난 행위라…… 아직 시작도 안 했는데?"

시작이라니, 무엇에 대한 시작인지. 게일은 루카를 모른 척하며 눈을 질끈 감았다.

그녀의 눈가는 전과 달리 그 무엇으로도 가려져 있지 않았다.

뒤를 이어 후욱, 바람 빠지는 소리가 들리더니 입가를 비스듬히 올리는 그의 웃음이 게일의 온몸을 간질인다.

욕실에서 함께했던 이후, 몇 시간 만에 다시 만난 게일과 루카였다. 부드럽고 따뜻해 그를 밀어 버릴 수도 없었던 그때. 점점 가까이 다가오는 루카 때문에 게일은 물속에서 흐느끼며 도리질을 했었다.

마침내 그의 입술은 게일의 쇄골에 이르렀다. 그 부근을 잘근거린 뒤에야 그녀의 목덜미에 코를 박으며 움직임을 멈췄다.

"좋은 향기."

짐승처럼 몇 번이나 코를 킁킁거리며 게일의 향을 맡은 루카. 울지도 웃지도 못 하는 상황에서 게일은 숨조차 소리 내어 쉬지 못했다. 아니, 그를 밀칠 여지조차 갖지 못했다.

"긴장하지 마. 잡아먹지 않아."

"자, 잡아먹다니요? 그런 비속적인 말투는……."

"격이 낮고 상스럽나?"

"그, 그게……."

"그럼 뭐라고 해야지? 고귀한 영주님께서는?"

"뭐라니요?"

"남자가 여자와 하고 싶을 때, 남자가 여자를 마음껏 만지고 핥으며 맛보고 싶을 때는 뭐라 하지?"

은근한 눈빛, 살살 웃는 입술, 얄미운 사내가 잘난 체하며 못되게 굴어 게일을 꼼짝 못 하게 했다. 그리고 간신히 참았던 숨을 내뱉는 게일을 루카는 굳은살이 박인 손으로 뒷머리를 부드럽게 어루만졌다.

"내가 지금 그래. 몹시 하고 싶다, 너와."

게일은 아무 말도 하지 않았다. 아니 할 수가 없었다. 드러내 놓고 몸을 나누고 싶다 한다. 어떠한 가식도 없이 하고 싶다고 한다. 스스럼없는 눈빛으로 어떠한 계산이나 그 무엇도 염두에 두지 않고서.

그래서 게일은 지독한 그의 눈빛에 얽혀 제 눈을 풀어 내지 못했었다. 그러나 이 위기의 순간, 게일은 제 벗은 몸을 내려다보며 마침내 그의 질문에 대답할 수 있었다.

"그런 건 욕구나 충동이라고 하는 거죠."

루카는 단호하게 외치는 게일의 말에 몸을 만지던 움직임을 멈췄다.

"그게 뭐지?"
"당신이 나에게 하고 싶은 행위, 그건 욕구를 발산하고자 하는 충동이란 말이지요."

뭔가 게일의 말이 루카의 심기를 거스른 것 같았다. 그의 눈빛에 푸른 불꽃이 일었다. 게일처럼 색이 변하지는 않았으나 부싯돌 두 개가 강렬히 부딪쳐 불꽃을 내듯이 눈동자에 강렬히 불이 붙었다가 사그라졌다.

"그래서?"
"감정이 없는 행위는 욕구 분출일 뿐이에요. 그것은 단순한 짐승의 몸짓에 지나지 않습니다."
"그래서 넌 나에게 감정이 없다?"
"왜 화살이 나에게 돌아오나요? 당신이 먼저 육체의 교합을 원한다 하지 않았나요? 그런 그쪽은 나에게 감정이 있나요? 애정이 있어요? 아니면 나에게 반했어요? 날 사랑하기라도 하나요?"
"하하하!"

그때, 루카는 소리도 크게 웃어 젖혔다. 연속으로 결정타를 먹이는 게일의 말에 루카는 헛웃음이 터져 나와 한참을 애먹어야 했다. 그러나 속마음과는 반대로 욕실 안이 떠나가라 웃을 뿐이었다.

"어처구니가 없는 것은 도리어 내 쪽입니다."

게일은 야멸치게 읊조리며 허리와 엉덩이까지 내려온 그의 손바닥을 제 손으로 밀쳐 버렸다. 그리고 더러운 오물을 보듯 루카를 쳐다봤다.

"교합, 웃기는군. 그래서 단 한 번도 욕구나 충동을 느껴 본 적이 없으시다?"

"더는 말하지 않겠어요."

"왜? 내 말이 맞으니까? 영주라는 고귀한 신분이니 함부로 욕정을 발산하지도 못한 채 그저 짓씹겠다는 말인가?"

순간 더는 루카의 이죽거림을 들어 줄 수 없었던 게일은 잠시 그의 손이 허술해진 틈에 그대로 자리에서 일어섰다. 제 알몸이 온전히 그의 눈앞에 드러나도 개의치 않았다. 도리어 자랑스럽게 허리를 바짝 세우고 도도히 고개를 들었다. 그 탓에 물길이 치솟았지만 게일은 신경 쓰지 않았다.

"내 육체와 감정은 스스로 알아서 합니다. 당신은 알 것 없어요."

"만일 내가 알고 싶다면?"

"무엇을 위해서? 내 몸, 이 벌거벗은 몸뚱이가 필요해서인가요?"

그다음 게일은 루카의 손을 덥석 잡았다. 그리고 그 손으로 제 드러난 가슴 위를 그대로 덮어 버렸다. 그 안에서 가슴의 정점은 단단해지고 있었다.

"가질 수 있으면 가져요. 힘으로는 내가 이길 수 없으니. 그러나 감정 없이, 상대의 동의도 요하지 않고 그저 욕구만 채우려는 육체적 행위가 얼마나 공허하고 무의미한지 깨닫게 된다면 당신은 절대 그렇게 행하지 못해요."

루카는 일순 게일의 옹골찬 눈동자를 응시했다. 그 안으로 빨려 들어가는 느낌, 그녀가 내가 되고 내가 그녀가 되어 함께 함몰해 가는 충격적인 혼연일체.

잠시의 적막이 흐르고 게일은 물을 뚝뚝 떨어트리며 그대로 욕조 밖으로 나가떨어진 옷을 주워 들었다. 그런 게일을 집어삼킬 듯 노려보기만 하는 루카.

게일이 옷을 전부 걸치고 등을 돌렸을 때에야 제 이마로 흘러내린 물방울을 닦아냈다.

"좋아. 내 쪽에서 절대 손대지 않도록 하지."

"뭐라고요?"

"들은 대로다. 앞으로는 내가 먼저 너에게 손대지 않을 거라고."

"그것 참 다행이군요."

"단, 네가 손을 댄다면 참지 않겠다."

마치 선심이라도 쓰듯 툭 내뱉은 그에게 게일은 믿을 수 없다는 표정으로 몸을 돌렸다.

"그게 말이 된다고⋯⋯."

"곧 나에게 만져 달라고 빌게 될 것이다. 내 장담하지."

어려운 자리에 있는 귀한 보물을 곧 손에 넣을 수 있다는 듯 큰소리치는 모습이 아주 자신만만했다. 그러나 게일은 더는 들어 주지 않고 젖은 옷 그대로 욕실 문을 박차고 걸어 나갔다.

문이 닫힌 후 루카는 고개를 길게 뺀 그 상태로 히죽 웃었다.

"내 말이 맞아, 게일. 반드시 네가 먼저 올 것이다."

그다음 루카는 선명한 태양을 천정을 통해 확인하며 숨을 죽이지 못한 제 중심부를 천천히 어루만졌다.

"감정이라고? 젠장, 감정 따위가 대체 뭐지……."

욕지기와 충동. 그리고 간사한 육체적 열망. 루카는 결국 스스로를 위로해야 했다. 그리고도 한참을 지나서야 욕실을 벗어날 수 있었다.

게일은 침략자인 루카에게 과분한 친절을 베풀고 있다는 것을 인식하면서도 이상하게도 그에게 눈길이 가는 자신을 돌아보기가 겁이 났다.

이곳으로 들어온 직후부터 자신에게 눈을 떼지 않는 루카를 등 뒤로 의식하며 얼른 찾고자 한 문건이 어서 나타나기만을 바랐다. 분명 기억 안에 머물러 있던 조제 문건은 그녀가 생각한 자리에 없었다.

순간적으로 엄습하는 당황스러움이 게일의 손끝에 머물고 등에는 한기가 드는 듯했다.

어서 루카의 눈길에서 벗어나고 싶었다.

"괜찮은가?"

게일의 당황스러운 마음을 알았을까. 루카가 뻗쳤던 두 다리를 내리고 천천히 다가오고 있는 것이 느껴졌다. 묵직한 발걸음은 서두르지도 느리지도 않았다.

어느새 그녀의 뒤로 루카의 그림자가 드리워졌다. 게일은 높다란 책장에 손을 뻗친 채 움직일 생각을 하지 못했다.

"이거야?"

루카의 팔이 게일이 꺼내고자 한 문건을 대신 꺼내 주었다. 게일은 어깨를 스치고 지나가는 단단한 팔뚝을 의식하며 눈앞의 서적으로 시선을 고정한 채 입술을 잘근거렸다.

"하지 마."

그것을 본 루카가 게일이 미처 알아차리기도 전에 그녀의 고개를 돌렸다. 그다음 붉은 자국이 생긴 게일의 입술을 엄지로 살짝 눌렀다.

"상처 입으면 좋은가?"

"이 정도는 상처라고 할 수도 없습니다만."

"그렇다 하자고. 그런데 원래 말투가 그런 식인가?"

"말투가 뭐가 문제인가요?"

"너무 격식에 물들어 있잖아? 브륀이 거대한 제국도 아니고 겨우 변방의 작은 땅덩이일 뿐인데 그렇게 격식 있게 행동해야 할 이유라고 있나? 그냥 편하게 해."

루카의 말이 또 게일의 심기를 건드렸다. 변방, 작은 땅덩이. 전부 맞는 말이다. 오래된 역사만큼이나 낡은 브륀 성. 거기에 철저한 계급을 따져 가며 화려한 생활을 영위한 땅도 아닌 변두리의 땅.

"당신의 통찰력에 박수라도 보내야 하나요?"

"거절하지."

"헤쳐 온 삶의 파도가 달라도 일상생활에서의 예의와 절차는 누구에게나 있는 것이랍니다, 장군님."

"달변가군."

루카가 전에 없이 웃는다. 그 모습에 게일은 새침한 표정을 지었다.

"그건 그렇고 왜 이곳을 솔레아라 부르지?"

루카는 서재 벽 한편에 장엄하게 걸려 있는 그림을 눈으로 가리켰다.

그 그림에는 태양을 한가운데 두고 마치 드래곤과 닮은 신비한 짐승이 태양을 먹어 치우고 있었다. 호랑이가 가진 선명한 줄무늬, 회색빛 털이 듬성듬성 나 있으며 날카로운 발톱을 가진 네 발 짐승의 눈빛은 너무나 영롱해 그림인지 실제인지 분간되지 않을 정도였다.

"태즈매니아."

"태즈매니아?"

"고대에는 태양이 신성시되었다 합니다. 그런데 죄에 죄를 더한 태즈매니아가 그 태양을 먹어 치웠다 전해지고 있지요. 또한 그것이 가나베일 아만이라 불리는 제 가문의 시초이기도 합니다."

"신비하군."

"솔레아는 태양이라는 의미입니다. 그 정도는 아시고 오셨어야죠, 대제국의 장군님."

제법 성질이 난 게일이 비꼬듯 말하며 휙 하니 돌아서 버렸다. 그게 또 루카의 마음을 움직였다. 그는 웃음을 참는 듯 주먹으로 제 입술을 가리고 있었다.

"눈동자, 또 바뀌었어."

그래서 뭐. 어떻다고. 내 눈이 바뀌건 말건 무슨 상관이라고. 토라진 어린애처럼 게일은 괜히 고집이 이는 것 같았다. 색이 변하는 징그러운 눈동자 따위.

그러나 게일은 마음처럼 그곳을 벗어날 수가 없었다. 그가 바람처럼 달려와 게일의 허리를 낚아채 제 등에 짐짝처럼 올려 버린 것이다.

"무슨 짓이에요? 당장 내려놓지 못해요?"

"곧 저녁이다. 성을 구경시켜 줘."

"내가 왜 그래야 하나요?"

"이곳 주인이잖아."

정말이지 기가 막혀 게일은 소리를 지르고 싶었다. 그것도 발악하듯 아주 크게. 당신들이 주인이라며, 이 땅은 이제 당신들 것이라며!

루카는 그에 아랑곳없이 게일을 등에 진 채 오전에 눈여겨 보았던 침실이 있는 3층 회랑으로 올라가기 시작했다. 그것을 눈치챈 게일은 그의 등에서 발버둥 쳤다.

"지금 어디로 가는 거예요?"

"침실."

게일이 제 등을 주먹 쥔 손으로 치거나 말거나 루카는 즐겁게 휘파람까지 부르며 단숨에 계단을 올라 긴 회랑을 지나갔다. 그리고 오른쪽, 영주의 침실 앞.

반원형의 문짝이 빗살무늬처럼 수놓아져 있는 그 문은 두툼한 갈색 나무를 이용해 제법 튼튼해 보였다. 그리고 성문과 마찬가지로 드래곤이 제 꼬리를 물고 있는 손잡이가 달려 있었다.

루카는 그 손잡이를 잡고 힘껏 밀었다. 조금의 물러남도 없이 그대로 안으로 들어가 문의 걸쇠를 힘차게 내렸다.

덜컥. 걸쇠 잠기는 소리가 고요한 침실을 뒤흔들었다.

아무런 등불도 밝히지 않은 이곳은 게일의 침실이었다. 두 개의 방이 연결된, 가운데는 작고 소박한 거실과 한쪽에는 침실, 그리고 반대편에는 책상이 놓인 개인 서재 공간으로 구성된 곳이었다.

루카는 저물어 가는 어둠에도 불구하고 익숙한 듯 곧장 침대로 향했다. 이제 게일은 소리칠 힘도 없었다. 어찌나 등이 단단한지 그녀의 주먹이 더 아팠다. 더욱이 그가 가고자 한 방향이 제 침대임을 알았을 때, 머리끝에서부터 발끝까지 지나가는 흥분을 어찌해야 할지 몰랐다.

본능과 이성. 게일은 그 두 가지가 제 안에서 양극을 일으키며 극심하게 충돌하는 것을 더는 방관하기가 어려워졌다.

루카의 손길이 닿은 부분마다 이상한 감정이 일어난다. 급기야 보다 큰 부분에 대한 것을 느끼고픈 이상야릇한 흥분에 몸서리가 쳐졌다.

루카는 게일을 정확히 그녀의 침대 한가운데에 내려놓았다. 쓰러지듯 내던져진 게일은 그를 노려보기만 했다. 루카는 그녀의 눈빛을 온전히 받으며 침실 곳곳에 놓인 등불마다 불을 붙였다.

창문 밖에서는 저녁놀이 능선으로 넘어가고 있었다. 불그스름한 기운이 어느새 사라지고 사방이 엷은 어둠에 휩싸였다.

그러나 루카가 일으키는 불꽃에 곧 침실은 은은한 빛을 머금고 게일을 떨게 만들었다.

그런 게일을 보면 씩 웃는 루카. 마치 소년처럼 거대한 사내가 어깨를 들썩이며 웃는 모습이 인정하기는 싫지만 참으로보기에 그만이었다.

제 침실에 처음 들어선 낯선 사내. 그것도 침입자의 입장인루카. 그런 그를 보며 안식을 느낄 수도 있다는 아주 작은 희망과 또 그것에 반대되는 극심한 긴장감. 그러나 그것은 전초전일 뿐이었다.

"게일, 나에게 손대지 마."

루카는 제 머리 위로 입고 있던 옷을 벗기 시작했다. 맨 처음에는 그의 웃옷. 그다음에는 신고 있던 부츠. 그다음에는 바지. 그다음에는…….

"루카!"

경악에 물든 게일은 당장 소리쳤다. 그러나 루카는 어깨를 으쓱거리며 천진난만한 몸짓으로 게일을 향해 굽혔던 몸을 바로 세웠다.

"이제야 날 불러 주는 군. 그래도 안 돼. 날 만지지 마."

완벽하게 알몸이 된 루카의 몸. 걸친 것이라곤 오직 어깨에두른 붕대지뿐이었다. 그리고 그의 힘찬 중심부는 거의 직각이 된 채 탄탄한 아랫배에 맞닿아 있었다.

게일의 눈은 커질 대로 커진 상태. 루카의 행동에 생각 자체가 멈춰 버렸다.

"지금……."

"말해도 돼."

게일은 도리어 말문을 닫았다. 이제 화낼 기운도 없었다. 너무나 태연한 사내는 늘 그렇듯 자연스런 것인 양 행동했다. 여자 앞에 제 옷가지를 훌훌 던져 버리는 행위는 결코 처음 해 본 것이 아님이 분명했다.

루카는 거대한 몸을 과시하듯 팔짱을 끼었다. 불끈거리는 팔뚝의 두툼한 근육은 결코 둔한 것이 아니었다. 도리어 탄력과 탄성을 머금고 딴딴하게 움직여 게일의 시선을 사로잡았다.

그러나 뭐 하나 가릴 생각도 없는 그를 보며 게일의 시선은 서서히 아래로 내려갈 수밖에 없었다. 이윽고 그녀의 심장은 미칠 듯한 박동으로 제 기능을 잃었고 순식간에 고개를 돌렸다.

루카는 그녀의 눈길을 따라 움직이다 시선이 제 하복부에서 멈춘 것을 알았다. 그가 심드렁하게 한숨을 쉬었다.

"사내 몸, 처음 보나?"

당연한 것 아닌가요! 게일은 차마 입 밖으로 내지 못한 채 고개를 번쩍 들었다.

"그렇군. 그럼 이번 기회에 실컷 봐 둬. 이래봬도 내 몸, 꽤

116

근사하잖아."

어디서 그런 자신감을…… 그러나 그의 말은 틀린 것 하나 없었다. 어깨 넓이만큼 벌리고 있는 그의 두 다리, 종아리 근육 역시 잘 짜여진 근육질이 촘촘히 자리하고 그가 움직일 때마다 넓적다리의 힘줄은 보란 듯이 시선을 가로챘다.

그야말로 완벽한 사내의 몸이었다. 욕실에서 물속에 잠겨 있던 그의 몸과는 또 다른 감흥으로 다가왔다.

게일은 눈을 감을 수밖에 없었다. 아예 보이지 않으면 차라리 나을 것 같기에. 그러나 그마저도 여의치 않았다. 눈을 감은 게일 옆에 털썩 주저앉는 루카로 인해 침대 한 부분이 푹 꺼졌다가 다시금 원래대로 돌아오는 것이 느껴졌다.

그래도 게일은 눈을 뜰 수가 없었다. 이 남자, 정말 나를 미치게 해. 원리 원칙이라는 것이 없는 상대는 정말이지 고역이야.

아, 그렇지! 그제야 짚이는 것이 생긴 게일은 옆에 비스듬히 누워 제 머리를 한 손으로 받친 채 그녀의 옷자락을 만지작거리는 루카를 노려보며 제 옷 끝을 확 잡아당겼다. 루카는 그 특유의 웃음으로 비아냥거렸다.

"겨우 천 조각 하나 만졌는데, 너무하네."

"당신의 검은요?"

"응?"

"이곳에 와서도 늘 등에 메고 다니던 당신의 검."

게일은 민첩하고 사납기 그지없는 그에게 조용히 타이르듯이 물어보았다. 잠시의 정적이 이어졌다.

루카는 게일을 응시했다. 영주라는 신분인 만큼 절대 과하지 않게 제 본분을 다하는 것이 익숙해서일까. 호들갑스럽지 않다. 제 벗은 몸이 눈앞에 있음에도 불구하고 흔들리는 평정심은 늘 제자리를 찾아 돌아간다, 지금처럼.

"내 검, 두렵지 않나?"

"두려워요. 특히 그 검을 들고 있을 때."

"내가 두려운가?"

당연한 것을. 게일을 그렇다고 할 뻔했다. 그런데도 날선 눈빛이 점점 더 말갛게 보이는 착각은 그와 대면할수록 한층 더 생생하게 다가온다. 잔혹함이 물러나고 점점 길들여지지 않는 야성이 조금씩 이성을 찾아간다 할까.

"당신의 군대가 다시 돌아온다 했지요? 그동안 충분한 충전을 하려고 검을 빼어 놓은 건가요?"

"글쎄……."

"전사는 어떠한 일이 있어도 검을 내려놓지 않는다 들었습니다. 하물며 계속하여 전장에 몸담을 장군이라는 자가 검을 떨어트려 놓다니요?"

그놈의 눈썰미란. 루카는 겁 없이 저에게 종알거리는 게일의 입을 당장 제 입술로 막아 버리고 싶었다. 그 증거로 드러난 중심부는 쉴 새 없이 꺼덕이지 않던가.

"지쳤어."

"누가요?"

"내 검이."

"검도 감정이…… 있나요?"

"글쎄, 그건 모르지. 그러나 수천, 수만 명을 베어 낸 검이 라면 조금이라도 피를 묻히지 않는 휴식기가 필요하지 않을 까."

수천, 수만 명의 피. 오싹하고 잔인하기 이를 데 없는 말을 스스럼없이 내뱉다니. 그것도 온전히 알몸을 드러낸 채.

게일의 시선은 자꾸 그의 단단한 중심부로 쏠리는 것을 막 기 위해 입술을 질끈 물며 한숨을 삼켰다. 검붉고 장대한 그것 은 계속하여 발딱거리며 저 혼자 움직이고 있었던 것이다.

아아, 조금이라도 가렸으면 좋으련만. 탄식을 넘어 당혹한 게일의 조용한 속삭임.

루카는 그녀의 표정을 알면서도 모른 척 저 혼자 웃었다.

이곳은 완전한 그녀의 영역. 처녀지인 장소에 들어선 그는 정복자처럼 그녀의 침대를 차지하고 있다. 온몸으로 그녀를 탐하겠다는 욕망을 숨기지 않은 채.

그러나 루카는 조용하고 잠잠했다. 몇 개월 동안 단 한 번 도 제 시야에서 검을 벗어나게 한 적이 없었다. 잘 때도 먹을 때도, 심지어는 육체적 욕구를 해소할 때도 검은 그의 눈앞에 서 번쩍이고 있었다.

그런데 게일을 만난 뒤로 그가 지니고 있던 지독한 경계심 이 사라져 버렸다. 오직 살육만을 내재한 죽이고 베어 내고 짓 이기는 그의 심상(心想)이 게일로 인해, 신비한 눈동자의 그녀로 인해 이성을 찾으려 노력하고 있는 것이다.

"졸리다."

"네?"

"재워 줄 건가?"

이건 또 무슨…… 게일의 눈초리가 삐죽 위로 올라갔다. 그게 또 귀엽고 사랑스러워 루카의 감정 없는 표정이 조금은 빛이 나고 있었다.

"자, 재워 줘."

루카는 즉시 게일의 몸을 누르며 그녀와 함께 나란히 누웠다. 허벅지로 그녀의 다리를 누르고 팔로는 그녀의 가슴 위를 휘어 감아 제 머리를 그녀의 어깨로 들이밀었다.

"아주 조금만 자고 싶다."

그리고는 눈을 감았다. 게일은 루카에게 볼모로 잡힌 채 천정을 올려다보며 눈만 껌벅였다. 조금만 자고 싶다는 루카의 말을 되뇌었다.

잠이란 일상의 휴식과 평안이다. 루카의 표정은 평범한 일상을 아주 조금이라도 맛보기를 원하는 것처럼 느껴졌다.

그럼에도 불구하고 이미 맛보지 못함을 알고 있다는 듯이 무척이나 쓸쓸해 보였다. 그것이 게일의 심장에 돌을 던지 듯 마음을 움직였다.

사방은 어떠한 움직임이나 흔들림이 없이 잔잔하다. 마치 고요 속에 잠긴 듯 루카가 밝힌 등불만이 파닥거리며 두 사람을 위한 밤을 밝혔다.

마침내 게일은 묵직한 바위 하나를 안고 있는 것처럼 지독한 무게감을 느끼며 고요 속에 잠긴 루카를 내려다보았다. 게일의 하얀 손은 저도 의식하지 못한 채 루카의 어깨를 천천히 다독이기 시작했다.

그 가운데 눈을 감은 루카는 어린 시절, 잠시 그리워했던 친모의 미소를 떠올리며 깊은 잠에 빠져들었다. 그 위로 게일의 고요한 웃음이 함께하고 있었다.

제3장

셋째 날 For the third day

웅장한 건축물과 더불어 눈부시게 빛나는 세르안.

황제 암포가 직접 설계하고 건축에 참여했다 전해지는 사비르 황궁을 가운데 두고 길게 이어진 광장에서는 소박한 환영 의식이 한창이었다.

"그대들이야말로 우리 세르안의 축복이요, 진정한 전사들입니다. 환영합니다!"

먼저 행정관 필라가 그들을 두 팔 벌려 환영했다. 세르안으로 진입한 루카의 정예부대는 지친 기색이 완연했다. 그럼에도 불구하고 저마다의 표정들은 한껏 진중했다.

많은 승전보를 알린 그들을 반겨 준 것은 황제의 직속관도 아니요, 관료장도 아니었다. 전혀 무관한 행정관과 아르까 가문의 오지 공작.

그는 신분상 가장 높은 공작이자 세르안의 오래된 귀족 가문의 수장이었다. 두 사람은 진심으로 군병들의 노고를 치하하며 환영해 마지않았다.

"우리의 장군은 언제 얼굴을 볼 수 있는지. 조만간 다시 세르안으로 입성하시겠지요?"

오지 공작이 맨 앞, 정예군 부대장인 모랄트(Moralteu)에게 묻자 그는 말에서 내려 허리를 숙였다.

"장군님께서는 황제 폐하께서 명령하신 북쪽으로 진격키 위해 만전을 기하시고 계십니다. 브륀에서 휴식을 취하시다 저희들이 물자를 가지고 그곳에 도착하는 즉시 다시 진격하실 예정입니다."

자못 대견한 진로였으나 행정관 필라는 고개를 저었다. 오지 공작 역시 긴 한숨을 숨기며 고개를 끄덕였다.

"그렇군요. 장군께서는 다친 곳은 없으십니까?"

"장군님은 천하무적이십니다."

"그렇지. 암, 그렇고 말고. 장합니다. 내 그 상으로 우리 가문을 대신해 군병들 전원에게 많은 포상을 내리겠습니다. 부디 충분한 휴가를 즐기세요."

"감사합니다. 공작님!"

부대장이 고개 숙여 감사의 인사를 전했고 뜻밖의 좋은 소식에 군병들은 기쁨의 환성을 질렀다. 행정관과 오지 공작은 흐뭇한 웃음을 나누었다.

그러나 조촐한 환영은 금세 거만한 모습을 한 채 말을 타고 있는 황제의 직속기사 조르(Jor)에 의해 찬물이 끼얹어졌다. 그는 말에서 내리지도 않고 입을 열었다.

"부대장은 들으시오. 폐하께서 친히 묻고자 하신 것이 있으니 당장 황제궁으로 귀환하시오."

기껏 집으로 돌아갈 생각에 들떠 있던 군병들이 조용해졌다. 황제의 열렬한 환영을 기대한 것은 아니나 아무런 인사도 없이 다짜고짜 부대장을 부르다니.

먼저 앞으로 나선 행정관 필라는 표정을 숨기며 태연함을 가장했다.

"난 폐하께 아무런 언질을 듣지 못했소이다만."

"행정관이 언제부터 폐하의 개인적인 일에 관여하셨는지요?"

행정관의 내려진 손에 힘이 들어갔다. 황제의 더러운 일을 앞장서 처리하여 그 총애를 받는 기사와 상대하기에는 자신의 입장이 불리했다. 하여 그는 황제의 저의를 파악하기가 급선무라 여겼다.

"그, 그렇지요. 다만 시일이 촉박한 군병들은 즉시 휴가를 가지고 이틀 뒤 다시금 장군께 출발해야 하지 않겠소? 그런데 이렇듯 부르심이 어떤 연유가 있는지⋯⋯."

"나야 모르지 않겠소이까? 다만 브륀 땅에 관한 것을 자세히 알고 싶은 눈치셨소!"

브륀, 척박하고 쓸모없는 그 땅을 왜. 단지 대륙으로 들어가기 위한 변방국일 뿐인데.

행정관과 오지 공작은 시선을 나눴다. 그리고 두고 보자는 결론을 내며 고개를 떨어뜨리고 있는, 지친 기색이 완연한 부대장의 어깨를 다독여 주었다.

　"그렇군. 잘 알겠소이다. 그럼 부대장은 내 마차를 타고 함께 이동하도록 하지요."

　"뭐, 그러시던지."

　마음에 드는 것은 아니나 조르는 폐하의 명으로 부대장만을 데려가면 그뿐이었다.

　조르는 오만한 표정으로 행정관을 비웃듯 바라보았다. 그렇게 돌아서 가는 그의 인상은 기사치고 참으로 탐욕스러운 낯짝을 하고 있었다.

　행정관 필라와 오지 공작, 그리고 루카의 정예부대장은 함께 마차에 올랐다. 그리고 비밀스럽게 어떤 이야기들을 나누기 시작했다.

　마차는 곧 세르안의 황궁에 도착했다. 화려하기 이를 데 없고 정교한 황제관을 머리에 쓴 암포가 유려한 미소와 함께 부대장을 맞이했다.

　"브륀의 영주에 대해 말해 보라."

　그러나 어떠한 인사치레도 없이, 수많은 승리를 치하하는 단 한마디의 말도 없이 황제는 부대장이 미처 고개를 들기도 전에 물었다.

　"네? 폐하, 브륀의……."

　"많은 전투로 귀가 먹었는가? 브륀의 영주에 대해 소상히 말해 보라."

부대장 모랄트의 지친 안색이 더욱 어두워져 갔다. 그러나 마차 안에서 은밀히 나눈 장군과 연결된 이야기에 그의 입매는 뚜렷해졌다.

"영주라 하시면, 혹 여인인 영주를 말하심이⋯⋯."

"맞다. 그 영주가 무척이나 신비하다 하던데, 사실인가?"

"그것은 저 역시도 알 수가 없습니다."

"이런, 왜 그렇지?"

"무너져 가는 성 안에는 아무도 없었습니다. 또한 위험한 성채로 들어간 것은 장군님 혼자십니다. 그리고 남은 정예부대원들은 성 밖 안전한 곳에서 진을 치고 있으니, 그 영주라는 인물은 누구도 알 수가 없음이라⋯⋯."

"허! 웃기군. 분명 무슨 속셈이 있는 것 같은데⋯⋯."

"아닙니다!"

"그래, 그렇겠지. 날 두고 엉뚱한 생각이라니. 그것도 여자를 보기 돌같이 하는."

파르지팔 사이프리드, 표범의 꼬리 같은 내 동생아. 네 아무리 용맹하고 장하다 하나 그것은 전부 나의 작품이니라. 그러니 만일 네가 그 신비한 영주를 발견했다면 즉시 나에게 데리고 와야 하는 법.

황제의 눈이 가늘어졌다.

"그렇다면 지금 장군은 어디에 있지?"

"브뢴 성에 있습니다."

"그럼, 즉시 내 서한을 전하도록 하게나."

황제의 명이었다. 황제궁의 아름다운 시녀가 들고 온 은쟁반에는 이미 준비된 붉은 각인의 서한이 지친 부대장을 마주하고 있었다.

"제가 말입니까, 폐하?"

"그곳의 지형을 잘 알고 있는 자가 가야 하지 않겠는가?"

잠시의 침묵, 그 누구도 앞서 입을 여는 자는 없었다. 다만 조르만이 황제에게 눈짓을 보내며 고개를 숙였다.

"아하! 그렇지. 새로운 물건을 가져가야 하겠지? 안 그런가, 조르?"

"그렇습니다, 폐하."

"그래, 좋다! 조금의 휴식도 필요한 법. 딱 하루만 쉬도록. 그리고 곧장 출발하게나!"

대단한 선심을 쓰듯 살벌한 눈웃음까지 보이는 황제. 그제야 조르는 안심한 눈빛이었다.

"예, 폐하!"

조르가 힘차게 대답하자 행정관이 귀띔해 준 것이 사실임을 확인한 부대장 모랄트 역시 즉시 황제의 명 앞에 고개를 숙였다.

"알겠습니다. 폐하의 명 그대로 받자옵니다."

부대장이 조심스럽게 물러났다. 능숙한 웃음을 보인 황제는 기분이 오늘따라 유난했다. 암포가 머리에 쓴 황금관을 내려 손가락으로 빙빙 돌리면서 은쟁반을 손에 든 채 웃음을 머금고 있는 시녀에게 손짓했다.

"오늘은 무슨 향을 뿌렸지?"

그러자 야망 가득한 눈빛의 시녀가 감히 황제의 귀에 작게 속삭였다.

"저는 로린입니다, 폐하. 그리고 폐하께서 가장 좋아하시는 향을 뿌렸지요."

로린은 대담하게 제 드레스 자락을 들추고 제 손가락 하나를 중심부에 깊게 찔러 넣었다. 그다음 문질거린 손가락 그대로 황제의 코앞에 내밀었다.

"이것이옵니다, 폐하."

시녀의 유혹, 저번 연회장에 이어 이번에도 암포가는 충분히 넘어가 주었다. 느지막한 오후 무렵이 되어서야 또다시 황제는 그 모습을 나타냈다.

❀   ❀   ❀

다시 젖은 아침이 다가왔다.

청명했던 하늘이 작은 물방울을 흩뿌렸다. 흔치 않게 나타나는 새벽의 비안개였다. 비가 내리듯이 자욱하게 낀 안개. 현상을 처음 본 외지인들은 비안개를 무척 신기해한다.

그 비안개가 오늘 유난히 짙어 열어 놓은 창으로 게일의 침실에 환히 떨어져 내렸다.

'좋은 일이 있을 징조인가? 아니면⋯⋯.'

밤새 잠 한숨 자지 못하고 뜬눈으로 지새운 게일은 잠시 습기를 느끼며 저 혼자 어이없어했다. 여느 때 같으면 아름다운 비안개를 눈으로 확인하기 위해 자리에서 일어났겠지만, 아직도 저를 꼼짝 못 하게 올가미처럼 칭칭 동여맨 루카로 인해 일어나지 못하고 있었다.

밤새 밝혀진 등불이 희미하게 발악하다 한 점으로 고꾸라졌을 때, 게일은 루카의 고르고 깊은 숨소리를 들었다. 그의 숨소리에 맞춰 몸이 이완되어 저도 모르게 넉넉한 품속으로 기댔다.

그의 품속이 어찌나 아늑한지 게일은 그를 밀어 버릴 기력마저 소진하는 기분이었다. 한참 동안 이런저런 생각이 머물던 게일은 잠시 선잠이 들었다.

그러나 한 가지 중요한 점이 있었으니, 이렇게 함께하는 시간이 결코 싫지 않다는 것. 날것 그대로의 모습으로 저를 안고 있는데도 불구하고 힘겹지 않았다는 것. 참으로 설명하기 어려운 기분이었다.

다시 눈을 떴을 때, 한편으로는 답답하기 이를 데 없었다. 자신을 안고서 잠이 든 그의 팔과 다리가 여지없이 옭아매고 있었던 것이다.

'힘들지도 않은지…….'

힘을 잔뜩 준 팔다리를 풀어도 좋으련만. 눈을 감은 그의 모습에는 잔인한 기색도 냉정한 표정도 보이지 않았다. 그저 안식처를 가지지 못한 짐승이 마침내 안락한 공간에서 편히 잠을 청하며 크르릉 고른 숨을 내쉬는 느낌. 그것도 상대를 보듬어 안고서.

'너무 힘주면 어깨의 상처가 벌어질 텐데.'

옆으로 누운 채 저를 안느라 구겨진 어깨가 불편하진 않을까 싶었다. 우습게도, 진지하게 염려하는 이 상황이 또 한심했다.

'내가 어찌 된 것인지, 판단력이 참 어설퍼졌어.'

혼잣말을 읊조리며 긴 한숨을 쉬었다. 게일의 느낌을 알아챈 루카는 다시금 두툼한 팔로 끌어당겨 안았다. 절대 떨어지지 말라는 듯이.

"답답해……."

말은 그렇게 하면서도 게일의 눈빛은 부드러움을 담고 있었다. 묵직한 그의 살결과 체향이 그다지 싫지 않아 루카의 옆모습을 한참이나 응시했다.

누군가와 함께 침대를 공유한 적이 없었던 게일은 철저히 보호받고 있다는 기분이 묘하게 느껴졌다. 그녀의 옆구리나 또는 허벅지를 찌르는 단단한 무엇을 의식하지 않았다면 더 화평한 기분이었을 테지만.

여지없이 찾아오는 아침의 공기. 거기에 습기를 잔뜩 머금은 비안개와 더불어 잠시 평화로운 전경을 놀라게 하는 소리가 들렸다.

쏴아. 쏴아. 덜컹덜컹.

게일은 즉시 너른 창을 바라보았다. 엷은 가림막이 한들거린다. 밀려드는 바람이 거세지기 시작한다는 반증이었다. 더불어 날이 밝아 옴에 따라 비안개의 힘이 밀려나는 듯 서서히 걷힌 자리에 회색빛 구름이 자리를 대신하니 곧 메마른 브륀 땅에 우기가 시작됨을 알리는 징조였다.

게일의 눈빛이 흐려졌다. 건기를 넘어 또 한 번의 우기가 이 땅을 덮게 되는 날, 단단하지 못한 지형은 이미 뿌리까지 허물어진 브륀을 완벽하게 무너뜨릴 것이 분명할 터였다.

게일은 다시 고개를 돌렸다. 그리고 저를 꼭 안고 있는 루카의 잠든 얼굴을 확인했다.

왠지 모를 서글픔이 감돌았다. 하필이면 이런 시기에 그를 만나게 되다니.

조금은 다른 방향으로 만나게 되었더라면 달라졌을까.

잠든 루카를 바라보는 게일의 눈동자 색은 에메랄드같이 맑고 아름다운 녹색이었다. 눈동자를 마주하게 된다면 당장 그녀에게 빠지고 말 것 같은 색이었다. 좀처럼 나타나지 않는 색이기도 했다.

이번에는 좀 더 대담하게 움직이기로 마음먹었다. 그녀는 제일 먼저 루카의 날렵한 코끝에 검지를 가져갔다. 잘 깎은 조각상처럼 완벽한 균형을 이루고 있는 콧날을 만지자 순간, 루카의 양미간이 움찔한다.

게일은 얼른 제 얼굴을 뒤로했다. 그러자 루카의 얼굴이 좀 더 선명하게 눈에 들어왔다.

단정한 얼굴선, 선명한 눈썹에 각진 턱까지. 분명 흔치 않는 생김새이기는 했다.

게일은 슬며시 웃음을 머금었다. 마치 장난기를 가득 머금은 어린애처럼 길게 이어지고 있는 손길은 루카의 상처에까지 닿았다. 그리고 살살 쓰는 느낌으로 턱에서부터 눈 옆까지 타고 올라갔다.

눈에서 턱까지 길게 이어진 붉은 상처. 보기보다 거칠었다. 깊게 찔린 것이 분명한, 아니 날카로운 검이나 송곳 같은 것으로 그어진 것이 분명해 게일의 표정이 가라앉았다.

그러나 곧 장군이자 전사인 그의 행적을 짐작컨대 충분히 있을 수 있는 상처라 여겼다. 단지 상처 입을 당시의 그의 모습이 상상되어 마음이 짠해졌다.

눈을 가로질러 흘러내리는 핏물이 턱까지 흐르고 그에 아랑곳 않으며 적을 베어 낸다. 흐르고 또 흐르고, 베어 내고 또 베어 내고.

처절한 사투, 죽기를 각오하고 죽을힘을 다해 싸우는 일상들. 상상만으로도 게일은 울고 싶었다.

'아프지 않았어요?'

게일은 묻고 싶었다. 몸이 아프지 않았는가, 라는 물음이 아니었다. 아무런 감정 없이 죽고 죽이는 것, 그것이 아프지 않았느냐는 말이었다. 그러나 끝내 그 물음은 그녀의 마음속으로 깊이 사라졌으니, 곧 루카의 숨소리도 일정하게 평화로워졌다.

게일은 가슴 앞에 놓인 그의 팔을 치우기로 마음먹었다. 천천히 그의 손등을 잡자 또다시 연민의 감정이 치밀었다.

검을 든 자의 손은 평범한 사내의 손과는 다를 것이다. 역시나 루카의 손은 오로지 검을 들고 죽음에 임했다는 것을 분명히 보여 주고 있었다. 손가락 마디마다 굵기가 달랐으며 그 하나마다 굳은 멍에로 덮인 듯했다. 손등마저 자잘한 상처들이 가득했다. 그것도 제대로 치료하지 않아 벌어지고 굳어 버린 상처들이 즐비한 상태였다. 손바닥조차도 이미 인이 박인 듯 돌처럼 딱딱했다.

"지쳤어."

"누가요?"

"내 검이."

"검도 감정이…… 있나요?"

"글쎄, 그건 모르지. 그러나 수천, 수만 명을 베어 낸 검이라면 조금이라도 피를 묻히지 않는 휴식기가 필요하지 않을까."

휴식, 아주 조금만 잠을 자고 싶다던 루카. 그것은 검을 빙자해 지친 자신을 대면한 것이 아니었을까.

"파르지팔 사이프리드."

게일은 저도 모르게 루카의 완전한 이름을 입에 담았다. 바로 그 순간, 게일의 가슴을 누르고 있던 그의 팔이 공중으로 떠올랐다. 그리고 게일의 허리를 잡아채 맨가슴 위에 올리기를 서슴지 않았다.

"내 이름을 부르다니. 영광이야, 영주님."

이런. 낭패감이 엄습했다. 그는 자고 있던 것이 아니었다. 게일이 눈을 떴을 때부터 그녀의 행동 전부를 관찰하고 있었던 것이 분명해 보였다.

"이번에는 에메랄드그린이라……."

게일의 눈동자를 보며 루카는 탄성을 내뱉었다. 그는 게일의 뒷머리를 잡고서 간질이듯 어루만졌다.

"잘 잤나?"

루카의 물음에 아무런 답변도 돌아오지 않았다. 다만 색색거리는 숨소리만 울릴 뿐. 그래서 루카는 웃었다. 게일의 심장이 움직이면 루카의 심장도 힘차게 움직였다. 어차피 대답 따위 상관없었다. 흐린 하늘조차 루카에게는 아름답게 비춰졌으므로.

"난 꽤 잘 잤다. 정말 오랜만에 잠을 잔 것 같군."

나 좀, 내려놓으면…… 게일은 점점 옥죄어 오는 루카의 장대한 신체에 몸 둘 바를 몰랐다. 간밤 와 닿아 있던 모든 것들이 직접적으로 부딪치는 느낌은 생소했다.

"내 이름을 부를 정도로 밤새 그리웠던 것 같은데?"

"무, 무슨 소리를!"

말도 안 되는 말에 게일이 고개를 번쩍 들었다. 게일은 바로 눈앞, 반원으로 휘어진 루카의 따뜻한 눈웃음에 제 심장이 철렁 내려앉은 것을 느꼈다.

역시나 말갛고 생기가 그득했다. 세상에서 가장 따뜻한 것을 담고 있는 착각까지 불러왔다. 마치 어린 아기가 젖을 물리고 있는 제 어미를 보는 눈빛처럼 한없이 그렇게.

게일은 제 두 손을 그의 가슴 위에 올린 채 그를 응시했다. 루카 역시도 게일의 잔잔한 눈빛을 마주했다.

흑과 백, 또는 어둠과 밝음처럼 극명한 대조를 이루는 두 사람은 태초의 하나였던 것처럼 지금 이 순간 서로 안에서 아득함을 만끽했다.

"그렇게 보지 마."

이번에도 루카가 먼저 움직였다. 더는 참지 못한 그의 손길이 게일의 아름다운 눈동자를 가린 것이다. 그의 목울대는 천천히 울렁였다.

"상대를 꼼짝 못 하게 하는 마녀다, 너는."

"아니요, 나는 마녀가 아닙니다."

또다. 게일의 정중한 말투에 루카의 심장이 기쁜 듯 두근거리며 곧 웃음으로 전이되었다. 그러자 그 위에 몸을 걸치고 있는 게일 역시 푸득거리며 움직일 수밖에 없었다.

마침내 크게 터지는 루카의 웃음소리. 게일은 두 눈이 가려진 채 입술을 잘근거렸다.

"하나도 우습지 않은데요."

"우습지 않아."

"그런데 왜 웃어요?"

"몰라, 그냥 함께 이렇게 있는 것만으로 웃음이 나온다."

"……좋은 건가요?"

"결코 나쁘지 않아."

"그렇군요."

"참, 하나 더."

이윽고 루카는 몸을 일으켜 순식간에 제 몸과 게일의 몸의 위치를 바꿨다. 이제 아래에는 게일이, 위에는 당황해하는 그녀를 바라보며 그가 웃고 있었다.

"아침이야."

"알아요."

"아침은 사내에게는 조금 다르게 다가오지."

"아침이 뭐가 다르다는 것인지 모르겠네요."

"정말 모르는가?"

게일은 고개를 저었다. 그러자 루카의 얼굴이 그녀에게 다가왔고 게일은 긴장하기 시작했다. 그것도 몹시.

"좋은 아침."

루카는 새롭게 아침 인사를 전해 왔다. 이번에는 게일의 귓가에 그다음은 게일의 이마 위에, 그리고 게일의 입술에도. 살짝 맞닿은 입술의 감촉은 그저 따뜻하기만 했다. 갑작스럽게 다가온 입술에 그녀는 어쩔 줄 몰라 했다.

"비가 올 것 같군."

루카는 천천히 게일의 양 손목을 쓸더니 그대로 게일의 두 손을 움켜잡고 머리 위로 올려 버렸다.

"뭐하는……."

당황한 것이 분명한 게일은 또다시 눈빛이 변했다. 이번에는 깊은 바다처럼 짙푸른 녹색이었다.

"그 아름다운 눈동자가 녹색으로 물들면 싫지 않다는 것 같군. 색의 옅음에 따라 조정되는 것 같지만."

자신조차도 파악하지 못한 눈동자의 변화를 루카는 단 며칠 만에 꿰뚫어 보았다.

"사내의 아침을 보여 주려는 것뿐이야. 겁내지 말기를."

"누가 겁을 낸다고 그러는 거죠? 겁나지 않아요."

"조금은 발전한 건가?"

"먼저 손대지 않는다고 하지 않았나요?"

호기롭게 말하는 게일을 뚫어져라 쳐다보며 루카는 저도 모르게 웃고 있었다. 그의 미소 또한 단 며칠 만에 풍부해진 것을 모른 채.

"먼저 날 만진 쪽이 누구지?"

아, 게일은 움찔했다. 분명히 먼저 만진 쪽은 자신이므로 할 말이 없었다.

그렇지만 그게 뭐, 어때서! 게일은 오기가 생겼다. 어디 해볼 테면 해 보라는. 루카는 보이지 않는 그녀의 도발을 아주 긍정적으로 받아들였다. 당연히 무시할 이유가 없는 것이었으니.

루카는 당당히 올려다보는 게일의 입술에 또 한 번 인사를 전했다. 이번에는 강도를 달리했다. 처음은 부드러운 실바람이었다면 두 번째는 강력한 폭풍이었다. 강하게 엄습한 루카의 입술이 게일의 입술을 한입에 삼켜 버렸다.

그 행동을 미처 예상하지 못한 게일은 당황한 나머지 눈동자 색을 계속해서 바꾸고 있었다. 너무 놀라 숨을 들이켜기도 전에 루카의 혀는 그녀의 입술을 가르고 힘차게 밀려 들어왔다.

입안 구석구석 안부를 전하는 듯 핥고 빨아 당기고 휘어 감는다. 감각이 손끝에서부터 발끝까지 찌르르하게 퍼져 극한의 흥분에 정복당한 듯 게일을 숨차게 만들었다.

그리고 재빠른 시작처럼 갑자기 루카의 입술이 멀어졌다. 생각도 못 한 허무한 끝이었다.

루카는 고개를 들고 거친 숨을 내쉬는 게일의 입술을 엄지로 쓸었다. 게일은 저도 모르게 안타까운 신음이 터지고 말았다.

"좋았나, 나의 아침이?"

루카는 더 낮게 게일의 귓가에 속삭였다. 지독한 저음이 만들어 내는 소리는 이미 흥분에 휩싸인 게일을 울게 만들었다. 일렁이는 그녀의 눈동자.

"하아…… 게일. 절대, 절대로 나 이외에게 눈동자를 드러내지 마."

쉬다 못해 깊게 잠긴 루카의 속삭임은 그대로 게일의 온몸을 휘감아 이성을 배반한 채 잠식당하게 만들었다. 루카는 불이 붙어 쉽게 꺼지지 못할 눈빛을 하고서 그녀의 손을 힘차게 잡아 내렸다. 그리고 그 손 그대로 자신의 중심부 쪽으로 가져갔다.

사람의 눈은 모든 것을 말한다고 한다.

특히 그녀는 신비한 마력을 소유했다. 루카의 표현대로 색색이 변화하는 '오로라'로 표현될 수밖에 없는 그것이 단번에 물들었다. 이번에는 어두운 흑색으로.

더는 팽창할 수 없어 보이는 게일의 눈동자는 일시에 안구를 가득 메우고 흑요석처럼 밤하늘의 절정을 이룬 듯 단단한 흑색으로 변환되었다.

모든 것을 실시간으로 지켜보며 루카는 그녀의 변화에 감동을 받았다. 너무나 아름다운 밤하늘, 그 하늘에 한 점의 별빛이 빛을 내고 있으니 오직 루카만을 위한 것이었다.

또한 엄청난 흥분을 만끽하는 중이었다. 단단한 자신의 중심부를 손안에 꼭 쥔 채 함께 흔들리고 있는 게일을 보며 그의 흥분이 배가 된 것이다.

"내가 이렇게 된 것은 아침이라서가 아니야."

저음의 미성이 속삭이듯 게일의 귓가를 간질였다. 계속하여 루카의 입김은 가녀린 목선을 타고 내려와 오목한 그녀의 쇄골에 깊은 입맞춤을 시도했다.

게일은 흥분을 가라앉히려 부단히 노력하고 있었다. 제 손안에 온전하게 들어 있는 그것은 완벽한 모양과 크기였다. 단단하고 부드러우며 따뜻한 그것이 주는 손바닥의 포만감까지. 당장 손을 빼도 무방했지만 게일은 얼어붙은 것처럼 움직이지 않았다.

난생처음 사내의 상징을 만져 본 것이기는 하나 호들갑을 떨 정도로 가볍지만은 않았다. 또한 그것이 주는 묵직함은 결코 그녀에게 평정심을 유지하지 못하도록 만들었다.

다만 그녀의 몸 안, 깊숙한 어딘가에서 방울진 어떤 것이 기포가 일어나듯 뽀글거렸다. 그것이 게일을 참을 수 없게끔 만들어 흥분시키고 있었다.

"나……."

뭐라 말하고 싶었다. 그래서 목구멍에서 터져 나와 입술로 빠져나갈 조그마한 열기조차 흥분에서 탈출시켜 주기를 바랐다.

"왜?"

루카가 웃는다.

"나는……."

게일은 그의 웃음을 정면에서 마주한 채 힘겹게 숨을 쉬었다. 입안이 버석거리며 말라 간다. 소리 없이 눈으로만 가만히 웃는 웃음이 이렇게 관능적일 수 있다니.

루카의 눈웃음을 당장 손을 뻗쳐 매만지고 싶은 충동을 참아 내느라 고역이었다.

그는 온 얼굴에 웃음이 넘쳐 나고 있었다. 지금껏, 특히 잠에서 깰 때 늘 죽음의 사신과 잠자리를 나눈 것처럼 암울하기 짝이 없는 아침을 맞이했었다.

그러나 지금, 사신은커녕 더없이 사랑스럽고 순수한 그녀와 함께하는 이 순간이 그의 생애 처음으로 느껴 보는 평화와 행복의 순간이었다. 그렇기에 사내의 지극한 욕망, 욕구, 분출

따위는 그의 눈 밖에 날 수밖에 없었다.

스스로를 어쩌지 못하고 당황과 혼란, 흥분에 휩싸인 것은 그녀만의 몫이었다. 게일은 한꺼번에 밀려드는 수만 가지의 감정에 숨이 멈출 정도였다.

"힘든가?"

루카는 게일에게 최대한 감정을 억누르며 조심스럽게 물었다. 게일은 아주 천천히 망막에 젖어 드는 루카를 응시했다. 흐릿한 그의 표정이 점점 더 분명하게 새겨진다. 그의 모든 것이 전부 제 손안에 있는 기분이었다.

힘드냐고? 그렇지 않았다. 오히려 이 생소한 감정과 감각들을 맞닥뜨리고 싶었다. 그래서 고개를 저었다.

잠시 찰나의 순간에 루카는 게일이 힘들다고, 괴롭히지 말라고 소리치기를 바랐다. 그러나 한편으로는 그녀가 원하고 또 원하기를 애원하는 심정이었다.

그래서 게일이 고개를 저었을 때 루카는 기쁨의 함성을 내지르고 싶었다. 당장이라도 더한 것을 느끼게 해 주고 싶었고 게일을 손안에 넣고 싶어 죽을 지경이었다. 마음이 다급해졌다.

"느껴 봐."

루카는 또다시 게일의 귓가에 속삭였다. 게일이 겁먹지 않도록, 최대한 그녀가 느낄 수 있도록 루카는 등에 식은땀까지 흘릴 정도로 자신을 억제했다.

"게일."

루카는 온 마음을 다해 그녀의 이름을 불렀다. 그와 동시에 꺼떡거리다 못해 울고 있는 자신의 거대한 중심부를 그녀의 손안에 온전히 맡겼다.

게일이 눈을 껌벅이자 긴 속눈썹이 파르르 떨렸다. 흥분과 호기심을 참아 내며 숨을 삼키는 것이 루카의 눈에 고스란히 보였다. 그녀의 사랑스러움을 단 하나라도 놓칠 그가 아니었다.

제 손으로 그녀의 손등을 덮었다. 하나가 된 두 사람의 손과 루카의 일부분이 이번에는 함께 움직이기 시작했다. 아래위 천천히 움직이는 물결. 밀려났다 밀려가는 파도처럼 둘의 크고 작은 손은 함께 움직임의 파도를 타기 시작했다.

어김없이 바람이 불었고 그것은 브륀 전체를 뒤덮을 정도로 커지기 시작했다. 또한 한 치의 어긋남 없이 시선을 나누고 있는 그들에게도 격하게 불기 시작했다.

"게일……."

터져 나오는 사내의 유혹적인 신음은 더없었다. 함께하고 싶은 욕구에 게일은 난생처음 스스로가 이기적이 되기를 바랐다.

단단한 그것이 말랑한 껍질마냥 아래위로 움직이며 전해 주는 감각은 게일을 한없이 치솟게 만들었다. 점점 거세지는 루카의 신음 소리와 그의 열정적인 표정이 게일은 떨게 만들었다.

"아!"

문득 게일의 입에서도 탄성이 새어 나왔다. 그것은 제 안에서 터지는 따뜻한 무엇에 기인했다. 순식간에 확 퍼져 나오는 그것은 뜨거운 향기를 동반했다. 처음, 제 몸 안에 감춰 둔 열망의 향기를 맡게 된 것이 놀라워 어쩔 줄 몰랐다.

"내가…… 얼마나 인내하는지 아는가?"

제 몸의 변화에 경악하는 그녀를 부여잡으며 루카는 잇새로 내뱉었다. 게일의 향기, 미약이었으며 동시에 독이기도 해 루카를 미치게 만들었다.

"이건 사내의 아침이 아니라 오직 나의 아침일 뿐이다. 이 순간, 난……."

"헉!"

이번에는 게일의 비명이 울려 퍼졌다. 고통에 의한 것이 아니었다. 그것은 감각의 발현이었다. 루카의 손가락 하나가 게일의 뜨거운 액이 흐르고 있는 중심부를 강하게 내리 눌렀기 때문이었다.

"세상에서 가장 유혹적인 향기 때문에, 터질 것 같다."

루카는 게일의 입술을 흡입하듯 먹어 치워 버렸다. 그와 동시에 단단한 손가락이 그녀의 중심부 주변을 천천히 맴돌기 시작했다.

매우 잘게, 그리고 보드랍게 움직이는 그의 손가락이 게일을 솜털마냥 부유하게 했다.

탄성이 새어 나온다. 그것이 루카인지 게일인지 알 수가 없었다. 물고 빨고 있는 서로의 입술 사이에서 터지는 소리의 주인이 누구인지는 불분명했다. 그러나 그것이 문제가 아니었다.

루카의 입술과 혀는 게일이 걸치고 있는 얇은 옷감, 가슴을 감싸고 있는 그 위까지 내려왔다. 그깟 천 조각 따위 문제가 되지 않는다는 듯이 그 위로 제 할딱이는 혀를 덮었다.

천천히 가슴 주변을 맴돌던 루카의 혀는 잠시 후 입안으로 사라졌다. 입을 벌리고 더없이 뾰족해진 게일의 가슴의 정점을 한입에 집어 삼켰다.

그와 동시에 그의 손가락이 주는 이상야릇한 감각에 게일은 미칠 것 같았다. 온몸이 저릿해 그 어느 때보다 크고 강하게 고동치는 가슴이 곧 발작이라도 일으킬 듯 난리를 쳤다. 그 증거로 뒤틀리는 허리와 엉덩이가 그의 손가락이 문질러질 때마다 들썩였다.

"흐응."

또다시 게일의 붉은 입술이 열리고 가쁜 숨이 뱉어졌다. 루카는 지금 가슴의 정점을 이로 살짝 깨물었다. 거기서 멈추지 않고 내밀어진 혀가 그것을 사탕처럼 물고 빨아 댔다. 동시에 루카의 손가락이 게일의 속살을 부드럽게 헤치기 시작했다. 윗부분을 눌렀다가 두 장의 날개를 가르며 첫 인사를 전했다.

게일은 고개를 마구 저으며 흐느끼기 시작했다. 그러자 루카의 얼굴이 가슴에서 들렸다.

"그만둘까?"

게일은 눈물이 두둑하고 떨어져 버렸다. 루카가 던진 말이

서운한 것인지, 아니면 감정과 육체의 첫 쾌락에서 오는 기쁨을 감당하지 못한 채 두려움이 밀려드는 것인지는 분간키 어려웠다.

루카는 그녀의 중심부에 손바닥을 그대로 둔 채 게일에게 따뜻한 입맞춤을 선사했다.

"원하지 않으면 안 해. 그러니 말해. 하지 말라고."

단호했다. 그러나 종용하지는 않았다. 이번에도 역시 모든 판단을 그녀에게 맡기겠다는 의지를 보이고 있었다. 게일이 답하기 전에는 어떤 행동도 하지 않겠다는 것을 명백히 했다.

게일은 오직 루카만 보았다. 그 이외에 어떤 것도 눈에 들어오지 않았다. 감각의 문제인지 아니면 처음 경험해 보는 사내와의 욕망 때문인지 그것은 중요치 않았다. 잔인하고 감정 없는 그가 전해 주는 강렬한 열정에 사로잡혔다.

"나에게…… 왜 이래요?"

힘겨운 게일의 물음에 루카는 고개를 저으며 뺨에 입을 맞추었다.

"몰라."

"왜 이렇게 내 몸이 이상해지나요?"

이번에는 루카가 웃었다. 그는 게일의 목과 가슴에 뜨겁게 입을 맞추었다.

"힘들었나?"

"절대 먼저 손대지 않겠다고 했으면서……."

눈물 그득한 눈으로 단호하게 일침 하는 게일. 그 고집까지도 사랑스러워 어떤 미사여구를 동원해도 부족했다. 루카는 미소 지으며 루카의 입술에 입맞춤했다.

"그럼 손…… 대지 말까요, 영주님?"

게일이 천천히 고개를 저었다. 여전히 그의 손은 게일의 중심부에 그대로 멈춰 있었다. 루카는 또 웃었다.

"그럼 조금은 좋았나?"

게일은 대답하지 않았다. 아니, 루카가 대답할 여유를 주지 않았다. 루카는 서서히 입술을 움직이며 게일의 귓가에서 멈췄다. 혀를 내밀어 게일의 귓불과 귀 안을 쓸 듯이 핥은 후에 아주 은밀하게 속삭였다.

"솔직한 심정은 날 원한다 했으면 좋겠다."

후드득. 이번에는 좀 더 많은 눈물이 게일의 얼굴에 흘러내렸다. 안도의 눈물이었다. 또한 사내의 지독한 배려로 인한 기쁨의 눈물이기도 했다.

"울보네."

속삭인 루카는 게일의 두 눈꺼풀에 입술을 가져갔다. 뺨으로 흘러내린 눈물을 길게 빼어 든 혀로 핥기 시작했다. 그것은 턱까지 이어졌다.

게일은 간지러웠다. 그래서 저도 모르게 눈물을 담은 채 웃음이 터져 버렸다. 또한 그 모습은 루카에게서 웃음을 거두게 만들었다. 그는 그대로 멈춘 뒤 게일을 지그시 응시했다.

"아직 원하지 않은 것, 알아. 앞서갈 생각은 없다. 다만 이렇게 함께 하나가 되어 있는 지금이 너무나 좋아서……."

말끝을 흐리는 루카. 절절한 심정이었다. 그의 중심부가 더 없이 꺼덕이며 자유를 외치는 것을 억누르면서도 게일을 먼저 생각하겠다는 마음이었다.

게일은 희미한 미소를 담으며 천천히 아래로 내려져 있던 제 손을 움직였다. 그다음 잠시 놓았던 그의 단단한 중심부를 부드럽게 휘어 감았다.

"……날 죽이려고?"

고개를 가로젓는 게일의 눈이 말하고 있었다. 어디 계속해 보라고. 루카는 게일의 입술 위에 살포시 입을 맞추었다.

"조금만 맛보여 줄게. 영주님."

루카는 제 것을 잡고 있는 게일의 손을 움직이게 하며 한편 으로는 그녀가 깊은 신음을 내뱉을 수밖에 없는 상황으로 만 들었다.

게일의 허리가 유연하게 휘어졌다. 그녀의 머리가 뒤로 젖 혀지며 제 안으로 들어온 루카의 손가락이 움직일 때마다 숨 가쁜 신음을 내질러야 했다.

"아아……."

게일의 손아귀에 힘이 들어갔다. 제 안으로 들어온 손가락 이 반복하는 율동에 힘입은 결과였다. 서서히 움직이는 손길 에 게일의 엉덩이도 따라서 움직이기 시작했다.

자연의 본능이었다. 참을 수 없는 감각을 느끼며 게일은 눈 을 감았다. 루카의 손가락이 움직였다. 게일의 손에 잠긴 루카 의 중심부는 한껏 단단해져 완벽하게 섰고 더불어 루카의 이마에는 땀방울이 맺혔다.

그렇게 찰나의 순간이 흐른 듯, 가쁜 호흡에 이어지는 탄성과 신음성.

루카의 손가락이 힘차게 움직였다가 어느 순간 멈췄다. 바로 그 순간, 일시에 터지는 봇물처럼 게일의 몸에서는 액이 쉴 새 없이 뜨거운 향기와 함께 흘러내렸다. 또한 그녀는 감은 눈 한가운데서 루카가 말했던 오색의 오로라를 볼 수 있었다.

그러자 더 놀라운 일이 벌어졌다. 루카가 급작스럽게 중심부를 잡고 있는 게일의 손을 풀더니 제 얼굴을 아래로 가져가 버린 것이다.

그리고 느껴지는 축축한 기운. 게일은 놀라서 상체를 벌떡 일으켰다.

"안 돼……."

그러나 이미 늦어 버렸다. 루카가 몸을 일으킨 뒤 그녀의 두 다리를 세우고 넓게 벌린 다음 그의 얼굴을 게일의 중심부에 가져다 댄 것이다.

이번에는 루카의 손가락이 아닌 입술과 뜨거운 혀였다. 그것이 부드럽게 게일의 중심부 주변을 자극하며 타오르기 시작했다.

게일은 이미 활화산 같은 상태였다. 그러나 달아오른 몸과는 달리 입안은 더 없는 갈증을 느끼고 있었다.

루카는 지상 최고의 진미를 맛보는 중이었다. 거기에 더없는 향기까지. 핥고 핥아도 끊임없이 나오는 게일의 액에 루카의 목마름은 충분히 가시고도 남았다. 다만 그녀에게 더한 기쁨을 줄 수 있기를 바라 뜨겁다 못해 녹아내리고 있는 혀를 길게 빼내어 단단하게 만들었다. 그리고 그녀의 안으로 힘껏 진입을 시도했다.

게일의 몸이 뒤틀리기 시작했다. 루카가 전해 주고 있는 감각은 신세계였다. 부드럽고 뜨겁고 은밀했다. 신음이 나오는 것은 당연지사. 루카의 혀는 게일의 신음에 맞추어 춤추듯이 미끈거리며 움직였다.

루카의 두 손이 게일의 엉덩이를 움켜잡았다. 그리고 단숨에 먹어 치울 듯 게일을 자극하며 혀를 들이밀었다.

"흑……."

모든 행동을 제 눈에 담고 있던 게일이 내려앉았다. 모든 감각이 찰나적 소명을 다한 듯 맘껏 움직이고 비벼 댔다. 눈물이 샘솟는 것은 어쩌면 필연적인지도 몰랐다. 그와 동시에 게일은 또다시 제 몸 한가운데서 뜨거운 분출물이 솟아나는 것을 느꼈다.

더없이 몸이 떨렸다. 몸 안의 액을 전부 빨아먹고 있는 루카는 그녀의 움직임을 놓치지 않았다.

일순 그녀의 몸이 떨림을 멈추었을 때 고개를 든 루카와 게일의 눈빛이 마주쳤다. 그 속에는 푸른 불꽃이 일렁이고 있었다. 누가 먼저랄 것도 없이 둘은 서로의 입술을 찾으려 급급했다.

풀썩. 게일의 몸이 침대 위로 한껏 파묻혔다. 곧장 날아와 게일의 입안으로 안착한 루카의 혀에서는 단맛이 났다. 감미로움과 지극한 감각이 머리끝까지 치받는 기분이었다. 게일은 이렇게 죽어도 여한이 없다는 생각까지 들었다.

루카 역시 게일의 입술과 세게 부딪치는 순간, 그토록 염원하던 죽음이 찾아온 것만 같았다. 또한 게일과 함께라면 당장 죽어도 상관없을 듯했다.

서로의 고개가 이리저리 기울어졌다. 서로의 입술을 한시라도 떨어트리지 않기 위해 모든 여력을 총동원해 탐하느라 정신이 없었다.

누가 먼저랄 것도 없었다. 오직 두 사람만이 존재하는 이곳에서 서로를 향해 뻗어 있는 감각의 촉수가 오직 상대의 몸과 마음에만 깊이 더 깊이 닿으려 하고 있었다. 끊임없이.

❁   ❁   ❁

정오가 지난 느지막한 오후 무렵, 잔잔했던 구름들이 일시에 비를 형성하며 땅에 쏟아붓고 있었다. 얼마 후면 세르안의 동쪽 경계에 도달하는 부대장 모랄트는 지치다 못해 쓰러질 것 같았다.

"어서 안내하지 않고 뭐하는 거지."

잠시 멈춰서 호흡을 고르는 그를 향해 깐죽거리던 조르가 어서 움직이라 종용했다. 그들 뒤에는 황제의 기사단이 깃발을 든 채 따르고 있었다.

"한시도 쉬지 않고 달렸습니다. 이미 제 말도 한계치를 넘어섰고요."

"한 번 멈추면 그만큼 시간이 걸리잖나! 폐하께서는 급하시다 했다. 무슨 일이 있어도 빠른 시일 내에 그 영주에 대한 확답을 받아야 나도 살고 자네도 살지 않겠나."

어깨로 숨을 몰아쉬던 부대장 모랄트는 어금니를 사리물고 말머리를 다시금 돌렸다. 조르는 고개를 끄덕이며 헛기침을 해 댔다.

"자네 혼자서 가도 좋을 것을 굳이 나와 함께 보낸 이유는 폐하께서 왠지 모르게 자네를 믿지 못하는 눈치셔서 말이지. 혹여 폐하의 서찰을 중간에서…… 그러면 안 되지."

"그럴 일은 없습니다. 저는 명예를 아는 군병입니다."

"그렇지. 자, 그럼 얼마나 더 가면 되겠나? 날씨마저 이 모양이니, 원."

"지금부터 한시도 쉬지 않고 달리면 이른 새벽에 도착하지 않을까 합니다."

"그럼 달려가 보세나!"

지극히 만족스런 미소를 짓는 조르와 이미 체념 상태인 모랄트.

부대장에게는 한시라도 빨리 달려가서 장군에게 알려야 할 중요한 사안이 있었다. 그렇기에 허기와 피로 따위 단숨에 날려 버릴 수 있었다. 그는 다시금 말고삐를 손안에 단단히 잡았다.

"이랏!"

이어 힘찬 말울음이 들리고 기사 무리들은 지독히도 내리는 빗속을 뚫으며 숨 가쁘게 달려가기 시작했다.

제4장

넷째 날 on the fourth day

해 질 녘 저녁놀이 사방으로 뻗쳐 존재감을 과시하고 있었다. 오늘따라 유난히 짙고 산뜻한 붉은빛은 천지가 처음으로 태동하는 듯 아름답기 그지없다.

특히 브륀 성채와 직선으로 자리한 클링이라 불리는 가파른 절벽이 병풍처럼 둘러쳐져 성채를 보호하듯이 자리하고 있었다.

아침부터 간간히 비가 내려 습기로 가득 찬 비안개가 자욱했다. 아마 그 영향으로 절벽 위에 자리한 작은 호수에 많은 물이 차올랐나 보다. 넘치는 물을 내보내고자 절벽으로 가늘게 떨어지는 폭포로 최상의 절경이 펼쳐지고 있었다.

현기증 날 정도로 빛나는 아름다움에 절로 감탄사가 나올 수밖에 없었다.

"아름다워……."

절벽 한쪽에 위치한 폭포는 석양이 반사되어 마치 용암처럼 붉은빛을 내뿜고 있었다. 온통 무채색의 바위 틈 사이로 그 빛은 보석처럼 반짝이며 제 존재를 알렸다.

침실과 연결된 난간에 서서 그 절경을 바라보던 게일은 유난히 부은 입술을 한 채 눈앞 가득한 아름다움에 한숨을 내쉬었다.

게일은 제 몸을 안고 있었다. 지금도 열이 한껏 올라 어쩔 줄 모르는 몸이 혹여 쓰러질까 싶어 제 두 팔로 보듬고 있는 실정이었다.

"정말 아름다워."

게일은 아름답다는 말을 하다 말고 제 손등을 입술 위에 눌렀다. 그와 동시에 루카의 주문 같은 속삭임이 생각났다.

"아름다워. 그 눈동자."

루카의 속삭임. 그 순간 게일은 표정 없이도 진심을 담을 수 있구나, 꼭 감정을 나타내지 않아도 말 한마디에 심장이 쪼개질 수도 있다는 것을 느꼈다.

그러나 그것에 흔들리고 싶지 않았다. 괜한 자존심인가, 아니면…….

"만일 내 눈이 이렇지 않았다면……."

그러나 곧장 날아든 루카의 비수 같은 한마디.

"비약이 심하군. 자신이 없나, 영주님?"

자리에서 일어선 루카의 존재감에는 냉철함과 잔인함이 함께하는 듯했다. 그런 게일의 속마음을 알아차린 루카가 손을 들어 게일의 눈꺼풀을 살짝 덮었다.

"그 눈동자가 아니라도 그대는 너무나 아름답다. 또한 나에겐 외향 따위 아무것도 아니야. 난 그 누구에게도 아름답다고 한 적 없다, 결코."

매우 엄격하고 단호한 모양새로 게일을 응시한다. 지독히도 냉정한 그는 '아름답다'라는 과찬을 빈말이라도 여자에게 속삭이지 않았을 것이 분명해 보였다.

"비약이 아니에요. 내 눈동자의 마법에 홀린 것이 아닌가 하여……."
"나를 과소평가하지 말라고. 설사 마법이 존재한다 해도 그따위 것은 용납지 못해."
"굉장한 자신감을 가졌군요."
"그래서 내가 싫은가?"

루카의 눈빛이 가라앉았다. 냉정은 사라지고 금세 다가온 열정. 루카는 제 질문에 입을 꾹 다물고 있는 게일의 손가락을 맞잡았다. 그리고 묘한 한숨을 감추기 위해 애를 쓰는 듯 보였다.

"날 싫어하진 마라. 설사 그렇다고 해도 조금은 좋아질 수 있게끔 노력해 볼 테니."

좋아하게 만들고 싶다니. 고백 아닌 고백에 게일은 그의 손길이 주는 것보다 더한 황홀경에 젖어 버렸다.

상처, 차가움, 그리고 잔악함이 공존하는 루카. 늘 갈잖다는 듯이 피식 웃었던 루카.

그가 무게감 그득한 눈빛으로 숨을 고르고 있는 게일에게 진심을 다하려 하고 있었다. 그때, 그녀 역시도 입가에 젖은 미소를 매단 채 루카의 얼굴 상처를 매만졌다. 그 손길을 묵묵히 받으며 그는 눈을 감았다. 게일은 또다시 가슴이 철렁하고 내려앉아 버렸다.

눈을 감은 루카는 너무나 순수한 모습이었다. 긴 속눈썹이 아래로 내려와 그림자를 만들고 또렷한 콧날이 남성성을 부각시켰다.

상처를 더듬는 게일의 손가락은 부드럽다 못해 깃털처럼 나풀거렸다. 그리고 게일의 움직임이 끝날 무렵, 루카는 그녀의 두 손을 잡고서 손바닥에 입을 맞추었다.

"나와 하나가 될 수 있나?"

게일은 아무런 대답도 할 수 없었다. 그로 인해 느낀 감정의 전이와 육체적 흥분은 가실 줄을 모르고 있었다. 그런데 하나가 된다니. 어떻게!

"타인을 배려한 적 없다. 누구를 원한 적도 없고 상대의 감정 따위 내가 관여할 필요도 없었다. 그러나 지금은 달라."

"어떻게 다르나요?"

"나를…… 망가지고 부서진 나를, 네가 원하기를 바라."

절실하면서도 절절한 눈빛. 마치 유기당한 짐승처럼 그의 모습은 힘이 없었다.

맙소사! 진정 표정 하나 없이 검을 휘둘러 궁정관을 벤 그가 맞나 싶었다.

게일은 긴장한 표정으로 루카를 응시하며 얼른 대답하고 싶었다. 그러나 말문이 열리지 않았다. 어떤 말로도 대체 할 수 없는 격한 감정으로 인해.

뭐라 대답해야 할지 갈피를 잡을 수 없어 고민하는 순간, 루카가 먼저 그녀의 몸을 끌어당겼다.

"괜찮아."

단 한 마디. 그 말 이외에는 아무런 말도 하지 않았다. 그저 굳어 있는 그녀의 등과 허리를 천천히 쓸어 주었다. 루카의 손길에 긴장은 풀어졌지만 게일은 끝내 아무 말도 하지 못한 채 아늑함에 취했다.

그렇게 잠이 들었다. 다시 눈을 떴을 때 게일은 혼자 남아 있었다. 다만 옆자리의 흔적이 루카가 옆에서 함께했었다는 것을 알게 해 줄 뿐이었다.

그 흔적에 그녀는 눈물이 날 만큼 허전했고 소리 지를 만큼…… 그리웠다. 단지 옆에 그가 없다는 이유 하나로.

자신의 감정에 화들짝 놀라 침대에서 벌떡 일어났다. 펼쳐진 전경을 눈에 담은 지금, 그가 물었던 질문에 답을 되돌려주고 싶었다.

하여 거울 앞으로 가 흐트러진 모습을 정리하며 긴 호흡을 내뱉었다. 스스로를 응원하듯 두 주먹을 불끈 쥐고 침실을 벗어나 루카를 찾기 시작했다.

✿　　✿　　✿

"대화 괜찮습니다."

궁정관 마예로. 그는 다소 불편한 표정으로 루카를 응시했다. 열은 어느 정도 가라앉았는지 한결 가뿐한 상태였지만 아직도 베인 상처가 욱신거렸다. 게일의 발 빠른 조치가 아니었다면 아마도 더 큰 불상사가 있을 수 있었다. 그 점을 염두에 둔 것인지 루카는 다소 조심스럽게 말을 꺼내고 있었다.

"그렇군."

그리고 이어지는 침묵. 대체 저 저돌적인 장군이 이처럼 뜸을 들이는 연유가 무엇인가. 궁금증이 일어 궁정관이 먼저 입을 열었다.

"우리 영주님은 안전하시겠지요?"

"분명히."

"약하신 분입니다."

"알고 있다."

"순수하신 분입니다."

"그것도 알고 있지."

"그리고 마지막 후손이십니다."

루카는 묵직한 눈빛으로 마예로를 응시했다. 한쪽 팔에 지지대를 한 채 단단한 붕대지를 감고 있는 궁정관의 안색은 한결 밝았다.

마예로는 그의 눈빛에 질려 시선을 돌리면서도 게일에 대한 이야기를 할 때만큼은 자신의 직분에 최선을 다하는 중이었다. 다만 무덤덤한 루카의 눈빛에 의도를 파악하기 힘들어할 뿐.

"변방국에다 좁은 국토, 버려진 땅인 이곳에서 무엇이 그리 걱정이지? 그런데 마지막 후손이란 것이 좀 걸리는데, 무슨 뜻인가?"

루카는 브륀에 대해 아는 바가 전혀 없었다. 자치국으로서 유구한 세월 동안 작은 땅덩이를 가지고 버티고 있다는 것만 이번 전장에 나와 알게 되었다.

그저 지나쳐도 좋을 작은 지역. 변변한 특산물조차 없는 보잘것없는 땅. 다만 대륙으로 가는 지름길이 되는 곳이라 황제께서 이곳을 뚫어 놓고 지나기를 바랐었다.

루카는 운명처럼 이곳에서 게일을 만났다. 이 쓰러져 가는 작은 땅의 영주를.

"오랜 세월 동안 후손이 없었다는 것이 이상하지 않나?"

등에 검을 매단 채 움직이는 루카와 그를 두려운 듯 바라보는 마예로. 루카의 질문은 적절한 것이었다. 혈통을 중시해 어떤 방법으로든 혈연을 남겨야 하는 것이 직계들의 의무가 아니던가.

"저야말로 이상합니다. 그냥 지나가면 될 조그마한 땅, 왜 그렇게 관심을 두시는지요?"

궁정관은 루카의 질문을 다른 말로 돌리며 당신 따위 알 바 없다는 듯 고개를 돌리려 했다. 그러나 루카는 위협하는 눈빛을 보냈다.

"내가 두려운가?"

"두, 두렵지요. 당연히!"

"내가 강해 보이나?"

"충분히 강하지 않던가요?"

"그럼 나에게 브륀의 영주를 맡겨."

청천벽력 같은 말이었다. 다짜고짜 영주를 맡기라는 말에 궁정관은 그 의미가 무엇인지 해석하려 애를 써야 했다.

"그, 그게 무슨 말입니까. 세르안은 계속하여 영토를 확장해 나가는 것으로 알고 있는…… 그렇기에 당신은 그 일에 앞장설……."

"내가 지킨다."

맹세였다. 영주를 보호하는 기사처럼 만반의 태세를 갖춘 루카가 단단한 의지를 밝혔다. 막강한 세르안의 장군이란 자가 브륀의 영주에 대한 마음을 서약하며 다짐한다. 도대체 왜, 무엇 때문에.

궁정관은 다시 몸에서 열이 오름을 느꼈다. 눈앞에서 세르안의 장군이 다짐하는 이유를 찾으려면 오랜 통찰력이 필요한 시점이 아닐 수 없었다.

"그 말도 안 되는…… 우리 영주님을 어찌 지킨다는 겁니까. 불과 며칠이나 되었다고 그런 말을……."

"기간은 중요치 않아. 긴말 않겠다. 왜 이곳에 영주 혼자 남았었지?"

궁정관은 아무 말도 하지 못했다. 몰아치는 질문 공세에 그의 머릿속은 바삐 움직였지만 쉽사리 대답할 수 없었다.

"마지막 질문, 감정에 따라 색이 변하는 그녀의 신비한 눈동자의 의미는 무엇이지?"

"이럴 수가……."

그제야 궁정관은 뒤로 주저앉으며 넋이 나간 듯 루카를 응시했다.

"보셨군요?"

궁정관의 질문에 고개를 끄덕이는 루카. 믿기지 않는 듯 체념한 궁정관은 동시에 뭔가를 살피는 듯 눈을 가늘게 떴다.

"혹시 환상을 보거나 환청을 듣거나, 그것도 아니면……."

"그 어떤 것도 나에게는 해당 사항 없다. 그러니 말해. 자네는 곧 안전한 곳으로 이동시킬 요량이니."

"그, 그러면 우리 영주님은?"

"내가 지킨다고 했을 텐데?"

"그, 그게 어찌 그렇게 된답디까? 영주님의 눈을 보고도! 세상의 많은 사람들은 우리 영주님의 눈을 감당하지 못합니다. 마녀라 알려진 연유도 그 때문이지요. 그저 약초와 진료에 능숙하신 것뿐인데…… 그 신비한 눈동자에 탐욕스런 자들은 필시 우리 영주님을 노리개나 동물 취급할 것이 분명합니다!"

궁정관이 과격할 정도의 큰 소리를 내자 호흡이 가팔라졌다. 그만큼 경애하는 영주에 대한 안타까움과 연민이 물밀 듯이 밀려들었다. 루카 역시 그의 뜻을 모를 리 없었다.

"특히나 세르안, 거대 제국으로 발돋움하는 그곳의 황제 암포가는 극심한 여색과 지독한 탐욕으로 명망이 자자합니다. 그래서 장군은 우리 영주님을 세르안으로 데리고 가기라도 하겠다는 말입니까?"

궁정관의 말에 루카는 한발 뒤로 물러났다. 황제 암포가.

그가 가진 권력, 힘, 그리고 음심(淫心). 지독하리만큼 탐욕적이기에 루카는 이미 소년이 되기도 전에 남녀의 육체에 대한 모든 쾌락과 향락에 대해서 통달했다 해도 과언이 아니었다. 그 이유는 바로 형이자 황제인 암포가의 간계한 학습이었다.

늘 그와 함께하기를 원했다. 여자와 있을 때도.

늘 그가 지켜보기를 원했다. 여자들과 향락을 즐길 때도.

교미하는 뱀의 무리처럼 구불거리는 살색의 향연들은 역겨움을 떠나 그들 전부를 죽이고 싶은 욕망까지 불러일으키기도 했다.

하지만 거부권은 없었다. 늘 그렇듯 묵묵히 그림자처럼 벽에 붙어 황제의 모든 일거수일투족을 투시해야만 했다.

그것에서 벗어나는 길은 전장뿐. 살육이 난무하는 전쟁터가 차라리 나았기에 루카는 뛰어난 전사가 될 수밖에 없었다. 운명이자 필연인 셈이었다.

그렇기에 브륀의 궁정관이 말하고자 하는 바가 무엇인지 그는 너무나 명확히 알고 있었다.

"그녀는 내가 지킨다고 했다."

마예로는 이 모든 일의 원흉이 저라고 믿었다. 능히 혼자서 잘 처신했을 게일이 자신을 구하려 모습을 드러내고 그 탓에 적의 장군의 눈에 뜨였으니, 그는 무엇으로 이 잘못을 속죄해야 할지 눈앞이 캄캄했다.

"우리 영주님은…… 세상 밖으로 나가신 적이 없습니다."

"그래서?"

"그렇기에 욕심, 기만, 배신. 인간이 가지고 있는 모든 탐욕과 악함을 알지 못합니다."

"순수함만이 세상을 살아가기 위해서 필요한 것은 아니다."

"압니다. 잘 알고 있습니다. 하나 우리 영주님은 태생조차 평범하지 않기에 이 오랜 땅, 브륀의 계승자로서 오래도록 자리하고 있는 것입니다."

"태생? 설마 인간이 아니란 것은 아니겠지?"

루카는 턱없는 궁정관의 말에 피식 웃었다.

"그럴 리야 있겠습니까. 다만 우리 영주님은 클링이라 불리는 계곡, 그곳에 자리한 호수에서 태어나셨습니다."

궁정관의 말에 루카의 미간이 찌푸려졌다. 대체 뭔 소릴 지껄이는지 이해가 되지 않은 탓이었다.

"탄생의 배경은 브륀의 오랜 전설에 기인한 것이라…… 블루문(Blue moon)을 아시는지요."

"블루문?"

루카의 표정을 살피며 마예로는 차근히 설명했다.

"블루문은 19년마다 돌아옵니다. 그것도 7월에 두 번째로 뜨는 보름달, 그 블루문의 영력으로 잉태되어야 진정한 영주가 될 수 있다는 불문율을 가지고 있지요. 거기에 클링에서 시작되는 폭포의 물방울이 블루문으로 인해 안개가 된다 합니다. 그것이 영주님의 탄생을 유도했다고 하니, 그때의 블루문과 안개의 조화가 전설 속 태즈매니아의 탄생과 동일하다고 전해집니다. 물론 블루문과 클링의 안개가 동시에 일어날 수 있는 일은 극히 희박한 확률이지요. 그래서 그 누구도 대대로 내려온 이 땅의 결정을 반대할 수 없었습니다. 또한 그 탓에 신비한 눈동자를 가지게 된 것이고."

감회에 젖은 듯 주름진 궁정관의 눈에서는 회한의 눈물이 흘렀다. 많은 세월을 살아왔으나 지나쳐 온 세월이 원통한 탓이었다.

"우리 영주님을 보호함은 물론이요, 충분히 감당할 수 있습니까?"

루카의 눈빛이 가늘어졌다. 대단한 탄생인 건 분명했으나 아무래도 좋았다. 게일은 이미 제 안에 온전히 들어서고 있었으니.

바로 그때 접견실의 문이 활짝 열리고 두 볼이 발그레해진 게일이 숨을 헐떡이며 안으로 들어섰다.

"마예로!"

게일은 제일 먼저 바르게 앉아 있는 궁정관을 불렀다. 약효가 잘 들었는지 눈에 띄게 회복되어 가는 모습이었다. 그에게 다가가려던 게일은 그 앞에서 멈춰야 했다.

"거기 서."

루카의 팔이 게일의 허리를 잡고 더 다가가지 못하게 했다. 궁정관은 게일을 보다 말고 고개를 휙 돌려 버렸다.

"영주님, 안대가……."

"괜찮아요."

"그래도 위험합니다, 영주님."

다분히 떨고 있는 궁정관이었다. 그는 게일의 눈빛을 감당하지 못했다. 혹여 안대가 없는 눈을 볼까 두려워 온몸을 떨고 있었다. 게일은 루카에게 잠시 양해를 구했다.

"상처가 잘 아물었는지 살피고 싶어요."

"잘 아물었어."

"그냥 곁에서 보는 것과는 달라요."

"아니, 같아."

"어떻게 그렇게 잘 아는데요?"

"늘 다치니까."

지독히도 건조한 응수에 그녀는 그의 뒤에 있는 죽음의 그림자를 본 듯했다. 무수히 떨어지는 살점과 사체들. 그의 검에 베이며 어지럽게 떨어진다. 바로 눈앞에서 전장의 모습이 보이는 것 같아 게일은 더는 말을 잇지 못했다.

"내일 해가 떠오르는 대로 내 부하들이 안전한 곳까지 함께 움직여 줄 것이다."

루카의 담담한 말에 게일은 궁정관을 보았다. 그는 고개를 숙인 채 긴 한숨을 내쉬고 있었다. 함께하면 좋을 수도 있다.

그러나 우기에 접어들 브륀은 상처가 깊은 그에게 안전하지 않았다. 안전함만이 그를 위한 길이었음으로 게일도 그편이 궁정관에게 좋다는 암묵적인 동의를 할 수밖에 없었다. 그러나 그녀는 한 가지가 마음에 걸렸다.

"부디 끝까지 궁정관을 보호해 주세요. 부탁합니다."

"난 약속은 지켜."

"한 가지 더."

"뭐가 남았지?"

"정중한 사과."

게일의 단호함에 화들짝 놀란 이는 궁정관이었다. 그녀가 무엇을 말하는지 눈치챈 그는 고개를 저으며 만류하려 했다. 루카는 무척 재밌다는 듯이 웃었다.

"사과?"

"무례한 행동과 이유 없는 상해에 대한 부분은 사과해야 합니다. 또한 침략은 우리가 한 것이 아니에요. 비록 패했다 하나 브륀의 궁정관이니 대우를 해 주심이 마땅하다고 생각해요."

"그래서 내가 사과하면 내가 행한 행동이 없던 것으로 되는가?"

"꼭 그런 것은 아니지만……."

마냥 순수한 어린애처럼 모든 것을 흑백논리로 바라는 영주, 게일. 어쩌면 지독한 치기일 수도 있는 그녀의 행동은 무모했다.

루카는 그 누구에게도 사과 따위 한 적이 없었다. 그의 정의는 검이었기에 자신의 신념을 따랐을 뿐.

접견실의 공기가 무척 둔탁해졌다. 숨죽인 궁정관과 매섭게 치뜨고 있는 루카에 의해 더욱더 무거워지는 듯했다.

"괜찮습니다, 영주님. 저는 정말 괜찮습……."

궁정관이 어색하게 웃었다. 솔직한 심정으로 이렇게 목숨이 붙어 있는 것도 다행이었다. 그런데 이번에는 사과까지 받다니. 검에 베어 죽는 것이 아니라 숨 막혀 심장이 멈출 것만 같은 찰나, 루카가 게일에게 말을 건넸다.

"그러길 바라나?"

"네."

"꼭?"

"꼭."

피식, 루카가 다시 웃었다. 그것도 대단히 즐겁다는 듯이.

"내 사과하지, 영주님."

그러나 거기서 끝나지 않았다. 루카는 잠시 고개를 숙여 게일에게만 들릴 수 있도록 속삭였다.

"사과의 대가는 혹독하게 갚도록!"

야릇한 경고. 그녀의 얼굴이 순식간에 벌게져 잘 익은 석류처럼 터지기 일보 직전이었다. 매혹적인 모습에 루카는 눈을 질끈 감아야 했다.

'아직도 부족해.'

그래도 조금이나마 열기를 가라앉혔다 여겼다. 그러나 문을 열고 들어오는 게일의 모습부터 시작해 지금까지 그녀의 모든 것이 그의 온 감각 기관에 불을 붙였다. 촉각, 후각에 시각. 심지어 생식 본능만을 가진 짐승처럼 단 한 번의 발정으로 말미암아 계속해서 교미를 원하는 지극한 본능이 루카의 이성을 밀어 버리려 했다. 단숨에 게일을 소유하고자 하는 욕구. 도리어 루카가 숨이 막힐 지경이 되어 눈빛이 번들거렸다. 그리하여 그는 당장 열기를 가라앉히기 위해서라도 정중히 허리를 굽혔다.

"사과합니다, 궁정관."

"괘, 괜찮습니다. 장군, 다만 우리 영주님……."

서로가 무엇을 말하려는지 충분히 이해한 루카와 궁정관은 어색하게 눈빛을 교환했다. 충분했다. 루카는 게일에게 제 굽힌 팔을 내밀었다. 게일은 내밀어진 루카의 팔을 바라보았다. 그러자 루카는 직접 게일의 손을 잡고 제 팔에 걸치게 만들었다.

"가시지요, 영주님."

그제야 정중한 에스코트를 하는 이유를 이해한 게일은 두 뺨이 발그레 익었다.

"자꾸 그러면 안 돼. 자극하지 말라고."

다시 루카의 은근한 속삭임이 들린다. 게일은 그를 올려다보며 반박하려 했다.

그러나 그가 미소 짓고 있었다. 침실에서 보았던 눈웃음에 버금갈 정도로 달콤한 웃음이었다. 게일의 심장이 몹시 두근거렸다. 그녀는 무심함을 가장한 표정으로 궁정관에게 소리쳤다.

"마예로, 약을 조금 더 조제할게요. 쉬고 있으세요."

두 사람이 사라진 접견실에서 멍한 궁정관만이 남아 머리를 굵적였다. 그는 잠시 접견실 한편에 세워진 조각상을 바라보았다. 태즈매니아. 브뤤에 전해지는 전설의 동물.

"혹, 영주님의 반쪽이…… 설마 아니겠지요?"

저 혼자서 중얼거리던 궁정관은 곧 말도 안 되는 상황에 머리를 기댔다. 저도 모르게 벌떡 일어나려다 말고 비명을 질렀다.

"아이고."

잠시 힘을 준 탓에 상처들이 욱신거렸다. 궁정관은 심호흡하기를 여러 차례, 스스로를 다독이며 다시금 조심히 몸을 뉘었다. 사실 아픈 몸보다 게일에 대한 염려로 머리가 더 아팠다.

"정말로 저자는 영주님의 눈동자에 유혹당하지 않은 것인가?"

알 수 없었다. 잔혹한 행동을 하던 야수가 단숨에 잘 훈련된 가축이 될 수 없으니.

다시 궁정관의 고개가 옆으로 떨어졌다. 그리고 어두운 하늘이 이어지며 곧 밤이 찾아왔다.

❂   ❂   ❂

게일은 루카의 빈정거리는 시선을 뒤로한 채 온실 한쪽 상목의 무성한 잎을 따고 있었다. 제법 푸릇한 기운이 감도는 잎들이 차곡차곡 바구니에 담겼다. 루카는 잎을 따는 이유가 무엇인지 묻지도 않고 그녀의 행동을 아무런 표정 없이 바라보기만 했다.

꾸물꾸물한 날씨 탓에 밤이 일찍 찾아온 브륀. 탁자 위에 놓인 등불 몇 개가 반딧불처럼 잔잔하게 밝혔다. 루카는 그저 긴 그림자를 드리우며 벽 한편에서 무표정하게 가만히 서 있을 뿐이다. 그런데도 감정을 담고 있는 것보다 더 신경 쓰였다. 그는 때로는 뜨겁고 또 때로는 차가우며 또 소년처럼 순수하기까지 했다.

그와 함께하는 시간이 흐르면 흐를수록 알지 못했던 숱한 감정과 감각을 느끼는 게일은 그의 시선 속에서 단김이 올랐다. 형체가 없는 뜨거운 기운, 몹시 달아오르는 느낌. 그것이 묘하면서도 안온(安穩)했다.

'신경 쓰여.'

궁정관에게는 무뚝뚝한 사과를 하고 자신을 겁박하며 여기까지 와서는 한발 뒤로 물러났다. 일반적이고도 격식 있는 사내의 모습일 수 있었으나 게일은 그것이 신경 쓰이는 한편 조금은 섭섭하기까지 했다.

'섭섭하다니, 왜……'

혼자 묻고 결론 내리는 참으로 민망한 상황이었다. 어떻게 하면 어지러운 생각을 떨칠 수 있을까. 그래서 게일은 무작정 그를 찾았던 순간을 잊었다.

아니, 잊은 척했다. 게일은 저도 모르게 투정을 부리듯 입을 삐죽 내밀며 높은 곳에 있는 상목의 잎 하나를 따기 위해 발돋

움했다.

그런데 언제 옆으로 왔는지 루카의 팔 하나가 머리 위에서 움직이며 그녀의 전부를 덮을 듯 뻗쳐졌다.

"이건가?"

내민 잎들은 게일처럼 조심조심 딴 것이 아닌 한 번에 우드득 잡아 뜯긴 것이었다. 따지 않아야 할 잎들까지 루카의 손놀림으로 인해 바닥으로 사부작 떨어져 버렸다.

"잎 따위가 왜 필요하지?"

"단순한 잎이 아니에요."

"그럼?"

"잎에는 줄기처럼 자연계의 물질을 담고 있지요."

"자연계? 물질?"

"자세히 보면 잎에는 기하학적으로 나 있는 무늬들이 있습니다. 그리고 가지가 뻗어 나가는 형태마저 효율적인 조직되어 있지요. 자연스럽고 우연히 생겨난 형상들, 규칙성*입니다. 그렇기에 줄기가 뻗어 가는 시점이 계속 반복되어 이렇듯 훌륭한 나무가 되는 것이죠."

"규칙성이라······."

그러나 루카는 잎사귀를 보고 있지 않았다. 그의 시선, 뚜렷한 눈빛은 게일을 향해 있었다.

---

*프랙탈 이론:나뭇잎이나 가지가 뻗어 나가는 것이 기하학적으로 중구난방 나가는 것이 아닌 그 줄기가 뻗어 가는 시점이 계속 반복되어 나무가 된다는 것.

그녀는 자세한 설명을 다 하지 못하고 입을 다물었다. 루카의 눈빛에 꼼짝할 수 없었다.

그의 눈빛은 상대를 옭아맬 듯, 그리고 헤어날 수 없도록 철저하게 묶어 버린다. 누가 그를 감정 없다 했는가. 누가 그를 차갑다고 말했을까. 그는 지금 온몸이 불타오르는 불덩이 그 자체였다.

게일의 완벽한 판단 착오였다. 그는 신사가 아니었다. 그녀를 한 번에 집어 삼킬 수 있는 절대자였으며 야수였고…… 사내였다.

게일은 그가 옆으로 옴으로 인해 근육질 장신 어딘가에서 몹시도 쿵쾅거리는 소리를 들었다. 아울러 그의 원인 모를 감정을 느끼자 제 몸도 두근거림을 알 수 있었다. 흡사 쿵쾅거리는 북처럼. 그 울림이 심장에서 시작된 것인지, 아니면 다른 곳인지는 불분명했다.

"만지지 말고…… 잎, 잎을 보세요."

만지지 말라니, 무엇을 어디를…… 잠시 말이 헛 나온 게일은 다급한 듯 얼굴을 돌려 버렸다.

"또 상목은……"

괜히 목이 마른 듯 헛기침까지 하는 게일. 루카는 절로 나와 버린 은근한 미소를 그녀에게 보이고 싶지 않았다. 그래서 앞서 행동하려는 모든 것을 자제한 채 눈을 내리깔았다.

이곳으로 온 이후 게일의 두 뺨은 발그레한 기운이 가시지 않았다. 그녀의 눈동자는 다시금 초록색으로 물들었으며 자신을 향해 신경을 곤두세우고 있는 모습이 손에 잡힐 듯 가까웠다. 있는 그대로를 드러내는 아이 같은 순수함. 그녀는 감정을 숨기지 못한다. 그와는 반대로 자신은 제 모습을 철저히 숨겼다.

'한마디면 돼. 단 한마디만.'

손만 뻗치면 그녀를 만지고 품에 담을 수 있었지만 루카는 지금 도박 중이었다. 단 한 번도 요행수를 바라거나 무엇을 원한 적 없었다. 차라리 불가능하거나 위험한 일에 손을 댈지언정. 그래서 접견실에서부터 자신에게 달려온 것이 분명한 게일에게 먼저 손을 내밀지 않았다.

그러나 그녀의 행동 하나하나, 눈짓, 손짓, 몸짓, 그 모든 것이 저만을 향해 있기를 바란다. 이 순간이 싫지만은 않았다.

"상목은 잎부터 뿌리까지 그 무엇도 버릴 게 없어요. 특히 청혈(淸血)에 좋기에 어혈을 없애 줍니다. 그러니 발열에 잘 듣는 말린 작약과 상목 잎을 우린 차는 혈압이 높은 마예로에게 요긴할 거예요."

게일의 설명에 루카는 입을 굳게 다물었다. 왠지 모르게 기분이 상한 듯 보이는 것은 게일의 착각일까.

"그래서 밤새 잎사귀를 따고 말리시겠다?"

역시나 비딱한 그의 입매가 사납게 올라갔다.

"아니요!"

게일은 저도 모르게 큰 소리를 질렀다. 그러자 루카의 눈빛이 다시금 날카롭게 빛났다. 그의 눈빛에, 말 한마디에 당황해

형편없이 횡설수설하는 기분이었다.

"그게 아니고…… 동트기 전에 깨끗하게 채취하여 성 뒤편에 있는 돌벽, 굉장히 찬 기운이 나오는 곳인데 냉동의 기능이 있는 그곳에서 잠시 보관하려 합니다. 데친 것과는 비교할 수도 없게 좋은 찻잎이 되고…… 말리는 것은 어렵지 않아요. 그저, 엇!"

게일은 제 할 말을 끝까지 마치지 못했다. 잎을 모으던 게일의 손을 루카가 힘 있게 잡아채자 그녀의 몸이 휙 하고 돌려졌다.

처음 보았던 모습처럼 차분해져 궁정관의 앞날만 생각하는 모양새가 루카의 신경을 몹시도 건드렸다. 자신을 보아 달라 했건만. 알근알근 달아오른 루카는 그깟 승패 따위 제 적성이 아님을 다시 한 번 알았다.

"언제까지?"

"어, 언제까지라니요?"

"몰라서 묻나?"

집요하게 묻는 그로 인해 게일은 충분한 위험 신호를 느꼈다. 그런데도 불구하고 두렵거나 무섭지는 않았다. 다만 두 손을 뒤로 하여 탁자를 짚을 뿐이었다.

그 탓에 탁자 위에 있던 등불이 흔들렸다. 불빛에 하얗게 반사되는 게일의 몸은 엷은 막이 드리운 듯 투명한 날개라도 달린 양 곧 날아오를 듯했다.

어쩌면 이미 승패는 결정된 것인지 모른다. 게일이 궁정관을 입에 담으며 온밤을 쏟겠다는 의지를 듣는 순간, 루카에게 든 살의와도 같은 충동은 무척이나 매서운 것이었다.

"영주님께서 직접 잎사귀를 따다니, 무척 고귀한 행동임에는 틀림이 없군."

"비꼬지 마세요."

그러나 게일 역시 만만치 않았다. 루카가 제 손목을 잡는 순간, 북소리가 울렸던 제 몸은 북을 찢고 나온 무엇인가에 적셔지고 말았다.

단지 손 하나 잡은 것으로 게일의 신경이 날카로워지고 호흡은 가빠졌다. 그것을 모를 리 없는 루카는 아주 천천히, 보란 듯이 손을 내밀었다.

그녀는 눈을 크게 뜨고 루카의 손을 응시했다.

그는 묘하게도 승리감에 도취될 뻔했다. 감추지 못하는 게일이 무엇을 원하고 바라는지 여실하나, 부족했다. 그렇기에 루카는 요행이라도 바라듯이 게일의 손바닥을 아래로 향하게 한 뒤 엄지로 살살 긁었다. 거친 손길이 부드러운 손바닥을 간질이자 그것이 시발점이 되어 단숨에 그녀를 들뜨게 만들었다.

"내가 거슬릴 정도인가?"

루카의 속삭임이 시작되었다. 그의 입김이 게일의 귓가에 닿아 오금이 저려 왔다. 게일은 루카의 시선을 마주하며 당혹스러움을 감추지 못했다. 거슬린다니, 너무나 강해서 차갑기보다는 뜨겁기만 한 것뿐.

"빈정거리지 않아, 난."

게일도 뭔가를 말하고 싶었다. 오해라고. 갑자기 손을 잡았기에 놀랐다고 말하고 싶었다.

그런데 웬일인지 정리가 되지 않았다. 차라리 방해하지 말고 저리 가라고 하는 편이 좋을 듯한 지금의 상황을 어떻게 이해시켜야 할지 가늠할 수가 없었다. 그래서 게일은 무작정 잡힌 손을 빼낸 뒤 그를 끌어안았다. 그의 허리춤을 안고서 머리를 묻었다.

"내가, 말한 거 사과해요."

생각도 못 한 행동이었다. 그녀가 먼저 저를 안아 줄 것이라고 생각지 않았다. 게일이 자신의 허리에 팔을 두르고 있다. 얼마나 꼭 안고 있는지 숨쉬기도 버겁다.

이제 말을 못 하는 이는 루카가 되었다. 상황 역전. 그는 제 두 팔을 어쩌지 못한 채 숨을 멈춰야 했다.

"당신은 빈정거리지 않았어. 맞아요. 내가…… 내가……."

그는 더는 참을 수 없어 게일을 번쩍 들어 안았다. 그다음 탁자 위 모든 물건을 한 팔로 밀어 버리고 그녀를 그 위에 앉혔다.

탁자 위에서 은은히 빛나던 등불은 힘없이 쓰러져 버렸다. 달빛과 별빛에 의존해야 할 순간. 루카에 의해 무방비가 된 게일은 떨지 않았다. 투명한 온실을 투과한 빛들이 너무나 아름다웠기에.

눈동자 안에 별과 닮은 빛을 담은 게일은 제 어깨와 목을 부드럽게 매만지고 있는 루카를 바라보았다.

"말해."

또다시 하얗게 반사되는 게일의 몸. 눈부시도록 투명한 살결이었다. 만일 그녀가 제 몸 위에서 흔들린다면 그 무시무시한 아름다움에 심장은 멈출 수도 있겠다는 생각이 들었다.

더없는 매혹. 그것은 밤의 분위기가 가져온 또 다른 유혹이었다.

"당신은……."

"나는?"

"인간적이고……."

"또?"

"따뜻하고……."

"또?"

"강해요."

게일이 입을 열 때마다 루카의 입술이 다가왔다. 게일은 거부하지 않았다. 아니 거부하고 싶지 않았다.

그의 입술이 맨 처음 닿은 곳은 그녀의 심장이었다. 단호하게 내리누르는 입술이 그 자리에 흔적을 남겼다. 그리고 오목한 목덜미에 닿았다. 온몸을 하나하나 쓰다듬듯 움직이는 입술이 감미로웠다. 그제야 게일은 모든 것이 제자리를 찾은 기분이었다.

순간, 그녀는 몸서리가 쳐졌다. 그가 단순히 입술만 댄 것이 아니기 때문이었다. 맛난 먹이를 요긴하게 먹는 것처럼 루카는 이를 드러내어 잘근거리고 씹었다. 게일의 목덜미에는 붉은 꽃잎이 피어났다.

루카의 입술은 게일의 입술 바로 앞에서 멈췄다. 어쩌면 그 입술을 기다렸을지도 모른다. 그래서 더는 다가오지 않는 모습에 어쩔 줄 모르고 인상을 찌푸렸다.

"루카……."

칭얼거림이었다. 저도 모르게 갈구하던 행동이 이어지지 못한 불만.

"왜, 게일."

"루카."

게일은 뭐라 요구해야 좋을지 몰랐다. 그저 저를 보고 빙그레 미소 짓는 그를 직시하며 이름을 되뇔 뿐.

"말해, 게일."

"봐요."

이런 바보. 심정과는 전혀 다른 말이 불쑥 튀어나와 버렸다. 본다니. 대체 누구를, 무엇을 본단 말인가. 아아, 정말.

게일은 눈을 질끈 감았다. 루카의 웃음을 참는 듯한 숨소리가 게일의 귓가에 메아리쳤다.

"보긴 누가 봐."

그러게, 보긴 누가 본다고. 게일은 체념했다. 그리고 감았던 두 눈을 뜨고는 루카에게 손을 내밀었다.

"왜."

루카는 지금 탁자 위에 두 손을 받친 채 장난치듯 가볍게 입을 맞추고 있을 뿐이었다. 하지만 부족했다. 아주 많이.

"왜? 내가 손대기를 원하나?"

루카가 빈정거리듯 웃었다. 이제는 그 빈정거림조차도 두근거렸다. 아무래도 좋았다.

먼저 손대고 싶은 것은 나. 그리고 원하게 된 것도 나.

게일은 눈을 감았다가 다시 떴다. 루카의 눈빛은 지금껏 보았던 어떤 때보다 불탔다. 그 눈빛에 손끝이라도 닿는다면 아마도 흔적 없이 사라지리라. 게일이 미소 지었다.

그래도 좋을 것만 같다. 지금 이 순간, 그에 의해 그로 인하여 온전히 녹아 버릴 수만 있다면…….

루카는 게일에게서 눈을 떼지 않으며 계속하여 검지로 그녀의 팔뚝 안쪽 부근을 매만졌다. 그리고 게일의 열망이 한 계단 상승할 때마다 검지의 위치가 내려갔다.

'어서 말해, 게일.'

단순한 행동이 게일에게는 큰 해일처럼 느껴졌다. 당장 덮칠 수도 있는, 아니 덮치기를 바라는. 조금만 더 만져 주었으면, 더 넓게 또는 더 깊게.

"아니요."

또 반대로 소리치는 게일. 루카는 꿈쩍도 하지 않았다. 모든 움직임을 멈춘 채 갈망하고 있었다.

"거짓말쟁이."

낮고 낮았다. 으르렁대는 루카의 음색이 깊게 내려앉아 있었다. 게일의 눈동자에 물기가 돌았다. 제 몸과 감정을 어쩌지 못하는 격정의 봇물이었다.

"날 봐."

루카도 한계점에 도달했다.

이 여자, 이 마녀 같은 영주는 상대의 인내를 극한까지 치닫게 한 뒤 단번에 부셔 버릴 수 있을 만큼 막강한 능력을 가진 것이 분명해.

"날 원하나?"

말하고 싶다. 뭐라도 제 본심을 알리고 싶다. 게일은 마음과는 반대로 입을 꾹 다물었다.

"한마디면 돼. 날 원하나?"

원하는 것이 뭐지? 눈앞의 사내의 입맞춤을, 아니면 그의 탄탄한 육체를, 그것도 아니면 열정 어린 쾌감을…….

"모르겠어요. 내가 진정으로 원하는 것이 무엇인지 모르겠어요."

곧 눈물 한가득 쏟아 낼 듯 투영된 눈동자에 비친 것은 온통 그의 모습이었다.

"잘 들어. 나 또한 내가 원하는 것이 무엇인지 모른다. 그러나 한 가지 분명한 것은……."

루카의 손길이 무섭도록 치열해졌다. 그는 단숨에 게일이 걸치고 있던 드레스 자락을 머리 위로 올려 버렸다. 드러난 맨 가슴과 혈떡이는 정점까지, 또렷하게 움직였다.

주변에는 상목과 식물들, 흐릿한 달과 별, 그리고 오로지 서로를 담기 바쁜 두 사람. 온실 유리벽에 비춘 그들은 태초의 인간들처럼 천연(天演)*을 시작했다.

어느 틈에 제 웃옷까지 벗어 버린 루카가 천천히 게일의 종아리와 허벅지를 쓸어 올렸다.

"내가 널 원해. 세상 그 무엇보다."

게일은 떨리는 숨결을 숨기지 않았다. 자신 역시 그렇다는 것을 그에게 전하고 싶었다. 그러나 끝내 말문이 열리지 않아 그 대신 그녀는 두 팔을 벌렸다.

"네 안에 한가득 넣고 담고 싶다. 허락해 주겠나?"

구혼과도 같은 진심에 게일은 그의 목뒤로 두 팔을 휘어 감았다.

"같이, 함께."

오직 한마디. 드디어 루카는 게일에게서 원하는 대답을 들었다. 작고 수줍은 대답. 그러나 아직 부족했다.

"게일. 오직 나만, 그 누구도 아닌 오직 나에게만 널 열어 주고 보여야 한다. 그 의미가 무엇인지 아는가?"

루카는 게일의 얼굴을 부둥켜 잡고 이번에는 대답하라 종용했다. 굉장한 억압이었다. 그럼에도 불구하고 게일은 맑게 웃었다.

"나는 오직 당신만 눈에 담았어요. 다른 이는 담지 못해. 이것으로 부족해요?"

루카는 난생처음 감정에, 열에 들떴다.

---

*천연(天演):자연의 법칙으로 진행됨.

"진부한 말 따위 알지 못해. 그래도 난 너를 원한다. 게일."

힘겹게 지탱해 온 세월 동안 왕가의 흔적인 파르지팔 사이프리드라는 제 이름을 증오하기까지 했었다. 그러나 지금은 온전히 살아남아 게일을 만날 수 있었다는 것에 신에게라도 축복을 전하고 싶었다. 그리고 그 축복의 인사는 방금, 막 시작되었다.

격정인 가득한 자신을 억누른 채 루카는 소중하고 또 소중하게 움직였다.

너무나 부드러운 루카의 손길이 깃털처럼 내려앉아 게일을 간질인다. 어느 순간, 게일은 더없이 팽창하고 말았다. 루카의 입김이 제 아랫배를 휘감아 돌더니 오묵한 배꼽에 깊은 입맞춤을 시작한 것이다. 혀를 길게 말아 배꼽 주변을 핥고 이로는 잘근거리며 또다시 각인을 새긴다. 그리고 그녀의 중심부 근처를 배회하며 끊임없이 열기를 불어넣고 있었다. 더는 참지 못하고 그녀는 탁자 위에서 상체를 들어 루카와 얼굴을 맞댔다.

"멈출까?"

악마처럼 잔인한 루카. 그는 뻔히 숨이 가빠지고 있음을 알면서도 언제라도 그만둘 요량인 양 말했다.

게일은 루카의 함정에 발을 담구고 말았다. 차오른 눈물이 서운함으로 넘쳐 버렸다. 그 눈물은 뺨을 타고 흐르며 끝내는 그녀의 붉은 입술을 적셨다.

당장 물어뜯고 싶을 정도로 유혹적이었다. 순진함과 요염함을 동시에 내보이는 무책임한 행동에 그는 게일의 어깨를 움켜쥐고 끌어당겼다.

세차게 부딪쳐 온 루카의 입술은 한 치의 어긋남이 없이 게일의 입술을 한입에 삼켜 버렸다. 입술을 가른 혀가 찌르듯 안으로 들어와 숨죽인 게일의 혀를 폭풍처럼 휘어 감았다. 입안 구석구석 핥고 음미하고 타액을 나눈다. 끊임없이 흐르는 둘의 진한 액은 세상에서 가장 귀한 미약이었다.

어느새 루카의 입술은 가슴을 지나 배꼽으로, 또다시 허벅지로, 그리고 다시 가슴으로 올라가 활처럼 휜 그녀의 허리를 양손으로 단단히 움켜잡았다.

게일은 눈을 떠 머리를 뒤로 한 채 높은 온실의 천정을 올려다보았다. 훤히 드러난 루카의 등과 허리, 두 팔을 내밀어 그의 온몸을 쓸어 올리는 적나라한 자신이 그림처럼 비춰지고 있었다. 게일의 두 다리는 그의 엉덩이를 지나 허리에 감겼다.

몽롱한 의식, 그러나 결코 거부하고 싶지 않은 이 순간. 게일은 어서 무엇인가가 어떤 식으로든 이루어지기를 바랐다. 당장 루카와 하나가 되고 싶었다.

"루카……."

그것은 유인이었으며 아울러 치명적인 유혹이었다. 밤의 어둠 속에서 게일의 눈동자는 첨예(尖鋭)할 정도로 빛을 발해 은빛으로 변화하였다.

수정 같은, 또는 너무나 맑은 백색이었다. 보석보다 더 찬란한 눈동자 테두리는 깊은 파란빛으로 은색의 눈동자를 감싸고 있었다. 경이로운 순간.

모든 것을 제 눈 안에 담으며 루카는 그녀의 무릎을 잡고 양쪽으로 힘껏 벌렸다. 게일의 허벅지와 아랫배를 부드럽게 매만지며 열린 입술에 입을 맞추었다. 그리고 한 치의 망설임 없이 게일의 안으로 밀고 들어갔다.

불꽃이 인다. 떨리는 숨소리가 공기 중으로 퍼져 나갔다. 게일의 다리는 루카의 허리를 감싼 채 경련이 일듯 떨렸다.

온실 창에 비친 두 사람은 하나이자 또 다른 둘이었다.

이윽고 루카의 단단한 어깨가 움직였다. 그의 숨소리가 깊어 가고 게일을 어루만지는 손길 또한 더없이 감미로워졌다. 루카는 이어진 그대로 게일을 일으켜 세웠다.

"잘 봐."

게일을 어루만지며 재촉했다. 그의 눈짓과 손짓에 게일은 적나라하게 이어진 채 움직이는 루카와 저의 모습을 내려다보았다.

"하나다."

그렇구나. 이것이 하나. 바로 이것이 그토록 바라고 원했던 것이었다. 마침내 게일은 만족의 신음성이 그대로 터져 나왔다.

루카의 움직임에 꼬리를 물듯 함께 어우러지자 게일은 온전한 모습 그대로를 눈에 담았다. 흔들리고 있다. 두 사람이 함께. 만족스러웠다.

루카가 움직이면 게일도 움직였고 루카가 멈추면 게일도 멈춰야 했다. 그 순간마저도 게일에게는 무한한 사랑이었다. 아니, 루카에게 다시없을 영원의 사랑이었다.

둘을 에워싸는 향기가 있었다. 그것은 쉽게 맡을 수 있는 향기가 아니었다. 잔향. 날것 그대로의 향은 고귀했고 깨끗했다.

빛을 발한다. 공기마저 지날 틈을 내주지 않을 듯 붙어 버렸다. 서로에게 함몰되어 가며 밤하늘 끝 저 너머의 세상마저 흔들리는 것을 실감하고 말았다.

겨우 브뢴의 영지로 접어든 부대장 모랄트와 기사 조르 일행. 그들은 지친 말에다 채찍까지 휘두르며 속도를 늦추지 않고 있었다.

특히 조르, 그에게는 황제의 은밀한 지시가 따로 내려져 있었다.

"산 채로, 온전하게 브뢴의 영주를 데려와라."

"정체도 불분명한 데다 혹시 장군이 그 마녀 같은 영주에게 유혹당해 그녀를 내주지 않으면 어찌하오리까?"

"그럴 리 없지. 그것은 지나친 비약이다. 그러나 만에 하나 그 석벽 같은 놈이 당했다면 가차 없이 그놈이 아끼는 부하 놈을 처치해 버려."

"알겠습니다, 폐하!"

조르는 뭉친 어깨와 목을 빙빙 돌리며 앞서 달려가는 부대
장을 보았다. 그리고 어쩔 수 없다는 듯이 웃어 젖히며 멀리
보이는 정방형의 성채를 향해 곧장 달려 나갔다.

✿　　　　✿　　　　✿

　브뢴 성의 입구를 마주한 넓은 빈터. 드래곤이 제 꼬리를
입에 문 문양이 흐릿하게 남아 있는 성문은 유구한 세월을 알
리는 듯했다.
　곳곳에 버려지고 부서진 흔적들이 난무한 빈터에는 세르안
의 깃발을 세워 든 조촐한 천막 대여섯 개가 세워져 있었다.
　중간중간 불을 밝히고 있는 둥근 횃불이 유일한 빛이었다.
오직 고요한 적막이 숨죽이며 밤을 노래한다. 다만 횃불 가까
운 곳, 긴 검을 땅에 꽂은 채 거기에 두 팔을 기대어 졸고 있는
군병은 이미 고개가 한껏 숙여져 있었다.
　바스락바스락, 고요를 뚫고 소음이 들리는 순간.
　“누구냐!”
　역시나 루카가 이끄는 정예부대 소속다웠다. 자그마한 발소
리에 몸을 발딱 일으키며 검집에서 검을 뽑아 들었다.
　“보초가 허술하군.”
　“아, 장군님.”
　근엄한 저음이 들리자마자 군병은 즉시 검을 원래대로 검

집에 꽂고는 고개를 숙였다. 루카였다. 아직 동이 트려면 한참 남은 시각이었다.

"조금만 참아."

루카는 군병을 쳐다보지도 않은 채 제 할 일을 하며 일갈했다. 군병은 루카를 보고 씩 웃으며 제 코밑을 손등으로 비볐다.

"좀이 쑤십니다."

군병의 웃음에 루카의 얼굴에도 보이지 않는 웃음이 잠시 머물렀다. 같은 처지에 결속력으로 다져진 막강한 전사들. 그렇기에 군병이 무엇을 말하는지 능히 짐작할 수 있었다. 루카 역시 이곳에 와서 그녀를 만나지 않았다면 휴식이란 무엇인지 느끼지 못했을 것이다. 아마도 제일 먼저 달려 나가 굶주린 검에 무수한 피를 묻혔겠지.

"이곳에 온 지 벌써 나흘째입니다. 이렇게 긴 휴식은 처음이라……."

"불편한가?"

"불편하기보다는 뭐…… 남아 있는 이들이 세르안으로 가지 않은 이유는 대부분 혈혈단신이라 그런 거지요. 그러니 우리야 검을 들고 싸울 때가 제일 자유롭습니다, 장군님."

가족도 뭣도 없는 외로운 군병들만이 남아 먼저 세르안에서 안식을 즐기고 있을 다른 이들이 돌아오기를 기다리고 있었다.

"사흘 후면 부대장이 올 테니, 원하면 그때 휴가를 가라."

"아닙니다. 저희들은 끝까지 장군님과 함께할 것입니다!"

군병은 꾀죄죄한 몰골을 하고서도 눈빛만은 형형하게 빛났다. 그는 두 다리를 붙이고 군기가 바짝 들어 루카를 바라보며 기사의 예를 다했다. 그런 군병의 모습에 루카는 아무 말 없이 쳐다보았다.

"건강 잘 챙기고."

마지막으로 그는 한마디를 던지며 군병의 어깨를 짚어 준 뒤 그 자리를 지나쳐 갔다. 그러나 루카의 모습을 끝까지 눈으로 좇은 군병은 고개를 갸웃거렸다.

"무슨 일이야?"

소란스런 기운에 천막 안에서 쉬고 있던 다른 군병이 눈을 비비며 물었다.

"장군님께서……."

"왜? 대기하란 말인가?"

"아니, 그게 아니고. 뭔가……."

"왜, 말을 해!"

"무시무시한 블랙 루카가 조금은 부드러워졌어……."

"야!"

"아이고, 고막이야. 왜 소릴 질러!"

"우리 장군님이 부드럽다고? 별 미친 소리. 잠이 부족하면 가서 잠이나 자! 내가 보초 선다!"

코웃음 치는 군병이 보초 자리로 돌아갔다. 루카와 대화를 나누었던 군병은 아직도 믿을 수 없는 표정을 한 채 그가 사라진 쪽에서 시선을 거둘 줄 몰랐다.

"내 말이 그 말이야. 언제 장군께서 우리 건강 따위를 신경 쓰셨다고…… 게다가 손에는 뭐였지?"

제 눈과 귀로 분명히 보고 듣고서도 믿을 수 없다는 듯이 군병이 중얼거렸다. 그러나 그는 곧 대수롭지 않게 여기며 천막 안으로 들어가 잠을 청했다.

차갑다.

점점 뒤쪽으로 들어갈수록 차가운 기운이 성벽을 타고 물 흐르듯 흐르고 있었다. 미로처럼 되어 있는 벽을 따라 걸어간 루카는 이윽고 게일이 말했던 금고 같은 형태의 작은 문을 발견했다.

그 문에도 드래곤이 제 꼬리를 물고 있는 둥근 형태의 손잡이가 달려 있었다. 루카가 거칠게 문을 열고 안으로 들어가자 차가운 기운이 절정에 달했다.

루카는 시원한 기운을 만끽했다. 열에 들떴던 정신과 육체가 차가운 공간에 들어서자 제대로 된 숨을 쉬는 것 같았다.

"하아……."

루카의 욕망이 흥건한 신음. 게일과 첫 입맞춤을 나누었을 때, 표정은 없을지언정 어쩔 줄 몰라 했었다. 입맞춤만 나누었음에도 불구하고 그의 절절한 욕구가 해소될 지경이었다.

그다음 서로의 타액을 나누어 마셨을 때는 오랜 굶주림 따위 아무것도 아니었다. 세상 최고의 진미를 맛본 기분이었고 이보다 더한 것은 없을 줄 알았다.

마침내 게일의 온몸을 탐하고 맛보았을 때, 그녀만의 향기를 흡입했을 때, 그 어떠한 것과도 비교될 수 없을 만큼 달아 정신이 혼미해져 버렸다.

뒤이어 찾아오는 미칠 것만 같은 욕구. 단순한 욕구가 아닌 그의 소망이었다. 당장 그녀 안으로 깊숙이 파고들어 버릴 것만 같은 육체의 폭동을 억누르기가 쉽지 않았다.

처음 신비한 눈동자에 마음이 흔들렸지만 그것이 전부가 아님을 알았다. 루카는 게일의 전부를 원했다. 절실한 마음을 억누르며 마침내 그녀의 안으로 들어가 비로소 하나가 되었을 때…….

루카는 제 손을 들어 그녀가 입맞춤한 손등에 저 역시도 입술을 가져갔다.

"젠장!"

또 화가 난 듯 한껏 소리쳤다. 이제 음미하는 것으로는 부족했다. 그의 중심부는 아직도 힘차고 단단했다. 한 번으로는 여실히 부족했다.

첫 결합 이후, 루카는 그녀를 우선시했다. 게일은 알고나 있을까. 연약한 육체를 맘껏 탐하려는 충동을 달래기가 얼마나 어려웠는지. 무려 그가 여자를 배려하고 염려하며 만지면 부서질까 두려워했다.

지금도 침대 안에서 눈을 감고 있는 게일을 그리기만 해도 루카의 심장은 터질 듯 울렁거렸다. 그는 고개를 들어 까만 하늘을 올려다보았다.

별의 일주 운동이 동쪽에서 서쪽으로, 또 다른 별자리를 남기고 지나간다. 벌써 나흘. 터무니없이 안타깝기만 한 순간들이었다. 만난 지 겨우 나흘이었으나 그녀와의 시간은 지독히도 빨리 흐르고 있었다. 흐르는 시간을 잡고 싶을 만큼 간절했다.

그래서 급했다. 루카는 손에 들고 있던 바구니를 안쪽 선반 위에 올려 두었다. 그 바구니 안에는 게일이 온실에서 땄던 상목의 잎들이 가지런히 들어 있었다. 자발적 행동이었다. 게일이 부탁하지도 않았지만 루카는 육체의 절정으로 인해 기진한 그녀를 침실에 눕힌 뒤 다시 온실로 돌아가 바구니를 들고 이곳에 직접 온 것이다.

그녀가 염려한 궁정관을 위한 배려였다. 어처구니없는 행동임을 알면서도 그녀를 위해서라면 못 할 것도 없지 않겠는가.

그곳의 문을 닫고 나오면서 루카의 마음은 다시 들뜨기 시작했다. 너무나 초조하고 들썽거려 가만히 있지 못할 정도였다. 당장 달려가 그녀를 품에 안고 웃음과 눈물까지 전부 저혼자 차지하고 싶었다.

그의 긴 그림자가 땅에 질질 끌렸다. 그러나 그 역시도 루카의 바람과 함께 밤기운을 물리치며 그를 따라 달리기 시작했다.

아득한 기운. 너무나 절절해 눈물까지 흐를 정도의 부드러움, 그리고 달콤함.

게일은 몸을 일으켰다. 이곳이 어딘지, 보이는 거리가 아득할 정도로 눈앞이 멀었다. 그러다 침실임을 인식하고 풀썩 제 침구 위로 쓰러졌다. 얇은 천 조각 한 장만이 게일의 몸을 가려 주고 있었다.

분명 온실이었다. 쏟아지는 별빛에 비추이는 루카와 자신의 아름다운 물결, 그리고 심상(心象). 태초부터 답습한 감각에 의하여 획득한 그것은 이미 마음속에서부터 생생히 재생되고 있었다.

"뜨거워, 너무 뜨겁다. 녹아 버릴 것처럼, 네 안이 뜨거워."

아아. 루카의 신음과 귓가를 스치며 목덜미에 닿아 마침내 입술 위에서 녹아 버린 그의 숨결.

게일은 다시 호흡이 가빠졌다. 절대 나쁘지 않았다. 아니, 나쁘기는커녕 그가 전해 준 육체의 향연은 신비롭고도 황홀한 것이었다. 그가 자신을 언제 이곳으로 옮겨 왔는지는 알 수 없었지만 따뜻한 배려에 몸 둘 바를 몰랐다.

게일은 베개에 머리를 묻은 채 루카의 손길과 몸짓을 음미하며 한편으로는 자신의 대담했던 행동을 몹시도 민망해했다. 어디서 그런 용기가 생겼었는지. 자신의 행동을 하나하나 되짚어 보자 너무나 부끄러워 쉴 새 없이 끙끙거리며 앓아 댔다.

"무슨 일이야!"

그 순간, 게일의 몸이 벌떡 일으켜 세워졌다.

"게일, 어디 아픈가?"

몹시 차가운 기운을 침실에 몰고 온 루카는 눈을 부릅뜬 채 얼굴이 벌게진 게일을 다그치듯 물었다. 게일이 쉽게 입을 열지 않자 그는 그녀의 다리에서부터 어깨, 그리고 심장과 목덜미까지 매만지며 살피기 시작했다.

게일은 루카의 두 손이 자신을 보듬으며 얼굴에 닿자 손으로 에워쌌다.

"아파?"

그저 아픈지를 묻는 루카. 무엇을 의미하는 것인지 충분히 알면서도 그녀는 터지려는 웃음을 애써 삼키며 입술을 질끈 물었다.

"버릇."

그러자 루카의 엄지가 게일의 입술을 쓸었다.

"안 아파요."

게일은 제 입술을 쓰다듬었던 루카의 엄지를 대담하게도 입 안으로 끌어당기며 살짝 빨았다가 놓아주었다. 그 행동이 루카의 터진 불꽃을 더욱더 키우는지도 모른 채.

"목말라요."

제 행동에 순간적으로 당황한 속마음을 들키고 싶지 않아 괜히 마실 것 핑계를 대며 버둥거리는 중이었다.

손가락을 빨려는 생각은 추호도 없었다. 그의 눈빛이 강렬하게 자신을 바라보았지만 표정 하나 바뀌지 않는 생경함이 조금은 섭섭했기에 입술에 닿은 손가락을 교묘히 빨아 당긴 것이었다.

"그렇군."

언뜻 루카의 입매가 올라갔던 것도 같았다. 그러나 더는 묻지 않았다. 그 대신 금세 탁자 위에 있던 물병을 가지고 게일에게 다가왔다. 그리고 시선을 자신에게 고정시키도록 유도하며 물병의 물을 단숨에 마셔 버렸다.

"루, 루카!"

게일이 이름을 부르는 것과 동시에, 입안으로 목마름을 해소할 물이 한가득 밀려들었다. 그가 침대 위에 한 무릎을 걸친 채 한 손으로 게일의 뒷머리를 부둥켜 잡으며 입에서 입으로 물을 넘겨주고 있었다.

꿀꺽.

게일의 목울대가 소리를 내며 울렁거리고 맞닿은 두 입술 사이에는 흘러내린 물줄기가 금세 길을 만들었다. 간신히 입술을 떼어 냈을 때 루카의 압박에 견디지 못한 게일의 입술은 벌겋게 부풀어 올랐다.

"부족해?"

루카가 묻자 그녀는 제 입술을 가린 채 고개를 저었다. 충분히 마셨다. 시원한 물과 그의 달콤한 타액을. 그러나 루카는 갈증을 해소하기는커녕 목이 더 말랐다. 그는 그대로 게일의 어깨를 잡고 침대에 천천히 뉘였다. 그다음 자연스레 그녀 위에 자리 잡으며 넓게 퍼진 게일의 머리카락을 잡고 입을 맞추었다.

"난, 부족해."

루카의 입김이, 숨결이 다시금 열기를 띠었다. 어찌나 뜨거운지 이미 익숙해졌다 생각했던 게일에게 더한 자극을 주었다.

그의 입술이 원을 그리며 게일의 턱 선을 따라갔다. 그리고 귓불로 향했다가 혀끝이 게일의 귓속으로 빨려 들 듯이 들어가 버렸다.

"으읏."

도저히 신음을 참을 수 없을 지경에 다다른 그녀는 몸서리치는 감각이 머리끝까지 치받았다. 게일이 토해 내는 신음에 루카 역시도 달아오른 육체를 불태워야 했다.

루카는 그녀의 두 손을 맞잡아 깍지를 낀 채 머리 위로 올렸다. 그리고 한참을 게일의 입술과 코, 두 눈에 입맞춤을 선사했다.

부족해. 뭔가가 너무나 부족하다.

루카는 끝없는 입맞춤을 하면서도 게일과의 거리가 아득하게 멀게만 느껴졌다. 왜일까.

"게일, 날 봐."

그가 애원하듯 그녀를 불렀다. 태곳적 세상에서부터 들어온 것 같은 그의 음색이 어떤 일이 벌어지려는 분위기를 일깨우기 시작했다.

게일은 열정에 젖어 든 눈빛으로 루카를 응시했다.

"부족하다, 난."

"뭐가요?"

"……몰라. 도무지 무엇이 부족한지."

억눌린 목소리에 게일은 소리 없이 까르륵 웃음을 터트렸다. 게일은 꼭 잡은 두 손을 꼼지락대며 그의 거친 손가락 마디를 부드럽게 만지작거렸다.

"유희가 아니에요."

게일이 차분하게 그가 고민하는 원인을 알리려 했다.

"유희라니?"

"그저 호기심에, 열정에 들떠 육체적 관계를 맺은 것이 아니에요."

"그럼?"

"내가…… 원했어요. 당신을."

순간, 루카의 표정은 빛을 받은 듯 환해졌다. 그는 단숨에 게일을 일으켜 세워 자신의 몸에 걸터 앉게 만들었고 그녀는 자연스럽게 루카의 어깨에 팔을 둘렀다. 또다시 하나가 된 듯 서로가 포개진 상황. 두 사람은 서로의 이마를 마주하며 뜨거운 자세로 자리 잡았다.

"나 역시도 부족해요. 이렇게 가까운데도 멀어요."

"뭐가 멀어?"

"당신이."

"왜?"

"날 원하면서도 왜 밀어내나요?"

"그렇지 않아."

"거짓말."

단호하게 말하는 게일을 보다 루카는 참지 못하고 그녀의 턱을 한 손으로 잡은 채 뜨겁고도 날카로운 입맞춤을 했다. 어찌나 강렬한지 루카가 입술을 떼어 냈을 때 둘 사이에는 끈적끈적한 타액이 길게 이어져 있었다. 가빠진 호흡이 뒤따랐다. 루카는 눈빛을 번뜩이면서도 고뇌를 숨기지 않았다.

"게일, 난……."

"말해요. 왜 망설이는지."

"난, 가진 것이 없다."

"아니요. 그렇지 않아요."

장군이라는 자가, 그것도 세르안 제국의 블랙 루카라는 사내가 가진 것이 없다고 성토하고 있다. 게일은 그를 향한 사랑의 감정이 제 몸에서 마구 흘러내리는 것을 어쩌지 못했다.

"나 아무것도 필요치 않아요. 그리고 당신은 이미 가졌잖아요."

"그게 뭐지?"

"바로 나, 게일 쿤드리 가나베일 아만. 브륀의 영주를 당신은 이미 소유했어요."

생각도 못 한 대답을 들은 루카는 격정에 사로잡힐 수밖에 없었다. 강렬하고 갑작스러워 누르기 어려운 감정, 감격이 울렁이듯 제 존재를 알렸다.

"게일, 게일……."

그녀를 만나 모든 것을 원하게 되기까지 루카는 보고 들리는 부분은 희미하고 멀게 느껴졌다. 까마득히 오래된 염원처럼 루카의 앞날은 보이지 않았다. 막막한 심정이었다.

그녀를 소유했음에도 불구하고 루카는 어지럽기만 했었다. 그러나 그는 힘을, 나아갈 미래를 얻은 것 같았다. 그렇기에 지금 이 순간 그녀를 가져야 했다.

루카는 숨 죽였다. 내내 달구고 흥분시켰던 그녀가 제 몸 위에서 맘껏 날아오르려 한다. 아아, 이 장면을 몇 번이나 상상했던가!

"하아, 하아."

거칠고 달콤한 신음성은 더없는 음률이 되어 입에서 흘렀다. 마법에 빠진 기분. 지금 게일은 그의 육체를 타고 맘껏 움직였다.

가는 허리를 쓰다듬는 루카의 손길은 거침없이 아래로 내려가 게일의 둥근 엉덩이를 움켜잡은 채 움직임을 돕고 있었다. 제 위에서 흔들리며 아름다움의 결정체가 되어 버린 게일. 그 아름다움은 세상 어떤 것에도 비견될 수 없었다.

함께 만들어 낸 관능의 세계에서 두 사람은 최상의 감각으로 치닫기 위해 황홀함으로 무장한 채 함께 움직였다.

한껏 날아오르라. 아래에 있는 루카의 몸짓이 게일을 우선시하며 치솟았다. 뜨거운 열기가 피어났다. 열화와 같은 열정이 두 사람을 태울 듯 넘실거렸다. 눈으로는 게일을 음미하고 몸으로는 그녀를 느꼈다.

서로를 느낄수록 안달이 났다. 두 사람은 더 깊은 것이 필요했다.

드러난 게일의 맨 가슴이 루카를 부채질했다. 투박한 손바닥으로 아름다운 가슴을 짓이기듯 덮어 버렸다. 뜨겁다. 뜨겁다 못해 함께 녹아내려도 더없이 행복할 것만 같다.

루카는 깔린 게일의 몸을 일으켰다. 다시금 마주한 두 사람.

게일은 루카의 입술을 찾았다. 감미롭게 겹쳐지는 서로의 입술과 혀는 갈급한 갈증을 가시게 하려 깊게 침범했다. 쾌락의 깊이가 안락하기까지 했다.

"영원히 함께."

더없는 움직임 속에서 루카는 발작하듯 신음했다. 그리고 주문처럼 되뇌며 마치 세뇌를 시키듯 끊임없이 그녀의 귓가에 속삭였다.

이윽고 끝없이 날아가던 두 사람은 일시에 움직임을 멈춰야 했다. 게일의 여린 속살이 한꺼번에 몰아치며 발작하듯 경련하니 루카의 단단한 중심부가 넘실거렸다. 너무나 황홀한 감각이었다.

"아아…… 루카!"

게일은 루카의 단단한 어깨에 제 얼굴을 묻었다. 그것으로도 부족해 드러난 맨살을 혀로, 이로 잘근거리며 육체가 전하는 감각의 여진(餘震)을 만끽했다.

✿　　✿　　✿

희미하게 밝아 오는 빛이 브뤼 땅을 한가득 비췄다. 조르와 모랄트는 매우 좁고 작은 개울 앞에서 지쳐 움직이지 못하는 말들에게 물을 먹이고 있었다.

입에 거품까지 문 채 앞서가기를 거부하는 말들은 그만큼 쉼 없이 내리 달렸던 것을 표현하는 듯 개울 앞에서 꼼짝하지 않았다.

"이렇게 혹사시키면서까지 척박한 브뤼에 와야 할 이유를 도무지 이해하지 못하겠군요."

지친 말의 갈기를 쓰다듬으며 부대장은 한숨을 쉬었다. 힘들기는 그도 마찬가지. 조르 역시 지친 기색이 역력했다. 그러나 그는 대수롭지 않은 듯 어깨를 으쓱해 보이곤 눈앞에 있는 브뤼 성채를 가리켰다.

"다 부서져 가는 성이라, 바로 저곳이로군."

"보시다시피 그렇지요. 장군께서 들이닥치기도 전에도 이곳은 폐허나 다름없었습니다. 주민들도 모두 어디론가 떠난 상태였고."

"그게 다 이유가 있단 말이지."

"이유라니, 그게 무슨 말입니까?"

"부대장은 몰라도 되네. 쓸모없는 황야가 수명이 다했으니 산 사람은 살아야지. 사람 사는 것이 다 그런 것이니."

뭔가 알고 있는 듯 의미심장한 말을 꺼낸 조르의 태도는 건방지기 짝이 없었다. 그러나 모랄트는 모른 척했다. 이제 곧 루카를 만나기만 한다면…….

"뭐하나, 출발하지 않고. 이제 곧 도착할 테니 더는 지체하지 말자고!"

조르가 물을 먹던 말을 어르며 재촉했다. 부대장은 조르를 잠시 응시한 후 다시금 말에 올라 말 머리를 돌렸다. 부대장이 앞서가자 뒤에서 따라가던 조르는 일행들에게 눈짓을 전하기 시작했다.

그러자 수십 명의 기사들이 두 무리로 나뉘어졌다. 열 명 남짓한 무리들만 남기고 스무 명의 기사들은 재빨리 성채 뒤편으로 달리기 시작했다. 그들의 말발굽 소리에 놀란 부대장이 뒤를 돌아보았다.

"대체 무슨 속셈이지?"

성채 뒤로 돌아가고 있는 기사들. 깃발도 들지 않는 그들은 부대장과 조르의 뒤를 따르는 이들보다 훨씬 막강한 무기를 장착하고 있었다.

보우건(bow gun). 종래에 개량한 활로 화살을 쏠 때는 고무줄이 순식간에 튕겨 나가는 것처럼 힘차게, 그리고 더 멀리 정확하게 날아가게끔 설계된 것이었다.

그러나 활을 만들 수 있는 철은 한계가 있으니 대량으로 생산할 수는 없었다. 그런 활이 황제의 기사단으로 불리는 자들의 등에 매달려 있었다. 거기에 조르의 태평한 눈빛까지.

'영주만 데려가는 것이 아니라, 뭔가가 더 있구나!'

모랄트는 제 품에 들어 있는 황제의 문서를 꾹 눌렀다. 무슨 내용이 담겨 있건 루카에게 전해야 한다. 그리고 행정관의 특별한 당부도. 조르의 눈을 피해 당장!

부대장은 이상하게도 심장이 두근거려 몹시 다급해졌다.

"이럇!"

말이 지친 것도 아랑곳 않고 마지막 힘을 다하여 있는 힘껏 옆구리를 발로 차기 시작했다. 어찌나 요란하고 빠르게 달려오는지 성문 안쪽 빈터에 자리 잡고 있던 군병들이 그 소리를 알아챘다.

"부대장입니다! 어서 나팔을! 세르안으로 갔던 부대장이 돌아옵니다!"

한 군병이 소리쳤고 대기하던 군병들과 아침을 준비하던 다른 군병들까지 성문을 향해 달려오는 말을 확인했다. 모두들 의외라는 듯 수군거렸다.

"어라, 벌써 왔어? 생각보다 무척 빠르네?"

"그렇긴 하군. 장군께서는 사흘 후라 하지 않았나?"

"저, 저기! 뒤에 황제의 깃발! 봐요, 황제의 깃발!"

소란스런 가운데 제법 시력이 좋은 군병 하나가 소리쳤다. 그 소리에 다들 부대장 뒤를 따라 달리는 기사단을 확인하기에 여념이 없었다.

쉬이익!

바람을 가르는 소리가 무척 불길했다.

"으윽!"

그 소리에 맞추어 부대장 일행을 바라보던 군병 하나가 등에 활을 맞고 쓰러졌다.

"기습이다!"

적에게 급작스런 공격을 당한 군병들 뒤로 연이어 들려오는 쉿바람 소리. 그렇게 하나둘 차례차례로 쓰러져 갔다.

제5장

다섯째 날 on the fifth day

으스름한 서광(曙光)이 유난히 특이했다.

항상 비추는 햇빛보다 뿌연 빛. 엷은 막에 뒤덮여 있는 모양새로 구름을 뚫고 비추는 빛이 신비로움을 더하였다. 마치 루카의 품에 아이처럼 잠들어 있는 게일처럼.

열려 있는 발코니의 창으로 시선을 고정하고 있는 그의 표정은 늘 그렇듯 무심했다. 그러나 표정과는 다르게 벅찬 기운, 감격, 감동이 온몸에 흘러넘쳤다. 온갖 미사여구를 동원해도 좋을 정도로 루카는 평안을 느꼈다. 한편으로는 이런 제 자신이 우스웠다.

'지친 건가.'

게일을 품에 다잡은 순간부터 바라지도 않는 희망이 샘솟듯 마구 치밀어 올랐다. 희망이라니, 앞일에 대하여 어떤 기대를 가지거나 바란 적이 없었다. 단 한순간도.

루카는 제 팔을 안으로 모아 게일을 품에 단단히 받쳐 안았다. 그리고 향기로운 머리칼에 입술을 묻었다. 그런 루카의 눈에도 여명이 밝아 오고 있었다.

동틀 때의 빛은 늘 차가운 바닥에 몸을 뉘인 채 가슴에 검을 품고 마주한 게 대다수였다. 밤이 지나고 처음으로 비치는 밝은 빛이나 여지없는 피 냄새와 칼부림의 흔적들이 난무한 곳에서는 감흥조차 느낄 수 없었다. 그런데 지금은…….

루카는 다시 한 번 게일의 이마에 입술을 지그시 눌렀다.

놓치고 싶지 않다. 놓아주고 싶지 않다. 세상 끝나는 그날까지 영원히 내 품에 가두고 싶다.

상투적인 사랑 따위 제 알 바 아니나, 오직 게일만은……사랑하고 있다.

루카는 게일을 품에 안고서 눈을 꼭 감았다. 이 순간이 영원하다면 제 손에 죽은 자들이 자신을 강하게 비난한다 해도 달게 받을 수 있을 것 같은 심정이었다.

쉬이익!

그때 바람을 가르는 소리가 무척 둔탁하게 들려왔다. 머리 끝부터 발끝까지 전사로 단련된 루카이기에 이질적인 소리를 못 들을 이유가 없었다.

그는 감았던 눈꺼풀을 들어 올렸다. 방금 전까지 희망과 사랑을 담고 있던 눈빛이 아니었다. 절대자, 지독한 살의. 루카의 인이 박인 손은 검을 들기를 바라고 있었다.

'습격, 적인가!'

루카는 호흡 하나 흐트러지지 않았다. 그는 조심히 게일을 품에서 내려놓고 소리 없이 일어나 옷을 챙겨 입었다.

옷을 조이고 걸치는 와중에도 가라앉은 시선은 잠자고 있는 게일에게 꽂혀 있었다. 그녀가 이 상황을 알아차리지 못하기를 바라며.

벽 한편에 세워진 검을 등에 걸어 매었다. 그 순간에도 들려오는 바람 소리와 낮게 울려 퍼지는 죽음의 소리들.

루카는 어금니를 사리물었다. 준비를 마치고 방을 나가기 전, 사랑스런 그녀를 눈과 심장에 담은 뒤 문고리를 잡았다. 그의 입매는 단단히 굳어 있었다. 다시 한 번 어금니를 사리물자 날렵한 턱 선이 으드득 소리 질렀다.

침실을 벗어난 루카는 브뢴의 궁정관이 있는 접견실로 들어갔다. 갑자기 열린 문소리에 마예로가 몸을 일으켰다.

"저기……."

"쉿!"

그런데 루카의 모습이 심상치 않았다. 마치 처음 브뢴 성에 들어왔을 때의 잔학한 모습으로 돌아가 있었다.

루카는 얼른 궁정관의 입을 막았다. 그리고 서둘러 본론을 꺼냈다.

"침입자다. 어떤 적인지는 모르니 당신은 준비하도록 해. 혹시 비밀 통로를 알고 있는가?"

궁정관은 상황이 심각함을 본능적으로 알았다. 그는 고개를 끄덕였다. 루카가 다가와 그가 일어설 수 있도록 도왔다.

"게일과 함께 가도록."

"영주님을?"

"그녀는…… 아직 상황을 몰라. 어찌 될지 모르니 군병 몇을 보낼 것이다. 비밀 통로의 끝이 어디지?"

"브륀 성채와 직선으로 자리한 절벽의 끝 클링……."

궁정관이 말을 마치자마자 루카는 그를 보며 말했다.

"영주를, 그녀를 잘…… 그녀의 눈을 꼭 가리도록."

그다음은 없었다. 그런데도 그가 무엇을 말하고 있는지, 마음이 어떠한지 너무나 잘 드러났다.

궁정관이 고개를 끄덕이자 루카는 등을 돌려 접견실을 빠져나갔다. 오직 등에 매달린 날카로운 검만이 의지를 나타내고 있을 뿐이었다.

궁정관은 서두르기 시작했다. 그 역시도 들려오는 비명과 이질적인 소리를 들었으므로. 궁정관은 제 상처조차 아랑곳않고 게일이 있는 영주의 침실로 부리나케 달려갔다.

"수비하라! 공격대는 앞으로! 활을 조심해! 보우건이다!"

악 받쳐 소리 지르는 군병의 목소리는 쉬어 있었다. 피습(被襲). 심지어 아군에게.

그러나 이대로 전멸될 수는 없었기에 그들은 비처럼 내리는 화살을 피해 수비하기 시작했다.

"으윽!"

"찰슨!"

"어서…… 가. 어서 장군께!"

수비를 하는 도중 날아오는 화살을 전부 피할 수는 없었다. 점점 쓰러지는 군병들의 수가 증가하였고 그 속에는 새벽에 루카와 짧은 대화를 나누었던 군병도 있었다. 그는 허리에 화살을 맞으며 쓰러졌다. 장군의 다정한 모습을 그리며 눈을 감았다.

"이게 대체 다 뭐냐고! 황제의 깃발을 들고서 우리를 공격하다니!"

눈을 감은 군병을 부여잡고 소리 지르는 군병. 그와 마찬가지로 막 안으로 들어선 모랄트는 아비규환 같은 장면에 얼어붙어 환상을 보는 줄 알았다. 그러나 함께 싸웠던 군병들이 차례로 쓰러지는 모습에 이것이 현실임을 깨달았다.

그는 조르의 멱살을 잡았다. 조르는 뒤에 따라오는 기사들이 검을 뽑자 태연하게 괜찮다며 손을 들었다.

"이게 대체!"

"뭐냐고? 나에게 묻지 말고 경애하는 황제께 직접 물어보지 그래."

조르는 부대장의 떨고 있는 손아귀를 아무런 제재 없이 풀어 내었다. 이미 오랫동안 이곳으로 달려오느라 피로와 허기에 지친 부대장이었다. 그가 검을 들고 덤빈다 해도 단번에 처치하기는 쉽다.

다만 그는 황제의 문서를 가지고 있었기에 살아서 해야 할 일이 남아 있었다. 물론 일이 끝난 후라면 달라질 수도 있겠지만.

조르의 입매가 비열하게 올라갔다.

"이미 이곳으로 출발할 때부터 계획된 작전이라고."

"이렇게까지 해야 할 이유가……."

눈물이 얼룩진 부대장의 얼굴을 보며 조르는 어깨를 들었다가 내렸다.

"뭐, 그만큼 장군이 잘나서 그렇지. 그러게 누가 그렇게 강한 힘을 지니고 있으라 했나."

철퍼덕. 부대장의 몸이 말에서 힘없이 떨어졌다. 조르가 제목을 조르고 있는 그의 몸을 밀어 버린 탓이었다. 바닥으로 떨어진 모랄트의 눈빛에는 쓰러지는 군병들의 고통 어린 모습만이 담겨졌다.

"자네는 어서 장군을 찾아서 폐하의 명이나 전하라고."

조르의 비겁한 명령에 부대장은 일어섰다. 그래, 어서 장군을……

그가 일어서 걸어 나가자 조르의 눈짓에 의해 뒤따르던 기사가 깃발을 한껏 흔들었다. 그러자 비처럼 내리던 화살들이 일시에 잦아들었다.

쓰러진 군병들 사이로 비틀거리며 걸어가는 부대장. 그가 지나가자 살아남은 몇몇 군병들이 부대장의 팔과 다리를 부여잡고 눈알이 튀어나올 정도로 소리 질렀다.

"이게 대체…… 부대장님! 이게 대체!"

"왜 황제의 기사들이 우리에게…… 부대장!"

그들의 절규에 모랄트의 목구멍이 타들어 갔다. 뭐라 말해야 할지, 어떻게 설명해야 할지 알지 못했다.

단지 황제의 문서를 전하러 왔을 뿐이라고, 장군에게 전하기만 하면 끝이라고 말하고 싶었지만 과연 그게 끝일 것인가? 황제의 절대적인 신임을 받고 있는 장군은 신하이기 이전에 혈육이었다. 그런데도 이처럼 가혹한 처사를 내린 이유가 무엇인가.

"모랄트, 더는 황제의 미친 짓거리를 봐줄 수 없네. 귀족들과 몇몇 관료들은 이미 마음을 정했다고 하니 우리 역시도……."

"그게 무슨 말씀인지요, 행정관?"

"오랜 전쟁, 그것도 세르안의 계속된 침략으로 주변국들의 반발이 심상치 않아. 영토를 넓히는 것도 좋지만 의미 없는 전쟁은 사람들을 한곳으로 쏠리게 하려는 오랜 궤책일 뿐이지. 더 이상 무너지는 기강과 정통성 없는 황제를 두고 볼 수 없다는 결론을 내렸다네."

"그럼 반역이라도 하시겠다는……."

"선황제께서 승하하신 후 왕위 계승을 놓고 반역과 음모가 난무했었다네."

"맙소사!"

"그러니 자네는 장군을 안전하게 모시고 오게. 절대로 황제의 기사들에게 잡히지 않도록 해야 할 것일세. 내가 주는 이 증거물을 온전히 전한다면 아마도 장군은 능히 그들을 물리치시겠지만."

생각도 못 한 행정관의 전언. 거기에 막강한 재력의 소유자
이자 세르안의 오래된 가문인 아르까 공작까지. 그들은 충정
이 가득한 이들이었다.

만일 반역을 도모하게 되었다면 필시 중요한 이유가 숨어
있다는 것.

"견뎌라. 곧 끝날 것이니……."

차마 다음 말을 잇지 못하면서도 부대장은 장군을 찾았다.
어서 그에게 가야 한다는 일념이 강했으므로. 그 순간 군병들
의 표정이 환해졌다.

"아, 장군!"

"장군이시다!"

부대장은 고개를 돌리는 군병들을 따라갔다. 그 끝에 그가
있었다.

루카는 성문 입구로 천천히 걸어갔다. 아직 어둠에 잠겨 있
는 성벽의 그림자 사이로 성벽 난간에 몸을 숨긴 황제의 기사
들을 볼 수 있었다. 처음에는 제 눈을 믿을 수 없었다. 그러나
분명히 황제의 문양이 새겨진 투구와 갑옷이었다.

루카의 몸에 힘이 들어갔다. 그는 단번에 이 일이 어찌된
영문인지 충분히 알아차릴 수 있었다.

암포가, 대단한 권력욕의 화신. 그리고 욕망의 근원. 그는

자신의 야욕을 채우기 위해 어린 루카에게 당근과 채찍을 교묘히 사용했었다. 그 역시도 처음부터 검을 잡은 것은 아니었다.

황제가 된 암포가는 겨우 열한 살인 루카를 철저하게 전사로 키우기 시작했다. 루카가 훈련을 거부할 시에는 가혹하리만큼 지독한 벌이 내려지기도 했다. 벌은 루카가 아닌 그를 보호하고 지켜 주던 이들에게 향했다.

어린 루카를 거둔 대쉬엘(Daeswiel) 백작 가문의 몰살이 그것이었다. 그것도 모자라 어린 루카에게 애정을 다하던 백작 부인에게까지 흉측한 폭행을 일삼았으니 그 일로 말미암아 여리고 다정했던 그는 더는 남아 있지 않았다.

루카의 마음은 오래 전에 사라졌다. 검을 들지 않으면 주변이 죽어 나간다. 그것은 진리였다. 황제의 세뇌이자 루카의 감옥이었다.

지금도 마찬가지였다. 그의 정예군이었다. 그런 저들을 황제의 기사들이 몰살하다시피 하는 저의. 황제는 원하는 것이 있다고 강하게 표현하고 있었다.

루카의 눈빛이 비틀렸다. 짐작하는 것이 있으나 지금은 그것을 알고 싶지 않았기에 빠르게 움직였다. 바람처럼 달려 나간 그는 성벽 난간에서 활을 잡고 있는 기사를 향해 검을 뽑아 들었다.

"윽!"

단말마의 비명들. 루카는 몸을 숙였다. 순식간에 난간에서 활을 쏘아 대던 기사들이 쓰러졌다. 마지막으로 활을 겨누던 기사가 고개를 돌리자 루카는 숙였던 몸을 일으키며 기사의 두 팔을 잘라냈다.

"자, 장군……."

제 잘린 팔을 내려다보며 주저앉는 기사. 루카는 그의 목에 검을 겨누었다.

"황제의 명인가?"

"그, 그렇습니다."

"주도자는?"

"조르, 으억!"

목에 검이 그어지자 기사는 쓰러졌다. 조르, 더럽고 비열하기 짝이 없는 황제의 오른팔. 루카의 몸이 바로 세워졌다. 그의 손에 쥐어진 검이 피를 토하고 있었다.

"형님……."

보우건으로 장착된 완전무장한 기사단. 몰살인가, 왜? 세르 안에 부흥을 가져오고 있는 루카의 정예부대를 몰살하려 하다니. 대체 왜!

루카의 발걸음은 다시 성문 빈터로 향했다. 사방은 고요함에 젖어 들었다. 오직 아침을 노래하려던 새들이 비릿한 핏물에 놀라 퍼덕일 뿐이었다.

사방에 가득 찬 사체들은 정예부대의 군병들이었다. 그 한가운데로 걸어가는 루카의 모습은 흡사 죽음을 동반한 사멸의 신과 같았다.

'게일, 어서 가라. 안전한 곳에 있어라, 꼭.'

단 한 가지. 황제가 소유욕을 드러낼 원인이 될 만한 신비한 눈동자의 브륀의 영주뿐. 루카의 심장이 전에 없이 북을 두드리며 쾅쾅거리기 시작했다.

"아, 장군!"

"장군이시다!"

"장군님!"

군병들은 비틀거리면서도 루카를 발견하고 뛰었다. 이미 화살을 맞은 군병도 있었다. 모랄트의 모습에 루카는 제 짐작에 확신이 들었다.

"장군!"

"황제인가?"

"네, 이것이 황제의 전언입니다."

짧은 대화, 그러나 많은 것이 함축된 것이었다. 마침내 부대장은 떨리는 손으로 제 가슴에 들어 있던 황제의 직인이 녹여진 문서를 내밀었다.

그것을 받아 들었으나 그는 문서를 열지 않았다. 그는 맞은편 말 위에 앉아 비웃음을 띤 채 저를 보고 있는 조르를 응시했다.

"장군님."

무겁고도 잔악한 분노를 숨기고 있는 루카. 그가 검에 피를 묻힌 채 나타나자 조르는 짐작했다. 활을 든 기사단이 당했구나, 역시 황제의 말대로였다.

"무슨 짓을 하는지 알고나 있는 것이냐."

낮은 음색. 그러나 표정 하나 없는 루카가 조르를 보며 내뱉은 말에는 강한 힘이 깃들어 있었다. 그 뒤로 부대장 모랄트가 서고 그 옆을 다친 군병들이 몸을 바로 세웠다.

블랙 루카가 이끄는 정예군의 힘. 비록 남루하고 지친 기색이나 루카의 명이라면 황제의 기사단과 언제든지 싸울 수 있다는 기개가 가득한 모습이었다.

"우선 황제의 전언을 보시지요, 장군!"

"장군께 예를 보이시오!"

모랄트가 먼저 소리 질렀다. 장군이다. 세르안의 파르지팔 사이프리드 장군. 그를 앞에 두고 말 위에서 거만하게 입을 여는 조르의 행태는 옳지 못했다.

조르 역시도 입맛을 다시며 언짢은 표정을 할 수밖에 없었다.

"거참."

그는 혀를 끌끌 차며 말에서 내려 마지못한 것이 분명한 태도로 고개를 숙였다. 그 뒤에 있던 기사들도 말에서 내려 예를 보였다.

"누가 대표지?"

루카가 물었다. 조르는 옆에 있는 기사 몇몇에게 눈짓했다. 대표를 물었음에도 제 부하를 대신하려는 조르의 간악함이 여실히 드러난 순간이었다.

그들은 쭈뼛거리며 루카에게 다가갔다. 그리고 그들이 한 무릎을 굽히려는 순간이었다.

"장군!"

조르는 경악하고 말았다. 루카가 몸을 돌리는 것과 동시에 그의 검이 노래를 불렀다.

전부 셋. 소리도 요란하게 떼구루루 굴러가는 기사들의 머리통.

조르의 수족이나 다름없던 그들의 머리가 동시에 잘려져 버린 것이다. 그중 눈도 감지 못한 머리통 하나가 조르의 발에 닿았다.

"어헉!"

조르는 터지는 비명에 제 입을 막고 싶은 심정이었다. 루카의 검이 다음 차례는 자신이라는 듯 거침없이 제 쪽으로 향해 있었다.

"내 군병들을 죽인 값이다."

루카가 단호하게 말했다. 그에 조르는 제 목에 손을 가져갔다. 그리고 급히 황제가 말한 바를 그대로 말하기 시작했다.

"여, 여기서 날 죽인다면 장군은 세르안으로 다신 발을 딛지 못할 것이며 그곳에 있는 정예군의 목숨이⋯⋯."

"그래서?"

"그, 그래서⋯⋯."

"누가 손해일까? 과연 네놈이 이곳을 무사히 벗어날 수 있을까?"

조르가 숨을 꿀꺽 삼켰다. 루카의 말은 일리가 있었다. 그러나 아직 남은 기사단이 있었다. 완전무장한 채 보우건을 든 기사단이.

"그건 모르지요! 지금 브륀의 영주를 넘겨준다면 우린 그냥 갈 겁니다. 그러면 장군은 할 일을 마치면 될 것이고!"

"브륀의 영주?"

"아시잖습니까? 신비한 혈통인 영주! 황제께서는 브륀의 영주와 국혼을 원하십니다!"

루카의 눈빛이 살벌해졌다. 당장 조르의 눈알이라도 뽑을 듯 잔인하기 이를 데 없었다.

"황제께서 전하신 문건은 브륀에 대한 친서이자 청혼서입니다!"

이제 말문이 막힌 쪽은 루카. 그는 더없이 스산하게 굳은 시뻘건 용암이 되어 갔다.

❄   ❄   ❄

세르안, 황제의 은밀한 침실.

역시나 오늘도 붉은 침실에는 싱그러운 육체들이 황제의 눈을 기쁘게 하고 있었다. 오늘은 특히나 근래 마음에 든 시녀 로린이 솔선수범하여 귀여운 꼬리까지 매단 채 엉덩이를 흔들고 있었던 것이다.

"폐하…… 어서!"

한껏 고무된 황제를 자극하며 로린은 붉은 혀를 내밀어 그를 유혹했다. 그리고 벌거벗은 채 무릎으로 기고 있는 또 다른 여자들에게 손짓했다.

여자들은 일시에 황제의 몸으로 달려들었다. 그가 가장 좋아하는 부위인 허벅지를 핥고 옆구리를 살살 긁으며 지치지 않는 황제의 중심부에 혀를 가져갔다. 한 개가 아닌 두세 개의 부드러운 혀들이 황제의 중심부를 차지하기 위해 물고 빨고 하는 광경은 몸을 달구기에 최적이었다.

암포가는 허벅지를 한껏 벌린 채 여자들이 주는 여흥을 맘껏 즐겼다. 로린은 그 모습을 지켜보면서도 엉덩이를 요염하게 흔들며 어서 제 안으로 들어오기를 종용했다.

"하악!"

황제는 제 욕망의 분출물을 뱉어 내며 만족의 신음을 내질렀다. 제 다리에 매달려 있는 여자들을 발로 걷어차며 엉덩이를 들이밀고 몸을 돌린 채 있는 로린에게 달려들었다.

"이 앙큼한 것."

"아이, 폐하. 부디 마음대로 저를 괴롭혀 주소서. 어서!"

기다린 만큼 로린은 황제의 거대한 중심부를 제 손으로 직접 잡고는 제 엉덩이 사이에 문질렀다. 그 행동을 만족스런 웃음을 지으며 바라보는 황제. 그녀는 몸을 흔들며 자극하고 또 자극했다.

욕망에 점철된 황제는 그대로 제 중심부를 로린의 몸 안에 쑤욱 소리가 날 정도로 한껏 집어넣었다. 짐승처럼 뒤로 행하는 체위야말로 황제가 가장 좋아하고 선호하는 자세였다.

로린의 풍만한 가슴은 황제의 손안에서 넘쳐 흘렀다. 그가 정점을 한껏 비틀자 로린이 신음을 내질렀다. 그 소리에 고무된 황제의 표정이 열락에 젖어 간다. 허리를 움직이니 연결된 로린의 여체 또한 말처럼 흔들렸다.

"제가…… 황후가 된다면 매일, 폐하께서 원하시는 대로……."

"황후?"

순간, 황제의 행동이 멈칫거렸다. 아직도 제 엉덩이를 흔들며 쾌락에 젖는 로린은 사악하게 변하는 황제의 표정을 알아차리지 못했다.

"기라시면 길 것이고 채찍을 맞으라 하시면 맞을 것이며 폐하께서 원하시는 어떠한 것도 충분히…… 악!"

중얼거리던 로린의 고개가 꺾였다. 잡힌 머리채가 뽑힐 듯 고통스럽기까지 했다. 그러거나 말거나 황제는 로린의 귓가에 입술을 가져갔다.

"내 황후가 되어 내 자식을 낳을 여자는 천박하게 엉덩이를 흔드는 여자가 아니다."

"폐, 폐하……."

"여자의 몸 따위, 그것은 쾌락의 도구면 충분해. 나는 황제이자 신이다. 영원불멸 살 수 없는 것이 안타깝기는 하나 내 피를 이어 갈 내 자식의 모후라면 적어도 뭔가가 있어야 되지 않겠느냐?"

"악! 아파……."

"참아, 천한 것 같으니!"

로린은 이를 악물었다. 자신처럼 오랫동안 황제의 붉은 침실을 점령한 여자는 없었다. 그래서 자만하고 있었던 그녀였다.

그러나 마음에 담았던 소망을 내뱉자마자 처참히 부서졌다. 분개한 황제의 행동은 정상이 아니었다. 턱턱, 살과 살이 부딪치는 소리가 살벌하게 울렸다.

황제는 격하게 몸을 흔들면서도 쉴 새 없이 그녀의 엉덩이를 때렸다. 붉은 손바닥이 낙인처럼 엉덩이에 찍히고 그것도 부족해 황제는 짧은 채찍까지 휘둘렀다.

찰싹. 아아…… 찰싹. 하아…….

채찍질 사이사이 쉼 없이 들리는 신음은 기괴하기까지 했다. 급기야 짐승처럼 이용당한 로린은 한동안 몸을 가눌 수 없을 정도로 피폐해져 갔다. 그러나 그런 그녀 따위 안중에도 없는 암포가는 냉혹했다.

짐승처럼 허리를 흔드는 그의 뇌리에는 한 가지 생각뿐이었다.

"브뤼의 영주는 신비한 눈동자를 가지고 있다고 들었습니다. 대대로 내려온 그 땅의 수호자인 태즈매니아의 영향이라 합니다. 또한 그 땅에는 여아가 탄생할 시 그녀의 운명이 될 사내에게 막강한 힘과 영향력을 미친다고 알려지고 있습니다. 그러나 전부 밝혀지지 않는 전설일 뿐 확실한 것은 없나이다, 폐하."

"전설이라, 사학자가 그리 말하시니 오래도록 비어 있는 황후 자리에 손색이 없을 듯하네."

"브륀의 영주라면 어쩌면 가능한지도 모를 일이지요. 배경이 없는 만큼 세력 다툼도 없을 터이고 오랫동안 처녀였다 하니……."

슬슬 후계자가 필요한 시점이었다. 그렇다고 아무 여자에게 씨를 뿌릴 수는 없는 법. 이왕이면 세력도 약하고 뒷말도 없으며 매력적인 데다 사내의 손을 타지 않은…….

하아, 하아. 황제의 신음이 폭풍을 거느리기 시작했다. 아래에 깔린 로린은 이미 기절한 상태였다.

그에 아랑곳 않는 황제는 어서 조르 일행이 브륀의 영주를 데리고 오기를 바랐다. 신비한 눈동자, 보는 자는 유혹당하고 만다는 그 눈동자가 궁금했다. 그녀를 가지고 싶다.

오직 그것이 지금의 황제를 자극하는 단 하나의 원인이었다.

마침내 시녀의 몸뚱이를 발로 차 버린 황제는 자연 그대로의 모습으로 발코니로 걸어갔다. 장대히 펼쳐진 광경. 저 멀리 전설이 난무하는 브륀 땅이 보일 것만 같았다.

"와라, 브륀의 영주여! 와서 식혀지지 않는 이 몸을 유혹해 보거라!"

지금 황제의 모습은 지극한 욕정의 화마. 그 이상도 이하도 아니었다.

❋   ❋   ❋

메마른 대지에 물기가 머물다 돌아간다. 그러나 따라가지 못한 습한 기운들이 다시금 이 땅에 비를 뿌릴 것처럼 주변을 장악하며 머물렀다.

이마에 식은땀이 맺힌 마예로는 눈가에 검은 천을 감고 있는 게일을 뒤돌아보며 급한 걸음을 내딛고 있었다.

궁정관이 침실의 문을 열었을 때 게일은 뭔가를 짐작한 듯 차분한 모습으로 발코니에 서 있었다. 그리고 아무 말도 없이 그에게 고개를 끄덕이더니 미리 준비한 자신의 짐들을 챙겨 어깨에 둘러맸다.

성채의 비밀 통로, 그곳까지 움직일 동안 두 사람 모두 아무런 대화도 나누지 않았다. 오직 궁정관만이 연신 뒤를 힐끔거리며 사방을 경계할 뿐이었다.

이윽고 두 사람은 연회장 한편에 걸려 있는 낡은 그림을 움직여 비밀의 문을 열었다. 끼익거리며 문이 열리고 달팽이처럼 꼬여 있는 계단이 눈에 들어왔다. 그다음 게일은 긴 숨을 들이키며 한 발 내밀었다.

아침에 눈을 떴을 땐 이미 루카가 없었다. 그러나 그의 마음을 알고 있었기에 결코 서운하지 않았다. 다만 그녀는 걱정이 되었다. 계속하여 들려오는 바람 소리와 비명 소리가 예사롭지 않았기에 무슨 일이 생겼다는 것을 알 수 있었다. 그것은 직감이었다.

역시나 예상도 못 했던 궁정관이 안으로 들어왔다. 그의 표정은 몹시 급박하기에 게일은 차분히 움직였다. 또한 궁정관의 한마디가 그녀에게 큰 힘이 되어 주었다.

"어서 안전히 피신하시라 했습니다. 그리고 눈을 꼭 가리시라고도 당부했습니다."

피신, 당부. 눈을 보이지 말라는 말과 모든 행동에서 어지럽게 들려오는 소리들이 어쩌면 자신과 연관이 있으리라 짐작했다. 그러나 지금은 루카의 지시대로 궁정관과 함께 이곳을 빠져나가는 것이 급선무였다.

게일은 오래된 계단을 지나 냉한 기운이 솟아나는 통로 끝자락까지 도달했다. 궁정관은 거미줄이 쳐진 벽 한편을 더듬더니 어딘가를 꾹 잡아 당겼다. 그러자 다시 문이 열렸다. 연회장의 비밀 문과는 다른 현저히 소박한 쪽문이었다. 문이 힘겹게 열리자 앞서 나오던 궁정관은 코를 틀어쥐며 저도 모르게 인상을 썼다.

"윽, 냄새."

게일도 역한 냄새를 맡을 수 있었다. 밖으로 빠져나오자 물기 어린 공기와 합쳐진 비릿한 피 냄새가 진동하고 있었던 것이다. 한동안 싱그럽기까지 한 날씨였다. 그런데 회색 구름과 함께 몰려들어 주변을 가득 채운 죽음의 향기가 매우 불길했다.

세르안의 군병들이 브륀 가까이 당도했을 때 맡았던 냄새들과 같았다. 숨 가쁜 죽음 뒤에 오는 공포. 그리고 그 한가운데 있던 루카.

바삐 걸음을 옮기던 게일은 서서히 느려졌다. 그녀는 뒤를 돌아보았다. 성벽에 막힌 공간이라 뒤쪽이 보일 리 만무하나 지금 이 순간, 게일의 발걸음을 몹시도 잡는 것이 있었다. 그와 마지막 인사도 나누지 못했다. 짧다면 짧은 시간이었으나, 게일과 루카는 서로를 나누었다. 뜨거운 입맞춤, 확인과 확신. 그리고 마지막.

잠깐, 마지막이라니. 우리가 언제 마지막을 예견한 적이라도 있었나. 이렇게 급히 헤어질 것을 알고나 있었던가!

서로의 미래를 공유하지 않았지만 이별은 생각조차 한 적이 없었다. 게다가 간간히 들리는 쇳소리가 점차 잦아졌다.

루카! 루카! 게일은 연신 그의 이름을 불렀다. 작별 인사도 하지 못했는데.

더는 발걸음이 떼어지지 않았다. 마음에 남는다. 아니, 이미 마음에 담겼다. 검을 들고 피를 흘릴 그를 두고 어찌…….

어차피 그녀는 모든 사람들이 떠난 성에 혼자 남을 예정이었다. 그런데 지금은 궁정관과 함께 성을 벗어날 요량을 하고 있다.

게일은 완전히 멈춰 섰다. 그리고 뒤를 돌아보며 몹시도 애절한 눈빛으로 루카를 불러 보았다.

'이게 마지막은 아닌 거지요? 우리, 꼭 다시 만날 수 있는

건가요?'

울음이라도 터트릴 듯 게일은 비틀거렸다. 마예로 역시 멈출 수밖에 없었다. 그는 게일이 무엇을 생각하는지 금방 알아차렸다. 루카의 부탁, 궁정관은 절절한 그것에 모든 것을 짐작하고도 남았다. 그러나 일단 게일의 안전이 먼저였다.

"영주님, 지금이 기회입니다. 어서!"

기회, 무슨 기회. 궁정관의 안타까움에 게일은 입술을 질끈 물었다.

"그가 피하라 하던가요?"

"맞습니다."

"위험한…… 상황이군요."

"아마도 그런 듯합니다. 단단히 무장한 채 나갔습니다."

"이해가 되지 않아요. 분명 브륀을 포함한 모든 지역은 이미 세르안에 넘어간 상태일 텐데."

"저 역시도 이해되지 않았습니다만 분명 장군은 몸 성히 대피하라 하였습니다."

그것도 몹시 간곡하게. 그러나 뒷말은 하지 못했다. 그들에게 다가오고 있는 검은 그림자가 있었기 때문이다. 궁정관은 급히 게일을 제 뒤로 숨기며 벽에 바짝 붙었다.

다행스럽게도 다가오는 이들은 루카가 보낸 군병들이었다. 전부 셋. 그중에 한 명은 등에 화살을 맞은 채 피를 흘리고 있었다.

"장군께서 함께하라 하였습니다."

궁정관은 안도의 숨을 내쉬고 다시 게일을 재촉했다.

"되었습니다. 이제 안전합니다. 그러니 어서!"

그러나 게일은 고개를 내저었다. 대신 화살을 맞은 군병에게 다가가 비스듬히 메고 있던 꾸러미 안에서 약초와 붕대지를 꺼내어 들었다. 그 모습에 궁정관은 제 어깨의 붕대지를 꾹 누르며 하늘을 보았다. 그래, 이런 분이셨지.

"일단 화살을 빼내야 하지 않나요?"

"시간이 촉박하여…… 어서 움직이셔야 합니다."

화살을 맞은 군병은 눈가에 검은 천을 감고 있는 게일을 어색하게 바라보다 주변의 눈치를 살폈다. 궁정관은 먼 산을 바라보았다. 무슨 말을 해도 듣지 않을 영주의 고집을 알고 있기에.

"장군께서 지체 없이 피신하라 일렀습니다. 그러니……."

"뒤돌아보세요."

가녀린 여자가 하는 말임에도 불구하고 군병은 허둥거리다 등을 돌렸다. 능숙한 처치였다. 화살촉을 힘 있게 꺼내고 금세 치료에 들어가는 익숙한 솜씨에 그들은 아무런 행동도 할 수가 없었다.

"적이 누군가요?"

"아, 그게……."

"적이 아닌 모양이지요?"

"……세르안의 황제 기사단입니다."

화살촉을 빼낸 부분에 지혈할 약초를 문지르던 게일은 '세르안의 황제 기사단' 이라는 말에 잠시 머뭇거렸다. 그러나 다시금 군병의 등을 치료한 뒤 단단한 붕대지까지 감았다.

"감사합니다. 이제 정말 가셔야 합니다!"

아픈 듯 인상을 찌푸리면서도 절대 긴장을 풀지 않는 군병은 몸을 돌렸다. 군병들은 장군 루카에게 지시받은 대로 게일과 궁정관과 함께 곧장 성벽을 통과하려 조심히 움직이기 시작했다.

잠시 게일과 궁정관은 서로를 의지하며 앞으로 걸어 나갔다. 걸음을 옮기며 곰곰이 생각할수록 더욱 발길이 떨어지지 않았다.

루카와 마지막 인사조차 하지 못했다는 것. 바로 그것이 게일의 발목을 잡은 가장 큰 이유였다. 그의 따스한 숨결도 느끼지 못한 채 이대로 이별할 수는 없었다.

"한 가지만 물어보겠습니다. 세르안의 황제가 왜 장군을 적으로 간주한 것인가요?"

게일은 묵묵히 앞으로 나아가는 군병에게 물었다. 승리로 이끌고 있는 장군을 기습하는 연유를 알 수 없었다. 그것도 황제의 직속 기사단이 직접하다니. 그것은 분명 짚고 넘어가야 할 것이라 여겼다.

마예로는 발을 동동거리며 급한 마음을 드러내었다. 연신 뒤로 눈길을 보내는 그는 다가오는 기운들이 심상치 않음을 직감했다. 어서 이곳을 벗어나 멀리 있는 절벽, 적어도 클링까지 가야만 안심할 수 있는 상황이었다. 그렇기에 여유 따위 없었다.

"영주님, 시간이 없습니다. 이러다 적들에게 들키기라도 한다면⋯⋯."

"아, 이분이 폐하의⋯⋯ 영주님?"

순간, 군병 하나가 방정맞게도 '영주'라는 단어에 감추고 있던 말이 고스란히 튀어 나오고 말았다.

방금 치료를 받은 군병이 큰 소리를 낸 군병의 옆구리를 찌르며 입 다물라 눈짓했다. 그러나 그 모습을 알아차리고 만 게일. 다만 다가오는 쇳소리들에 막혀 끝까지 듣지 못했을 뿐이었다.

"소상히 알려 주시기를 바랍니다. 분명 장군께서는 저의 안전을 명했지요?"

"그, 그렇습니다. 당장 이곳을 벗어나 황제 기사단의 눈에 띠지 말라고⋯⋯."

"왜 갑자기 이곳에 황제 기사단이 나타났을까요? 이미 세르안에 점령된 땅인데. 그리고 '폐하의?'라는 의미는 무엇인지요?"

눈을 가리고 있을지언정 게일 역시 존재감이 뚜렷했다. 굽히지 않는 기개와 신분의 우위에 있는 그녀. 그러나 강압은 아니었다. 순수한 의문을 표하는 게일을 보며 당혹한 그들은 어쩔 줄 모르고 저들끼리 시선을 나누었다.

"영주님, 시간이 없습니다. 위험합니다, 제발!"

다급한 궁정관. 마찬가지로 입을 잘못 놀린 군병 역시도 당황하며 이제 가까이 들리는 발소리들에 몹시 급해졌다. 달리다시피 바삐 발걸음을 놀렸다.

"황제의 친서가 당도했습니다. 이곳의 영주와 국혼을 하겠다는. 그에 우리 장군께서 몹시 격분하며……"

이어지는 군병의 설명에 게일은 숨을 삼켰다. 기가 막혀 우습기까지 했다.

뭐가 어쩌고 어쩐다? 누구 마음대로 국혼이란 말인가. 게다가 점령한 땅의 영주를 세르안 같은 대제국에서 황후로 맞이하겠다는 것조차 말이 되지 않는 상황이었다. 차라리 노예로 끌려가는 것이라면 모를까.

군병의 말에 당황한 것은 게일뿐만이 아니었다. 궁정관 역시 상황과 제 아픔을 잊은 채 크게 분개했다.

"뭣이라? 그쪽 황제가 얼마나 문란한지, 도착(倒錯)된 심리의 소유자인지 정평이 자자하거늘 누구 맘대로 우리 영주님을?"

게일이 한 발 앞으로 나섰다. 잠시 그들의 발걸음이 자못 느려졌다.

"세르안의 장군을 겨냥한 것이 겨우 이곳의 영주를 원해서인가요?"

"그, 그렇습니다."

당혹한 군병의 얼굴빛은 가히 좋지 않았다. 한눈에 보기에도 건강한 모습은 아니었다. 그들은 휴식을 취하고 있었다고 하기에는 너무나 굶주려 보이는 모습이었다.

230

저들은 이곳에서 짧은 휴식을 취한 뒤 다시금 전장으로 나가야 할 군병들이었다. 적이다 보니 어떻게 휴식하는지 무엇을 먹고 어떻게 잠을 자는지 따위 신경 쓴 적 없었다. 게일은 연민에 휩싸였다.

"상황이 많이 위험한가요?"

"위험한 것은 우리가 아니지요. 장군님은 강하십니다. 다만 장군께서 황제의 기사단을 몰살시키게 된다면 세르안에 가 있는 우리 정예군과 가족들을 전부 죽이겠다고 했으니 그 여파가 엄청날 뿐입니다. 또한 장군의 입지 또한……."

"맙소사! 그쪽 황제가 미치지 않고서야 큰 공을 세운 장군에게 어찌 그리 모진……."

참다못해 궁정관이 소리쳤다. 루카에게 당한 일은 금세 잊은 듯 제 일처럼 분개했다. 그 와중에 게일은 재빠른 판단을 내려야 했다.

"나 하나 때문에, 너무도 큰 희생이 되겠군요."

혼잣말처럼 읊조린 게일. 그 누구도 반박하지 못했다. 고작 작은 땅의 영주. 그런데도 불구하고 장군의 크나큰 반발. 이해할 수 없는 부분이기도 했던 것이다.

바로 그때 멀리서부터 들려오던 발소리들이 그들의 주위를 포위하기 시작했다.

"저기다! 어서 잡아!"

"꼼짝 마라!"

몰려든 이들은 황제 기사단 여섯이었다. 그들은 전부 보우건을 손에 든 채 게일을 포함한 궁정관과 군병들을 에워싸고 있었다.

게일은 입술을 사리물었다. 위험에 빠트리게 되다니. 저의 불찰이다.

"여, 영주님."

궁정관은 어쩔 줄 모르며 게일을 등 뒤에 숨기려 했고, 검을 들고 싸울 것처럼 태세를 갖춘 군병들 또한 죽음을 각오한 눈빛이었다. 오직 게일만이 재빠른 판단을 내리기 위해 용쓰고 있었다.

퍼억!

소리도 요란하게 쓰러지는 조르. 그는 입가에 흐르는 피를 닦아 내며 제 위를 덮고 있는 검은 그림자 쪽으로 고개를 들었다.

"일어나."

"거, 살살합시다."

쥐어 터진 모양새가 가히 보기 좋지도 않건만 조르는 부하들이 있는 만큼 허세를 부리며 패배감을 떨치려 안간힘을 썼다. 그러나 상대는 블랙 루카라고 불리는 이였다.

조르는 다시 몸에 힘을 주며 일어섰지만 허리를 펴기도 전에 루카의 주먹이 날아들었다.

"흐억!"

도살당하는 짐승처럼 외마디 소리를 지른 조르는 또다시 루카의 주먹질에 나가떨어졌다.

"왜, 맨손을 제의한 것은 네놈이 아니던가?"

다시금 표정 하나 없이 주먹을 움켜쥔 루카는 히죽거리며 깔짝대는 조르를 잡아 찢고 싶은 심정이었다.

"큭, 나를 이렇게 묵사발 만들어도 당신이 살아……."

퍼억! 입을 나불대던 조르는 또다시 바닥에 내동댕이쳐졌다. 정확히 조르의 등짝과 허리에 가해진 일격. 루카는 주먹으로 허리를 내지르고 몸을 한 바퀴 돌린 뒤 다리로 등짝을 찍어 눌렀다.

"헉헉. 이, 이 망할……."

입만은 산 조르가 루카를 상대로 주절거렸다. 분명 갈빗대 몇 대가 나간 것이 분명했다. 애진작에 코뼈도 으스러졌고 면상은 일그러졌으며 피가 잔뜩 흐르고 있었으나 루카에 대한 악감정만은 살아 있었다.

그러나 루카는 눈도 깜박하지 않았다. 황제의 전언을 가지고 온 그를 당장 이 자리에서 도려내고 싶다.

감히 그녀를 탐내다니. 용서할 수가 없어.

"가라. 가서 전해."

루카가 눈짓하자 겁먹은 황제 기사들이 주춤거리며 쓰러진 조르의 양팔을 부여잡았다.

"브륀에는 얼씬 말라 전하라."

잠시 고요함이 흐르고 루카가 말하는 것이 무엇을 뜻하는지 모랄트를 비롯하여 전부 알아들었다. 장군인 그가 황제의 뜻을 거역함으로 인해 세르안과의 전면전을 선포한 것이나 다름이 없었다.

"고, 고작 정예부대 따위로 대척하겠다는 건가? 세르안의 군을 우습게 보시나. 거기에 황제를 적으로…… 세르안에 있는 정예부대의 떼죽음이 아주 볼 만하겠어. 흐흐."

역시나 입만 산 조르는 제 상황을 인지하지 못한 채 루카를 자극했다.

그러나 그의 말도 틀린 것은 아니었다. 모랄트는 아예 눈을 감았다. 세르안에 남은 가족들이 염려되지 않는다면 거짓이었다. 더불어 다른 정예군 또한 그럴 것이다. 이 형국을 어찌 해석해야 할까.

장군의 행동을 이해 못 하는 바는 아니나 브륀의 영주를 데려가겠다는 것에 대한 반응치고는 엄청난 것이었기에 당황스러운 게 사실이었다.

군병들을 비롯하여 조르 뒤편에 있는 기사들조차 허둥거리는 것은 물론이었다. 장군의 지대한 명성이야 말해 무엇할까마는 지금 루카의 모습은 누구도 가까이 갈 수 없을 만큼 무시무시했다.

'감히, 감히……'

처음으로 자신을 온전히 차지한 여자. 또한 처음으로 제 심장을 내어 준 여자. 그런데 황제가 국혼이라는 명목으로 내어 달라 한다. 그것도 자신의 부대원들을 걸고서.

루카는 지금 제 팔다리를 잘라 내서라도 게일을 지키려 하고 있었다.

탐욕과 쾌락에 젖어 있는 황제. 제아무리 혈육이라도 절대 용납할 수 없었다. 절대로.

루카는 다시금 등에 꽂았던 검을 높이 치켜들었다. 그리고 사선으로 맞잡은 뒤 피 흘리며 히죽거리는 조르를 직시했다.

"죽고 싶다 했나? 그렇다면 지금, 죽여 주지!"

인내의 가치조차 무의미하다. 루카는 차라리 조르를 죽여 그의 머리를 황제에게 돌려줄 심산이었다.

이왕 이렇게 된 것, 한 번 해 보자란 의미였다.

루카는 죽음이 두렵지 않았다. 지금도 마찬가지였다. 다만 게일만은 온전히 살아가게 해 주고 싶었다. 더러운 탐욕에 물들이지 않고 맑고 따뜻하게 있는 그대로의 모습으로 살아 나가기를 소망한다.

그래, 소망. 함께 미래를 기약하진 않았으나 적어도 그녀가 좌절을 겪지 않고 척박하나 안전한 이 땅에서 살아 나가기를 바란다.

그러니 신이여, 내 목숨과 맞바꾸어서라도 그녀가 살게 해 주소서!

루카는 힘 있게 검을 잡아 올렸다. 그리고 단숨에 조르를 향해 뛰어나갔다. 그다음 검날로 그의 목덜미를 내려치려는 순간이었다.

"루카!"

청명한 부름. 루카는 제 귀를 의심했다. 환청인가 싶어 잠시 검을 높이 든 채 소리가 들리는 방향으로 고개를 틀었다.

"멈춰요."

단호한 한 마디, 게일이었다. 그녀가 궁정관을 위시해 군병과 보우건을 든 황제 기사단을 이끌고 다가오고 있었다.

"게일……."

너무나 당당한 모습으로 제 호위대인 양 무리들을 이끄는 자태가 가히 이곳의 영주다웠다. 루카는 검을 내린 후 이끌리듯 게일이 서 있는 곳으로 천천히 걸어갔다.

눈가에 검은 천을 드리우고 양손을 모은 채 저만을 응시하는 게일.

루카는 볼 수 있었다. 오직 또렷한 눈빛으로 자신을 담은 채 미소 짓는 그녀를.

환해진다. 순식간에 사방이 빛을 머금고 그녀만을 비추이는 듯했다. 암흑 속에 덮여 있던 것들이 일시에 사라진 채 죽음의 그림자와 함께했던 루카를 빛으로 이끌고 있는 것이다.

게일은 루카만을 응시했다. 사방에는 널브러진 사체들이 즐비했다. 하늘에는 죽음을 감지한 까마귀 떼들이 축제라도 벌이려는 듯 날개를 퍼덕이고 있었다.

아니, 안 돼. 죽음이라니. 게일은 고개를 저었다. 그리고 깊은 숨을 내쉬며 자신에게 다가오고 있는 루카를 향해 나아갈 준비를 했다.

루카는 게일을 마주한 순간 밀려드는 감정에 무릎을 꿇어야 했다. 소망, 희망. 그 모두가 한곳에 있었음을 여실히 알 수 있었다. 바로 게일, 그녀로부터 기인한 사랑 때문에.

"왜 왔지?"

"죽음을 막으려고요."

"익숙해, 죽음은."

무표정으로 익숙하다 말하는 루카. 그는 이미 죽음을 지르밟고 있었다. 죽음조차 그의 동반자가 되어 그와 함께 있다. 그래서 게일은 싫었다. 죽음이라니, 그것을 그에게 가까이 두고 싶지 않았다.

"난 당신의 팔과 다리, 당신이 기대어 왔던 이들에 대한 죽음을 막고 싶어요."

"왜?"

"당신 때문에."

"왜!"

"루카, 전장에서 살아가는 당신 때문에요. 난 죽음을 막고 싶어!"

이 바보 같은 여자! 더는 참을 수 없었던 루카는 흘리지 못한 피눈물을 쏟아 내며 게일을 품에 당겼다. 안전한 선택을 했건만 그녀는 제 마음을 알아주지 않는다.

그런데도 불구하고 게일을 보는 순간 멈췄던 심장이 다시 요동치는 것을 만끽할 수밖에 없었다. 어찌나 격하게 가두는지 게일은 힘없는 인형이 되어 피 냄새 자욱한 루카의 품에 고스란히 안겨야 했다.

두 사람의 생각도 못 한 행동에 궁정관은 재빨리 몸을 돌리고 모랄트는 입을 턱까지 내린 채 그 자리에서 꼼짝없이 모래 기둥이 되어 갔다.

"내가 막을 수 있다. 그깟 죽음 따위."

"아니 혼자서는 못 해요. 그 원인이 나에게 있으니."

"게일."

"날 떨어트리고 싶어요?"

"……아니."

"그런데 왜 보내요?"

"안전하니까."

"아니 안전하지 못해. 당신이 날 지켜보지 않은 한 안전할 리 없어요. 그리고 작별 인사도 하지 못했는데……."

너무나 사랑스런 게일. 격정적으로 다가오는 게일 덕에 무엇보다 뜨거워질 수밖에 없었다.

먼저 손을 내민 자는 게일이었다. 그녀는 제 두 팔을 내밀어 루카의 굵은 목을 거머쥐었다. 그리고 얼굴을 비스듬히 가져갔다. 이곳이 어디고 어떤 상황인지도 전부 잊어버린 채 게일과 루카는 짧고도 깊은 입맞춤을 했다. 비스듬히 얼굴을 기울여 서로의 입술을 탐하기 바빴다.

틈 없이 맞닿고 혀를 감아올리며 탐하는 사이 서로의 마음에 끌려갔다가 다시 제자리를 찾았다. 두 사람이 얼굴을 떼어내자 맞물려 있던 입술이 달큰한 타액으로 젖어 있었다.

"저게 뭐야……."

눈두덩이가 부은 채 조르는 유령이라도 본 듯 부들거렸다.

당장 저 행태를 황제에게 고하기만 한다면······.

그런데 짐작도 못 한 놀랄 일이 벌어졌다. 발악하는 조르를 보다 못 한 기사들 중 한 명이 검으로 그의 뒤통수를 휘갈긴 것이다. 조르는 그대로 기절해 버렸다.

그리고 그의 머리를 가격한 기사가 손짓하자 뒤에 있던 기사 몇몇이 황제의 기사단을 위협하기 시작했다. 또한 궁정관의 뒤에 있던 보우건을 든 기사 몇도 곧 반항하려던 기사들을 겁박했다.

루카는 게일의 손을 잡은 채로 생각도 못 한 상황에 눈을 가늘게 떴다. 모랄트 역시 후들거리는 다리를 움직여 앞으로 나왔다.

조르의 머리를 가격한 기사가 투구를 벗었다. 머리에 두른 두건에는 아르까 가문의 문양이 새겨져 있었다. 그는 앞으로 나와 한쪽 무릎을 꿇었다. 그러자 그에게 합세했던 기사들도 무릎을 꿇기 시작했다. 그들은 모두 아르까 가문의 문양이 새겨진 두건을 두르고 있었다.

"사이프리드 장군님, 저희들은 장군님과 뜻을 함께하겠습니다!"

흙으로 축조된 둔덕 위 낡은 브륀 성의 구석.

성벽과 목책을 두른 베일리(bailey)*에 딸려 있는 공간에는

---

*베일리(bailey):마당.

긴 탁자를 마주한 채 아르까 가문의 기사단과 부대장 모랄트, 그리고 브륀의 행정관이 앉아 있었다. 오직 루카만이 열린 창을 통해 본채로 돌아간 게일의 그림자를 그릴 뿐.

이 자리에 함께 있기를 바랐던 그녀는 루카의 강력한 거부로 어쩔 수 없이 한발 양보하며 돌아갔다. 어떠한 말이 아닌 루카의 보이지 않는 겁박으로. 그런 루카의 표정에 자못 웃음기가 떠올랐다 사라졌다.

"함께 참석하겠어요."

"가 있어."

"브륀의 영주로서……."

"아니, 이것은 세르안에 반역이 될 수 있는 계기다. 브륀의 영주가 가담했다는 사실이 알려지면 곤란해."

"그래도 원인은 나인데."

"게일!"

"……대답하기 싫어요. 왜요!"

"자꾸 거부하면 사람들이 보든 말든 이대로 안아 버린다."

루카의 으름장에 뭐라 말하려던 게일은 입을 꾹 다물었다. 분명 신비한 눈동자가 변했을 터였다.

"보고 싶군, 아름다운 오로라 빛을."

무엇을 말함인지 알아들은 게일은 눈을 흘겼다. 새침한 게일을 보며 루카의 눈가가 휘어졌다. 좀 전까지 검을 휘두르며 죽음과 함께했던 그가 맞는지 의심스러울 정도로 부드러웠다.

게일은 루카의 은근한 협박이 즉각적인 행동으로 나타날 수 있음을 알고 있었다. 그렇기에 긴장된 이 순간을 망치고 싶지 않았다.

게일은 그렇게 조용히 본채로 돌아갔다. 그리고 루카는 허리를 곧게 편 채 걸음을 옮기는 게일을 바라보며 주문을 외듯 되새겼다.

"내 전부다."

걸음을 옮기던 게일이 그의 말을 들을 것처럼 고개를 돌렸다. 마치 보이지 않는 대화를 하듯 두 사람은 거리를 둔 채 찰나의 순간 함께 미소 지었다. 그것은 안도하며 격해지려는 감정을 억누르려는 것과 같았다.

사방 천지에 단둘만 있었으면. 오직 게일과 자신만 존재했으면 좋겠다. 참으로 유치하고도 어린애 같은 바람이었다.

루카는 게일을 바라보며 제 손을 가슴에 올렸다. 그리고 톡톡 두드리며 가슴을 쓸어내렸다. 어떠한 의도가 있는 것은 아니었다. 다만 제 심정을 알아 달라는 표현을 한 것이다.

그 행동에 게일은 입술을 벌려 소녀처럼 환하게 웃었다. 루카의 마음이 털컥 내려앉았다. 저 여자는 마녀야. 또 심장을 가지고 노는구나.

"이제 황제의 서안을…… 장군님!"

몇 번이나 불러도 루카는 들은 체도 하지 않았다. 그럼에도 불구하고 모랄트는 큰 소리를 내야 했다.

"……모랄트."

루카는 그제야 게일에게 향했던 시선을 거두고 천천히 몸을 돌렸다. 그다음 날카로운 시선으로 좌중을 훑었다.

"이제는 충분히 논의가 되어야 합니다. 그리고 아르까 공작과 행정관의 전언을 심사숙고해야 합니다."

등을 돌리고 선 채 어깨를 들썩이며 존재감을 과시했다. 루카에게 익숙한 부대장을 제외하고, 나머지 아르까의 기사들은 숨조차 작게 내쉬고 있었다. 안 그래도 좁은 공간, 루카가 서 있으니 지붕이 내려앉기라도 할 듯 온몸이 바짝 긴장된 것이다. 지금도 마찬가지였다.

"그전에 자리에 앉으심이……."

부대장의 지적에 눈썹을 치켜뜨던 루카가 자리에 앉았다. 잠시간 침묵이 이어졌다.

루카를 제외한 모든 이들이 눈치를 한껏 살폈다. 이미 아군임을 증명했음에도 모랄트가 아르까 기사단을 눈여겨본 탓이었다.

조르를 후려친 기사가 쓰고 있던 투구를 벗었을 때, 또 다른 기사단의 정체를 깨닫고 제일 먼저 경악한 사람이 모랄트였다. 그는 후들거리는 다리를 간신히 지탱할 수 있었다.

이곳에 오기 전, 행정관 필라와 아르까 공작에게 충분한 언질을 들었다 여겼었다. 그러나 루카 앞에 한쪽 무릎을 꿇으며 예를 다하는 아르까 공작의 기사단에 대해서는 꿈에도 알지 못했다. 물론 명망 있는 귀족 가문은 자격에 따라 일정한 수의 기사를 거느릴 수 있는 법이 정해져 있기는 했다.

그러나 암포가의 보이지 않는 견제가 지나쳐 쉽지만은 않은 일이었다. 그럼에도 불구하고 아르까 공작은 보란 듯이 루카를 위해 가문의 기사단을 황제 기사단으로 위장했던 것이다. 그만큼 루카를 아낀다는 의미이며 그의 뜻과 결의에 따르겠다는 의지였다.

"……그리고 이것을 장군께 보이라 하였습니다."

모랄트는 허리춤에 차고 있던 주머니를 열었다. 딸각, 차가운 금속음이 들리며 천에 싸인 물건이 떨어졌다. 모두의 시선은 낡은 탁자 위에 쏠렸다. 루카는 그것을 물끄러미 바라보며 눈빛으로 물었다.

"그게…… 행정관께서 탈리아 황후의 죽음과 연관이 있다 하였습니다. 장군께서 아실 거라며 나머지의 행방에 옥새가 있다고도……."

부대장의 말이 채 끝나기도 전에 루카의 눈빛이 완벽하게 달라졌다.

탈리아 황후, 선황제가 갑작스럽게 승하한 후 암살자에 의해 잔혹하게 살해된 루카의 모후였다. 그때 루카의 나이는 여덟이었다.

표정 없는 루카가 천에 휩싸인 그것을 거칠게 풀어내자 원형의 푸른 원석 위에 부조로 조각된 펜던트가 나왔다. 펜던트 줄은 끊어진 지 오래인 듯 조각된 부조에는 검붉은 핏물이 배여 얼룩까지 져 있었다.

"젤브(Selb)."

루카는 믿을 수 없는 표정으로 그것을 손에 움켜잡았다. 그리고 살기 어린 눈빛으로 앞을 응시했다. 그의 눈빛 하나로 같은 공간에 있던 기사들과 마예로는 숨도 못 쉬고 몸을 뒤로 빼었다. 그만큼 루카의 모습이 분노에 차 있던 것이다.

"그, 그것을 알아보실 것이라 하셨습니다. 이제는 방관자를 벗어나 세르안을 위해 동참하시기를……."

"배후에 황제가 있었던 것인가."

거칠게 밀린 의자가 비명을 질렀다. 루카가 펜던트를 움켜잡고는 자리에서 벌떡 일어났다. 그 누구도 말을 걸 수 없는 상황이었다. 대체 손에 쥐고 있는 것이 무엇이기에…….

잠시 거친 숨소리가 좌중을 숨 막히게 했다. 몸을 돌린 루카는 평정심을 되찾았다.

"황제의 옥새라…… 이미 황제가 즉위할 때 반쪽 옥새에 대한 의견은 전부 합일되지 않았나. 나머지 부분을 찾는다고 황제가 물러날 것 같은가?"

단호히 말했다. 세르안 대부분의 모든 기틀은 형인 암포가가 단단히 틀어잡은 것이었다. 비록 색정광에 향락을 추구하는 황제이기는 하나 이만큼 세르안이 강대해질 수 있었던 것은 암포가의 능력이었다. 어지럽던 세르안을 하나로 뭉치게 한 그의 노력이 있었다는 것을 부인키 어려웠다.

"많은 관료들과 귀족들은 처음부터 황제에 대해 신임이 없었습니다. 다만 황제가 펼친 안과 밖의 공포 정치로 인해 많은 희생을 치룬 것뿐이지요. 그러니 이제는 비틀린 것을 바로 잡아 세르안의 올바른 기강을 확립해야 할 때라고 그 점을 분명히 알아주십사 행정관 필라가 당부에 또 당부하셨습니다."

아르까 가문의 기사였다. 그 역시도 자리에서 일어나 매서운 루카를 감히 직시하며 입을 열었다. 그의 말에 틀린 것은 없었다. 그는 계속하여 말을 이어 갔다.

"점점 반발이 커지고 있습니다. 거기에 맞물려 장군에 대한 믿음이 점점 세력을 키워 가니 황제는 장군을 계속하여 전쟁터로 내돌리는 것입니다!"

잠시 적막이 흘렀다. 기사는 실정을 정확하게 짚었다. 그렇기에 루카는 쓴웃음을 머금었다.

"그대 이름은?"

"저는 보그린(Bogeurin), 아르까 가문의 기사단장입니다."

"분명 오래전부터 그대들의 협약을 암묵적으로 거절했을 터인데."

그대들이란 아르까 공작과 행정관 필라 등 황제와 척을 지려는 세력을 말함이었다. 그들은 끊임없이 루카를 회유하며 늘 충정을 보여 주었다.

"알고 있습니다. 그 점은 공작께서도 계속 염려하고 계셨던 부분입니다. 그러나 시일이 지날수록 황제가 벌리고 있는 향락이 도를 넘고 있습니다. 그 탓에 사치 무역이 정점을 이루었고 이유 없이 땅을 빼앗긴 변방국들끼리 연합을 하는 형국입니다. 이대로라면 세르안의 부국(富局)도 허울 좋은 거울이 될 것이 자명합니다."

"그래서 반역을 하시겠다?"

"반역이 아닙니다. 황제 자리는 애초부터 장군님의 자리였지 않습니까!"

제삼자에 가까운 마예로는 머리가 팽팽 돌 것 같았다. 강대한 세르안 제국에 이토록 어두운 비밀이 있었다니. 그리고 그 뒤를 이어 대화가 들려올수록 도저히 자리에 앉아 있을 수만은 없어졌다.

"이미 암포가는 정당한 혈육이 아니라는 것이 밝혀졌습니다. 탈리아 황후의 단 하나뿐인 소생은 파르지팔 사이프리드, 장군뿐임을 본인께서 더 잘 알고 있으면서 왜 자신을 기만하고 계시는지요!"

기사단장 보그린은 충정과 함께 절규하며 행정관 필라와 아르까 공작을 대신하였다. 그 누구도 이 자리에서 입을 열지 않았다. 아니, 숨도 쉬지 않았다. 오직 루카만이 눈빛을 빛내며 태연히 말했다.

"그래서? 세르안을 이만큼 이끈 것은 형님이다. 형님 역시 후궁이든 그 무엇이든 황제의 핏줄이 아닌가?"

"아니, 아닙니다. 장군! 정당한 자리가 아니기에 진정한 황제가 될 수 없지요. 무엇보다 정의로운 혈통이란 중요한 것입니다. 이미 암포가는 자신의 입지가 흔들리는 것을 눈치채고 있습니다. 그래서 보이지 않는 곳에서 황제의 기사들이 귀족들과 관료들을 암살하기 이르렀습니다. 저번 달에는 충정을 다하던 노사크(Nossack) 남작(Baron)*께서 참혹한 죽음을 맞이했습니다. 장군, 더는 세르안의 무너지는 기강을 두고 볼 수만은 없습니다!"

"노사크가?"

"그렇습니다. 장군을 가장 애정하며 보필하신 그분이……."

"그럼, 경의 배러니스(Baroness)*께서는?"

"그분 역시 마흔의 생일을 하루 남기시고 하의가 벗겨지신 채 그만……."

"황제의 기사단 짓인가?"

"조르 일당입니다."

뚜뚝. 무섭고도 음침한 소리가 메아리쳤다. 루카가 걸음을 옮길 때마다 등에 매달린 검이 내지르는 소리였다.

귀로 듣고 눈으로 봐 왔었다. 황제가 된 암포가의 여실한 행패를. 그러나 아무렴 어떤가. 이미 황제는 그인 것을. 루카는 권력에는 아무런 관심이 없다. 과거에도 그랬고 현재도 그랬다. 그러나 미래는…….

---

*남작(Baron):군주의 가장 높은 봉신.
*배러니스(Baroness):남작의 부인.

"황제는 미쳤습니다. 그런 황제가 장군께서 마음에 담으신 브륀의 영주를 원합니다. 그것도 국혼이라는 명목으로. 그런데 과연 국혼이 가능하기는 할까요?"

쾅. 다시금 지진이 일어난 것처럼 진동하는 공간. 모두는 일시에 숨을 삼켰다. 방금까지 열변을 토했던 기사 보그린까지 목울대를 울리며 입을 다물어야 했다.

"그래서? 반역에 동참하라는 건가?"

루카는 한껏 내리쳐 피멍이 든 주먹을 들어 올렸다. 게일이 화두에 오르자 열화와 같은 노기가 끓어올랐다.

그 누구에게도 게일을 내어 주지 않겠다는 일념이었다. 더러운 손아귀에 온전히 게일을 넘겨줄 수 없다는 완벽한 소유욕.

"반, 반역이 아닙니다. 원래의 권리를 찾으시는 것뿐입니다!"

루카는 긴 한숨을 내쉬었다. 게일, 그녀가 한가운데 있었다.

이미 암포가는 변방의 영주를 원한다는 친서까지 내보인 상태. 장군의 자리에서 감히 황제에게 권리를 주장할 수 있을까, 권리를 자기 것으로 만들 수 있을까!

"브륀의 영주가 신비하고 마녀라는 소문을 알고 있으실 겁니다. 또한 사학자들이 황제에게 입김을 불어넣었기에 이대로는 절대 물러나지 않을 것입니다. 황제군의 총동원령에 귀족들의 기사단까지 동원하여 브륀의 영주를 데려갈 것입니다."

그래, 알고 있다. 그것은 이미 충분히 짐작하고 있던 터였다. 루카는 올바른 지적을 하며 브륀의 영주에 대한 자신의 마음까지 찔러 대는 기사 보그린에게 따가운 눈총을 던졌다. 그러자 그는 기다렸다는 듯이 마지막 일격을 내질렀다.

"황제는 이미 브륀의 영주를 통해 후사를 볼 것이라 만천하에 공표하고 있단 말입니다!"

눈까지 질끈 감고 한껏 소리친 보그린은 모랄트가 몰아쉬는 숨소리만 유난히 크게 들렸다. 이렇게까지 말하려는 것은 아니었으나 늘 동경해 마지않던 장군을 마주하여 없던 충성심까지 발휘되었다. 늘 아르까 공작이 되뇌던 말, 루카의 대한 이야기가 사실임을 알게 된 것이다.

"그는 진정한 기사이자 황제의 자질을 타고난 분이다. 보면 알게 될 것이네. 장군이 얼마나 대단한 사내인지 그 눈빛만 봐도 느껴질 것일세."

공작의 말에는 틀린 것이 없었다. 존재감, 위압감, 눈빛까지. 진정한 사내로서 머리부터 발끝까지 넘치는 기개의 전사였다. 그를 황제로 모실 수만 있다면…… 더없는 영광이 될 이 순간을 버리고 싶지 않았다.

그러나 고요한 가운데 다시금 눈을 떴을 때 그는 비명을 질렀다. 루카, 그가 자신의 바로 앞에 다가와 몸을 굽히고 있었기에.

"후사라고?"

"그, 그게…… 태즈매니아의 가호를 받는 신비한 눈동자를 가진 가나베일 아만 가문의 여인과 후손을 볼 수 있다면 영원불멸의 삶을 살게 될 것이며 죽어도 영광된 생이 주어진다는 사학자들의 기록에……."

"준비해. 내일 간다!"

마지막 한마디를 한 루카는 더 묻지 않았다. 보그린 역시 더는 말할 수 없었다. 루카가 멀어지자 보그린은 참았던 숨을 간신히 내뱉을 수 있었다. 그리고 루카는 뒤를 돌아 좌중을 바라보았다. 특히 모랄트, 그는 루카가 무엇을 말함인지 충분히 알아들었다.

"군병들을 잘 보살피고 말들을 준비하겠습니다."

짧고도 간결한 보고. 루카는 고개를 끄덕이며 그 길로 문을 열고 밖으로 나가 버렸다. 마예로가 어리둥절한 표정으로 부대장을 보았다. 그는 흐트러진 머리칼을 쓸어 올리며 히죽 웃었다.

"장군께서 내일 세르안으로 가시겠다는 뜻입니다. 아마도 오늘 밤, 충분히 계산하여 승리의 확률을 높이시겠지요."

"그게 가능합니까? 세르안의 황제를 상대로……."

마예로는 정신없는 머리를 부여잡았다. 부대장 역시 자리에서 일어나며 일면식도 없던 궁정관의 어깨를 도닥였다.

"우리 장군님은 그런 분입니다. 전지전능하신 분. 모든 것은 신의 가호뿐이나 이미 세르안에는 장군님을 기다리는 분들이 많습니다."

그리고 그 역시도 밖으로 나갔다. 이제 남은 것은 아르까 가문의 기사단들. 그들은 전부 넋이 나간 표정으로 축 쳐져 버렸다.

"저는 숨 쉬는 것도 힘들었습니다. 대장."

"나도 그랬네."

"맙소사. 저런 분이 황제가 아니라니요."

그들은 루카에게 전부 반한 듯싶었다. 전장으로만 돌던 대단한 장군을 바로 눈앞에서 보았다. 그것만으로도 괜한 소문이 아니었음을 충분히 느낄 수 있었다.

"우리도 준비하자고. 내일을!"

"네, 대장!"

기사단이 일어나자 궁정관이 앞으로 나섰다.

"보잘것없는 브륀이나 쉴 곳을 안내해 드리겠습니다."

비록 상처를 입고 있을지언정 마예로는 기뻤다. 영주의 운명은 루카인 것이 분명했다. 상대는 대단한 장군이자 세르안의 진정한 혈통. 없던 힘이 절로 생겼다.

'아아, 드디어 우리 브륀에도 대를 이을 수 있는 길이 생겼구나!'

그는 괜한 감동이 마음속에서 꿈틀대었다. 주름진 눈가에 찰랑이는 물기를 담고 기꺼이 아르까 가문의 기사단을 안내했다.

발걸음이 무척이나 매서웠다.

루카는 본채로 들어와 원형 계단을 올라가는 중이었다. 게일을 찾아야 했다. 그녀는 영주의 침실에 없었다.

"후사라니, 누구 맘대로!"

쾅, 무너지는 소리가 날 정도로 세차게 문이 닫혔다. 루카의 표정은 살벌하기 이를 데 없었다.

감히 게일의 온몸에 낙인을 찍고자 하다니. 황제의 노리개가 되어 붉은 침실에서 팔다리가 묶인 채…….

상상만으로도 토악질이 나올 것 같아 당장 황제의 목을 옥죄고 싶은 심정이었다.

"절대 용납할 수 없어."

낮게 으르렁거리는 루카. 그만큼 분노에 치를 떨고 있었다. 분개한 심정을 가라앉혀야 했다. 그렇지 않으면 당장 누구라도 죽일 것 같았다.

그녀는 접견실에도 없었다. 그렇다면 메마른 약초와 온실이 있는 그곳뿐이었다.

루카는 바람처럼 달려갔다. 마침내 온실 한편 가장 소중하다 했던 상목 아래에서 무릎을 꿇은 채 뭔가를 하는 게일을 찾아냈다. 그는 게일이 눈치채기도 전에 뒤에서 그녀를 와락 담고 말았다. 그의 활화산 같은 품 안으로.

"루, 루카?"

"쉿! 게일, 조용히……."

거친 손길과는 다르게 루카의 입술은 무척이나 뜨거웠다. 동시에 더없이 감미롭고 폭풍이 불어닥친 듯 정신없이 휘어 감겼다.

게일을 향해 뻗어 나간 손이 감기고 루카의 심장은 한껏 타오른다. 게일은 루카의 혀와 입술, 몸짓에 죽어 나갈 것처럼 신음을 토해 냈다.

루카는 맘껏 빨아 당기며 그녀 입안의 액을 전부 마셔 버릴 요량처럼 흡입했다. 공기조차 지나가지 않게 꽉 끌어안은 채 절대로 품에서 그녀를 놓아주지 않았다.

게일 역시 마찬가지였다. 물론 갑작스런 루카의 손길이 당황스럽기는 했으나 그를 기다린 만큼 상목이 숨 쉬는 이곳에서 누구의 눈치도 보지 않고 루카의 목을 그러안았다.

게일의 휘어진 허리와 부드러운 엉덩이가 들썩이기 시작했다. 그것을 모를 루카가 아니었다. 바라던 바, 그는 당장 그녀의 몸을 번쩍 들어 안았다. 그다음 제 허리에 게일의 두 다리를 감게 하고는 상목의 거대한 기둥에 그녀의 등을 편히 기대도록 만들었다.

"보고 싶다."

깊은 저음이 게일의 가린 눈가를 쓰다듬고 지나갔다. 음성이 귓가에서 울릴 때면 게일은 저도 모르게 오금이 달아올랐다. 그의 모든 것이 게일을 일렁이게 했다.

"나를 담고 있는 눈을 보고 싶다."

정당한 요구였지만 왠지 모르게 들어주지 않고 싶은 작은 심술이 들었다. 게일은 계속하여 입을 맞추고 온 얼굴을 스치듯 쓰다듬는 루카로 인해 간지러웠다.

"보여 줄게요. 오직 당신에게만."

게일은 루카의 귓가에 제 입술을 대고 혀를 둥글게 말아 귓구멍 안으로 살며시 밀어 넣었다.

"윽."

환희에 가까운 신음 소리가 울렸다. 루카의 팔뚝에 금세 소름이 알알이 일어났다. 지극한 욕망에 의한 감각이었다. 게일은 아랑곳 않고 귓불을 입안으로 부드럽게 빨아들였다.

"하아."

또 다른 신음 소리. 게일은 즐거웠다. 왜 루카가 쉴 새 없이 제 몸을 핥으며 빨아 대는지 이유를 알 것 같았다. 게일은 멈추지 않고 그의 목과 귀를 뜨겁게 핥았다. 도저히 참을 수 없어 루카가 그녀의 뒷머리를 움켜잡았다.

"고약한 영주님."

"날 보낸 대가인데요."

"심술이 너무 과해."

"더 과할 수도 있어요."

"아니, 나에게는 해당되지 않아."

루카의 자만과 스스로를 과시하는 못된 미소. 게일 역시 그의 날렵한 허리에 두 다리를 감은 채 이마에 입을 맞추었다.

"오만해요."

"싫은가?"

게일은 그런 그가 좋았다. 아니, 좋다는 말보다 더 할 수 없을 만큼 마음 깊숙한 곳에 그를 담고 있었다. 그것에 후회는 없었다.

전장의 전사, 세르안의 장군, 살인 병기. 그 어떠한 뒷말도 상관치 않는다. 그는 그일 뿐. 무엇이 더 필요한가.

게일은 대답 대신 제 눈을 가리고 있는 검은 천을 천천히 풀었다. 그다음 자신만을 직시하고 있는 루카의 얼굴에 가져갔다.

"아니, 싫지 않아요. 오히려 그 반대인 것을요, 장군님."

게일은 속삭임을 뒤로하며 그의 눈가에 검은 천을 고정시켰다.

"너무 좋아해서, 그게 문제지요. 차라리 당신을 가리면 조금은 나을까요?"

루카는 게일이 제 눈가를 가려도 움직이지 않았다. 다만 그녀를 움켜잡고 있는 손아귀에 힘이 잔뜩 들어갔다. 또한 게일의 혀가 자신에게 닿자마자 불끈 일어선 중심부를 어쩌지 못한 채 오직 그녀만을 향해 곤두선 감각을 다스리고 있을 뿐이었다.

"내가 보여요?"

잘 보였다. 검은 천은 예상보다 시야가 더 훤해 게일을 뚜렷이 보여 주고 있었다.

"안 보이면?"

"거짓말. 이제는 거짓말까지…… 조금 혼나야겠지요?"

싱긋 웃는 게일은 요염했다. 그 모습에 루카는 한계점을 잃었다. 앙큼한 마녀 같으니, 당장 혼을 내야…….

그러나 다가온 것은 게일이었다. 그녀는 입술을 크게 벌리며 루카의 입안으로 깊숙이 침범했다. 그리고 날선 그의 혀를 단숨에 감아올렸다. 들리는 소리라고는 혀를 할짝이는 속살의 울림뿐.

루카의 손등에 힘줄이 불거진다. 아울러 그의 중심부는 어서 문을 열어 달라 몸부림쳤다.

게일은 그것을 알면서도 루카의 혀를 놓아주지 않았다. 덕분에 루카는 열기로 눈앞이 흐릿해지며 온몸에 열이 피어올랐다.

극심한 열꽃, 당장 게일을 가지고 싶은 욕망에 몸이 떨려오기 시작했다. 그리고 단 한 가지만을 열망하고 있었으니, 그것은 생에 단 하나뿐인 소원이었다. 그녀의 마음을 묶어야 한다. 게일의 마음을 도망가지 못하게 꽉 잡아 하나가 되어야 한다.

"절대 놓아주지 않아."

루카의 탄식, 마치 한숨을 섞은 듯한 그의 절대적인 선언이 게일을 더욱더 뜨겁게 만들어 버렸다.

"내가……."

눈을 맞춘 채 루카의 목덜미를 한입 가득 베어 물었다. 그것도 모자라 그가 했던 것처럼 잘근거리며 꽃봉오리를 새겨 넣었다.

"내가 놓아주지 않아, 절대로. 알겠어요?"

마찬가지로 게일도 선언했다. 두 사람은 열기 가득한 눈빛을 교환하며 진부한 사랑이라는 말 대신 진득한 소유를 드러냈다.

루카는 소년처럼 웃었다. 눈가를 가린 채 환하게 웃는 그의 표정이 순수하게 빛이 났다.

"그러니…… 날 가져요, 루카. 영원히."

마침내 서로를 소유할 근거를 마련한 게일과 루카. 단순한 소유가 아닌 죽어도 살아도 함께일 것이라는 동의가 체결된 순간이었다.

루카는 더 이상 참지 않았다. 단숨에 게일의 몸을 높이 들어 올리고 자신의 바지 끈을 풀었다. 열기로 뜨거워진 공기를 가르고 들썩이는 게일의 엉덩이를 향해 돌진했다.

어느 틈에 제 옷이 벗겨졌는지 게일은 느낄 여력도 없었다. 오직 자신 안으로 밀려들어 오는 단단한 충만감에 깊은 숨을 내쉬어야 했다.

누구의 신음인지 알지 못했다. 동시에 멈춰 버린 시야와 일시에 잦아든 육체의 진동.

루카의 손이 게일의 허리를 받치고 다른 손은 그녀의 엉덩이를 단단히 틀어쥐고 있다.

마찬가지로 게일의 두 팔은 그의 목을 거머쥐고 한쪽 다리는 그의 허리에, 다른 쪽 다리는 아래로 내린 채 드러난 그의 엉덩이를 한껏 휘어 감고 있었다.

"널 가질 거다. 지금부터."

게일의 가슴에 대고 루카가 속삭였다. 그리고 곧장 그의 엉덩이가 들썩이기 시작했다.

루카가 격렬하게 움직일 때마다 게일의 허리는 크게 뒤틀리
며 위로 솟구쳤다. 그가 밀려들어 왔다가 빠져나갈 때 게일은
아쉬움에 뜨거운 눈물을 집어 삼켜야 했다. 다시금 세게 밀려
들어 올 때면 몸 안에서 일어나는 극도의 긴장감에 잔뜩 조여
들기도 했다.

루카는 세상천지 이보다 나은 쾌락이 있다고 생각지 않았
다. 그녀와의 처음보다 두 번째가, 아니 어제가…… 아니, 아
니었다. 단 한순간도 황홀하지 않은 적이 없었다. 지금도 매한
가지였다.

그렇기에 처음보다 지금, 그는 죽어도 여한이 없을 정도로
아득한 심정이었다. 절대 그녀를 떨어트리고 싶지 않았다. 그
누구에게도 넘겨줄 수가 없었다.

밀려들고 빨아들인다. 세게 밀어 넣고 또다시 밀려 나가고.
극한의 감각에 어쩔 줄 모르며 참을 수 없는 순간에도 치솟아
오르는 열기가 아찔하다. 루카의 가린 눈에서 불꽃이 일었다.

게일은 그에게서 눈을 떼지 않았다. 감각을 느낄 때마다, 그
가 치받아 몸속에서 꿈틀거릴 때마다 눈동자에 파문이 일며
색을 달리했다. 신음과 함께 동공이 짙게 확장되고 녹색 테두
리가 생기며 멜론의 속살과 같은 연한 연두색이 한가운데 물
들여진다.

"게일……."

허리가 치받칠 때마다 게일은 표현할 수 없는 감각에 정신

을 잃을 것만 같았다. 그래서 더욱더 단단한 몸에 제 팔다리를 걸었다. 절대 떨어지지 않을 요량으로 옭아매고 함께 흔들렸다.

힘차게 허리를 쳐올렸다. 그는 제 몸을 제어할 수가 없었다. 분명하게 변하는 게일의 눈동자를 바로 눈앞에 둔 채 곧추선 중심부가 기쁨의 눈물을 흘리는 것을 감지하였다.

파아아. 몸 안에서 퍼지는 따뜻한 열기를 소리로 만든다면 이것이 아닐까.

게일은 일순 모든 행위를 멈춘 루카를 부여잡은 채 땀이 맺힌 그의 이마에 제 이마를 가져갔다. 그리고 루카의 미끈거리는 두 팔에 손가락을 꼼지락대며 살살 쓸어내렸다.

"게일."

루카가 쉰 음성으로 그녀를 불렀다. 그러자 게일의 얼굴이 들리고 루카와 정면으로 마주했다.

"아름다워."

게일은 검은색 동공 주변에 연두색의 입자가 고이고, 그 주변을 다시 금빛 테두리가 감싸고 있었다. 몹시 신비롭고 아름다웠다.

"세상에서 제일 아름답다."

"눈동자가요?"

"아니. 내 품에 안겨 있는, 나와 하나가 된 그대가 제일로 아름다워."

진심을 전하는 고백에 게일이 부끄러운 듯 웃었다. 눈가를 가린 검은 천이 그와 잘 어울렸다.

"당신도 눈을 가린 모습이 제일로 아름다워."

"이런."

루카는 사랑스럽게 행동하는 게일을 보며 다시 생기를 얻는 저의 일부분에 감동했다. 게일 역시 제 몸 안에서 스스럼없이 일어서는 그것을 느꼈다.

"꽉 차 버렸어요."

어린애처럼 만족스런 한숨을 내쉬며 루카의 부드러운 손길을 느끼던 그녀는 고개를 뒤로 넘기고 말았다. 다시 몸짓을 시작하는 루카에게 매달렸다. 그가 전해 주는 감각에 지극히 만족감을 느꼈다.

루카 역시 마찬가지였다. 더없었다. 오직 내달릴 뿐.

루카는 곧장 속도를 내 빠르게 움직였다가 다시 천천히 허리를 꾹 눌렀다. 신음이 커질 즈음 제 중심부를 손으로 잡고 힘차게 엉덩이를 한 바퀴 돌려 버렸다.

"하아, 루카……."

열기에 찬 신음을 내뱉었다. 당장 숨넘어갈 듯 가쁜 그녀의 숨결이 크게 힘을 얻었다. 그에 힘입어 루카의 몸짓은 점점 빨라졌다.

게일과 루카의 맞닿은 육체가 비명을 지르기 시작했다. 젖은 중심부가 일으키는 향기가 만연한 가운데 더욱더 젖어 들었다. 찰진 소리가 허공을 갈랐다.

온실 한편의 으슥한 공간은 소용돌이의 한가운데였다. 거친 숨결, 육체가 부딪치는 소리로 쉴 새 없었다. 나른하다 못해 들끓고 있는 열기에 온실에서 살아가는 많은 식물들조차 헉헉 거리기 시작했다.

"게일. 게일……."

등을 기댄 채 다리를 조이며 루카에게 내려앉은 게일은 그 의 눈가를 가린 천을 벗겨 버렸다. 기다렸다는 듯이 루카가 상 체를 일으켜 게일의 입을 거칠고 뜨겁게 삼켰다.

불길이 타오른다. 뜨겁다 못해 사방을 태울 듯 모든 것들을 눈감게 만들었다. 그리하여 두 사람을 둘러싼 모든 것들은 새 벽이 올 때까지 그들만의 감각의 제국에서 벗어날 줄 몰랐다.

오직 상목만이 가지를 휘고 땅속으로 가라앉은 채 또 다른 상목을 만들려 여념이 없을 뿐이었다.

찬란한 아침, 브뢴 성문 앞에는 단단히 각오를 한 정예군과 아르까 가문의 기사단이 고무된 표정으로 앞서 말을 타고 있 는 루카를 응시했다.

"세르안으로 출발!"

이윽고 모랄트가 힘찬 구호를 외치자 뿔 나팔 소리가 울려 퍼졌다. 루카가 먼저 내달렸다. 그다음 정예군과 초라한 마차 두 대가 뒤를 따랐다.

마차에는 온몸이 밧줄로 칭칭 동여매진 조르가 양손의 손가 락과 혀가 잘린 채 쓰러져 있었고 또 다른 마차에는 마예로가 편히 눈을 감고 있었다.

행렬이 일으킨 먼지바람, 황토색의 흙바람이 가라앉았다. 그 뒤로 홀로 우뚝 서 있는 브륀 성의 낡은 깃발만이 승리를 내다보며 포효하고 있었다.

제6장

여섯째 날 on the sixth day

사정없이 내리쬐는 태양은 메마른 땅을 불태울 듯 한껏 이글거렸다.

습기가 가득 차 축축한 브륀을 벗어난 루카 일행. 그들을 맞이한 것은 세르안과 맞닿은 길목의 사막 지대였다. 보이는 것이라곤 오직 일렁이는 열기에 녹아내리는 풍경뿐이었다.

아침부터 출발한 일행은 잠시도 쉬지 않고 내달렸다. 특히 가장 앞서 달리고 있는 루카는 고삐를 쥔 손에 힘을 늦추지 않았다.

다만 연신 뒤를 힐끔거리는 것이 여느 때와 달라 유독 두드러졌다. 그 점을 눈치챈 부대장 모랄트는 그의 뒤를 바짝 좇으며 지나가듯 소리쳤다.

"내일 안으로는 무리지 싶습니다. 더구나 이 열기에 목이라도 축이지 않으면 쓰러지시지 싶은데 말입니다."

쓰러진다, 누가. 루카의 정예부대원들은 늘 이런 상황에 직면한 이들이었고 아르까 가문의 기사단 역시 잘 훈련된 만큼 힘든 내색을 내비치지 않았다. 또한 마차에 내던져져 죄인처럼 갇혀 있는 조르는 이미 의식을 찾을 수 없을 정도로 깊게 기절한 상태였다.

"어찌할까요?"

조심스레 묻는 부대장의 표정에는 뭔가가 숨어 있었다. 그는 루카의 눈치를 살피고 있었다. 살벌한 장군 루카의 마음을 엿보고자 하는 의도였다.

역시나 부대장의 긴박한 의견에 루카는 뒤를 힐끗 보는가 싶더니 곧 고삐를 한껏 잡아당겼다.

"근처에 물이 있던가?"

"오아시스가 있습니다."

루카가 멈춰 서자 그 뒤를 따르던 무리들 역시 일시에 말을 세웠다. 부대장은 손을 들어 위로 빙빙 돌렸다. 휴식하겠다는 의미였다.

그렇게 루카를 비롯한 일행들은 부대장의 안내에 따라 사막의 낙원인 오아시스로 움직일 수 있었다.

"아아, 살 것 같네요."

제일 먼저 안도감을 내비친 자는 마예로였다. 그는 주름진 눈가를 매만지고 손으로 연신 부채질을 하면서 시원한 물웅덩이에 발을 담갔다.

익숙지 않은 마차 위에서 아픈 몸으로 사정없이 흔들렸으나 그는 힘든 내색 하나 없이 묵묵히 견뎠다. 가까이 다가온 모랄트가 그의 어깨를 도닥여 주었다.

"조금만 견디시지요. 모레 새벽에는 도착할 겁니다. 몸은 괜찮으십니까?"

"아, 저는 괜찮습니다만……."

그사이 부대장과 궁정관은 제법 친숙해졌다. 특히 부대장은 어깨에 붕대지까지 두른 그를 염려해 주었다. 궁정관 역시 감사의 미소를 지으며 말끝을 우물거렸다.

두 사람은 잠시 뒤를 돌아보았다. 아르까 가문의 기사단이 오아시스 주변에 대추야자 기둥에 말고삐를 묶는 중이었다. 그런데 두 사람의 시선은 그들 중 가장 작고 약해 보이는 기사에게 쏠려 있었다.

"제가 따라나서지 않는 편이 좋지 않을지요? 굳이 저로 인해 도착이 지연되어……."

"아닙니다. 오히려 브륀의 궁정관께서 함께하지 않는다면 황제가 의심할 여지를 주지 않겠습니까? 도리어 불편한 몸으로 가시게 되어 죄송할 따름입니다."

"아, 아닙니다. 제가 도움이 되기를 바랄 뿐이지요."

"물론입니다. 충분한 승산을 두고 계획하신 만큼……."

부대장의 말끝이 흐려졌다. 그 역시도 확답할 수는 없는 상황. 다만 두 사람은 서로를 이해한다는 듯이 고개를 끄덕이며 침묵했다.

아르까 기사단의 보그린은 기둥에 말고삐를 묶은 뒤 아직도 말의 갈기만을 쓰다듬고 있는 기사에게 다가갔다. 그는 살짝 긴장하고 있는 티가 역력했다.

"말고삐, 힘들면 대신해 드릴 수……."

"아니요. 감사합니다."

즉각적인 거부 의사를 밝혔다. 들려오는 목소리는 아직도 변성기가 지나지 않은 소년처럼 해맑기 그지없었다. 그에 보그린은 머쓱했다. 그러나 다시금 찬찬히 살피던 그는 소년 기사가 허리춤에 차고 있는 검에 시선이 닿았다.

"혹여 검은 다룰 줄 아십니까?"

말의 잔등을 쓰다듬고 있던 기사가 멈칫했다. 기사는 난감한 듯 고개를 가로로 저었다. 그 모습에 보그린의 안색이 환해졌다.

"이왕 이렇게 된 김에 검 다루는 법을 배우시는 것은 어떻습니까."

"그게 좋겠지요?"

"그럼요. 아무리 아르까 가문의 기사단으로 위장했다 하나, 만에 하나 황제 기사단들의 노련한 눈썰미에 검을 다룰 줄 모른다는 것이 탄로 난다면 어쩝니까? 거기에 황제까지 의심을 한다면……."

기사가 고개를 번쩍 들었다. 기사는 눈까지 내려오는 두건을 쓰고 있었다.

"혹 검 잡는 법을 알려 주실 수 있으신지요?"

"물론입니다."

고개를 한껏 끄덕였다. 아울러 아르까 가문의 기사들이 보그린과 두건을 쓴 기사 주변으로 몰려들었다.

그들은 기다렸다는 듯이 두건을 쓴 기사에게 호의를 베풀기 시작했다. 직접 물주머니를 내미는가 하면 어떤 기사는 말고삐를 잡아 들기까지 했다. 두건 쓴 기사의 만류에도 불구하고 직접 오아시스로 내려가 말에게 물을 먹여 주었다. 그 모습을 지켜보던 루카의 눈빛이 심상치 않았다.

"참아야 합니다, 장군."

보다 못한 부대장 모랄트가 루카의 옆을 쓰윽 지나치며 한소리 했다.

"익숙해져야 계획대로 진행되지 않겠습니까?"

맞는 말이었다. 그러나 부대장은 이내 쓸데없이 입을 놀렸다는 것에 후회를 했다.

루카는 당장 입 다물지 않으면 어찌 되나 직접 보여 주겠다는 것을 눈빛으로 여실히 드러냈다. 고개를 떨어뜨린 부대장을 냉정하게 지나쳐 가는 루카. 등에 매달린 검이 목마른 듯 덜그럭 소리를 냈다.

보그린의 가르침으로 어색하게 검을 휘두르는 두건 쓴 기사는 얼마 못 가 잡고 있던 검을 놓치고 말았다. 그러자 보그린은 괜찮다며 떨어트린 검을 잡아 주려 몸을 숙였다.

그의 머리 위로 그늘이 졌다. 그리고 들려오는 무시무시한 목소리.

"자네는 안 쉬나? 조금은 휴식하는 게 신상에 이로울 텐데."

털썩. 그 기운에 놀란 보그린은 급기야 잡았던 검을 놓쳐버렸다. 그리고 그는 어색하게 변명을 하기 시작했다.

"같은 기사단으로 보여야 하니 모양새를 갖추어야……."

그러나 그는 루카의 살벌한 시선 앞에서 말문을 닫았다. 다만 두건 쓴 기사만이 고개를 갸웃거리며 그의 매서운 시선에 똑바로 대들 뿐이었다.

"검은 제대로 잡아야 하지 않겠습니까."

"필요치 않아."

"필요치 않다니요? 기사라면 검에 익숙한 것이 당연합니다. 그렇기에 속성으로라도 잡아 보아야 하지 않겠습니까."

"속성 따위."

두건 쓴 기사의 정중한 태도에도 불구하고 루카는 비웃었다. 무척이나 섬뜩했다. 그러나 두건 쓴 기사 역시 만만치 않았다.

루카의 모습에 주변에 있던 기사들이 하나같이 뒤로 물러섰다. 결국 보그린 역시 한숨을 삼키며 이미 자리를 잡은 부대장 쪽으로 돌아가야 했다. 보그린까지 물러나자 두건 쓴 기사가 제 뜻을 피력했다.

"제대로 하고 싶습니다."

루카의 정예부대에서 감히 그에게 대적하려는 자는 없었다. 그의 시선에 눌려 말문을 열지도 못하는 이들이 대부분이었지만 두건 쓴 기사는 달랐다. 그것도 제일 연약하고 보잘것없는 모양새에 검까지 잡을 줄 모르는 이가 아니던가.

그러나 그런 기사의 대거리에 루카의 분위기가 달라져 갔다. 몹시 사납던 기운은 어디 가고 두건을 쓴 기사를 향해 살살 눈웃음까지 치고 있었다.

"게일."

은근한 음색으로 그녀를 부르자 볼을 부풀린 게일은 고개를 치켜들었다. 그리고 못 들은 척 입을 꾹 다물었다.

"이리 와."

그럼에도 불구하고 루카는 두건을 쓴 그녀에게 손을 내밀었다.

"손은 잡지 않을 겁니다."

"왜?"

"왜라니요?"

"여긴 세르안이 아니야."

표정 없이 게일을 바라보는 루카. 그러나 그의 눈빛만은 뜨거운 태양보다 더 깊고도 세찼다. 게일은 고개를 저었다.

"지금은 기사입니다."

"그래서?"

"약골처럼 보이겠지만 기사라고요!"

"그래서?"

"사내처럼 보이려고 머리까지 잘랐습니다!"

"다시 생각해도 머리는 아까워."

"괜찮아요. 다시 자라요. 아니, 계획한 것은 당신이잖아요!"

"그렇게 해야 안전할 테니까. 브륀의 영주를 대신할 여자는 아르까 공작과 행정관이 알아봐 줄 것이고 그녀가 위장한 채 황제에게 가게 될 것이니, 게일은 세르안에 도착하는 즉시 공 작가로 기사단과 함께 복귀하면 돼."

발끈하는 게일과는 달리 담담히 말했다. 이 모든 계획은 루 카의 지휘 아래 이행되었으나, 그럼에도 불구하고 루카는 게 일을 기사로 보려 하지 않았다.

"좋아요, 그 계획. 그러나 습관처럼 나에게 손을 내밀면 어 쩌려고요?"

"왜, 어때서?"

"나 기사잖아요."

"그래, 기사."

"장군이 기사와 손을 잡은 것이고……."

"난 사내를 좋아하지 않아."

한쪽 입술을 끌어 올리며 약 올리듯 대답하는 루카. 그는 게일이 무엇을 말하는 것인지 알고 있었다. 그러나 남장까지 했는데도 불구하고 기사들과 제 정예부대 군병까지 전부 게일 에게 시선을 보내고 있었다.

루카는 그 점이 마음에 들지 않았다. 오직 저만 보아야 하 고 자신 안에만 속해야 할 그녀가 다른 사내들의 눈에 드는 것 이 용서가 되지 않았다. 지금도 이러한데 세르안에서는 어찌 될 것인지.

부글거리는 속마음과 달리 루카는 태연을 가장했다. 고개를 숙이며 그에게 다가간 게일은 당황스러운 듯 속삭였다.

"그래도 나는 기사로 위장했잖아요. 그러니 절대 나에게 다가오면 안 되지요."

"왜 안 돼?"

"정말……."

말이 통하지 않는다고 소리치려던 게일은 제 눈높이까지 몸을 굽힌 루카로 인해 웃고 말았다.

"고집쟁이."

못 말리겠다는 표정으로 그녀는 두 손을 들었다. 그러자 루카는 다시 한 번 은근하게 속삭였다.

"이리 와."

게일은 뒤통수로 닿는 시선들을 따갑게 느끼며 루카와 함께 오아시스 반대편으로 걸어갔다. 그런 두 사람을 바라보는 부대장과 궁정관, 그리고 보그린.

"괜찮을까요?"

"흠흠."

염려하는 궁정관의 질문에 뭐라 답할 것이 없는 보그린은 그저 잔기침만 내뱉었다. 그러나 모랄트는 크게 고개를 끄덕이며 큰소리쳤다.

"장군님을 모르시는 말씀, 믿어들 보시지요. 단 한 번도 패배를 한 적이 없는 분이십니다."

굳은 믿음. 다른 이들 역시도 고개를 끄덕였다. 그리고 다시

한 번 세르안으로 들어가서 취할 행동들에 대해 의견을 나누
며 한껏 긴장하기 시작했다.

✿　　　✿　　　✿

　세르안, 황제의 집무실.

　암포가는 따분한 표정을 감추지 않았다. 연신 떠드는 관료
들에게 신물이 나 있는 상태였다. 그것도 그럴 것이 요 근래
그의 머릿속을 지배하는 것은 브륀의 영주, 신비한 눈동자의
그녀였기 때문이다.

　"게일 쿤드리 가나베일 아만."

　이미 이름까지 완벽하게 새긴 황제는 연신 즐거운 상상을
하며 무료함을 달랬다.

　어떻게 하면 그녀를 기쁘게 할 수 있을지, 또 어떻게 하면
저에게 무릎을 꿇릴 수 있을지 갖은 환상을 가지며 설레어하
였다.

　"그래서 폐하, 이번 연회는 규모를 줄이심이……."

　콰앙!

　경제 권한을 가지고 있는 남작 쉬테(Skytte)의 말이 끝나기도
전에 상석에 앉아 있던 황제가 손바닥으로 탁자를 치면서 자
리를 박차고 일어났다.

　"고작 남작의 지위로 내각에 오른 그대가 할 소리가 아닌
듯한데."

"폐하!"

"왜 틀렸는가? 고작 연회 한 번 열려 하는데 뭐 그리 예산 타령을 하는 것이지?"

"영토를 넓히는 전쟁으로 인해 대규모 물자가 군병들에게 지급될 예정입니다. 그렇기에 화려한 연회의 횟수를 줄여……."

"줄이시오! 단, 연회가 아니라 군병들에게 지급될 물자를."

"폐하, 세르안을 위해 공을 세우는 군병들입니다. 그들에게 물자를 줄이다니요. 또한 지금도 최소한의 물자를 보내고 있는 중이라 더는 줄일 것도 없습니다."

"그렇다면 그 물자, 전부 회수하고 그대로 연회에 쏟아붓게나. 그리하여야 남작의 자리를 그대로 유지할 수 있을 것이오."

"폐, 폐하!"

황제는 집무실에 있는 관료들과 귀족들을 비웃으며 자리를 벗어났다. 한창 열변을 토하던 남작 쉬테는 자리에 쓰러지다시피 주저앉았다.

"세르안을 위해 목숨까지 바치는 이들에게 갈 물자를 회수하다니. 그럼 왜 쓸데없이 영토를 불린단 말이오. 또한 세르안으로 넘어오려는 이주민들은 어찌 해결할 셈인지……."

그는 고개를 절레절레 흔들며 앞날을 걱정하기 이르렀다. 그때 남작에게 다가오는 자가 있었으니 아르까 공작과 행정관 필라였다.

"이미 모든 이들의 마음은 하나로 기울어졌소이다, 남작."

"저 역시 더는 참기 힘듭니다."

"그러니 오늘 밤, 저희 저택으로······."

아르까 공작은 남작의 귓가에 은밀하게 속삭이기 시작했다. 그것을 필두로 귀족들과 관료들이 하나둘씩 모여들기 시작했고 곧이어 그들은 뜻을 함께하기에 이르렀다.

황제의 안색이 영 시원치 않았다. 심드렁한 표정이 여실하게 드러난 순간, 그의 발밑에서 기어가던 로린이 고개만 든 채 아양을 떨었다.

"폐하, 오늘은 유쾌하지 않으신 듯합니다."

한껏 콧소리를 내어도 황제는 그녀에게 관심이 없었다. 그러나 불만을 가져 봤자 변할 것은 없었다.

아직도 며칠 전의 여파로 허리와 엉덩이에는 보랏빛 멍이 들어 있었다. 또한 황제의 손아귀에 잡혔던 목덜미도 마찬가지였다. 두꺼운 목걸이로도 가려지지 않을 만큼 크게 난 붉은 손자국은 보기가 흉할 지경이었다.

그럼에도 불구하고 로린은 야욕을 저버릴 수 없었다. 황후가 안 된다면 황제에게 가장 사랑받는 애첩으로라도 머물러야 미래가 밝아질 수 있었기에. 그녀는 오늘도 황제의 요구에 맞춰 목에 가죽 끈을 매단 채 네발 달린 짐승처럼 바닥을 걷고 있었다.

로린은 황제의 마음을 녹여 버릴 심산으로 허벅지에 은근한 손짓을 시작했다. 점점 위로 올라가 늘 솟구쳐 있는 황제의 중심부를 잡을 생각이었다.

"저리 치워!"

"어머나."

로린은 그대로 주저앉았다. 짜증 난 표정의 황제가 그녀를 밀어 버린 탓이었다. 황제는 전과 확연히 달랐다.

"브륀의 영주."

"방금 뭐라 했지?"

"소문이 파다합니다. 폐하께서 촌구석인 브륀의 보잘것없는 영주와 후사를 남기신다는 것이요."

"하하하!"

로린의 말이 끝나자마자 황제는 호탕하게 웃었다. 아주 즐거운 눈치였다.

"정말입니까, 폐하?"

설마 하는 생각으로 로린은 어렵게 물었다. 후사라니, 누구 마음대로 황태자를 가진단 말인가.

"만일 그렇다면 네까짓 게 어쩔 것이냐?"

"그럼 저는 뭐를 가질 수 있는지요? 얼굴도 모르는 브륀의 영주가 폐하의 씨앗을 가진다면?"

"너 말이냐?"

앙칼진 표정이 제법 황제의 음심을 자극했다. 매번 아양과 요염만 떨어 대는 모양새에 실증이 난 터였다. 색다른 모습에 금세 달아오른 암포가는 그녀에게 손을 뻗었다.

그는 로린의 목에 걸린 끈을 잡아당겼다. 그러자 쉽게 끌려 오는 로린.

황제는 그대로 그녀의 머리를 제 사타구니에 처박았다. 당연히 황제의 명령은 곧 이행되었고 만족스런 신음 속에서 로린은 들을 수 있었다.

"너에게는…… 하아…… 사이프리드 장군을 내어 주마…… 더 세게! 아아, 좋구나."

로린은 분명하게 들었다. 장군을 내어 준다. 전도유망한 사이프리드 장군을.

일간에는 황제보다 더한 능력을 지닌 사내라 했다. 또한 귀족들과 관료들이 차기 황제로 점찍고 있다는 소문까지 나돌고 있는 상황이었다. 로린은 황제의 중심부를 입에 넣어 굴리면서도 미소가 피어올랐다. 왜 그 생각을 못 했을까. 황제의 동생인 장군을…….

황제의 제안으로 인해 한껏 달아오른 로린은 암포가의 몸 위로 다리를 벌려 걸터앉았다. 그리고 날아올랐다. 오직 장군, 블랙 루카를 생각하며 몸을 떨어 대기 시작했다.

✿　　✿　　✿

"혼자 괜찮은가?"

게일은 두건을 벗어 맨 얼굴을 드러내었다. 잠시 긴장을 풀고 드문드문 펼쳐진 자연 풍경과 서늘한 바람 소리를 음미했다. 평화롭고 한적했다. 지하로 스며든 물이 고여 지표로 유출된 오아시스 주변은 고요하기 그지없었다.

황야의 브뢴과는 또 다른 풍광에 감성이 풍부해지는 느낌이었다. 더구나 불모의 땅에 샘이 존재한다는 것은 그 아래 지하수가 풍부하다는 것. 메마른 땅이 전부가 아니라는 것을 증명하듯 참고 견디는 자연의 인내는 감동을 자아내기에 부족함이 없었다.

살아 숨 쉬는 생명, 그 안에 게일과 루카도 있었다. 더불어 뜨거운 태양이 구름 뒤에 가려져 제법 서늘한 바람까지 불어대니 게일은 루카의 품에 잠긴 채 휴식을 취할 수 있었다.

"좋은 사람들 같아요."

게일이 나른하게 속삭이는 소리에 루카는 피식 웃었다. 그는 거친 올리브 나무 기둥에 기댄 채 게일의 짧아진 머리카락을 손으로 훑고 있었다. 일행들과는 반대편 자리. 몇 그루 되지 않는 올리브 나무 덕분에 그들의 눈에는 두 사람의 모습이 가려진 상태였다.

"무엇을 보고 판단하는 거지?"

"당신과 함께하는 사람들이니까."

"두렵지는 않겠나."

"두려워요."

"브뢴에 혼자 둘 수는 없었다. 만일 황제 기사들이 내가 없을 때 들이닥쳐 그대를……."

"후회하지 않아요."

루카가 무엇을 염려하는지 충분히 알고 있는 게일은 손을 들고 그의 말을 막았다. 어쩌면 가장 긴장하고 있을 사람은 루카, 바로 그였으니 자신은 철저한 계획이 흐트러지지만 않게끔 돕는 것이 최선이었다.

도리어 제가 짐이 되지 않을까 앞일에 대하여 여러 가지로 마음이 쓰였다.

"절대 내 곁에서 떨어지지 마라."

루카는 제 입을 막아선 게일의 손을 잡고 그 손바닥에 입을 맞추었다. 열기를 담은 그의 눈빛에 게일은 나른해졌다.

새벽까지 루카는 그녀를 품에서 놓지 않았다. 완전한 합일. 육체의 감각에 온몸을 맡긴 게일에게 최상의 절정으로 안내하겠다는 사명을 가진 사내처럼 루카는 열과 성의를 다했다. 제 안을 가득 채우는 행복을 통해 루카가 자신의 전부라는 것을 깨달았다.

게일은 루카의 턱을 손끝으로 매만졌다. 거뭇하게 자란 턱수염이 주는 까끌까끌한 느낌. 마치 어린애가 손장난 치듯 꼼지락거리는 행동에 루카의 눈빛이 번득였다. 역시나 그의 입술이 게일의 입술로 곧장 달려들었다.

거침없으며 깊고도 뜨거운 입맞춤. 늘 그렇듯 게일은 입맞춤이 끝나고 색색거렸다. 루카는 온 얼굴에 뿌듯한 웃음을 담고 있었다. 루카는 다시 한 번 게일을 품에 안아 들었다.

"게일, 세르안의 황제의 눈에 뜨이면 안 돼."

"알겠어요. 그러나 내 역할을 할 다른 분은……."

"내가 알아서 해. 걱정하지 마."

루카는 더는 게일이 걱정하지 않도록 단호하게 말했다. 이미 루카의 전언을 들은 가장 날랜 군병이 쉬지 않고 아르까 공작에게 달려가는 중이었다. 그를 충분히 이해하고 있을 테니, 공작은 게일을 대신할 신비한 브륀의 영주를 준비했을 것이었다.

해 뜨기 직전이 가장 어둡다는 말처럼 이 순간이 가장 행복하면서도 두려웠다. 잔혹한 황제인 암포가에 대한 반역을 시작하려 했기에.

"비에도 바람에도 지지 말라. 내 어머니께서 남기신 말씀이지."

처음 듣는 루카의 가족 이야기.

게일은 쓸쓸해 보이는 얼굴을 바라보며 손을 꼭 잡았다. 둘의 손은 철저히 맞물렸다.

"사랑이 뭔지 알지 못한다. 그러나 내 마음을 점령해 차곡차곡 쌓인 것이 너다."

담담하면서도 뜨거운 진실을 전했다. 게일은 맞잡은 두 손을 들어 루카가 그랬던 것처럼 그의 손등에 입을 맞추었다. 그다음에는 그의 입술에.

"비에도 바람에도 지지 않아요. 나도 루카도, 다른 사람들도."

첫 만남에는 두려움, 그다음에는 호감, 이제는 깊은 신뢰로 점차 게일의 마음을 점령해 나간 사람이다.

게일 역시 사랑이 무엇인지 알지 못했다. 그러나 짧다면 짧고, 길다면 긴 시간 동안 그를 보아 오면서 깨달은 것은 분명했다.

그를 사랑한다는 것. 아니, 내일도 먼 미래에도 영원히 사랑하리라는 것.

"조금이라도 쉬어요, 루카."

게일은 한시도 쉬지 않고 달려온 루카의 머리를 제 어깨에 기대게 만들었다. 루카는 얌전히 게일의 손짓대로 고개를 내렸다.

"세상에 영원한 것은 없다고들 하지만요. 함께 따라나선 것은 혹시나 존재할 수도 있는 영원을 위해서인지도 모르겠어요."

어느새 잠이 든 루카의 등을 다독이며 게일은 혼잣말처럼 읊조렸다. 소년처럼 눈을 감은 루카를 한참 동안 사랑스러운 눈으로 바라보기만 했다.

"장군님, 그다음은……."

보고를 하러 모랄트가 다가왔으나 게일이 눈짓으로 만류했다. 루카는 팔짱을 낀 채 잠들어 있었다.

부대장은 단 한 번도 무방비로 잠든 그를 본 적이 없었다. 거대한 그가 게일의 손을 잡은 채 거뭇한 얼굴을 작은 어깨에 기대고 있다. 긴 다리를 꼬고는 마치 피크닉이라도 온 듯 편안하게 잠든 모습이라니.

왠지 모를 감정이 울컥 올라와 부대장은 고개를 끄덕였다.

세르안에서는 잠시도 긴장을 늦추지 못할 것이다. 그러니 지금은 충분한 여유를 가질 때였다. 비록 그것이 신기루처럼 사라질지언정 지금을 만끽하게 두고 싶었다.

부대장은 고개를 숙이며 장군을 부탁한다는 듯 뒷걸음을 치려 했다. 그런 그가 고개를 드는 순간, 게일과 시선을 마주했다.

부대장은 소리를 지를 뻔했다. 마녀라 소문난 그녀는 눈동자 색이 달라지고 있었다. 그의 눈에 보인 것은 분명 짙은 푸른빛의 눈동자였다. 그러나 다시금 본 그녀의 눈빛은 선명한 주황빛이었다.

당황해하는 부대장의 표정에 게일은 소리 없이 한숨을 쉬었다. 그러나 다시 눈을 가릴 수는 없어 태연함을 가장할 뿐이었다.

"추, 출발하게 되면 다시……."

말도 잇지 못한 채 돌아가는 부대장은 게일의 눈동자와 마주하자마자 심장에 구멍이라도 난 듯 심하게 쿵쾅거렸다. 변하는 눈빛은 신비한 보석을 눈 안에 담은 것과도 같았다.

마녀다, 브륀의 영주는 마녀였어.

말도 되지 않는 생각까지 했지만 그는 그 누구에게도 게일의 눈동자에 대해서 말하지 않았다. 다만 마예로에게 뭔가를 묻고 싶은 듯 그의 주변을 계속하여 맴돌 뿐이었다.

섬광을 내며 칼부림이 이어진다. 비명 소리, 발소리. 그 한

가운데 눈물짓고 있는 어린 루카. 어린 그의 얼굴에도 선명한 칼자국이 나 눈가에서부터 시작된 상처에서는 쉴 새 없이 핏물이 흐르고 있었다.

황궁을 습격한 비수를 가진 암살자에 의해 비명횡사한 황후. 그것을 목격했을 당시의 루카는 어렸다. 그렇기에 눈에 담은 것을 입으로 말하지 못했었다.

그러나 한 가지는 확실하게 기억했다. 그것은 암살자가 가져간 황후의 펜던트였다. 금줄로 만들어 목에 걸고 있던 그것, 젤브.

암살자는 비릿한 웃음을 머금은 채 피 흘리는 황후의 가슴을 발로 지르밟고 그것을 무지막지하게 잡아당겼다. 피 묻은 손을 아이에게 뻗친 채 눈을 감지 못했던 황후.

"비에도 바람에도…… 지면 아니 됩니다. 세르안의 미래……."

어린 루카에게 온 힘을 다해 마지막으로 남긴 말이었다. 암살자는 어린 루카 역시도 암살하려 했었다. 그러나 다행이도 검날은 빗겨 갔고 대신 얼굴에 긴 상흔을 입었다. 어린 루카는 제 얼굴에서 닿았던 검 끝의 느낌을 똑똑히 기억했다. 떨어졌던 핏물과 비릿한 냄새까지도.

이후 어린 루카는 혈탈(血脫)*에 빠져 사경을 헤매었다. 그런

---

*혈탈(血脫):피를 많이 흘리어 허탈에 빠진 증상.

루카를 보살핀 것은 세르안의 황제가 된 형이었다.

암살 사건이 있을 즈음 그는 황제의 명으로 인해 타국으로 유학 중이었다. 대외적으로는 유학이었으나 실제로는 과격한 행위로 인한 도피 유학이라는 소문이 돌았었다. 그런 형이 황제가 되어 어린 루카에게 호의를 베풀었다.

"동생아. 난 의원(醫員)들을 안 믿는다. 내 동생이 뇌가 없다니, 지능이 없다니. 그 무슨······."

암살 사건 이후 마음을 문을 닫아 버린 루카. 그리고 그대로 방치되어 있던 그를 밖으로 이끌어 준 것이 암포가였다.

그는 루카에게 정신을 되돌릴 수 있다는 이유로 검을 쥐어 주었다. 암포가는 닥치는 대로 죽여도 좋다며 사냥의 맛을 알게 했다. 아울러 루카는 암포가의 조정으로 세뇌되었다 해도 무방할 만큼 검과 인간의 육체가 벌이는 쾌락에 길들여져 갔다.

"이왕 이렇게 된 것, 세상을 가져 보려 한다. 그러니 네가 세르안의 부흥을 한껏 도와다오."

어떠한 의식과 자각조차 갖추지 못했던 루카. 왕자의 신분 따위 아무것도 아니었다. 그 누구도 이뤄 내지 못했던 세르안의 광영을 암포가는 능히 해내고 있었다. 탁월한 외교술과 정치력, 아울러 장군으로 올라선 루카의 절대적 능력까지.

그러나 루카는 점차 견딜 수가 없어졌다. 무의미한 살육과 향락적인 육체들의 몸부림을 보며 살아가는 자체에 의문을 가질 수밖에 없었다.

그런 그가 브륀의 영주를 만났다. 그녀가 이미 제 심장을 가졌으므로, 또한 살아갈 이유를 만들어 주었음으로 절대 황제에게 내어 줄 수 없었다.

황제에게 붙잡힌 게일이 붉은 침실에 팔다리가 묶여 있었다. 드러난 분홍빛 살결에 황제 암포가의 입술이 닿자 루카는 참지 못하고 검을 들었다.

그리고 황제의 몸을 거침없이 난도질하기 시작했다. 또다시 들리는 비명 소리. 그리고 묶여 있던 게일의 두 눈에서 흐르는 핏물.

"안 돼!"

한껏 소리친 루카는 몸을 벌떡 일으켰다. 이미 사방은 어스름한 기운으로 물들어 있었다.

'꿈이었구나.'

루카는 마른세수를 했다. 제정신을 차리자 살기 어린 그의 눈빛이 점점 평정심을 찾아갔다. 그리고 자리에서 일어났다.

게일은 다시 두건을 쓴 채 세련된 자태로 검을 들고 있었다. 물론 아르까 가문의 기사들과 함께. 못마땅한 것은 사실이나 도리어 안심되기도 했다.

세르안에서는 어떤 일이 벌어질지 모르기에 조금이라도 대비를 해 놓는 것은 나쁘지 않을 것이니.

그러나 그전에 절대 그녀를 눈 밖으로 내돌리지 않으리라. 루카는 다시 한 번 저를 보고 있는 게일과 눈으로 마음을 나누었다.

"장군님!"

부대장이 달려왔다. 다들 그를 발견하고는 자세를 갖추었다. 루카 역시 깊게 심호흡했다.

"충분히 휴식했나?"

"그렇습니다."

"그럼 출발하지."

"예!"

평화롭게 휴식을 취했던 루카 일행들은 다시 말에 올랐다. 게일 역시 말에 올라 조금은 익숙해진 말고삐를 꼭 잡았다. 그러자 그녀에게 루카가 다가왔다.

"내 뒤."

짧은 지시. 그것에 게일이 의아해하자 언제 다가왔는지 보그린이 웃음 지었다.

"장군께서는 자신의 뒤를 잘 따라오라는 말씀이신 것 같습니다."

그의 설명에 게일은 앞서 달릴 준비를 하는 루카를 보았다.

"잘 달리지 못하는데……."

그렇게 종알거리며 말을 움직인 그녀는 루카의 지시대로 그의 뒤꽁무니를 바짝 좇아가는 것을 잊지 않았다. 다만 그런 둘의 모습이 장대한 기사 뒤를 따라가는 견습 기사(squire)같이 보인다는 것이 우스울 뿐. 그리고 그들은 힘겹게 세르안의 국경을 넘었다.

유서 깊은 세르안의 귀족 가문 중에서도 으뜸인 아르까 가문. 특히 대를 이어 공작의 지위에 오른 오지(Ooze) 아르까 공작은 제 눈앞에 나타난 루카를 보며 감격한 모습으로 감회에 젖었다.

"오오! 사이프리드 장군, 아니 왕자님!"

공손하기 이를 데 없는 경어에 왕자라는 호칭까지. 루카는 자리에 앉으며 무섭도록 바스락거렸다.

"쓸데없는 말은 집어치우지."

"저는 왕자님께서 걸음마를 할 때부터 지켜본 사람입니다. 세르안의 왕자님은 오직⋯⋯."

"오지."

"네, 왕자님. 아니 장군님."

"준비는?"

매서운 기세는 변한 것이 없었다. 그러나 루카가 무엇을 말하는 것인지 능히 알고 있는 공작은 다시금 자세를 바로 잡았다.

"여인들은 많지만 신비한 눈빛을 가진 여인을 찾아내기가 쉽지만은 않더군요. 그러나 거금을 들여 이국적인 외향을 가진 아름다운 이국의 창부(娼婦)를 섭외해 두었습니다. 오후 정도 되면 이곳에 당도할 듯합니다."

공작의 말에 루카는 고개를 끄덕였다. 그러자 이른 아침임에도 불구하고 한껏 고무된 아르까 공작은 루카 앞에 바짝 붙었다.

"이미 모든 귀족들과 관료들은 마음을 굳혔습니다. 장군께서 선언을 해 주신다면 저희들은 한 몸처럼 움직일 것입니다."

"잘못되면 그대들이 사멸할 수도 있다."

"제대로 된 태양 없이는 이미 저희들은 죽은 목숨입니다, 장군!"

절대적이었다. 모두들 대표하는 것과 같은 공작의 단단한 결심과 충정이 보였다.

"시민은 곤궁하고 세르안의 재물은 말라 가고 있습니다. 미친 황제의 무분별한 영토 확장, 거기에 재물을 모으기 위해 상징적인 의미의 불법 작위까지 마구 수여하고 있는 형편이라더는 형평성에 어긋나는 것을 두고 볼 수만은 없습니다. 세르안의 몰락을 초래하는 결과가 되기 전에 결단을 내린 것입니다. 그러니 장군! 오직 장군에게 모든 것이 달려 있습니다!"

세르안의 미래에 대한 눈물 어린 충고에 루카는 눈을 감았다. 다시 눈을 떴을 때 그의 눈빛은 어둡고도 깊어져 있었다.

"젤브의 나머지 반쪽은 어디 있지? 분명 선황제께서 남기신 것이 맞나?"

"음모가 있었음을 이미 알고 계시지 않습니까? 탈리아 황후 암살의 배후가 누구겠습니까? 정당한 혈육이 아님에도 불구하고 어린 후계자를 꼭두각시로 만든 자. 어렵사리 구한 반쪽이니 남은 반쪽 펜던트에 옥새의 행방이 있습니다. 아울러 암살자를 찾는 열쇠가 될 것이니 그것은 장군께 맡기도록 하겠습니다."

충분히 큰 의미가 있는 말이었다. 하나하나 전부 뜯어진 채 사장되었던 퍼즐 조각이 젤브라는 황후의 펜던트로 수면에 떠올라 맞춰졌다.

루카는 쓴웃음을 머금었다. 이미 알고 있었던 사실일지도 모르겠다. 아무런 관심도 욕심도 없었기에 그저 방관하고 있었을 뿐. 그러나 이제는 달랐다.

"모을 수 있는 군병의 수는?"

"아르까 가문의 기사단과 남은 군병들. 또한 황제 기사단에서도 저희 측으로 속속들이 나서고 있습니다. 그 정도라면 나머지 황제 측 기사들을 충분히 제압할 수 있을 듯합니다."

"다행이군. 그러나 방심은 금물이다. 황제의 저력은 공작도 잘 알 터이니. 그리고 조르는 내가 데리고 간다."

"혀가 잘렸으니 발설할 일은 없겠지만 혹여……."

"나에게 생각이 있으니 걱정 말라. 또한 황제궁의 도면을 구하는 즉시 우리 정예군에게 보여 주도록."

"알겠습니다. 그러면 장군님의 입성 소식은 어찌할까요?"

"영주가 될 여인이 오는 즉시 황궁으로 갈 것이다."

"여인의 역할에 대해서는 염려 마시지요. 대가를 톡톡히 약속했습니다."

"그리고 또 하나……."

이번에 루카는 조금 뜸을 들였다. 그것이 전에 없이 다른 모습이라 공작은 긴장했다.

"내가 데리고 온 기사, 잘 부탁하네. 절대 다치지 않게 해야 하네."

무척이나 진지한 태도였다. 어찌나 절절해 보이는지 하마터면 공작은 무슨 관계인지 감히 물어볼 뻔했다.

"네, 잘 알겠습니다."

일단 공작은 루카의 부탁에 고개를 끄덕였다. 그러나 기사를 잘 부탁한다는 저의를 알지 못하니 루카가 나가고 그는 저택의 집사장을 따로 불렀다.

"장군께서 특별히 부탁하신 기사, 자네는 알고 있는가?"

"아, 그 견습 기사를 말씀하시는 겁니까?"

"견습 기사? 장군이?"

"아직은 소년처럼 왜소한 체격입니다만, 기사 보그린이 친밀하게 대하고 부대장 모랄트 역시 예의를 갖추니……."

"대체 뭐지?"

고작 견습 기사에게 예의까지 갖춘다는 말에 몹시도 의구심이 들었다. 하여 곰곰이 생각에 잠겼던 그는 마침내 집사장에게 지시했다.

"그 견습 기사하고 보그린을 이리로 불러 주시게나."

"알겠습니다."

독단적이고 누구보다 독립적인 장군이 견습 기사를 부탁한다는 말을 거리낌 없이 하다니. 뭔가가 있지 않고는 있을 수 없는 일이었다.

그리고 공작의 의구심은 루카가 황제궁으로 들어간 오후가 되어서야 풀렸다.

궁에서도 화려하기로 소문난 황금 연회장.

사방이 유려한 거울로 둘러싸인 데다 높게도 설계된 둥근 천장은 아름다운 채색 유리와 귀한 크리스털로 만든 샹들리에가 한껏 꾸며져 있었다.

3단으로 드리워진, 수백 개의 가지가 달린 방사형 모양의 등(燈)은 보석처럼 찬란한 것이었다. 그러나 값비싼 샹들리에를 들여오라는 황제의 일방적인 통지로 인해 막대한 비용이 들었다는 것은 공공연한 비밀이었다.

그토록 바라던 연회 첫날, 일제히 샹들리에의 불을 밝힌 연회장에서는 동원된 악사들이 아름다운 선율을 연주했다. 거기에 여느 때보다 더 화려하고 아름답게 치장한 여인들까지 가득 차 있었다.

그럼에도 불구하고 암포가는 그 한가운데서 심드렁한 눈빛을 감추지 않았다.

"냄새가 진동하는구나."

여인들의 각각의 향취. 장장 사흘 동안 펼쳐질 황실 연회에서 사내를 유혹하기 위해 온갖 향료를 들이부었음은 자명한 일이었다.

무료한 일상을 조금은 신선하게 보내기 위해 많은 재물을 들여 연회를 시작했건만, 그 시작을 알리기도 전에 황제는 싫증을 느끼고 말았다. 황제는 손에 든 부채를 들고 제 손바닥을 툭툭 쳤다.

"참으로 허황된 순간이니."

온갖 쾌락을 발견해 경험하고 즐겼다. 인간의 육체로는 더 흥미가 일지 않으니 모든 것이 시시해졌다. 눈으로 몸으로 유혹해 대는 아름다운 여인들에게도 시들해져 더 이상 욕망이 일어나지 않았다.

"좀 더 자극이 필요하다, 나에게는."

뭐가 좋을까. 곰곰이 생각에 잠긴 황제로 인해 참석한 귀족들은 저들끼리 눈치를 보며 난감해하는 중이었다.

그런 와중 연회장에 흐르던 선율이 뚝 하고 끊겼다. 또한 모여 있던 화려한 이들이 코를 싸잡으며 바다가 갈라지듯 양옆으로 비껴서는 모습이 비딱하게 앉아 있는 황제의 눈에 들어왔다.

그 사이로 온통 검은색 일습인 루카가 들어섰다. 생각도 못한 그의 귀환이었다. 늠름한 모습, 그러면서도 잘나고 잘나 만인의 시선을 사로잡는 존재감으로 화려한 연회장을 물들이고 있었다. 바로 파르지팔 사이프리드, 블랙 루카만의 색으로.

황제는 루카를 보자마자 코웃음 쳤다. 브륀의 영주를 보내라 했지. 누가 직접 오라 했던가.

쓸쓸해진 황제는 즉각적으로 부채를 든 손을 올리려 했다. 바로 그 순간, 여인들의 비명이 한껏 메아리쳤다.

"꺄아악!"

"이게 대체……."

모두의 시선은 전부 루카의 뒤 양팔을 군병에게 잡힌 채 끌려오는 사내 쪽으로 향하였다. 그의 모습은 짐승에게 잡아 뜯긴 것처럼 엉망이었고 썩어 들어가는 몸에서 풍기는 악취는 연회장을 가득 채웠다. 황제 역시 비명 소리와 썩은 냄새에 화가 났다.

"오, 동생아!"

말로는 다정히 부르나 표정은 억지웃음이니 그것을 모를 리 없었다. 그러나 그는 예를 다해 한 무릎을 꿇고 가슴에 손을 대며 고개를 숙였다.

"그건 그렇고 모처럼 맞은 연회에 무슨 쓰레기를……."

몸을 일으킨 루카가 군병에게 눈짓하자 그들은 잡고 있던 사내를 놓아두고 물러났다. 못마땅한 황제를 보며 루카는 담담히 입을 열었다.

"기사 조르입니다."

순간, 황제의 눈빛이 살벌해진다. 조르, 자신의 오른팔이자 온갖 지저분한 임무를 수행했던 그가 지금 썩은 몸을 한 채 돌아왔다.

"브뢴의 영주를 원하십니까?"

루카가 물었다. 그러자 황제는 금세 조르에 대해서는 잊은 듯 표정이 변했다. 물론 연회장에 모여든 이들도 소문으로만 전해 듣던 '브뤼의 영주'라는 말에 흥미진진한 눈빛을 보내고 있었다.

"모시고 왔는가?"

질문을 하며 황제가 자리에서 일어나자 루카는 잠시 옆으로 비켜섰다. 그를 따라 부대장 모랄트와 궁정관 마예로, 은색 베일을 쓰고 단아한 미색의 드레스를 입은 여인이 우아한 자태로 들어섰다.

황제는 손아귀에 땀이 찼다. 그 정도로 브뤼의 영주에 대한 욕망이 들끓어 버린 것이다.

"마침내! 내 몸을 자극할 새로운 것을 찾았구나."

즉각적으로 반응한 황제는 고개를 마구 젓는 조르를 보지 못했다. 그것이 또 다른 비극의 시작이었다.

자리에서 일어난 황제는 곧 브뤼의 영주에게 다가가 손을 내밀었다. 그와 동시에 멈췄던 악사들의 새로운 연주가 시작되었다.

정교한 골드 자수, 장인의 손길이 닿은 듯 섬세한 액세서리, 그리고 얼굴에 내린 베일까지.

황제 암포가는 흠 하나 없는 여인의 아름다움에 숨이 멎는 듯했다. 그렇기에 그의 손은 무척이나 근질거리며 앞으로 나가기를 주저하지 않았다.

"게일 쿤드리 가나베일 아만."

어떤 소개도 없었건만, 황제의 입에서는 게일의 이름이 술술 읊어졌다. 그에 루카의 눈빛은 내리꽂히는 번개라도 나타난 듯 빛을 내뿜다 사라졌다.

"그대의 노고가 지대했구나, 사이프리드 장군."

공식적인 직함으로 불린 루카. 그것은 무척이나 황제의 마음에 들었다는 의미였다. 그간의 공적이나 수많은 군병들에 대한 것이 아닌, 고작 브륀의 영주를 데리고 온 것에 대한 찬사뿐이라니.

루카는 한 발 뒤로 물러나자 기다렸다는 듯이 황제의 손이 브륀의 영주에게 내밀어졌다.

"손을…… 함께 춤을 추시겠습니까?"

지극히 정중한 어조였다. 그러자 브륀의 영주가 조심히 손을 내밀었다. 공들여 잘 손질된 하얀 손이 황제의 손바닥 위에 내려왔다. 지극히 만족스런 표정을 지은 그는 그 손을 잡고 중앙으로 천천히 걸어갔다.

루카가 부드럽게 리드하고 있는 황제를 바라보다 잔뜩 긴장하고 있는 마예로를 보았다. 그 역시도 루카와 시선을 마주했다. 루카는 눈짓했고 궁정관 역시도 뜻을 이해한 듯 고개를 끄덕였다.

그렇게 루카의 보이지 않는 격려 속에 궁정관은 긴장을 풀었다. 역시나 그의 느낌대로 세르안의 황제 암포가는 넉넉한 인물이 아니었다. 아니, 넉넉하기는커녕 집요한 뱀상의 얼굴을 하고 있었다.

분명 잘난 외향이기는 하나 올라간 눈초리하며 탁한 눈빛, 고집 센 입매. 사내의 배포를 동반한 절대자의 관상이 아닌 탐욕에 욕심까지 보이는 세상에 둘도 없을 이기적인 관상이었다. 도리어 만인이 우러러 볼 상이라면 장군인 루카 쪽이 더 우세했다.

그렇기에 궁정관은 제대로 연기를 해야 했다. 만일 게일이 저 자리에 있었다면.

"안 되지. 저런 끔찍한 눈빛에 우리 영주님을 드러낼 수는 없는 법."

궁정관은 생각도 하기 싫다는 듯 제 몸을 부르르 떨었다. 풍성한 머리칼까지 자른 뒤 익숙지 않는 검을 든 채 기사로 분한 것이 마음 아팠었다. 그러나 그것은 루카의 말대로 잘된 일이었다. 부디 이대로만……

루카는 일단 첫 만남은 성공적이라 여겼다. 다음은 브륀의 영주를 연기하는 여인이 조금이라도 시간을 끌기를 바라는 마음뿐이었다.

그런 루카에게 모랄트가 조심스럽게 다가왔다.

"도면을 찾았답니다."

"잘되었군. 공작의 기사단과 협력하여 킵(Keep)*에 거주하는 귀족들을 먼저 이주하도록."

"알겠습니다."

---

*킵(Keep):본성인 성채.

"황제의 기사단은 생각보다 더 막강하니 제1망루를 우리 측에서 함락시킬 것. 그리고 하나 더, 성벽은 3단이다. 특히 외벽은 공간이 있는 세 개로 이루어져 있을 테니 그 벽 사이마다 군병들을 배치해. 성벽을 뚫어야 비로소 황제 기사단을 공략할 수 있으니 절대 실수하지 말아야 한다. 벽 사이로 침투하는 군병들은 최대한 가벼운 차림이어야 할 것이다."

"명심하겠습니다."

"절대 눈치채게 하면 안 될 것이다. 일단 내일 새벽녘부터 시작하도록."

"장군님은 그럼……."

"공작가로 간다."

"조르는 어찌합니까?"

부대장의 염려스런 표정에 루카는 눈만 굴리며 발악하고 있는 조르를 보았다. 이미 혀와 손가락을 잘랐다. 말을 못 하게, 거기에 서신으로라도 보고 할까 싶어 손가락까지 절단당한 그의 모습은 가히 살아 있는 시체 같았다. 그간의 악행에 비한다면 너무나 미약한 처벌일 뿐이기에 루카는 태연했다.

"황제의 신임이 가장 절대적인 자였다. 함부로 죽인다면 우리 측이 발각될 우려가 커. 황제의 관심이 그에게 없으니 조르는 황제 기사단에게 맡기는 것도 나쁘지 않을 것이다."

"아, 그렇군요."

"그래도 혹시 모르니 조르에게 감시자 하나쯤 붙어야 하겠지."

"물론입니다."

화려한 가운데 루카는 황제에게 시선을 보내면서도 부대장과 은밀한 대화를 이어 갔다. 그런 두 사람에게 다가오는 자가 있었다. 시녀였던 로린이었다.

황제가 브륀의 영주와 손을 잡고 연회장 가운데서 아름답게 움직이는 모습을 많은 여인들이 지켜보고 있었다. 화려한 거울 양옆에 금빛 석상이 놓인 곳에 여느 때보다 공들인 티가 역력한 로린이 황제를 주시하고 있었다. 아니, 황제가 아닌 장군 루카를.

로린은 브륀의 영주가 이 자리에 나타나리라고는 상상도 못 했었다. 로린의 마음은 착잡하기 그지없었으나 이미 황제에 대한 마음은 식은 지 오래, 더구나 황제의 제안이 진정인지 아닌지는 중요치 않았다.

황제의 마음이 자신에게 없는 것을 충분히 알고 있어 로린은 안달이 나 있었다. 시녀의 신분에서 간신히 탈출했다지만 황제의 노리개였다는 것을 모르는 사람이 없었고 신분조차 별 볼 일 없어 귀족가의 부인이 되는 것도 여의치 않았다.

그런 로린의 처지에 가장 적합한 사람은 석상 같은 장군뿐이었다. 여인을 돌처럼 본다 하나 장군도 사내 아니던가. 그래서 로린은 많은 이들의 시선이 황제와 브륀의 영주에게 쏠린 틈에 장군에게 다가가려 허리를 곧추세웠다. 그리고 부채를 활짝 열어 요염한 눈매를 드러낸 채 걸음을 옮겼다.

로린이 다가갔을 때 장군은 누군가와 대화를 나누고 있었다. 잘 들리지는 않았으나 눈치로 보아하니 그냥 지나치기에는 장군과 마주한 군병의 분위기가 심상치 않았다.

오랫동안 전장으로 돌아다닌 장군이기에 휴식이 필요하다는 것을 세르안의 시민이라면 전부 알고 있었다. 그런데 세르안의 황궁에서마저 전쟁의 한복판에 있는 듯한 장군과 군병의 분위기는 무척이나 이질적일 수밖에 없었다.

로린은 잠시 장군에게 다가가려는 발걸음을 멈췄다. 그리고 장군의 눈짓하는 방향으로 시선을 옮겼다.

"윽, 더러워."

하필이면 온몸이 짓이겨진 병자와 눈이 마주친 로린은 재빨리 얼굴을 돌려 버렸다. 그러면서 연신 부채질을 하며 악취를 털어 내려 했다. 그런데 저에게 닿는 집요한 시선이 느껴져 저도 모르게 다시 고개를 돌렸다. 썩은 시체 같은 병자를 다시 보았을 때 그자가 황제가 총애해 마지않던 조르라는 사실을 알아차렸다.

"어머나, 세상에!"

그가 로린에게 무언가를 호소를 하고 있었다. 혀라도 잘린 듯 입가를 벙긋거리며 눈알을 대롱거리는 모습은 괴물같이 보였다.

그러나 한편으로 무척이나 절박하기 그지없는 눈빛이라 로린은 망설였다. 그녀는 그에게 갚아야 할 빚이 있었다.

지금 이 자리는 조르의 도움이 있어 가능했다. 시녀였던 로린이 그를 유혹하여 황제와 자연스레 만남을 가질 수 있었던 것이다. 물론 황제와는 또 다른 느낌이기에 간간히 그와 관계를 맺기도 했었고.

"으으으……."

조르는 로린에게 눈으로 쉴 새 없이 말하고 있었다. 마지막 희망, 죽기 살기로 로린이 자신을 알아차리기를 바라고 또 바라는 마지막 발악이었다.

이제 로린은 조르의 눈빛에 어지러운 머리를 정리해야 했다. 로린이 조르에게 다가가기도 전에 장군의 맞은편에 앉아 있던 군병이 손짓했다. 뒤이어 황제 기사단이 들어와 그를 부축하여 물러났다. 그 와중에도 조르는 고개를 꺾으며 로린에게 호소하는 것을 잊지 않았다.

"대체 뭐지?"

뭔가 미진한 느낌. 그것은 불길함에 가까웠다. 로린은 말할 수 없는 느낌이 꺼림칙하게 마음에 남았으나 자신이 이곳에 온 이유를 상기시키며 조르에게서 눈길을 거뒀다.

로린은 다시 장군을 바라보았다. 냉정한 눈빛과 위압적인 분위기. 대단한 사내임에는 두말할 나위 없음이니 되레 황제보다 더 존재감이 뚜렷한 사내였다.

만일 저런 사내를 품에 담을 수 있다면 당장 뭐라도 할 수 있을 텐데. 로린과 같은 눈빛으로 그를 바라보는 몇몇 귀부인들이 있었다. 이럴 줄 알았다면 장군의 취향을 톡톡히 파악해 둘 것을. 로린은 속상했다.

과연 철두철미해 보이는 장군을 제 손에 넣을 수 있을까.

장군은 화려한 연회장에서 한껏 눈짓을 하는 여인들을 거들떠보지도 않았다. 심지어 경멸의 눈빛마저 엿보였다. 차츰 냉혹해 보이는 눈빛에 질려 가는 여인들은 수군거리며 눈빛을 거두었다.

장군은 태산의 얼음처럼 차갑기 짝이 없어 도무지 들어갈 틈이 보이지 않았다. 그러나 한 번 녹은 얼음은 다시 얼지 않을 것이니 그 맛이야 말해 무엇할까.

로린은 한숨을 쉬었다. 대체 장군은 왜 여인을 멀리한다는 소문이 난 것이지. 저런 사내는 제 연인을 가만히 두지 않을 타입인데…….

심정이 오락가락하여 장군에게 다가가려는 발길을 선뜻 내밀지 못하고 있었다. 바로 그 순간, 로린은 황제와 손을 잡고 우아하게 원을 돌고 있는 브뢴의 영주를 가까이서 보게 되었다.

황제와 영주는 선율에 미끄러지며 몇 번이고 로린의 눈앞을 스쳐 지났다. 로린은 자연스레 영주에게 시선이 갔다.

여인은 우아하고 고결해 보였다. 잘 치장된 외향 하며 지성적인 몸놀림 또한 여타 여인들과 다른 것도 같았다. 그러나 얼굴에 내린 얇은 베일. 그리고 언뜻 스치듯 보인 반짝이는 금빛 눈동자.

"응? 혹시…….”

귀한 눈동자 색으로 인해 로린은 어느 틈에 장군을 잊고 황제와 춤을 추고 있는 브뢴의 영주를 관찰하기 이르렀다. 황제의 손길 따라 몸을 돌리는 영주는 하늘하늘한 몸매가 같은 여인이 보기에도 무척 눈에 띄었다.

그런데 황제의 어깨에 올린 손, 팔꿈치의 각도가 무척이나 독특했다. 꺾어진 고개와 시선 또한. 마치 직업 무용수 같은 철저함으로 한 치의 빈틈이 없었다.

물론 잘 교육받은 영주일 테니 사교춤 정도야 철저히 연습했겠지만 그것을 감안하더라도 참으로 독특한 몸놀림이 아닐 수 없었다. 심지어 로린은 저런 식으로 몸을 움직이는 여인을 알고 있었다.

로린은 꺼림칙한 느낌에 더 가까이 다가가 영주를 제대로 보려 노력했다.

역시나 남들과는 선명하게 다른 춤사위, 영주가 언뜻 몸을 움직일 때마다 쇄골 부근에서 흔들리는 가는 목걸이가 아롱거린다.

핏줄까지 비칠 정도로 투명한 살결. 그리고 목걸이 부근, 정확히 왼쪽 쇄골 부근에 걸쳐진 둥그런 점 하나를 본 로린은 황제의 어깨를 짚고 있는 손등으로 눈길을 돌렸다. 붉은 점 하나가 로린의 시야를 환하게 했다.

"맙소사! 홀리(Holly)?"

로린은 웃음이 나왔다. 그것도 우스워 죽겠다는 괴상한 웃음이. 춤을 출 때의 독특한 몸놀림, 상대를 바라볼 때의 고갯짓, 그리고 확실한 쇄골의 점. 쌍둥이가 아니고서야 분명 로린이 아는 여인일 터였다.

단번에 손에 든 부채를 접고 조르가 나간 방향으로 재빠르게 걸음을 옮겼다.

아르까 공작의 대저택 한편에 위치한 서재 겸 집무실.

고상한 품격이 돋보이는 탁자 위에는 단아한 찻잔이 포트병과 함께 막 올려지고 있었다.

"수고했네."

"별말씀을요, 공작님."

아르까 공작은 모든 준비를 마친 집사장에게 미소 지었다. 아울러 맞은편에 앉은 두건을 눌러쓴 견습 기사와 당황한 것이 분명한 보그린에게 차를 권유했다.

"가문에 대대로 내려온 차입니다만 입에 맞을지는 장담키 어렵군요."

어떠한 계산도 없는 자연스런 대화였다. 그런데도 불구하고 보그린은 좌불안석이었다. 공작의 난데없는 부름에도 놀랐지만 철저한 경어를 쓰다니. 뭔가를 꿰뚫어 보는 듯한 모습에 난감했던 것이다.

보그린의 당황한 표정을 모를 공작이 아니었으니 태연하게 행동할 뿐이었다.

"보그린, 자네도 수고 많았네."

"……네."

보그린의 어색한 대답에도 공작은 여전히 아무런 표정을 짓지 않았다. 도리어 견습 기사에게 직접 차를 따라 낸 뒤 권유하기 이르렀다.

"이 차는 그롬웰(gromwell)*이라고 산야지 초원에서만 채취할 수 있는 귀한 약초를 공들여 끓인 차입니다. 전장에서 내달린 몸에는 더할 나위 없을 겁니다."

잠시 주변이 조요해졌고 공작의 집요한 시선 아래 게일은 덤덤하니 두 손을 내밀었다. 그다음 천천히 두건을 내렸다. 그 모습을 보던 보그린은 눈을 감았고 공작은…….

태연하던 공작은 벼락이라도 맞은 듯 꼼짝하지 못했다. 다만 게일은 공작이 권한 차를 두 손으로 잡아 올리고 향을 만끽했다. 그런 그녀의 눈동자는 밝은 태양처럼 황금빛으로 발하였다.

"추운 겨울, 눈이 얇게 쌓여 있을 시기쯤 붉은빛이 땅 위로 번지는 자리에 그롬웰의 뿌리가 있지요. 이렇듯 귀한 차를 맛보게 해 주셔서 감사할 따름입니다."

고귀한 자태로 말하는 품성 또한 평범한 이들과는 다른 견습 기사, 아니 브륀의 영주. 그녀의 눈동자는 하늘을 닮은 푸른빛이었다. 공작은 떨리는 마음을 가라앉히고 자리에서 일어났다. 그리고 귀족의 예를 보이며 고개를 숙였다.

"처음 뵙겠습니다. 브륀의 영주."

그러자 게일 역시 어쩔 수 없는 웃음을 담고 자리에서 일어났다.

---

*그롬웰(gromwell):지치, 산삼보다 귀한 약초.

"처음 뵙겠습니다. 아르까 공작."

마찬가지로 자리에서 일어난 보그린만이 허탈한 듯 천장을 올려다보았다.

"장군께서 절대 정체를 밝히지 말라 했건만. 아아, 난 죽었구나."

아르까 공작은 게일의 눈동자를 직시했다. 그리고 루카가 왜 그토록 절절하게 견습 기사의 안전을 위했는지도 알 것만 같았다. 아울러 왜 황제가 브륀의 영주에게 후사를 보겠다며 정신을 차리지 못하는지도.

보석을 담고 있었다. 아니, 보석이 아니라 천체를 담고 있었다. 공작 역시도 그 눈빛에 빨려 들어가 깊게 잠식되고 있었다.

✿　　　✿　　　✿

황제 암포가. 얼마 만에 만끽하는 싱그러움인지 몰랐다. 연회가 시작되고 밤이 늦도록 그의 옆에는 브륀의 영주가 함께했다. 절대 놓아주지 않고 제 눈앞에서 영주를 음미했다.

속국이 어쩌고 변방국이 어쩌고 하는 공적인 문제는 아무래도 좋았다. 영주를 맞이하는 공식적인 절차야 연회가 끝나는 날부터 밟아도 무방한 것 아니던가.

더구나 브륀은 허물어졌고 이미 신비로운 영주는 제 손아귀에 있기에 황제의 눈빛에서도 부드러움이 넘쳐흘렀다. 한시라도 빨리 영주의 눈동자를 보고 싶은 마음이 굴뚝같았다. 그러나 늘 절정은 마지막이었으니 오늘 밤 충분히 만끽할 수 있을 것이라 믿어 의심치 않았다.

영주는 수다스럽지 않았고 자신의 아름다움을 드러내지도 않았다. 황제는 그 점이 마음에 들었다. 단번에 브뤼의 영주에게 홀딱 빠져들었다. 베일로 눈을 가리고 있는 여인의 모습은 완벽하다 못해 실제로 존재하지 않는 것처럼 여겨질 정도였다.

옆에서 바라본 여인의 얼굴은 어디 하나 흠잡을 곳이 없었다. 커다랗고 생기가 넘치는 표정에 크지도 작지도 않은 적당한 코와 미소 가득한 입술. 당장 베일을 걷어 버리고 싶은 마음 반, 많은 사람들 앞에서는 절대로 신비의 눈동자를 보이고 싶지 않는 독점욕 반.

얼굴 또한 완벽한 계란형으로 제법 풍만한 신체와 조화를 이루고 있으니 황제는 금세 열기에 차올랐다. 다만 날렵해 보이는 코끝이 한쪽으로 처진 느낌이 흠이랄까.

그러나 영주에게서 풍기는 은은한 향이 황제의 열기를 부추기고 있었다. 자욱한 향기. 절제된 아름다움이 느껴지는 깊은 장미 향이었다. 귀하디귀한 향이 영주의 몸에서 흐르니 황제는 그녀의 벗겨진 몸을 상상하느라 눈이 금세 벌겋게 충혈되어 버렸다.

"흠, 영주께서는……."

황제는 마음이 급했지만 제 마음과는 달리 연회장에 모인

이들은 지친 기색조차 없었다. 간간히 열정에 휩싸여 손에 손을 잡고 나가는 귀족들이 눈에 띌 뿐.

"도덕적이신가?"

영주는 잠시 움찔했다. 태연함을 가장하고 있으나 끈끈한 황제의 눈빛에 마치 거미줄에 걸린 작은 곤충마냥 떨리는 것은 어쩔 수 없었다.

홀리 베일리. 제법 유명한 이국의 창부인 그녀. 처음 세르안의 이름난 공작가의 개인적인 방문에도 놀랐지만 은밀한 제의에 더 크게 놀랐었다. 거기에 막대한 재물까지. 삼대가 놀고먹어도 될 정도의 어마어마한 재물이 딸려 오는 일이었기에 마다할 이유가 없었다.

창부로서 많은 사내와 놀아나는 것도 한계가 있었고 젊음은 지속되지 않았다. 오직 내세울 것은 남보다 밝은 금빛 눈과 하얀 살결뿐이었다.

멀리 있을 때부터 세르안 황제의 소문을 익히 들었던 그녀였으나 이 일은 마지막 보루였다. 그렇기에 반드시 성공해야 한다 자신을 다독였다.

"어떤 의미인지 알지 못하나이다."

그녀는 의도적으로 새침하게 말했다. 그리고 꼬리를 살며시 내렸다. 수줍게 또는 천진난만하게.

"혼인 서약 없이는 사내와 잠자리를 하지 않는다거나 그런……."

은근한 물음으로 황제의 입술이 영주의 귓가에 스치듯 닿았다. 그것에 홀리는 공작이 말한 기한을 상기했다.

"사흘만 끌어도 좋다. 단 사흘만!"

순간 홀리는 맞잡고 있는 손에 땀이 차올랐다. 황제를 제품에서 사흘만 보내게 한다면 일확천금을 얻을 수 있다.

황제 암포가. 잔혹한 황제, 거기에 육체에 통달했다 해도 과언이 아닌 절륜가.

그녀는 입맛을 다셨다. 그러나 선뜻 손을 내밀 수는 없으니 무릇 사내는 애를 태워야 하지 않던가.

"황제께서는 문서의 약속을 이행할 것이 분명하신지요?"

"하하하! 물론이지. 세르안의 황제를 뭐로 보고."

순간 잔인한 기운이 들어섰다 사라졌다. 여자가 말꼬리 잡는 것을 심히 거북하게 생각했다. 그러나 신비하고 아름다운 브륀의 영주였기에 황제는 너그러운 마음을 가질 수 있었다.

황제는 영주의 손등에 입을 맞추었다. 지극히 의례적인 예의로써. 그것에 안심한 브륀의 영주는 수줍게 입술을 달싹거렸다.

"그럼 오늘밤, 달이 차오르는 그때……"

당장 황제의 안색이 환해졌다. 그는 비스듬히 고개를 숙이고 향기가 피어오르는 영주의 어깨에 입술을 가져갔다.

"그때, 그대의 전부를 내어 주오."

얼굴을 든 황제 암포가. 그의 눈빛은 부드럽지 않았다. 열망으로 인해 깊게 충혈되어 있으니 인간이 아닌 흉포한 야수처럼 보였다.

괜찮을까. 섣불리 내민 황제의 손을 잡아도 좋을까. 순간적으로 흘리는 혼란스러웠다. 내로라하는 사내를 충분히 상대했다. 그런데도 뭔가 뒤끝이 깔끔하지 못한 이 느낌.

그러나 그녀는 다시금 우아하게 팔을 들어 황제가 손목에 입을 맞추는 것을 바라보았다. 턱을 치켜들고 사내가 욕망에 젖어 들 수밖에 없는 분위기로 앞을 바라보았다.

'잘 될 거야. 황제는 뭐 사내 아닌가.'

단 사흘, 황제의 손발을 묶을 수 있다면 승산은 충분해. 그녀는 황제의 시선에 모든 것을 걸었다.

브뢴의 영주를 주시하는 황제의 눈빛이 전에 없이 날카로웠다. 단 한 가지로 이유로 인해. 그것은 영주의 입매 끝에서 흐르는 미소에 있었다.

베일에 감춰진 보일 듯 말 듯 한 눈빛이 황홀하기는 했으나 이상하게도 그녀에게 나타나고 있는 미소, 입꼬리에 걸린 미소가 마음에 걸렸다.

마치 누구를 연상케 하는 계산된 미소는 노리개처럼 다루며 즐겼던 로린을 닮았다. 한동안 총애했던 시녀가 제 아래에 깔려 억지 미소를 지을 때가 연상됐다. 닮고 닮은 여인의 미소 같기도 하고. 다시 턱을 치켜들며 영주가 은은하게 미소 지었다.

호오, 정말이지 요상하게도 닮은 것도 같고.

황제는 꺼림칙한 기분으로 브륀의 궁정관을 찾았다. 그러나 언제 왔는지 행정관 필라가 고개를 숙이고 있었다.

"폐하, 밤이 늦었습니다."

"이제 밤의 시작인 것을."

"그렇기는 하나……."

"그래. 오늘처럼 좋은 날, 게다가 자네들이 열광하는 장군까지 와 있는 이 마당에 황제인 내가 경솔하다는 말씀이신가?"

"당치 않으십니다."

"당치 않기는. 위엄이나 신망도 없이 오직 이국의 여인에게 빠진 모습을 오랫동안 노출시키지 말라는 말 아닌가."

"폐, 폐하……."

난데없는 황제의 태도에 행정관은 당혹스러웠다. 그토록 바라던 장군이 와 있는 마당에 그의 역할 역시도 중요한 것이었다. 그렇기에 황제의 찌르는 태도에 다시금 태연을 가장할 수밖에 없었다.

"그럴 리 있겠습니까? 다만 내일도 폐하께서 참석하시어 자리를 빛내야 하시니 오늘은 이만……."

"그렇군. 그것도 나쁘지 않겠군."

언제 말꼬리를 잡았나 싶게도 황제의 태도는 돌변했다. 그것에 안심한 행정관은 즉시 한 발 뒤로 물러났다. 황제는 자리에서 일어난 뒤 한 팔을 브륀의 영주에게 정중히 내밀었다.

"멀리서 오신 분을 이리 계시게 했습니다."

자못 부드러운 친절이었다. 그것에 경계할 일은 없다 여긴 브륀의 영주, 아니 창부 홀리는 다시 한 번 황제의 팔에 제 손을 올렸다. 그리고 나란히 연회장을 벗어났다.

그런 두 사람을 지켜보던 이들은 비로소 아름다운 브륀의 영주에 대해 떠들기 시작했다.

황제의 변덕이 있을 것이다, 아니 하룻밤이면 이 성에서 쫓겨날 것이다, 아니다, 황제를 사로잡을 것이다 등등.

그 가운데 행정관 필라의 안색이 밝지만은 않았다. 아니, 어둡다고 말할 정도로 안색이 좋지 못했다. 과연 브륀의 영주로 변신한 여인이 잘 해낼 수 있을 것인가. 설마 하루 만에 발각되는 것은 아니겠지.

긍정적으로 생각하려 해도 마지막으로 보았던 황제의 눈빛이 마음에 남아 행정관은 발걸음을 재촉했다. 이미 연회 따위 안중에는 없었다. 그가 향한 곳은 루카가 있는 아르까 공작의 대저택이었다.

그날 새벽, 황제의 붉은 침실에서는 여인의 외마디 소리가 끊이지 않고 흘렀다. 그 소리는 단순한 비명이 아니었다. 몹시 두려움을 느낄 때 지르는 울음소리였다.

철썩, 철썩.

어둠을 가르는 휘파람 소리가 방 안에 그득했다. 암포가는 상체를 벗어 던진 채 살기가 그득한 눈빛을 숨기지 않았다.

그의 손에는 검은 채찍 뱀(Northern Black Racer)이라 불리는,

몸통이 뱀의 형상처럼 빛나는 검은색 채찍이 꿈틀대고 있었다.

실오라기 하나 걸치지 않은, 양팔과 다리는 쇠사슬에 묶여 뒷모습을 고스란히 드러내었다. 실로 아름다운 육체였다.

"아윽!"

채찍을 힘껏 갈길 때마다 매달린 여체의 신음은 강도를 달리했다. 채찍 한 번에 떨리는 등짝, 또다시 달려드는 채찍질에 마침내 절정을 맞은 육체처럼 끊임없이 경련한다. 그 모습은 마치 심오한 예술품처럼 아름다웠으며 벽면에 장식된 살아 있는 부조 같았다.

그러나 상처 하나 없던 등에 붉은 줄이 그어질 때마다 짐승처럼 흐느끼는 여자의 눈빛은 차라리 죽고 싶다, 지금 당장 죽고 싶다고 외치는 듯했다.

그러나 그것조차 힘이 빠져 그녀의 눈빛은 생기 하나 없이 사라져 버렸다.

황제의 손이 그녀에게 다가갔다. 붉은 핏물이 흐르는 등짝을 스치듯 지나가다 아직도 떨고 있는 여자의 가슴을 향해 여지없이 움직였다. 그리고 사정없이 움켜잡았다.

"왜? 짐승의 짝짓기처럼 암컷이 수컷을 물어뜯어야 하는데 그것을 못 하니 속이 상한가? 아니면 이따위의 가학 행위를 즐기시는 중인가?"

암포가의 악다문 입술 사이로 귓가에 속삭이는 음성이 음침하다 못해 소름끼쳤다.

"로린, 감히 날 기만하다니."

얼마나 힘주어 채찍을 휘둘렀는지, 드러난 그의 상체는 땀으로 번들거렸고 채찍을 쥔 손은 살점이 벗겨지고 있었다. 그럼에도 분에 못 이긴 황제는 길게 늘어진 채찍을 손에 휘휘 감더니 뱀의 검은 비늘처럼 윤기 흐르는 것을 다시금 마구 휘둘렀다.

이제 신음조차 흐르지 않았다. 이미 온몸이 만신창이였다. 아름답게 치장했던 옷차림은 갈기갈기 찢긴 지 오래였다. 황제는 거친 숨을 몰아쉬었지만 아직도 부족했다. 그러나 벗겨진 살갗이 채찍에 닿을 때마다 날카로운 칼날에 베인 듯 아려왔다.

"흥! 운 좋은 줄 알아, 로린. 나에게 거짓을 고한 것들은 말로가 좋지 않으니."

매달린 로린의 아픔보다 손바닥이 벗겨진 저의 아픔이 더 소중한 듯 마침내 황제는 두 손을 들었다.

"네가 말한 것이 사실인지는 지금부터 확인할 것이야."

황제는 드러난 로린의 엉덩이를 손을 내려쳤다. 철썩, 찰진 소리가 공간을 메우고 그 소리에 황제의 욕심이 생생히 차올랐다.

"네 몸을 맛볼 만큼 굶주리지 않았으니 그것도 다행이구나. 참, 더러운 네 몸뚱이에는 더 이상 볼 일 없을 거다. 그녀에게 크나큰 결례가 될 것이니."

황제는 방의 발코니 창을 환하게 열어 놓았다. 곧 시원한 바람이 들어와 땀과 핏물로 얼룩진 로린을 조금이나마 정신 차리게 해 주었다. 그러나 창을 열어 놓은 황제의 의도는 따로 있었으니.

"네 피 냄새를 맡고 벌레들이 달려들겠지? 볼 만할 터인 데……."

사악한 황제의 의도. 로린은 피눈물을 흘렸다. 황제의 성정을 조금이라도 생각해 보고 알릴 것을.

그런데 곧장 나가려던 황제가 다시금 발걸음을 돌렸다. 그리고 땀으로 범벅된 로린의 머리채를 뒤로 휘어잡았다. 그 탓에 로린의 고개가 뒤로 확 꺾였다.

아팠다. 그러나 그 아픔조차 입 밖으로 낼 수 없었으니 그것은 살벌하기 그지없는 황제 탓이었다.

"한 가지 더. 이미 알고 있었다. 조르와 네가 놀아나는 것을. 그러니 네가 가져온 정보는 사실이 아닐 확률이 크지 않겠는가?"

철퍼덕. 로린의 얼굴은 황제가 누른 형태로 벽에 짓이겨졌다. 분을 못 이긴 황제에 의해 코까지 짓눌린 채 숨을 쉬지 못했다.

"그러니 이제 그 썩은 몸뚱이, 내 눈앞에서 사라져라."

마치 로린의 죽음을 바라는 듯 황제의 가벼운 속삭임은 저주처럼 들렸다. 로린은 힘겹게 눈알을 굴렸다. 그러나 그것조차 고통스러워 다문 입에서는 신음이 흘러나왔다.

그것에 지극히 만족한 황제는 다시 한 번 로린의 머리를 벽에 꾹 눌러 버렸다. 그다음 발소리를 크게 울리며 나가 버렸다.

비어 버린 방 안의 적막감. 고요하고 쓸쓸했다. 그래도 로린은 한순간의 정이라고 황제를 믿었나 보다. 비록 육체적 노리개로 놀아났을지언정 황제를 의지했나 보다. 그를 위해 영주의 실체를 알렸건만 돌아오는 것은 죽음과 같은 고통뿐이라니.

흐느낌이 새어 나온다. 그리고 비로소 터지는 통곡 소리.

"으아아아……."

로린은 사슬에 매달려 상처 입은 채 처절히 울었다. 그러나 그 많던 황제궁의 사람들 중 단 한 사람도 로린을 구해 주는 자가 없었다.

은밀한 공간을 벗어난 황제는 제 손바닥을 지분거리며 긴 한숨을 내쉬었다.

"고약해."

동시에 로린이 즐거이 알려 주던 사실을 다시금 상기했다.

"폐하, 놀라지 마시옵소서. 브륀의 영주라고 온 그녀는 가짜입니다."

"가짜?"

"그 여인은 이국의 이름난 창부, 홀리 게일리입니다!"

"계속해."

"예, 폐하. 홀리는 제가 세르안에 오기 전에 알고 있던 창부입니다. 그녀의 손등에 있는 붉은 점을 제가 모를 리 있겠습니까? 또한 누구보다 연한 금빛 눈동자는 특이한 것이라 그것에 반해 뭇 사내들이 그녀만을 지명한 사실은 이국의 누구라도 알고 있습니다."

"그건 그렇다 치고 너는 누구를 통해 그녀를 알게 되었지?"

"누, 누구라니요? 그게……."

황제는 이를 부드득 갈았다. 협잡을 부린다고 생각했던 그녀의 말이 사실이라면 영주를 데려온 루카와 브뤼의 궁정관 역시 황제인 저를 기만하고 있다는 소리였다. 문제는 분명한 이유를 알 수 없다는 것이다. 혹여 루카가 브뤼의 영주에게 빠져 이성을 잃고…….

"하하하! 그 무슨 말도 안 되는. 목석도 그런 목석이 없는 놈이, 뭐?"

연이어 터지는 황제의 웃음소리는 기괴했다. 오밤중에 울린 그 웃음은 반월창이 뚫린 긴 회랑 안을 돌고 돌아 마침내 황제의 기사단들이 머무는 곳까지 와 닿았다.

암포가는 그 문을 벌컥 열었다. 그러자 번을 서고 있던 몇몇 기사들이 당황하며 자리에서 일어났다. 황제는 그들의 인사도 받지 않은 채 다급하게 물었다.

"조르는?"

그러자 기사들이 제일 끝 부분, 간이 침상 위에 있는 조르에게 안내해 주었다.

"물러가 봐."

눈을 감고 있는 조르를 내려다보는 황제. 조르의 손에는 붕대가 감겨 있었다. 다소 지친 듯 보이는 안색이 그간의 고역을 내보이고 있었다. 혀가 잘렸다 했으나. 황제는 누가 무슨 이유로 그런 것인지 듣지 못했다는 사실을 깨달았다.

"말을 못하는 기사 따위……."

순간, 누군가의 기운을 느낀 것일까. 조르의 눈이 번쩍 떠졌다. 암포가임을 알아차린 그는 상체를 벌떡 일으키며 감히 황제의 허리를 죽어라 끌어안기 시작했다.

"뭐, 뭐야."

놀란 황제가 기겁을 하고 기사들이 달려들어 조르를 떼어내려 했다.

그러나 그는 막무가내였다. 도리질을 하며 불분명한 소리를 내질렀다. 이상한 낌새를 느낀 황제가 달려든 기사들을 뒤로 물렸다. 그리고 짐승같이 행동하는 조르에게 명했다.

"네놈을 이렇게 만든 자가 누구냐?"

다시 끄어억. 짐승 같은 울부짖음. 그러나 한 가지만은 분명하게 알아들을 수 있었다.

"르카…… 카, 카……."

황제의 미간이 찌푸려진다. 누군가 연상되기는 했으나 정확하지는 않아 다시금 조르에게 물었다.

"브륀의 영주, 진짜야 가짜야?"

"가, 가…… 가……."

마침내 황제는 제 허리를 감싸고 있는 조르의 팔을 힘껏 밀쳐 버렸다. 그 탓에 뒤로 나둥그러지는 조르의 손에는 핏물이 배어 나왔다. 아울러 썩어 가는 냄새까지.

"검을 줘 봐."

비릿한 미소를 머금은 황제가 기사에게 손을 내밀었다. 대기하고 있던 기사가 제 허리에 찬 검을 공손히 내밀자 황제는 그대로 자신을 보며 도리질을 하고 있는 조르에게 깊숙이 검을 찔러 넣었다.

예상치 못한 황제의 행동에 기사들은 당황했다. 황제에게서 원망의 눈초리를 거두지 못한 채 눈뜨고 쓰러진 조르의 모습은 참혹했다.

암포가는 검을 찔러 넣고도 더럽다는 듯이 손을 털었다.

"충분히 알려 주었으니 이제 그의 몫은 충분해."

황제는 당당한 몸짓으로 공간을 벗어나며 단단히 지시를 내리는 것을 잊지 않았다.

"연회 동안 황제의 기사단 전체를 완전무장한 채 대기토록 하라."

"명 받들겠습니다. 폐하."

황제는 자리를 벗어났다. 그런 황제를 끝까지 바라보는 조르의 망막이 서서히 흐려진다.

"조르, 브륀의 영주는 가짜야. 이국의 이름난 창부가 어찌하여 장군의 손에 이끌려 브륀의 영주를 하게 되었지? 이유를 알 수 있어? 말해 봐. 아니 말도 못 하고 손도 쓸 수 없다면 입에 펜대라도 잡고 알려 달란 말이야. 그건 그렇고 자기의 몸이 그리워 죽을 것 같았어, 늘."

조르는 마지막으로 만났던 로린의 말을 죽음의 동반자로 생각하며 눈을 감았다.

그날 새벽, 황제의 기사단에게 비상 명령이 떨어졌다. 다음 날, 황제궁 전체에 무장한 기사단들이 화려하고 즐거운 연회와는 어울리지 않게 곳곳에 포진해 있었다.

❖　　　❖　　　❖

"화났어요, 루카?"

아르까 공작이 자랑해 마지않는, 풍경 정원의 정수로 불리는 드넓은 아르까 정원 안에서 두 사람은 서로를 마주 보고 있었다.

게일은 두건을 뒤로 넘겨 눈동자가 보이는 채로 굳은 표정의 루카에게 간절한 눈빛을 보내고 있었다.

수집품을 벽으로 둘러싼 장식용 호수를 중심으로 인공미가 뚜렷해 감탄이 절로 나올 수밖에 없는 정원은 참으로 아름답기 그지없었다. 특히나 아르까 가문을 나타내는 붓꽃이 정원 곳곳에 있어 아름다움을 더했다.

아름답고 순결한 붓꽃처럼 보랏빛 눈망울이 된 게일은 대저택으로 오자마자 공작과 기사들 전부가 그녀의 눈동자를 본 것에 대해 화가 난 루카를 달래려 애쓰고 있었다.

"어쩔 수 없었어요. 더구나 공작은 무척이나 노련하시더군요. 그래서 더는 숨길 수 없다고 판단했어요. 더구나 나를 견습 기사로 보는……."

"견습 기사?"

종알거리는 게일을 희번덕거리는 눈빛으로 쏘아보는 루카. 그는 단단히 화가 나 있었다. 믿고 있는 공작가이니 온전히 게일을 보호할 수 있다고 여겼다.

그러나 자신의 안일한 대처로 보그린을 비롯하여 아르까 가문의 기사들, 남은 군병들까지 전부 게일의 신비한 눈동자를 보고 만 것이다.

"게일."

"네."

화가 난 음색으로 게일의 이름을 불렀건만 그녀는 은근한 미소를 지으며 그를 보았다. 소년처럼 짧게 잘려져 귀 뒤로 넘긴 머리, 거기에 보랏빛이 감도는 눈빛까지. 자못 장난꾸러기 같은 개구진 미소를 본 루카는 하늘을 올려다보았다. 그의 두 손은 제 허벅지 옆에 붙은 채 핏줄까지 드러나 있었다.

"그렇게 웃지 말라고."

절절했다. 루카는 몹시 애가 탔다. 몸과 마음을 다 기울여 황제로부터의 힘겨움을 이겨 내려 애쓰고 있건만 게일은 너무나 말갛게 미소를 짓고 있다.

"내가⋯⋯."

루카는 게일의 어깨로 제 머리를 내렸다. 장대한 루카가 가슴까지 와 닿는 게일의 가녀린 어깨에 기댄 모습. 정원에 자리잡고 있는 조각상들처럼 보기가 그만이었다.

게일은 루카의 숨이 살결에 닿자 오소소 소름이 돋았다. 지극히 설레는 감각에 의한 것이었다. 거기에 기대감까지.

"미안해요. 힘들게 해서."

그러나 자신의 기대감은 가린 채 안타까움을 사과하고 위로했다.

"아니, 내가 힘든 것은⋯⋯."

"또 다른 게 있었나요?"

"자꾸 그렇게 웃으면 내가 못 참겠어서 그래."

루카의 눈웃음에 게일은 버릇처럼 제 입술을 질끈 물었다. 그러자 루카가 그것을 놓치지 않고 거의 엄지를 내밀었다. 입술을 살며시 쓸며 부드러움과는 별개로 단호하게 속삭였다.

"안고 싶고 입 맞추고 싶다. 온종일⋯⋯ 아니, 평생 하나가 된 채 둘만 있고 싶어."

불타는 열망. 루카의 눈빛이 다시금 펄펄 끓었다. 초록으로 물들어 푸른 기운이 넘실대는 아르까 정원에 불꽃이 피는 착각까지 들었다.

루카의 염원은 게일의 갈망이자 바람이었다. 그녀는 루카의 상처 난 뺨에 손을 가져갔다. 그 손을 루카가 제 손으로 덮었다.

"잊지 말기를."

루카의 다짐에 게일이 고개를 끄덕였다. 절대 잊지 못한다. 아니 루카의 모든 것이 게일의 모든 것이었다. 이제 그는 그녀의 손을 잡아 손바닥에 입술을 가져갔다. 뜨거운 입술이 닿고 부드러운 혀가 손바닥을 핥으며 인사했다. 게일은 숨소리를 억지로 참으려 했다.

"정말 그러지 말라고."

또 뭐가 문제냐는 식으로 게일이 눈을 휘둥그렇게 떴다. 게일의 눈동자는 다시금 푸른빛으로 변했다. 그것은 설렘과 기대감, 또는 곧 다가올 열정 어린 몸짓에 대한 반응이라는 것을 그는 알고 있었다.

눈빛에 심취한 그는 이곳이 사방이 뚫린 정원이라는 것을 잠시 망각한 채 게일의 어깨를 꼭 잡았다. 그리고 그녀의 입술 가까이 제 얼굴을 내렸다.

"자꾸 그러면 이 자리에서 안고 싶어진단 말이다. 사랑스런 입술을 물고 빨고 놓아주고 싶지 않아."

불과 떨어진 지 하루도 안 되는 시점이었다. 마치 오래도록 만나지 못한 연인처럼 두 사람은 서로를 만지고 싶은 열정에 몸살을 앓을 지경이었다.

서서히 다가오는 루카의 입술에 그녀는 기다리다 죽을 것만 같았다. 어서, 어서 다가와 줘. 어서!

"장군님! 보고가 있었습니다. 또한 공작께서…… 어이쿠, 실례."

모랄트였다. 급한 보고를 할 요량으로 정원 한편에 있는 그를 발견하고 달려온 것이었다. 그러나 루카와 함께 있는 게일을 본 순간, 아니 루카의 입술이 게일과 맞닿기 바로 직전…….

부대장은 앞서 가려던 몸을 억지로 비틀어 그 자리를 부리나케 모면했다. 그러나 그의 뒤통수는 무척이나 따가웠다.

루카는 긴 한숨을 내쉬었다. 그러자 웃음을 참을 수 없었던 게일은 그의 입술에 살짝 입을 맞추었다. 그다음 루카가 잡을 새라 얼른 몸을 그의 손에서 빼내었다.

"갈 거야."

게일의 의도를 충분히 알아챈 루카는 혀를 끌끌 차며 그대로 몸을 돌렸다. 물론 그 뒤를 웃음 지은 게일이 뒤따르는 것은 물론이었다.

"두건 벗지 마. 절대로!"

또다시 눈을 드러낸다면 큰일이 나는 양 무척이나 엄격한 지시였다.

"네, 장군님. 절대로!"

게일은 진짜 견습 기사마냥 대답했다. 루카의 입에서 허탈한 웃음이 새어 나왔다. 결국 그는 게일의 두건을 제대로 씌워주었다.

두 사람은 공작이 기다리고 있는 서재 겸 집무실로 향했다. 공작가의 회랑은 엄숙하면서도 가정적 분위기의 안락한 저택임을 곳곳에 드러내고 있었다. 조금은 경사진 회랑, 이제 휘어진 복도만 넘어서면 공작이 기다리는 곳이었다.

그때 루카의 뒤를 따라가던 게일의 몸이 휘청거렸다. 루카가 번개처럼 게일의 허리를 부여잡고 긴 회랑 벽면에 작은 틈이 생긴 공간으로 끌고 들어간 것이다. 그리고 게일이 알아차리기도 전에 그녀의 허벅지 사이에 제 다리를 끼운 채 거센 입맞춤을 했다.

생각보다 좁지 않은 공간에서 루카의 뜨거운 숨결이 귓가에 느껴졌다. 야릇한 열기. 정원에서 참고 참았던 열망을 식히고자 했다.

루카도 게일도 맛보고 싶어 죽을 것만 같았던 감각을 원 없이 느꼈다. 금세 혈관의 피들이 요동친다. 루카의 혀가 게일의 입안을 샅샅이 훑어 내리고 그녀 역시 그의 다리에 올라탄 채 목을 거머쥐었다.

얽히는 혀와 힘이 주어지는 육체. 터질 듯한 만족감이 온몸에 퍼져 나갔다. 루카의 입술이 닿는 곳곳마다 불에 덴 듯 뜨거워졌다. 게일은 루카를 애타게 부르며 간간히 숨을 내쉬었다.

잠시 후, 재빨리 공간을 빠져나와 집무실의 문 앞에 선 두 사람은 아무 일 없다는 듯 태연했다. 게일은 두건 아래 웃고 있었고 루카는 뒤로 손을 내밀어 그녀의 손을 꼭 움켜잡았다가 살며시 내려놓았다.

그러나 둘의 행복감은 아르까 공작의 한마디에 소리 없이 사라져 버렸다.

오지 아르까 공작은 침통한 눈빛을 감추지 않았다. 다만 힘 있는 모습으로 들어선 루카의 단단한 표정을 보고 온화한 미소를 머금었다. 그 뒤를 이어 짧은 머리를 한 견습 기사, 게일이 함께 들어오니 그제야 공작은 팔을 벌려 두 사람에게 자리를 권할 수 있었다.

"쉬시지도 못하게 모신 것 같아 죄송합니다."

과장된 반응을 보이는 공작의 행동을 읽었을까. 루카는 자리에 앉아 가슴 앞에 팔짱을 끼며 공작을 직시했다.

"알면 되었고."

루카는 공작의 흔들리는 마음을 아랑곳 않으며 얼른 하고자 하는 바를 말하라 독촉했다. 마찬가지로 게일 역시 조금은 남다른 공작의 분위기에 긴장할 수밖에 없었다. 공작은 숨길 수 없다는 판단을 하곤 입을 열었다.

"……황제가 기사단의 총동원령을 내렸습니다."

정적이 흘렀다. 표정 없는 루카 역시도 서릿발이 뻗칠 수밖에 없었다.

"분명 사흘 간 연회가 있을 텐데도 말인가?"

"그렇습니다. 새벽부터 완전무장한 기사단이 성의 안과 밖을 완벽하게 감싸고 있다 합니다."

완전무장, 완벽한 방어와 공격을 하기 위해 선점의 태세를 갖춰 버린 황제의 기사단. 이른 감이 없지 않았다.

"무척이나 발 빠른 행동력이군."

"그렇습니다. 거기에 조르가 가슴에 검이 꽂힌 채로 죽었다 합니다."

"그렇다면?"

"황제입니다. 혀가 없어 말도 하지 못하는 조르에게서 뭔가를 얻어 갔음이 분명합니다. 그렇지 않고서야 아예 처음부터 조르를……."

"아니, 조르가 있음으로 인해 브륀의 영주를 믿을 수 있었던 것이다. 그가 그렇게 된 것은 짐승 떼의 습격이라 둘러대기는 했어도 말이지. 내 말했지 않은가? 형님을 우습게 보지 말라고."

루카는 늘 그렇듯 감정 하나 표현치 않고 현실을 바라봤다. 그는 잠시 어지러운 머리를 수습하기 시작했다. 예상은 했지만 조르의 죽음이 너무나 빨랐다. 루카의 계획보다도 훨씬 이르게 시작된 것이었다. 완전무장, 방어, 공격. 그 모든 것을 일시에 처리할 수 있게끔 만들어야 한다.

"형님? 누가 형님이란 소리지요?"

철저한 계획을 전면 수정하려는 긴박한 순간에 튀어나오는 물음이 있었다. 게일은 이해할 수 없다는 표정을 지으며 루카와 공작을 보았다.

"그게……."

당황한 공작은 미처 대답을 하지 못한 채 루카에게 도움을 요청했다. 브륀의 영주는 루카의 신분을 제대로 알지 못하고 있었다.

쓸데없는 것을 밝히지 않는 루카의 성격에 의한 것이기도 했다. 장군이 무엇이며 왕족은 무엇인가. 황제와 혈연 사이라는 사실은 전부 필요 불가결한 것이었다.

"루카?"

게일은 세르안에 올 때부터, 아니 공작가에 머물기 시작하면서부터 갖게 된 의문이 하나 있었다.

모든 사람들의 지극한 믿음, 존경, 거기에 경외감까지. 그 모든 것이 장군이라는 루카를 향하고 있었다. 절대적인 신처럼 떠받들고 있는 것이 신기하기도 했었다. 그런데 공작이 말하고 있는 바는 조금 남달랐다. 아니, 모든 사람들이 루카를 대함에 달랐던 것 같았다.

"황제 암포가. 내 형님이다."

역시나 담담하게 게일의 눈초리를 받아 내며 루카는 황제와의 관계에 대해 알려 주었다. 놀라운 사실뿐만 아니라 생각도 못 한 루카의 신분에 잠시 당황했다.

그러나 그것도 잠시였다. 게일에게 있어 루카는 루카일 뿐 그 외의 것은 중요치 않았다. 다만 아르까 공작이 염려하고 자신도 답답한 이 혼란이 어디서부터 발현되는지 궁금했다.

"그럼 형님에게 반란을 하려는 심산이었네요?"

어쩌면 천진한 의문이기도 했다. 그것에 공작이 당황하며 나섰다.

"영주, 그것은 잘못된 판단입니다. 반란이라니요? 당치 않습니다. 원래의 자리를 되돌리려 하는 것뿐입니다. 또한 황제의 포악함과 더불어 우리 세르안의 안위조차 흔들리는 지금, 더는 이대로 두고 볼 수만은 없는 것이지요."

타당한 주장이었다. 그러나 게일은 또 다른 시점으로 어지러운 상황을 보기 시작했다.

"그렇군요. 알겠습니다. 잔악하고 탐욕적이며 사치스런 황제. 거기에 입에 담기도 힘든 문란한 관계들. 그럼에도 불구하고 세르안의 영광은 일대를 집어삼키고 있네요. 국가적 차원으로 본다면 대단한 업적이 아닐 수 없습니다. 물론 사이프리드 장군이 힘을 보태었기에 더욱더 부강해질 수 있었다, 라는 말은 이제 그만하셨으면 좋겠습니다. 저는 생각이 다릅니다."

게일의 명확한 지적에 아르까 공작도 루카도 잠시 눈빛을 나누며 그녀를 응시했다. 게일은 눈가로 내린 두건을 뒤로 넘겼다. 그에 공작은 시선을 떨어뜨리고 루카는 마른세수를 했다.

"게일……"

"답답해서요. 내 눈에는 마법 따위 들어 있지 않아요. 다만 신기할 뿐이지요. 그러니 괜찮지요, 루카?"

루카는 게일에게 두 손을 들 수밖에 없었다. 사랑스런 눈빛으로 온전한 믿음을 전하며 청하는 데 누가 안 된다고 말할 수 있단 말인가.

"맘대로 해."

잔뜩 억눌린 것이 분명한 루카는 몸을 뒤로 눕혔다. 그만큼 게일의 완전한 모습을 공작에게 조차 보이고 싶지 않았다. 그것은 욕심이었으며 게일에 대한 사랑이었고 그 사랑에 힘입은 완벽한 독점욕이었다.

"감사해요."

게일은 통명스런 루카에게 감사의 인사를 전했다. 잠시 둘의 시선이 하나로 모여졌다. 두 사람을 지켜보는 공작의 얼굴이 붉어질 정도였다.

"그럼 공작과 장군님, 황제의 기사단을 어떻게 넘기실 건가요? 또한 제 대신 영주의 역할을 하고 있는 여인의 안위는요? 그리고 연회를 위해 몰려든 사람들의 안전은요?"

정확한 지적에 루카는 게일의 손을 잡았다. 작은 땅의 영주인 그녀는 무시할 존재가 아니었다. 공작 역시 루카의 표정과 게일을 번갈아 바라보았다. 공작은 환희와 감격, 또는 감동까지 감정의 파노라마를 보듯 주름진 표정에 모든 것이 나타났다.

게일과 루카는 놀라운 한 쌍이 될 것이 분명했다.

"그것이 우리가 앞으로 해야 할 일입니다. 일이 당겨졌습니다. 또한 우리 측의 기사단들과 군병들은 황제의 눈을 피하려 조금씩 움직이는 상태이기에……."

"내가 갈 것이다. 독단적으로."

그때 루카가 나서자 공작은 고개를 저었다.

"위험합니다. 만일 황제가 모든 것을 파악하고 있다면요? 이 모든 것의 중심점이 장군이라는 것을 알고 있다면 목숨이 위험합니다. 그리고 어젯밤 늦게까지 황제의 은밀한 침실에서는 채찍질 소리와 비명이 끊이지 않았다합니다."

채찍과 비명이라니. 게일은 혐오감이 엄습하는 것을 어쩌지 못했다. 그러나 한편으로 드는 걱정은 저를 대신한 여인을 향한 것이었다.

"혹시 위장한 여인인가요?"

"아닙니다."

게일이 묻자 공작은 다행이도 아니라 대답했다. 그리고 다시 한 번 루카에게 위험을 경고하며 만류했다.

"아직까지는 넘어가고 있으나 만일 브륀의 영주가 가짜라는 것을 황제가 알게 되었다면 어찌하시겠습니까? 아니 이미 알고 있음에도 불구하고 태연한 척하는 것이라면요? 거기에다 그녀가 아르까 가문의 사주를 받고 있다는 것까지 알아냈다면……."

참담한 심정으로 공작은 있는 그대로를 루카에게 알렸지만 그는 대수롭지 않다는 듯 창밖의 정원을 응시했다.

"이렇게 된 이상 시간 싸움이다. 가장 먼저 당하는 쪽은 공작가가 될 것이고."

공작 역시 자리에서 일어나 루카 옆에 나란히 자리했다.

"그렇지요."

"그러니 일단 가문의 기사단을 나와 함께 움직이게 하고 공작은 피신하도록."

"그러겠습니다."

"철저히 피신해야 할 걸세. 형님은 보기보다 끈질기거든."

"……알겠습니다."

"그 시간을 내가 벌어 볼 테니, 당장 필라에게 언질을 두고."

"이미 그렇게 했습니다. 행정관이 모든 관료들과 귀족들에게 알렸을 것입니다."

"좋군. 그러면 아무도 참석지 않으니 오늘 연회에는 내가 간다."

루카는 씩 웃었다. 소년 같은 특유의 웃음은 정답을 알고 있다는 듯 명쾌했다. 그러나 게일은 그 웃음에서 쓸쓸함과 외로움을 맛보았다. 아마도 저 웃음 때문에 공허한 그의 영혼을 위로하고 싶은 욕망이 일었는지도 모를 일. 그렇기에 게일 또한 자리에서 일어났다.

"나도 가요."

"안 돼."

즉각적인 거부가 돌아왔지만 당연한 것이었다. 황제와 맞붙게 된 상황이니 루카는 황후의 펜던트에 대한 진실도 이번 기회를 빌려 알아낼 참이었다.

"만일, 나 때문에 죄 없는 여인이 죽는다면요?"

이미 단단히 결심을 한 모양인지 게일의 빛나는 눈동자는 깊은 흑색으로 변해 있었다. 테두리까지도 깊고도 깊은 진회색이 될 정도로. 그만큼 게일은 브뤼의 영주로서의 태도와 입장이 분명하다는 의미였다.

"황제가 그렇게 행동할 가능성이 없지는 않지만……."

"않지만?"

"위험해!"

루카 역시 만만치 않았다. 세찬 비바람을 혼자 맞으려 하는데 게일은 그것도 몰라주고 함께 맞자 하고 있다.

"그대는 황제의 잔인함을 몰라."

"루카가 있잖아요. 그리고 보그린과 부대장까지. 저를 지켜 주실 분들임을 알아요. 나 역시도 절대 짐이 될 생각 없습니다. 마예로와 여자만 데리고 곧장 빠져나온다 맹세해요. 그렇게 할게요."

루카는 공작이 보는 가운데 소리를 버럭 지를 뻔했다. 그러나 게일의 말도 틀린 것은 아니었다. 만일 브륀의 영주가 가짜고 진짜인 게일이 공작과 함께 있다는 것이 발각된다면 루카가 손을 쓰기도 전에 공작가는 몰살될 것이다.

루카는 게일에게서 등을 돌려 공작에게 지시를 내렸다.

"지금부터 시작해. 시간 싸움이 될 것이니."

"알겠습니다."

공작이 움직이고 루카 또한 게일을 데리고 그곳을 벗어났다. 나온 뒤에도 루카는 표정을 풀지 않았다. 게일은 그 모습을 보며 다시 한 번 보그린이 알려 준 검의 사용법과 제 차림새를 점검했다.

"분명히 말하지만 이번에는 나 혼자 연회장으로 간다. 그러니 부대장과 함께 성의 틈에 잠입하여 기사단을 제거해야 하는 것이 먼저다."

"환한 낮인데 가능할까요?"

"그래도 해야 해. 황제의 기사단은 완전무장한 채다. 철저히 분리해야 이쪽에 승산이 있어. 그러니 조용히 하나씩 해결한다."

공작가의 비밀 통로가 있는 정원의 한편에서 루카는 모랄트와 아르까 가문의 기사단과 함께 있었다. 단단한 결심, 실전만이 남아 있었다.

"그리고 보그린, 자네는…… 분명히 보호하게."

특히나 루카는 보그린을 한껏 주시했다. 잘 들리지 않았으나 보그린은 루카가 무엇을 강조하는지 능히 알았다. 브륀의 영주인 게일을 부탁한 것이다. 보그린은 살짝 놀란 눈치였다. 그런 위험한 장소에 영주가 함께 간다니.

"함께 가시는군요."

"그녀가 남으면 공작이 위험해."

루카는 보그린을 보지도 않고 말했다. 게일이 있음으로 인한 공작가의 파멸을 생각도 못 한 보그린은 그제야 납득할 수 있었다.

"알겠습니다. 제 목숨이 다할 때까지 지키겠습니다."

보그린이 씩 웃으며 제 결심을 드러냈다. 루카는 반갑지 않았다. 다만 살얼음 같은 눈빛을 그에게 보내며 말에 올라탈 뿐이었다.

"목숨은 무슨. 함부로 보지나 말라고."

그렇게 루카가 출발하고 그 뒤를 여섯으로 구성된 그의 정예군들이 따랐다. 그리고 보그린의 뒤를 투구를 내려쓰고 가슴에는 갑옷까지 둘러 완벽한 견습 기사가 된 게일이 따랐다.

게일은 답답해 미칠 지경이었다. 몸과 마음 모두를 꽁꽁 싸매라는 루카의 지시로 인한 것이었다.

그의 마음을 알 수 있는 이 상황에서 게일은 싱긋 웃을 수밖에 없었다. 지금도 한참을 앞서가던 루카가 고개를 돌렸다. 오직 게일을 보기 위해서.

사랑스런 그는 너무나 따뜻한 사내였다. 루카를 생각하며 게일은 고삐를 잡은 손에 힘을 줄 수밖에 없었다.

그들은 눈에 뜨이지 않게 노력하며 아주 조용히 황제궁으로 스며들었다.

❀　　　❀　　　❀

화려함이 첫날보다 더한 둘째 날의 연회장.

꽃향기가 진동하고 있었다. 그 향기 취한 듯한 황제 암포가와 옆자리에서 미동도 않고 앞만 바라보는 브뢴의 영주, 아니 창부 홀리.

황제는 시종이 가져온 쟁반 위의 은잔 두 개를 손수 들었다. 그리고 그중 한 잔을 홀리에게 내밀었다.

"밤새 내 생각을 하셨는가?"

참으로 은밀한 물음이었다. 그러나 홀리는 대답하지 않았다. 아니, 대답하지 못했다. 어제와는 황제의 눈빛이 확연히 달라 무서웠다. 아니 소름이 끼칠 정도도 매서웠다.

"축배의 잔을 듭시다. 자, 악공들!"

황제는 자리에서 일어났다. 그다음 텅 빈 연회장을 향해 잔을 높이 들며 떨고 있는 악공들에게 소리쳤다.

곧이어 음악이 연회장을 가득 메우니 그 선율은 마치 장송곡처럼 홀리의 귓가를 나돌아 다니고 있었다.

제7장

일곱째 날 On the seventh day

텅 빈 연회장에 은은한 선율이 흐른다.

황제는 홀리에게 손을 내밀었다. 첫날과 마찬가지의 행동이나 전혀 다른 눈빛을 한 황제로 인해 홀리는 소름이 끼쳤다. 또한 입가의 묘한 미소는 마치 홀리를 비웃고 있는 것처럼 보였다. 그래서 그녀는 손이 선뜻 앞으로 나가지 않았다.

그에 비해 황제는 태연한 표정으로 내민 손을 거둔 채 다른 손에 든 잔을 홀리가 들고 있는 잔에 부딪쳤다. 그것을 단숨에 마시기를 바라는 듯 잔을 들어 곧장 제 입으로 털어 넣었다. 그다음 던지듯 잔을 내려놓은 황제가 다시금 홀리를 마주 보았다.

"축배의 잔을 거부하는 것입니까?"

"아, 아닙니다."

"예의를 지키지 않는 그 행동은 브뤈의 영주가 세르안의 황제를 업신여기는 것으로 보아도 좋겠습니까?"

"그, 그럴 리가요……."

"그럼 무엇이지요?"

어조는 친절하고 부드러우나 당장 마시지 않으면 목이라도 자를 듯한 강압이었다. 홀리는 몹시도 긴장했다. 그래서 앞뒤 생각도 못 하고 손안에 든 잔을 단숨에 마셔 버렸다.

어젯밤, 홀리는 단단히 마음을 먹고 황제를 기다렸었다. 그러나 황제는 자신이 있는 곳으로 오지 않았다. 다만 첫날 밤을 고대한다는 메시지가 담긴 화려한 꽃다발을 전달했을 뿐이었다.

홀리는 안도를 했었다. 배려심과 은근한 추파를 동시에 보여 주는 것이리라. 단지 욕정에 이끌려 저를 취하지 않는 것은 브뤈의 영주를 대단히 존중하고 있는 것이라 봐도 무관할 것이었다.

아침이 되었을 때, 홀리는 사내는 다 똑같다는 지론 아래 브뤈의 궁정관에게 언질 받은 것을 단단히 상기하며 다시금 브뤈의 영주에 대해 수백 번 되뇌었다.

이제 남은 이틀 동안 황제만 잘 구슬리면 아르까 공작이 제시한 재물뿐만 아니라 어쩌면 황제까지 제 것이 될 수 있을 터였다.

온몸을 거울 앞에 비추며 홀리는 다시금 엷은 금빛 눈과 자신의 몸에 자부심을 가졌다. 그래, 창부였던 자신이 황후가 되지 못하리란 법은 없지 않은가?

그러나 지금, 자신감이 눈 녹듯 사라져 버렸다. 또다시 황제의 손이 다가왔다. 더 이상 거절할 명분이 없었기에 황제의 손을 잡았다.

역시나 여인의 자태는 어제 보았던 것과 다름이 없었다. 그러나 암포가는 손에 내밀어진 그녀의 손등을 유심히 살폈다.

"이국의 창부 홀리는 금빛 눈동자와 손등에 있는 붉은 점으로 유명합니다. 독특한 눈동자와 붉은 점이 그녀가 전생에 여신이었다는 흔적이라며 뭇 사내들의 마음을 좌지우지했었답니다, 폐하."

자랑스레 제가 알아낸 정보를 떠든 로린. 꽤나 맛이 좋아 즐겨 찾았던 그녀는 고작 시녀 주제에 황후를 꿈꾸었고 더러운 몸뚱이로 제 후사를 바란 괘씸한 것이었다.

아직도 그녀의 맨살에 내려쳤던 채찍의 감각이 고스란히 손바닥에 담겨 있었다.

황제는 비릿한 미소를 머금었다. 손바닥에 올려진 영주의 손등에는 로린이 알려 주었던 붉은 반점이 분명하게 보였다.

"하하하!"

황제의 웃음소리는 허리와 손이 잡혀 연회장 한가운데 서 있는 홀리를 떨게 만들었다. 마찬가지로 악공들 역시 황제의 날카로운 웃음에 억지로 숨을 삼키며 연주에 몰입하려 애썼다.

"아름다운 브뤼의 영주, 당신의 이름은?"

뭐지, 이름을 다시 묻다니…… 뭔가 꺼림칙한 기운을 무시할 수 없었다.

"게일…… 아만."

"그렇지, 게일 아만."

홀리는 황제의 손에 의해 빙그르 돌았다. 선율에 따라 유려하게 미끄러지는 남녀의 움직임. 보기에는 별다른 바가 없었다.

그러나 홀리는 영주의 이름을 입에 담고 있는 황제에게 공포심을 맛보았다. 제 허리를 죽일 듯 꼭 잡고 있는 손아귀에 의해 숨쉬기도 버거웠다.

"금빛 눈은 타고난 것인지?"

"그렇습니다."

"아하! 브뤼의 후손에게조차 몇 대에 걸쳐도 잘 나타나지 않는 귀한 눈동자. 그 귀한 눈빛을 하사받았으니 그대는 자신의 반쪽에게 무한한 영광을 주실 것인가?"

"그렇습니다."

생각도 못 한 황제의 질문. 떨렸다. 황제의 말에 맞장구를 치면서도 말도 못 하게 떨고 있었다. 또한 계속하여 연회장을 뱅글뱅글 돌고 있어 속이 울렁거려 토할 것만 같아 불쾌하기까지 했다.

긴장해서 그런 것인지 아니면 급히 마신 좀 전의…….

'뒷맛이 썼었어.'

술을 즐겨하는 홀리는 아니었으나 그래도 주색을 맞출 여건은 되니 남들보다는 많은 술을 알고 있는 그녀였다. 그러나 그 많은 술들 중 자신이 마신 것만큼 쓴 술은 없었다.

몹시 불길했다. 홀리는 등에 식은땀을 흘리면서도 미소를 잃지 않았다. 그저 황제의 비위를 최대한 맞춘 뒤 이곳을 빠져나갈 속셈이었다.

이제 황제와 홀리는 서로를 마주 보며 선율에 맞추어 다음을 기다리는 자세를 취하고 있었다.

"그럼, 브륀에서는 아만의 짝이 될 상대를 뭐라고 부르지?"

"네?"

"황야의 브륀. 영물의 수호를 받는다는 곳의 아만이 칙칙한 화장술로 뒤덮인 여자일 리 없지."

"폐, 폐하……."

"나반! 나는 나반이 되고 싶다."

"저, 저기. 폐하……."

"그러니 나에게 영원불멸의 삶을 주기를 바란다. 브륀의 영주여!"

천둥 같은 고함 소리. 황제는 악귀처럼 무시무시한 기운으로 홀리에게 다가왔다. 홀리는 뒷걸음질 쳤다. 그녀는 아만과 나반이 무엇인지 알지 못했다. 생전 처음 들어 보는 것들이었다.

홀리의 얼굴에서 미소가 사라졌다. 그와 동시에 황제의 손이 다가왔다.

찌이익. 그녀의 눈가를 드리우던 베일이 황제의 손에 의해 무참히 찢겨 나갔다. 그리고 악공들의 연주마저 끊겨 버렸다.

홀리의 눈빛은 떨리고 있었다. 그런 그녀의 턱을 들어 올리며 히죽거리는 황제.

"분칠이로다. 입술마저 꽃잎을 녹였구나, 창부 홀리."

헉! 외마디의 신음. 제아무리 노련한 창부라 하나 저를 쏘아보는 황제의 앞에서 태연하게 연기를 할 순 없었다.

그는 거기에서 멈추지 않고 그녀의 가는 목을 두 손으로 움켜잡고 제 눈을 바라보게끔 만들었다.

"어찌 알았냐고?"

홀리는 숨도 쉬지 못했다. 목구멍을 옥죄어 오는 황제의 손이 점점 더 조여지고 있었기 때문이었다.

"지금이라도 네 뒤를 봐주고 있는 자들을 말한다면, 네 목숨을 살려 줄 수 있다."

홀리는 판단조차 할 수 없었다. 어찌 이리도 금방 탄로 날 수가 있었는지.

적어도 마지막까지는 갈 줄 알았다. 홀리의 속이 까맣게 타 들어 가고 몸 안에서 부글거리며 울컥한 것을 토하고픈 심정이었다.

황제의 입술이 다가와 감미롭게 속삭였다.

"뭐, 말하지 않아도 괜찮다. 충분히 알아낼 수 있으니. 다만 잔에 든 술에는 약간의 독을 섞었노라. 잠시나마 나를 설레게 했던 보상으로."

"커어억!"

황제는 쥐고 있던 홀리의 목을 꽉 부여잡았다. 그러자 토악질하는 홀리. 그녀의 입에서 검붉은 액이 흘렀다. 심지어는 콧구멍에서도 흘러나와 그녀의 턱을 적셨다.

그것이 하얀 살결과 맞물려 황제의 심미안을 자극했다. 독을 삼킨 여체. 암포가는 불타는 욕망을 잠재우며 그대로 손아귀에 힘을 주자 홀리가 축 늘어졌다.

"하으윽."

황제의 신음과 동시에 앞섶이 불룩 솟아 있었다. 그는 당장 욕망을 풀어 낼 상대가 필요했다. 손안의 죽어 버린 시체 따위…….

황제는 더러운 오물을 버리듯 축 늘어진 여체를 바닥으로 내동댕이쳤다.

"당장 여자를 불러! 수십 명도 좋다. 여자를 불러!"

한껏 소리쳤다. 이 욕구를 풀어야 했다. 브륀의 영주와 함께할 즐거움에 며칠 동안 풀어 내지 못한 욕구가 물밀 듯이 밀려들고 있었다.

연회장에 진동하는 고함 소리, 그리고 쓰러진 시체. 그것이 연회장을 가득 메운 꽃향기와 맞물려 코를 막을 정도로 악취가 되어 풍겼다.

황제의 행동에 겁을 집어먹은 악공들은 제 악기도 제대로 챙기지 못한 채 연회장을 빠져나갔다. 그 우스꽝스런 모습을 보며 황제는 또다시 큰 소리로 웃고 말았다.

"겁쟁이들! 이것들이 황제의 연회를 무시하다니. 저것들을 몽땅 잡아 교수형에 처해라! 당장!"

저 혼자 악을 쓰며 손과 발에 닿는 대로 화병이며 장식품들을 내던지고 발로 찼다. 분이 가시지 않았다. 감히 나를 기만하다니. 감히!

아수라장이 된 연회장. 뜯어진 꽃잎들이 죽은 홀리의 몸에 연기처럼 달라붙었다.

그렇게 얼마나 지났던가. 암포가는 제 풀에 지쳐 상석에 주저앉아 옆으로 흩날리는 꽃잎 하나를 가져와 손가락으로 장난치듯 매만졌다.

바로 그 순간, 연회장의 벽들이 일시에 움직였다. 비밀 장치가 위로 널을 뛰며 작은 문이 열렸다.

바로 그 문을 통해 황실 문양이 새겨진 갑옷을 입고 있는 기사 몇이 나타나 황제의 양옆으로 도열하였다. 맨 앞에 있던 기사 하나가 주변 상황에도 아랑곳 않고 감히 황제에게 다가가 속삭였다.

"분명해?"

"어찌할까요? 아르까 가문의 기사들이 총동원된 모양입니다."

"동생 놈의 정예군들은 아니고?"

"아닙니다. 장군 측은 아니었습니다."

"흠……."

"다만 장군께서 유독 그쪽 견습 기사를 챙기시는 모습이 포

착되었습니다."

"누가 누구를 챙겨?"

의아한 황제에게 계속하여 보고하는 기사단. 황제는 기사단의 보고를 들으며 즐거운 기색을 감추지 않았다.

"잡아 와. 그 견습 기사 놈."

"저, 사내입니다."

"무슨 상관인가? 놈이 마음을 준 것이 분명해 보이는데!"

"그렇지만……."

"그동안 여자에게 눈길 한 번 주지 않았던 놈이야. 내가 왜 여태 그것을 몰랐을까! 그놈은 사내를 좋아해!"

노래하듯 즐거운 말투로 단호히 말한 황제는 입가를 길게 늘였다. 그리고 단호하게 지시를 내렸다.

보고를 마친 기사단은 다시 조용히 물러났다. 연회장의 양문이 아닌 벽의 비밀 문을 통해.

기사단이 사라지자 황제는 자리를 훌훌 털고 일어났다. 그다음 기분 좋은 웃음을 매단 채 천천히 그곳을 벗어났다. 곧 다가올 즐거움에 마음까지 설레며.

루카와 아르까 기사단들은 연회장과는 반대에 위치한 성채의 쪽문을 열고 안으로 들어왔다. 그 문은 루카만이 알고 있던 문이기도 했다.

"이런 곳에 문이라니, 참 신기합니다."

"성에는 비밀 장치가 많아. 그중 하나다."

보그린의 말에 좀체 입을 열지 않는 루카가 입을 열었다. 보그린 뒤에 있는 게일을 의식한 대답이었다. 눈을 가린 채 투구까지 쓰고 헐떡이고 있을 것이 분명한 그녀가 너무 안쓰러웠다.

그러나 이곳으로 데려올 수밖에 없었으니…… 루카는 일단 게일을 안전하게 대피시킬 장소를 물색 중이었다.

"지금부터 나 혼자 황제에게 간다."

루카의 지시에 아르까 기사단들이 긴장하기 시작했다.

"반은 이 복도를 따라가다가 황금빛 별이 박힌 벽 장식이 나오면 그 왼쪽 계단으로 내려갈 것. 그곳에 부대장이 기다리고 있을 테니 다음 지시를 들어라."

지시를 받은 기사단들은 고개를 끄덕인 뒤 곧장 긴 차가운 복도로 등을 돌려 사라졌다. 남은 자들은 보그린 및 기사단 몇 명과 게일이었다. 루카는 게일을 잠시 바라보다가 보그린에게 당부하기 시작했다.

"황제궁은 비밀 장치가 많아. 나 역시 전부 알지 못하니 단단히 경계해야 할 것이다. 일단 한 층 아래 있는 문을 열고 곧장 마구간으로 가. 그 안에 위치한 세 번째 마구간 문과 문 사이 벽 틈에 열쇠가 있다. 그 열쇠로 황제가 가장 중요하게 생각하는 포사격에 필요한 장치를 열 수 있을 것이다."

"제1망루의 열쇠군요."

"그곳이 우리 손에 들어오면 황제 기사단을 더 쉽게 제압할 수 있을 것이다."

"알겠습니다."

"그리고 그곳을 함락하면……."

루카는 게일을 보았다. 반짝이는 게일의 눈빛이 투구 사이로 삐져나왔다. 그것이 또 사랑스러워 루카는 저도 모르게 게일의 투구 위로 손을 올렸다.

"궁정관이 별채에 있을 것이니 그를 데리고 곧장 마을과 연결된 다리를 향해 달려가서 안전하게 대피하고 있어라."

"명심하겠습니다."

"부탁해."

다만 부탁한다는 말밖에 할 수 없어 안타까웠다. 시선은 게일에게 두면서도 뒤를 부탁하는 장군의 마음을 눈치챈 보그린은 어색한 듯 시선을 허공에 던지며 대답해야 했다.

"분명히 지키겠습니다."

게일 역시 뭐라고 대답하고 싶었으나 그럴 상황이 아님을 알았다. 오직 루카의 가슴에 손을 얹고 톡톡거릴 뿐이었다.

'안전하게. 그러니 무사히 돌아와요, 루카.'

'물론, 그대는 안전이 최우선임을 잊지 마.'

눈으로만 대화를 나눈 다음 게일과 루카는 등을 돌렸다. 그러나 둘은 알고 있었다. 얼마 못 가 금방 만나게 되리라는 것을.

또한 맹세와 언약이 함께하니 그 사이에 있는 믿음과 사랑은 매우 굳건하였다.

게일은 보그린 일행들과 움직이고 루카는 연회장으로 가려 그 자리를 벗어났다. 회랑을 돌아서던 그는 본능이 무언가 위험을 감지했음을 깨달았다.

어색한 공기들이 걸음을 옮기는 루카를 따라다녔다. 긴 회장마다 장식된 갑옷들, 무기들, 벽에 걸린 그림들까지도 루카의 시선을 잡아채고 있는 것이다.

"눈치챘나?"

그러나 뒤로 돌아갈 시간이 없었다. 루카의 발걸음은 바람보다 더 빠르게 황제가 있는 곳으로 내달렸다. 루카가 가는 곳은 연회장이 아니었다.

황제의 붉은 침실, 바로 그곳이었다.

게일은 보그린 일행과 마구간에 들어서고 있었다. 보그린이 문틈에서 열쇠를 꺼내 들자 일행들은 다음 장소로 이동하기 시작했다.

"무거우시죠?"

보그린은 삐걱거리며 걷은 게일이 못내 안타까운 듯 물었다.

"아닙니다. 이 정도는 괜찮아요."

"다행입니다. 이제 망루만 열고 마예로를 모시고 나옵시다."

"두 분, 보기 좋아요."

"학식이 풍부한 마예로를 보면 마치 돌아가신 제 아버지와 대화하는 기분입니다."

보기보다 꽤 자상한 보그린은 마예로를 살뜰히 챙겼다. 게일은 그와 궁정관이 함께 대화를 나누던 모습을 떠올렸다.

"그럼 두 분이서 많은 시간을 가질 수 있게 할게요. 브륀으로 돌아가기 전에."

"어? 돌아가십니까?"

"그건……."

게일의 말에 놀란 보그린은 눈을 크게 떴다. 게일이 미처 대답을 하기도 전에 주변이 소란스러워졌다.

"영주님은 제 곁에서 떨어지지 마십시오. 다들 무기를 들어라! 황제의 기사단이야!"

보그린의 외침에 게일 역시 천천히 뒤를 돌았다. 그녀는 마구간에서 들리는 말 울음소리에 곁들여 있던 황제 기사단의 소리를 듣지 못했었다.

보그린이 검을 빼어 들자 맞은편에 자리 잡은 수십 명의 황제 기사단 역시도 각자 무기를 높이 쳐들었다. 긴 창에 무시무시한 심이 박혀 있는 해머까지.

게일 또한 검을 들어야 했다. 그녀는 제법 손에 익은 검을 꼭 쥐었다. 이들에게 짐이 되고 싶지 않기에 여차하면 휘두를 심산이었다.

'루카, 나에게 힘을 줘요.'

루카의 다정하고 굳건한 모습이 자신을 지탱하고 있는 것을 안다. 그에게 짐이 되고 싶지 않다. 또한 이방인인 자신을 철통으로 보호하고 있는 아르까 기사단들에게도 누가 되고 싶지 않았다. 검이니 대결이니 하는 것에는 무지하나 적어도 한 사람의 몫이라도 해낼 수 있다면 좋겠다는 생각이 머릿속에 가득했다.

그러나 아쉽게도 게일은 기사가 아니었으며 심지어 무자비한 황제의 기사단이 두렵기까지 했다. 그런 그녀 앞으로 보그린이 벽처럼 막아섰다.

"장군의 부탁입니다. 제발 제 뒤에 꼭 붙어 계세요."

절박한 어조. 그것은 부탁이 아닌 간청이었다. 어쭙잖게 검을 휘두르지 말고 그저 저를 방패 삼아 온전히 있을 것. 보그린은 힘 있게 검을 잡았다.

두렵기는 그 역시도 마찬가지. 저들이 게일을 눈치채지 못했으면 하는 바람뿐이었다. 그것은 장군을 핑계 삼아 게일을 지키고픈 진심이었다.

"이게 누구시던가, 아르까 가문의 오합지졸이시군. 뭐 긴말하지 않겠소이다. 거기, 견습 기사를 순순히 내어 준다면 조용히 물러나 드리지요."

황제 기사단 중에서 가장 앞선 기사 하나가 긴 창을 앞으로 세운 채 보그린을 노려보았다. 그에 아르까 기사들과 게일은 숨을 삼켜야 했다.

어떻게 그녀를 알아차릴 수 있었을까. 황제궁에는 숨은 눈들이 많다는 것이 정녕코 빈말이 아니었던 것인가. 일단 보그린은 껄끄럽게 부정해 보았다.

"견습 기사라니? 무슨 말이오? 그런 거 없소이다."

"왜 이러실까? 더구나 황제의 허가도 없이 무장한 채 황제궁을 드나들다니. 그것만 보아도 대역죄인 것을 아시는가? 머리 좋은 기사 보그린?"

히죽 웃는 품새가 황제의 오른팔 조르를 연상케 했다. 황제의 충실한 심복이자 개라 칭하는 황제의 기사단은 보그린을 위시한 아르까 가문의 기사단을 죽일 듯 주시하고 있었다. 그 한가운데 게일이 있었다.

그녀는 방금 말한 것에 화들짝 놀라고 말았다. 대체 자신을 요구하는 저의가 무엇인지, 왜 하필이면 자신을 원하는 것인지 혼란스러웠다. 혹여 정체가 탄로 난 것은 아닌지…….

"내어 주지 않는다면?"

검을 움켜쥔 보그린이 거부 의사를 명확하게 밝혔다. 그것이 도화선이 되어 아르까 가문의 기사단 전부는 호흡을 가다듬었다.

황제궁에 들어온 이상 대결은 불가피했다. 다만 인적이 드문 곳이고 위치상 유리했다. 거기에 마구간의 말들이 소란스럽게 울어 대며 도움을 주고 있다.

주변을 살핀 그는 일단 이곳을 빠져나가는 것이 급선무라 판단했다.

"고작 수십으로 우리를 상대하시겠다?"

그들이 한껏 비웃었다. 그러나 그들의 비웃음에도 불구하고 보그린의 의지는 타올랐다.

"이렇게 된 이상, 하나도 살리지 말고 죽여야 한다. 그래야 발각되지 않아."

보그린의 말에 대답하는 이들은 모두 한마음이었다. 그들의 단단한 기합이 숨죽인 게일에게까지 전해지고 있었다.

"해 보겠다는 말씀이신가? 우리야 좋지. 몸을 풀어 두어야 다음으로 덤빌 자들을 모조리 지옥으로 보낼 수 있을 테니."

역시나 황제는 이 사태를 충분히 파악하고 있음이 분명했다. 보그린은 시간 낭비할 틈이 없었다. 어서 망루를 열어 장군의 정예군들에게 힘을 실어야 했다.

"긴말 말고 덤벼라, 황제의 개들아!"

보그린이 소리쳤다. 그와 동시에 달려드는 황제의 기사단. 그들의 말과 무기가 무섭게 돌진하고 첫 번째 함성과 더불어 아르까 가문의 기사단 한 사람과 황제 기사단 한 명이 피를 흘리고 쓰러졌다. 그것에 황제의 기사단 측은 바닥에 침을 소리 나게 뱉었다.

"거참, 제법 명망 있는 기사라 존중해 주려 했으나 황제의 뜻을 거역하는 반역을 저질렀으니 남은 것은 죽음뿐이다. 저들을 죽여라! 단, 견습 기사는 생포해!"

순식간에 피 냄새가 진동했다. 아울러 마구간의 말들도 불안한지 푸덕거리며 발길질을 해 대고 있었다.

황제의 기사단과 아르까 기사단들이 가까이 붙어서 벌이는 싸움은 마치 전쟁의 한복판에서 벌어지는 근접전(近接戰)을 방불케 했다.

검과 검이 피를 튀기고 창에 찔려 쓰러지는 기사, 무거운 해머에 어깨가 부서진 기사, 쓰러지고 넘어지고 비틀리는 기사들로 인산인해를 이루었다.

그 와중에도 보그린은 쉬지 않고 검을 휘두르면서 제 뒤에 끈질기게 붙어 있는 게일을 살폈다. 그는 달려드는 황제 기사의 말을 검으로 푹 찌르며 게일을 한 손으로 보호한 채 몸을 돌렸다.

다시금 황제의 기사들이 보그린을 향해 움직였다. 어느새 보그린의 손은 땀과 피로 얼룩져 있었다. 그러나 검을 놓을 수는 없었다. 그에게는 기사의 명예와 의무, 그리고 책임이 있었기에.

게일 또한 어설프게나마 다가오는 황제 기사들에게 검을 휘둘렀다. 그런 게일을 우습다는 듯이 바라보며 해를 가하지는 않는 황제의 기사단.

그래서 게일은 알았다. 저들의 목적은 오직 자신이라는 것을.

"보그린, 나를 넘겨요."

"그럴 수는 없습니다."

"망루를 열어야 하지 않나요? 나를 넘기세요!"

소리치는 게일과 보그린. 그들은 어지러운 상황에서 잠시 시선을 나누었다. 투구 사이로 언뜻 비치는 게일의 눈동자는 밤의 시작처럼 어두운 붉은빛을 띠고 있었다.

신비한 눈동자를 가진 브륀의 영주. 이 상황에서도 그녀의 눈빛은 아름답기 그지없었다. 순결하고 선량하며 또한 믿음과 의지를 발현케 하는, 브륀의 시민이 아님에도 그녀에게 충성을 맹세하고픈 정의감까지 향하게 만든다.

그렇기에 태산 같은 장군이 브륀의 영주를 마음에 담은 것인지도 모를 일.

그것은 보그린도 마찬가지. 마치 주군을 경애하는 마음으로 보그린은 게일을 안전하게 보호하고 싶었다. 그러나 시간이 갈수록 말과 창까지 동원한 황제의 기사단에 점점 밀리는 형국이었다. 비명과 함께 쓰러진 아르까 가문의 기사들은 쓰러져서도 적의 말발굽에 짓밟혀야 했다.

남은 아르까 기사단들은 도합 다섯. 모두가 역부족임을 알면서도 검을 놓지 않았다. 보그린 역시도 마구간에서 꺼낸 열쇠를 의식한 채 숨을 몰아쉬고 있었다.

"지금이라도 견습 기사를 내어 주면 물러나겠소이다. 소년인 모양인데 황제께서 원하시니."

황제의 명이 그리 달갑지 않은 듯한 기사 하나가 창을 움켜잡고 보그린에게 힘껏 던질 태세를 취하고 있었다. 아울러 그 옆의 기사는 거대한 해머를 빙빙 돌리며 얼마 남지 않은 아르까 기사단을 협박했다. 이에 보그린은 살아남은 아르까 기사들을 돌아보았다.

"최후까지, 기사의 명예를!"

보그린은 격렬하게 소리쳤다. 남은 기사들 역시 온 힘을 모아 함성을 지르기에 이르렀다.

"내가 쓰러져도 절대 뒤돌지 말고 무조건 부대장이 있는 곳으로 뛰어요."

보그린은 게일에게 당부하는 것도 잊지 않았다. 그러나 게일은 고개를 저었다.

"보그린, 제발…… 날 넘겨요."

"아닙니다. 내가 신호하면 곧장 앞만 보고 달리세요."

"보그린!"

"그다음 복도 끝 황금빛 별이 박힌 벽 장식을 따라가 부대장과 합류하십시오."

게일은 눈물이 고여 들었다. 보그린이 무엇을 하려는지 충분히 짐작할 수 있었기 때문이었다. 그는 자신을 희생하려 하고 있었다.

"망루는 어쩌고요. 그러니 날 넘겨요."

"발 빠른 기사가 갑니다. 남은 넷이 버틸 테니, 부디……."

보그린은 재빨리 품에 있던 열쇠를 뒤에 있는 기사에게 넘겼다. 열쇠를 넘겨받은 기사는 그 즉시 뒤를 돌아 달리기 시작했다.

남은 기사들이 일사불란하게 검을 휘두르며 상대를 교란시키기 시작했다.

"신호하면 곧장 달리세요!"

보그린의 말에 게일은 눈을 질끈 감았다. 그러지 않으면 차오른 눈물이 흐를 수도 있었기에.

그녀도 움직여야 했다. 자신이 잡히면 이들이 감내한 희생이 헛되이 될 터였다.

게일은 거추장스런 투구와 가슴을 감싼 갑옷을 재빨리 벗고 손목에 감은 천으로 얼굴을 칭칭 감았다. 눈앞이 깜깜했다. 그러나 단단히 마음먹고 보그린이 손짓하는 방향으로 뛸 준비를 했다.

"지금! 어서!"

보그린이 함성을 내지르자 게일은 있는 힘껏 뛰었다. 남은 기사들 역시 사력을 다해 소리치고 각 방향으로 검을 휘둘렀다. 황제 기사단 역시 아르까 기사들을 처단키 위해 달려 나왔다.

후들거리는 다리를 다독이며 미친 듯 뛰어가는 게일의 얼굴에는 눈물이 가득했다. 뒤돌아볼 수도 없었다. 자신을 위해, 그리고 루카를 위해, 아울러 세르안을 위해 희생하는 고결한 기사들에게 아무것도 해 줄 수 없는 것이 원통했다.

게일은 입술을 질끈 물었다. 그들에 대한 보답은 무사히 탈출하는 길뿐이었다.

"윽!"

게일이 마구간을 지나 성벽 사이로 난 틈새로 사라질 때 보그린은 황제의 기사가 휘두른 해머로 뒷머리를 가격당하였다.

퍼억! 퍼억!

그것도 모자라 어깨와 허리, 무릎을 연속으로 강타당한 보그린은 땅에 쓰러져 흐물거리며 녹아들었다.

마지막 숨을 삼키는 보그린의 눈에는 아프도록 환하게 웃는 게일의 모습이 보였다.

게일은 루카가 말했던 황금빛 별이 박힌 벽 장식을 찾기 위해 다시금 성안으로 들어와 있었다. 슬플 겨를도 없었다. 어서 모랄트에게 가서 황제 측에서 아르까 기사단이 올 것을 눈치채고 있었음을 알려야 했다.

화려한 복도를 걸으며 그녀는 다리와 팔까지 감싸고 있던 보호구들을 하나씩 벗었다. 남은 것은 짧은 머리에 사내처럼 입은 옷차림. 시종 같은 행색이었다.

그 모습을 복도에 세워진 거울에 비추어 보며 조금은 안도할 수 있었다. 그래, 이게 나을지도 모르겠다. 위험에 처할 것을 대비해 짧은 검 하나를 허리춤에 조심히 감아 두었다. 한참을 걸었으나 가도 가도 끝없는 긴 회랑.

대체 황금빛 별이 박힌 벽 장식은 어디에 있는 거야!

게일은 길게 심호흡을 했다. 두려웠지만 마지막으로 보았던 보그린의 모습을 잊을 수가 없었다. 그것을 상기하며 머리를 세차게 흔들었다.

"정신 차려!"

스스로 엉덩이라도 걷어차듯 다부지게 걷는 게일. 그러면서도 경계를 게을리하지 않았다.

얼마나 계단을 오르고 복도를 걸었을까. 바닥 색이 점차 변화했다. 복도에 깔린 카펫과 벽에 걸린 태피스트리까지 짝을 맞춘 듯 선명한 붉은색이었다. 그리고 금빛 실로 수놓인 문양들이 굉장히 특이했다.

화려함을 넘어 기괴스럽기까지 한 전경. 게일은 이곳에 황금빛 별이 박힌 벽 장식이 있을 것이라고 여겨지지 않았다. 하여 뒤돌아 나오려는 순간이었다.

"사…… 살려……."

신음 소리였다. 게일은 너무나 비통한 신음에 이끌려 소리가 들린 곳까지 갈 수밖에 없었다. 브륀에서 늘 환자를 치료했던 그녀이므로 속에 내재된 의(醫)에 대한 본능이었다.

이윽고 게일은 바닥과 마찬가지의 붉은 문 앞까지 당도하게되었다. 소리는 바로 그 안에서부터 새어 나왔다. 게다가 문이 완전하게 닫혀 있지도 않았기에 게일은 그대로 문을 밀었다. 순간 훅 하고 퍼진 피 냄새는 사방을 가득 채우고도 남았다.

게일은 얼굴을 가린 천을 더 꼼꼼히 싸맸다. 세르안의 군병들과 루카가 처음 브륀으로 왔을 때 맡았던 피 냄새에 한 발을 내디딜 수밖에 없었다.

"세상에!"

게일은 눈앞에 펼쳐진 전경에 앞뒤 가릴 새가 없었다. 그것은 여체였다. 등에는 무수한 상처를 입고 팔다리에 사슬이 묶인 여자가 벽에 매달려 있었던 것이다.

"살려……."

사정하는 여자는 피를 너무 많이 흘린 것 같았다. 게일은 방 안을 살피며 필요한 도구를 찾기 시작했다. 사방이 붉은빛에 꺼림칙한 기운이 만연한 곳이라는 것은 신경 쓸 여력이 없었다.

마침내 적당한 도구를 찾은 게일. 해머처럼 생긴 것을 들고 곧장 여체를 묶고 있는 사슬을 내려치기 시작했다. 있는 힘껏 내려치고 또 쳤다. 이마에 땀까지 차올라 답답했으나 게일은 여인을 그대로 둘 수가 없었다.

간신히 사슬을 끊어 풀려난 여인은 처참한 몰골이었다. 성한 곳이 단 한 군데도 없어 보였다. 특히 등은 살점이 움푹 패여 이대로 두면 곧 썩어 들어갈 것처럼 보였다. 마치 채찍질이라도 당한…… 설마!

게일은 입술을 질끈 물었다. 방 안은 화려하기는 하나 음침하고 무질서하게 보였다.

지배자의 손길이 머문 곳, 이곳은 황제의 개인 공간이 분명했다. 또한 충분히 아름다웠을 여인이 사슬에 묶인 채 채찍질을 당했다. 더구나 성에서 가장 높은 신분인 황제가 행했기에 죽어 가는 여인을 돕지 못했으리라.

게일은 루카가 말했던 '황제의 잔인함'에 대해 충분히 느낄 수 있었다. 이토록 처참한 몰골을 한, 그것도 채찍질로 인해 살점이 찢긴 몸은 난생처음 보았다.

꼼꼼히 치료할 시간이 없어 최소한의 처치만을 하고 나갈 생각이었다.

그러나 이곳은 약초들이 즐비한 브륀의 성이 아니었으니 치료약이 있을 리 만무했다. 주변을 두리번거리는 게일의 눈에 탁자 가운데 놓인 유려한 화병이 들어왔다. 게일의 눈빛이 초롱초롱해졌다. 그 화병에는 게일이 익히 알고 있는 꽃들이 꽂혀 있었던 것이다.

진분홍에 연분홍까지, 붉은 침실과 어우러진 배롱나무 꽃이었다. 백일 동안만 핀다 하여 백일홍이라 불리기도 하는 배롱나무 꽃은 지혈에 탁월한 효과를 발휘하는 아주 귀한 꽃이었다.

게일은 화병 안에 있는 꽃들을 전부를 안아 들고 상처 입은 여인의 곁으로 다가왔다. 아울러 그 앞에 놓여 있던 물병까지 챙겼다.

게일은 실낱의 희망이라도 있기를 바라며 물병의 물을 천에 적셔 여인의 굳은 입술에 가져다 대었다.

그러기를 몇 번, 피가 굳어 닫혀 있던 여인의 입술에 생기가 돌았다. 게일은 거기서 멈추지 않았다. 배롱나무 꽃잎들을 제 입으로 넣고 우물거리며 씹기 시작했다.

그리고 그것을 여인의 상처 입은 몸에 살살 문지르며 발랐다. 원래라면 잘 말린 뒤 달여 차로 마셨을 테지만 지금은 그 어느 것도 마땅치 않으니 임시방편으로 행하는 일이었다. 게일은 눈만 내어 놓은 상태 그대로 열심히 최선을 다했다.

그런 정성을 알았을까. 이윽고 여인이 희미하게 눈을 뜨기 시작했다.

로린은 자신을 구해 준 게일에게 힘겨운 눈빛으로나마 감사를 전하고 싶었다. 그런 그녀를 게일 역시 알아차렸다.

게일은 뭐라고 말이라도 전하고 싶었으나 자신의 신분 때문에 아무 말도 할 수 없었다. 다만 몇 번이고 상처를 살피며 짓이긴 꽃잎들이 효과를 보이기를 바랄 뿐이었다.

로린은 몇 번이고 입술을 달싹였지만 소리가 되지 못하였다. 마음이 급한 게일은 꽃잎들을 뒤로 물리고 주변에 놓인 천을 사용해 벌거벗은 로린의 몸을 조심스럽게 감싸기 시작했다.

두 사람은 시간이 없었다. 어서 부대장을 찾아야 하는 게일과 구사일생으로 사슬에서 풀려난 로린 모두 시간과의 싸움이었다.

다만, 게일의 노력에도 불구하고 이미 기력을 쇠진한 로린은 서서히 죽어 가고 있었다. 고통 속에서도 허공을 죽일 듯 노려보는 모습이 안쓰러웠다.

왠지 모를 애처로움에 게일은 자리에서 일어서려다 말고 입을 열지 않을 수 없었다.

"생명은 누구에게나 평등합니다."

순간, 로린이 눈을 번쩍 떠 게일을 바라보았다. 천으로 감싸 잘 보이지는 않았지만 연둣빛의 눈동자가 보였다. 그 주변을 금빛 테두리가 감싼 것이 신비함 그 자체였다.

로린은 그 눈빛에 눈물을 줄줄 흘리고 말았다. 신비한 눈동자를 가진 이가 더러운 자신을 구원해 주는 것 같았다. 얼마 남지 않은 생, 마지막 죗값을 치르고 싶은 심정이었다.

게일은 로린이 감은 천 사이로 자신을 눈을 보았음을 알았다. 그러나 어떠한 반응도 하지 않았다. 그저 다시 한 번 몸을 굽혀 로린의 더러운 손을 꼭 잡아 줄 뿐이었다.

게일이 자리에서 일어났다. 마지막으로 문을 나서기 전 헝클어진 모습 그대로 자신을 바라보는 로린에게 신의 가호를 빌어 주었다.

그녀가 나간 뒤 로린은 흘렸던 눈물을 힘겹게 삼키고 악귀처럼 신음을 내질렀다. 그것이 시발점이 되어 후들거리는 몸을 천천히 일으켜 세웠다. 비틀비틀, 걸음을 옮길 때마다 로린의 몸에서는 생기가 빠지는 느낌이었지만 이대로 그냥 죽을 수는 없었다.

힘겹게 걸음을 옮기던 로린이 미처 옆을 보지 못해 벽에 기대어 있던 선반을 건드리고 말았다. 그 탓에 섬세한 장식품이 요란스레 깨졌다.

로린은 깨진 그것들을 내려다보았다. 날카롭게 깨진 유리 세공품의 조각이 로린을 반기는 듯했다.

그녀는 그것을 집어 들고 벽을 그으며 발걸음을 옮겼다. 조각에 의해 벽이 그어지며 소름끼치는 소리가 허공으로 퍼져 나갔다.

온몸의 힘이라곤 없이 긴 복도를 마치 유령처럼 움직였다. 지나는 길목마다 울리는 불길한 소리는 귀기(鬼氣)스럽기까지 했다.

그러나 절대 멈추지 않고 끝까지 걸었다. 로린이 향하는 방향은 황제의 또 다른 공간인 황금빛 침실이었다.

벽 밖에서 들리는 소리가 거슬렸다. 성벽과 성채의 벽 틈, 그 사이로 타고 오르는 루카의 정예군은 작은 소리에도 숨죽여야 했다.

완전무장을 한 채 황제 기사단의 눈을 피하려 벽 틈의 빈 공간으로 이동하고 있었다. 두 손과 두 다리가 벽과 벽을 지탱하고 그 틈으로 천천히 들어갔다. 좁은 틈 사이는 공기조차 희박했다.

모랄트가 선두에서 잠시 주먹을 불끈 쥐고 신호를 알렸다.

'움직이지 말 것.'

성의 도면에 의하면 벽 너머는 황제궁의 붉은 침실일 터였다. 황제는 연회가 열린 곳에 있을 터이나 혹시라도 벽 사이에 있는 수많은 군병들이 탄로라도 날까 싶어 부대장은 꼼짝도 할 수 없었다.

물론 이미 귀족들과 관료들과의 협력은 끝났기에 킵(Keep)에는 그 어떤 귀족들도 남아 있지 않을 것이다. 연회에 참석한 이들도 거의 없었다.

문제는 영악한 황제였다. 그가 그들의 움직임을 재빨리 눈치챌 것인지는 하늘에 맡길 수밖에 없다.

그러나 만일 황제가 눈치채고 있다면 언제 어느 틈에 공격할지 모를 일. 그래서 그들은 그 어떤 소리라도 예민하게 판단할 수밖에 없었다.

그렇게 한참을 멈추고 있던 그들은 부대장의 신호를 받고 움직이기 시작했다.

얼마나 벽을 타고 움직였는지 벽 사이에 끼여 있는 먼지로 인해 온몸이 시커멓게 변했을 정도였다. 그러나 작고 작은 개미가 먹이를 들고 집을 찾아가듯이 그들 역시도 마침내 목적지에 도착할 수 있었다.

그 앞에서 부대장이 힘 좋은 군병에게 지시하자 군병이 앞으로 나와 허리춤에 차고 있던 막대를 꺼냈다. 한동안 쓰지 않아 녹슬어 버린 문의 걸쇠를 힘껏 내려치기 시작했다.

퉁! 벽 틈으로 메아리치는 둔탁한 소리에 부대장과 군병들은 잠시 긴장했다. 행여나 소리가 울릴까 싶어서 걱정이 된 것이다. 다행이도 망루와 통하는 이 너머는 인적이 드문 곳이었다.

끼이익. 오랜 세월 동안 닫혀 있던 문짝이 소리와 함께 열렸다.

부대장을 비롯하여 정예군은 소리 없이 성내로 진격해 들어갔다. 외벽을 비롯하여 3개의 성벽을 뚫은 셈이니, 이제 남은 것은 황제 기사단의 공격력을 차단할 망루를 점령하는 것이었다.

그즈음, 황제의 은밀한 공간인 황금빛 침실.

암포가의 손에는 붉은 포도주가 가득 담긴 은잔이 들려 있었고 앞에는 벌거벗은 여인들이 저들끼리 열망을 주고받으며 몸부림치고 있었다. 마치 무수한 뱀들이 한꺼번에 교미하는 모양새로 하얗고 붉은 살결들에 튀어나온 혀가 충분히 음심을 자극할 풍경이었다.

그러나 황제는 전과는 달리 그 싱싱한 육체들 사이로 뛰어들지 않았다.

"흥."

저 혼자 코웃음 치는 황제의 시선은 단 한 가지만을 주시하고 있었다. 바로 침상 맞은편에 있는 거대한 황금빛 거울이었다.

그 거울 안에는 멍한 눈빛을 한 여러 육체들이 서로를 갈구하며 끈적이게 놀아나는 모습이 움직이는 그림처럼 담겨져 있었다.

그러나 황제의 시선은 거울이 아닌 거울을 받치고 있는 기둥에 붙박인 채였다. 세심한 기둥에는 원형으로 만든 펜던트가 반으로 조각 난 채 걸려 있었다.

"젤브 따위."

부셔 버릴 듯 그것을 노려보던 황제는 단숨에 포도주를 마셨다. 달콤한 포도 향이 목구멍으로 넘어가자 황제는 자리에서 일어섰다.

그리고 거울 앞으로 다가가 그 펜던트를 손안에 틀어쥘 심산으로 비틀거리며 걸음을 옮겼다.

그러나 황제보다 발 빠른 자가 있었다. 벽에 기댄 채 그림자처럼 요동 없었던 루카였다.

"언제……."

놀랄 사이도 없었다. 황제는 당황스러운 듯 거울 기둥에 걸려 있던 펜던트를 손안에 거머쥔 루카를 어쩌지 못한 채 바라보기만 했다. 그런 그의 등에는 여느 때와 같이 검이 매달려 있었다.

암포가는 자리에서 움직이지 못했다. 남상주(男像柱)*처럼 탄탄히 서 있는 루카가 눈빛으로 제 발을 단숨에 제압한 듯했다.

자신은 황제였다. 그것도 세르안에 크나큰 부흥을 일으킨 황제! 위협이라니, 감히 누구에게 힘으로 대적한단 말인가. 암포가는 당당한 모습으로 크게 외쳤다.

"물러가라!"

뱀처럼 몸부림치며 교미하고 있던 여체들. 황제의 외침에 일순 모든 행동을 멈췄다.

그리고 약속이나 한 듯이 황제를 향해 네발로 기기 시작했다. 루카에게 힘 있게 권위를 세우려던 황제의 표정이 한순간에 일그러졌다.

"이, 이것들이……."

루카는 늘 그렇듯 태연하게 그를 바라보았다.

"새삼스러울 것이 없는데 뭘 그리 당황하십니까?"

"지금 비웃어?"

"내가 비웃기를 바랍니까?"

루카는 담담한 모습이었다. 다만 눈빛만큼은 번개가 내리꽂

---

*남상주(男像柱):고전 건축에서 남신의 모습을 한 기둥.

히듯 불타고 있었다.

"어서 물러가라잖아! 물러가! 이 천한 것들!"

자신에게 기어 오는 여인들을 감당할 수 없었던 암포가는 발로 차기 시작했다.

그것조차 어린 시절부터 늘 봐 왔던 것이니만큼 루카는 어떠한 감흥도 없었다.

그러나 그의 속은 달랐다. 게일, 그녀가 루카의 깊은 속에 잠겨 있기에 황제의 일련의 행동들은 더 용납할 수 없는 것이 되었다.

황제의 발길질에 채여 그대로 쫓겨난 벌거벗은 여인들은 이미 술과 약물에 취해 제정신이 아니었으니 기억조차 못 할지도 몰랐다.

만일 저 여인들 중에 게일이 속하게 된다면…… 아니, 절대 그렇게 두지 않아!

이제 단둘이 남게 된 상황에서 암포가는 발코니의 창을 활짝 열었다. 시원한 바람이 불어오니 탁한 정신까지 맑아지는 느낌이었다.

그러나 황제의 눈빛에는 살기가 들어 있었다. 다시 루카를 향해 등을 돌렸을 때, 언제 그랬나 싶게 자연스런 표정으로 돌아간 황제는 가늠을 시작했다.

"브뢴의 영주를 직접 데려오다니. 조금은 놀랐구나. 조르는 정말 사막을 지나던 중 짐승에게 당한 것이 맞는가?"

루카는 대답하지 않았다. 황제는 어깨를 으쓱하며 웃었다.

"그래, 좋다. 맞다고 치자. 그럼 영주의 신비한 눈동자를 너는 보았던가?"

역시나 루카는 대답하지 않았다. 연속적인 황제의 하문에도 미동도 없는 행동에 불호령이 떨어질 수도 있는 법이나 늘 그래 왔다.

감정을 내보이지 않는, 늘 황제의 명령만 이행하는 장군. 그를 그렇게 만든 것이 황제이자 혈육인 암포가였다.

"그렇지, 네가 볼 이유가 없겠지. 설사 보았다고 해도 너처럼 돌 같은 사내놈이 어쩌지는 못했을 테지. 마지막으로 혹시나 해서 물어보지. 혹여 아르까 공작이 너에게 언질을 하더냐?"

황제는 은근히 물었다. 어떠한 낌새라도 느끼기 위해 루카만을 직시했다.

마찬가지로 루카는 대답하지 않았다. 황제는 대답을 하지 않는 루카를 탓하지 않았다. 늘 그렇게 말없이 전장으로 검을 들고 다녔던 이였다. 권력이든 재물이든 하물며 여인이든 그 어떤 것에도 반응 없는 그가 우직한 것인지 멍청한 것인지는 알 수 없었다.

아무렴 어떤가 싶지만 브륀의 영주 건에 대해서는 찝찝한 구석이 없지 않았다. 그래서 황제는 한 번 더 확인하고자 했다.

"브륀의 영주는 가짜였어. 대체 누가 널 직접 불러들인 것인지 알면 좋겠구나. 아 참, 하나 더! 네가 아르까 기사단의 견습생을 마음에 두었다고? 설마 사내를 품었더냐? 계집들과는 맛이 다른가 보지? 나도 이번 기회에 사내놈들 맛 좀 볼까나?"

조금은 즐겁게 지껄인 황제의 말에 루카는 심장이 떨어질 뻔했다. 며칠은 갈 줄 알았다. 그런데 하룻밤 사이 가짜의 정체는 여지없이 탄로나 버렸다.

황제의 여실한 음담패설에도 루카는 평온을 유지하며 부대장을 비롯한 아르까 기사단이 제 몫을 철저하게 해내기를 바라고 또 바랐다.

특히 황제는 게일은 주시하고 있는 것이 분명했다. 제발, 게일만은 무사해야 한다! 루카의 속이 타다 못해 녹아 갔다.

그러나 여전히 내색 없이 루카는 황제를 보았다. 그리고 등에 매달린 검을 느끼며 다시금 긴 호흡으로 사방을 경계했다. 여차하면 직접 처단하면 그뿐. 다만 중요한 한 가지를 확인하고 난 다음이다.

황제 또한 여유가 생겼다. 일망타진할 상대가 드러났다. 아르까 공작과 일부 공작에게 동조한 세력이니 공작 측과 루카를 만날 틈을 만들어 주지 않아야 한다.

일을 마무리하기 전에 다시 루카를 전장으로 보낼 심산이었다.

"동생아, 용건은?"

이제 루카 차례였다. 시간이 없었다. 그는 제 손에 들어온 남은 펜던트 조각을 황제에게 들어 보였다.

"이것."

그것을 본 황제는 난감한 것이 분명한데도 이를 보이며 환하게 웃었다.

"왜? 어마마마께서 나에게 남긴 것이잖아?"

황제의 태연한 대답. 예상했었다. 그에 루카는 제 품에서 남은 펜던트 조각을 꺼내었다.

"아니, 그게……!"

"반쪽인 황제의 옥새."

놀란 황제가 소리 지르거나 말거나 그것을 꽉 맞물려 하나로 만들었다. 마침내 펜던트의 조각났었던 부조들이 하나가 되고 암살자의 손에 피 흘리며 죽은 황후의 옆모습이 완벽하게 나타났다.

그것은 곧 황제의 옥새이기도 했다. 루카는 그것을 높이 들고 보란 듯이 흔들었다.

"아니, 이것은 황후가 죽기 전까지 걸고 있던 것. 가져간 자는 암살자였다."

정적에 잠긴 황제 암포가는 이 상황을 어찌 극복해야 할지 고민 중이었다. 생각도 못 한 반격에 그의 두 손과 다리는 심하게 떨리기 시작했다.

그러면서도 황제의 비겁한 눈빛은 침상 옆 길게 늘여 놓은 줄에 가 있었다. 저 줄을 당길 수만 있다면 당장 완전무장한 채 상시 대기 중인 제 기사단들이 달려올 텐데.

"그렇게 가진 권력이 좋은가? 제 것이 아님에도 불구하고 세상을 가진 기분이 그렇게 좋았던가?"

루카는 격폭(激爆)했다. 너무나 세찬 폭발에 황제인 암포가는 휘청할 수밖에 없었다.

"그걸 어떻게……."

"알고 있냐? 처음부터 모든 것을 기억하고 있었다. 날 죽이기 위해 검을 휘두른 암살자의 면모, 그 자의 점까지도 기억하고 있다."

"암살자의…… 점이라니……."

"왼쪽 목 옆에 짙은 사마귀. 물론 그 증거를 없애기 위해 그것을 불로 지졌지, 아마?"

암포가는 저도 모르게 제 목에 손을 대고는 불로 지져 없앴던 사마귀를 숨기고 말았다. 지금은 희미한 상처로만 남아 있는 점. 어린 루카가 기억하고 있었다니.

"지금 뭘 말하려 하는지 도무지……."

그는 루카가 말하고 있는 진실을 거부했다. 그리고 그날의 기억이 수면 위로 떠오르려 하는 것을 억지로 밀어 버리기 위해 안간힘을 썼다.

"나도 모른다. 단지 모후를 죽인 암살자를 찾으려고 하는 것인지, 아니면 뻔뻔하게 남의 둥지로 들어와 주인 행세를 하는 누구를 처단하려 하는 것인지."

쿠당탕. 황제 옆에 세워져 있던 세밀한 조각상 하나가 넘어졌다. 주춤거리던 그에 의해 중심을 잃은 것이다. 그러나 암포가는 비겁하게 웃으며 옆으로 걸음질 쳤다.

"무, 무슨 소리냐, 동생아? 남의 둥지라니. 말이 되지 않는……."

힘겹게 움직이던 황제는 곧 거울 맞은편에 세워진 서랍장에서 단도 하나를 집어 들 수 있었다. 단도를 손에 넣은 뒤 이제 줄을 잡아당기기 위해 움직였다.

"차라리 같은 혈육인 척하는 편이 나았다, 암포가."

순간, 암포가의 눈빛이 변하기 시작했다. 그리고 소심하게 들고 있던 단도를 앞으로 내세웠다. 그리고 상대도 되지 않을 것이 뻔한 루카를 겨냥했다.

"그래서? 지금 와서 뭐 어쩌게? 처음부터 내가 황제가 될 운명이 아니었다는 것을 지금에 와 어쩔 건데? 검밖에 잡을 줄 모르는 네놈이 세르안을 부강하게 할 수나 있었겠느냐? 왜 나는 안 되는데? 왜!"

암포가. 그는 처음부터 황제가 될 수 없었다. 그는 황실 혈통이 아닌 선황제가 하룻밤 보낸 미천한 여인 소생.

그것도 황제와 밤을 보내기도 전에 이미 배 속에서 꿈틀대던 생명이었다.

"어머니께서 죽어 가시며 알려 주신 내용. 그때……."

얼굴에 피범벅이 된 채 죽어 가는 황후로부터 전해 들은 진실.

"비에도 바람에도 지지 말기를. 진정한 황제는 바로…… 그러니 지면 아니됩니다. 세르안의 미래는 오직 둥지의 진정한 주인이……."

처음에는 무슨 뜻인지 헤아릴 수 없었다. 그러나 어느새 황제가 된 암포가, 그리고 상처 입은 루카를 염려한 행정관 필라와 오지 아르까 공작.

그들에 의해 점점 더 밝혀지는 황제의 진실은 실로 어마어마한 것이었다.

비록 같은 둥지 안에 있다 하나 가짜 어미가 새끼를 등에 얹고서 진짜는 둥지 밖으로 떨어뜨린 뒤 결국 가짜가 그 자리를 독차지했음을 이야기하는 것이다.

루카는 그것을 알고 나서도 권력에 대해, 자리에 대해 모든 것을 내려놓았었다. 그저 흐르는 운명 따라 모든 감정을 죽인 채 살아갈 뿐이었다.

"크하하! 그래서 동생아, 이제 와서 뭐? 전장의 살상 무기가 된 네놈이 황제를 하겠다고? 아니면 살인귀로 명성이 자자한 블랙 루카가 세르안의 영광된 부흥을 감싸 안으시겠다고?"

암포가는 손에 든 단도를 루카에게 휘둘렀다. 물론 그것이 다가오기도 전에 루카는 몸을 피했다.

"하나만 대답해. 황후를 죽였나? 그날의 암살자는 너인가?"

루카의 일침에 암포가는 몸을 떨었다. 들켰다. 루카가 알아 버렸다.

처음 황제궁으로 온 그를 반갑게 맞아 주던 사랑스런 황후였다. 그러나 몇 년 후 진정한 황자가 태어난 그날 이후, 암포가는 늘 뒷전이었다.

이미 출생의 비밀을 알고 있던 암포가는 어쩌면 황후를 마음에 담았는지도 몰랐다. 제 공식적인 모후이자 다음 황제가 될 황자를 낳은 황후를 말이다.

루카는 참으로 그녀와 많이 닮아 있었다. 그래서 끝까지 어린 황자를 죽이지 못했는지도 몰랐다. 제 손으로 죽인 황후, 늘 자신을 괴롭혔던 황후, 그러고 보니 로린의 자태가 참으로 황후와 비슷한 느낌이었다.

"그래, 나다! 내가 죽였다. 그래서 네놈이 날 죽이겠다고? 감히 황제를?"

황제는 발악하듯 소름끼치는 목소리로 소리를 질렀다.

"네놈이 장군에 오른 것도 내 덕이야! 목석같은 네놈의 열정을 일으키라고 도운 것도 내 덕이고! 죽어 가는 네놈을 살린 것도 오직 나!"

목청 높이 자신을 변호하는 암포가는 반쯤 미쳐 있었다. 그에게 한 발짝씩 다가가는 루카는 등에 매달린 검을 뽑지 않았다.

"선황제를 암살하기 위해 사주하고, 황후를 직접 암살한 죄인."

"그게 뭐? 역사는 날 황제로 알아줄 텐데. 내 덕에 세르안이 역사의 한 부분을 차지할 수 있었으니 나야말로 현존하는 영광된 황제야!"

번들번들 뱀눈처럼 치떠진 암포가의 눈빛이 탁했다. 그는 입으로는 마구 소리치고 있으나 절대 드러나서는 안 되는 진실을 루카가 알고 있다는 것에 공포감을 느꼈다.

당장 저놈을 죽이고 싶다. 불쌍해서 살려 두었더니 장군으로 키워 준 은혜도 모르는 놈.

암포가는 황제의 기사단을 부르기 위해 침대 옆 매달린 줄을 향해 내달렸다. 그러나 루카가 한 수 위였다.

루카는 조각상이 넘어져 깨진 조각을 들고 그대로 던졌다. 하나는 정확히 암포가의 다리에 꽂혔고 그다음으로 던진 조각은 그가 잡아당기려는 줄의 중심점에 내리꽂혔다. 그리고 줄은 날카로운 조각에 의해 무참히 끊어져 버렸다.

"이놈이! 으윽."

제법 깊숙이 꽂힌 조각에 암포가는 다리를 부여잡고 그것을 빼내며 그 자리에 서 있는 루카를 향해 엄포를 시작했다.

"네놈! 감히 황제에게 상처를 입히다니!"

"내 손으로 죽이지는 않을 것이다. 단, 심판을 받아."

"무슨 심판? 세르안의 황제는 나다!"

"정의의 심판. 관료들과 귀족들이 판단해 줄 것이다."

"네놈, 공작과 한 패거리지? 맞지? 그래서 브뤤의 영주를 빼돌렸나?"

"브뤤의 영주는 건드리지 마."

더는 암포가의 입에서 게일이 나오는 것을 원치 않았다. 루카는 등에 매달린 검을 빼내 들었다. 그 모습에 황제의 숨소리가 거칠어졌다.

그는 눈알을 굴리고 아픈 다리를 질질 끌며 문밖으로 뛰쳐나가 소리 질렀다.

"여봐라! 암살자다! 장군이 나를 죽이려 한다!"

짐승처럼 발악하며 뛰는 암포가. 그러나 고요했다. 긴 회랑에는 오직 암포가만이 버젓이 서 있는 장식 갑옷들과 오래된 그림들 사이로 소리 지르고 있었다.

"게 누구 없느냐! 당장 장군을 죽여! 황제를 죽이려는 반역자를 처단하란 말이다!"

이리저리 뛰고 헤매는 암포가는 정신을 차릴 수가 없었다. 분명 완전무장한 채 곳곳에 대기하고 있을 기사들이 왜 하나도 보이지 않는 것인가? 제아무리 은밀한 황제의 공간이라 해도 쥐새끼 하나 지나다니지 않다니.

그 순간, 암포가는 아주 이질적인 소리에 뒤를 돌아보았다. 루카가 천천히 다가오고 있었다. 흡사 죽음의 사자처럼.

"내 손에서 자란 네놈이 과연 나를 죽일 수 있을까! 반역자!"

떼쓰는 어린애처럼 암포가는 악을 질렀다.

루카는 더는 암포가를 그대로 둘 수 없었다. 생포하여 심판을 받게 할 요량이었던 것을 조금은 수정할 필요가 있을 듯했다. 일단 제압한 다음 처단해야 했다. 루카는 암포가를 향했다.

루카의 귀에 정신을 자극하는 이질적인 소리가 들려왔다. 마치 벽면을 긴 손톱으로 긁어내리는 소리. 그것은 암포가가 있는 방향에서부터 기인했다.

그 원인을 알아내기도 전에 루카는 암포가가 내지르는 기괴한 비명을 들을 수 있었다.

암포가는 자신에게 다가오는 형체에 기겁했다. 온통 비릿한 냄새에 휩싸여 있는, 한마디로 유령 같은 존재가 벽에 무엇인가를 긁으며 그를 향해 다가오고 있었다.

서늘한 회랑이 그 존재로 인해 뜨거웠다. 암포가는 기괴한 존재를 피하기 위해 뒤를 돌아보았지만 그곳에는 검을 들고 선 루카가 있었다.

"황제의 기사들이여! 어서 저 반역자를 잡으란 말이다! 저놈을 죽이는 자에게는 거금을 하사할 것이니…… 으헉!"

한껏 소리치던 암포가는 어느새 제 옆으로 날아오다시피 한 기괴한 형체에 비명을 지르고 말았다. 아울러 그의 옆구리에는 날카로운 파편이 깊숙이 박혔다.

"나, 나와 함께…… 영원히, 폐하……."

불분명하게 들려오는 속삭임. 기막히게도 로린이 공격한 것이다.

암포가는 너무나 놀라 그녀를 밀쳐내려 했다. 그러나 다 죽어 가는 몰골을 한 로린은 마지막 여력을 다하고 있었기에 암포가가 밀어내기란 쉽지 않았다.

"놔, 놔!"

암포가가 몸부림칠 때마다 로린은 옆구리에 박아 넣은 파편에 힘을 실었다.

고개를 저으며 상처 난 몸을 암포가에게 내밀었다. 마치 안 아 달라는 모양새였다.

"같이."

로린은 암포가를 부여잡은 그대로 열려 있는 창에 몸을 밀어붙였다. 어디서 그런 힘이 솟았을까. 그것은 마지막 일념이었다.

게일이 로린에게 남긴 생명에 대한 따뜻한 조언이 죽어 가는 그녀를 움직이게 만든 것이다.

한편으로는 황제를 사랑했던 마음, 그러나 그것은 정당할 수 없었으며 되돌려 받지도 못하는 마음일 터였다.

둘은 그대로 창문으로 떨어졌다. 미처 루카가 잡아채기도 전에 일어난 일이었다. 생각도 못 한 상황에 루카가 창으로 머리를 내밀고 두 사람을 확인했다. 이미 바닥이 그들의 피로 흥건해 있었다.

그다음 약속이나 한 듯 망루의 종소리가 들려왔다. 무척이나 힘찬 울림이었다. 뒤를 이어 소란스런 함성과 익숙한 나팔 소리가 루카를 안심시켰다. 정예군의 뿔 나팔 소리였던 것이다.

루카는 알아볼 수 있었다. 망루에서 이어지는 함성 사이, 아르까 가문의 깃발을 든 기사들이 모여들고 그 속에 소년처럼 보이는 바지 차림의 게일이 투구와 갑옷도 없이 이리저리 헤매고 있는 것을.

오직 그녀만이 루카의 시야에 한가득 차오른다. 오직 그녀만이 세상의 중심이었다. 루카는 당장 달렸다.

그에게 황제의 죽음은 안중에 없었다. 단 하나의 연인인 그
녀만이 루카의 젖은 시야에 가득 차 있을 뿐이었다.

종장

여덟째 날, 안식 Eighth day of my lif_e, sabbath

누군가를 눈 가까이 두면 인생이 말린다고들 한다.

인생을 살아가는 길이, 아니면 살아 있는 기간 동안 누군가로 인해 꼬이고 이지러지고 망쳐질 수 있는지. 그것도 아니면 누군가에게 휩쓸려 저의 행동을 바로 못 하게 방해받게 되는 건지.

뭐가 되었건 루카는 하나밖에 보이지 않았다. 세상천지 오직 한 사람만을 담아 창문으로 떨어져 널브러진 황제는 거들떠보지 않았다.

루카는 단숨에 긴 회랑을 지나쳐 딱딱한 계단을 수백 개 밟으며 밖으로 뛰쳐나왔다. 루카가 지나가는 길목마다 정예군이 보내는 환호와 더불어 쓰러진 황제 기사들이 즐비했다.

성채의 방어를 담당하는 제1망루가 접수된 지금, 다행이도 큰 우려는 일어나지 않았다.

조용한 함락과 재빠른 척결. 모두 루카의 계획대로였다. 다만 예측하지 못한 것은 암포가의 마지막이었으니.

정체를 알 수 없는, 산송장 같은 여인에 의해 암포가는 추락사했다.

그 소식이 발 빠르게 성 곳곳에 퍼지고, 의지를 상실한 황제 기사단은 두 손을 들어 항복하기에 이를 것이다.

그는 승리 따위는 안중에도 없었다. 이미 놓아준 인생은 상관없다. 그러나 당장 앞으로 닥쳐올 미래인 게일만은 절대 놓아줄 수 없었다.

"장군! 우리가 이겼습니다!"

루카를 발견한 모랄트가 달려왔다. 꺼멓게 먼지가 내려앉은 몰골을 하고서도 환하게 웃었다. 그를 비롯하여 루카 주변으로 달려온 군병들 역시 환호성을 질렀다.

그러나 루카는 대충 끄덕이고 고개를 돌려 누군가를 찾고 있었다.

분명 보았는데 막상 게일이 어른거리던 곳으로 달려온 순간, 환상마냥 그녀의 그림자조차 찾을 수 없었다.

"그녀를 보았나?"

참다못한 루카가 승리에 젖어 있는 부대장에게 물었다. 그제야 한껏 도취되었던 부대장의 웃음이 사그라졌다. 대신 애석함과 비통함이 함께했다.

"아! 아르까 기사들이…… 보그린를 비롯하여 영주를 보호하다 전부 몰살을……."

"어디서!"

"망루의 비밀 열쇠가 있던 마구간 쪽에서 당했답니다. 다행히 그곳에서 살아남은 기사 한 명이 재빨리 열쇠를 가지고 왔었습니다."

"그녀는 무사한가?"

"그, 그렇습니다. 다만……."

"다만?"

"궁정관을 데려오시겠다고……."

"뭐야! 그래서 혼자 보냈단 말인가!"

"아, 그게……."

루카는 누구도 감당할 수 없을 만큼 매서운 기운으로 덮여 있었다. 나의 게일이 없다. 두 눈에 잠겨 있어야 할 그녀가 없다니.

"궁정관이 있는 곳은?"

분노와도 같은 감정을 내리누른 채 말했다.

전장에서부터 브륀으로 그리고 또 세르안으로. 잠시의 휴식도 없이 급박하게 달려와 동원된 군병들이었다.

오직 충정 하나로만 점철된 기사들은 사악한 황제와 기사단의 항복에 마냥 기뻐하는 중이었다. 그렇기에 루카는 혼자서 움직이려 했다.

"아, 동쪽 별채입니다."

모랄트가 대답하자마자 루카는 다시금 등을 돌렸다.

"공작에게 전언해. 그리고 조용히 마무리하고."

"네, 알겠습니다."

황제의 연회. 그중 둘째 날이 지나는 시점에서 일어난 황제의 죽음은 공작과 대다수 관료들이 성으로 오는 대로 즉시 마무리될 것이다.

이곳에서 루카가 할 일은 없었다. 그렇기에 루카는 달렸다. 게일에게로.

✿　　✿　　✿

게일은 부대장이 알려 준 동쪽 별채로 가기 위해 화려한 정원을 지나고 있었다. 망루가 있는 곳이 서쪽, 황제궁이 있는 곳이 남쪽. 혼자 방향을 가늠하다 동쪽으로 움직였다.

"괜찮을까."

게일은 황제의 붉은 침실에서 도와주웠던 여인의 흐린 눈망울이 아른거렸다.

모든 것을 내려놓은 허망함. 그리고 그녀에게 다가올 것이 분명한 죽음의 빛을 보았기에.

너무나 안타까운 삶이 눈에 뻔히 보였다. 사슬로 사람을 묶고 채찍질까지 하다니. 이토록 화려한 곳에서 그런 잔악하고 음침한 일들이 자행될 줄이야.

게일은 엉망인 꼴을 하고서도 자신은 훨씬 편안한 삶을 누리고 있다 여겼다.

머릿속이 복잡해 게일은 고개를 흔들었다. 어지럽고 불안한 생각일랑 저 멀리 날리고 오직 제 할 일만을 생각해야 한다. 앞만 보자!

한가롭기까지 한 정원 한구석에서 온통 신록에 휩싸인 게일은 한없이 펼쳐진 절경에 서서히 압도되어 갔다. 게일은 이내 멀리 브륀이 있는 방향으로 시선을 돌렸다.

명확하지 않는 브륀의 미래. 작고 작은 땅덩이. 열악한 자연과 부족한 자원들. 세르안과는 현저히 다른 그리운 그곳.

게일은 보잘 것 없는 브륀이 지금 이 순간, 한없이 그리웠다.

강국이라는 명성답게 세르안의 넓고도 아름다운 정원들을 눈앞에 두고서도 작지만 꽉 들어찬 브륀 성의 한구석에 있는 저만의 온실이 보고팠다.

"루카."

게일은 뭔가 울컥하고 치미는 감정에 어쩔 줄 몰랐다. 서로가 만난 시간을 얼마 되지 않았지만 기간이라는 것이 무엇이 중요할까. 루카와 만난 처음부터 지금까지, 그 모든 시간들은 영겁(永劫)이었다.

영원한 시간은 원형(圓形)을 이루고, 원형 안에서 우주와 인생은 영원히 되풀이되는* 듯한 착각이 들었다. 아니, 착각이

---

*영겁회귀(永劫回歸):니체가 그의 저서 〈자라투스트라는 이렇게 말했다〉에서 내세운 근본 사상. 영원한 시간은 원형(圓形)을 이루고, 그 원형 안에서 우주와 인생은 영원히 되풀이된다는 사상.

아닌 믿음이고 사랑이었다.

언제든 루카와 만나도록 이루어져 있었다. 그것이 현재든 미래든 그 어떤 시간의 흐름이 되었든 게일은 루카이며 루카는, 게일이었다.

"어디 있어요?"

게일은 마치 루카가 가까이 있는 듯 두리번거렸다. 마치 그가 손을 내밀어 자신을 안아 주는 양 손을 뻗쳤다. 모든 것이 아른거렸다.

온실에서의 열정, 느낌, 무한한 애정과 입맞춤으로 시작한 제 침실에서의 불같은 사랑에 이어 따뜻한 물이 샘솟는 오래된 욕실까지.

"나 여기 있어요, 루카."

위험의 한가운데, 제 핏줄, 권력자의 자리. 모든 것이 루카를 중심으로 돌고 있는 세르안에서 브뢴의 영주인 게일은 무엇도 할 수 없었다. 그 어떤 것도 돕지 못한다.

게일은 뻗쳤던 손을 내리고 발끝에 힘을 주며 자신의 할 일을 하기 위해 움직였다.

얼른 마예로를 찾자. 그다음…….

게일은 잘 정리된 가로수를 지나 커튼처럼 촘촘하게 덮여 있는 곳에 다다랐다. 그곳은 브뢴에서는 볼 수 없는 렐란디 나무로 만들어진 미로 정원이었다.

계절 내내 푸른 상록수인 렐란디에서 나오는 향기는 정신을 맑게 하고 긴장을 풀어 주는 효과가 있다고 문헌에 기록되어 있었다. 그것을 직접 눈으로 본 게일은 탄성이 절로 터져나왔다.

제 어깨 참에 오는 렐란디를 손으로 훑었다. 정원사의 세심한 손길이 느껴지는 나무는 일정한 높이로 정확하게 계산되어 길을 막아서고 있었다.

잠시의 여유가 있다면 살펴보고 싶은 공간이었지만 그 앞을 지나쳤다. 말 그대로 오랫동안 헤맬 가능성이 높은 미로이기에. 그녀에게는 시간이 없었다.

다시금 몸을 긴장시키며 오직 바람과 새소리만 들려오는 곳을 날쌔게 걸었다.

그런 평화도 곧 게일 앞을 막아서는 그림자들에 의해 사라지고 말았다.

"아니 이게 누구야? 아르까 기사들과 있던 견습 기사가 아닌가?"

그녀는 순식간에 제 앞에 모여들고 있는 황제 기사단과 맞닥쳤다. 그들은 보그린을 위시한 아르까 기사단을 무참하게 죽였던 이들이었다. 특히 날카롭게 달궈진 창을 들고 있는 맨 앞의 기사.

지친 기색이 있을지언정 게일을 노려보는 눈빛만큼은 더럽기 짝이 없었다. 그가 앞서 움직이자 다른 기사들도 히죽거리며 다가왔다.

게일은 숨을 삼켰다. 어디로 도망치던 금세 잡힐 것만 같은 상황이었다. 육체의 열세야 자명한 것이니 순간적인 판단으로 몸을 날렸다.

"아니, 저!"

"가라고 해. 뭐 달려 봐야 어딜 가겠어? 고것 참, 폐하가 탐내는 이유를 알 것도 같고……."

"그렇습죠? 사내가 아니라 여자같이 호리호리한 것이."

저들끼리 입맛을 다시며 히죽거리는 황제의 기사들. 그들은 여유롭게 달려 나가는 게일의 뒤를 좇기 시작했다.

'루카, 루카!'

금세 땀이 차오른다. 얼마 달리지도 않은 것 같은데 게일의 심장은 더 이상 뛰지 못할 정도로 심하게 두근거리고 있었다. 오직 저들에게 잡히면 안 된다는 일념이었다.

게일은 지나쳐 왔던, 렐란디 나무의 미로 정원으로 바람처럼 스며들었다. 그 순간, 게일은 렐란디의 짙푸른 향기 속에서 그리워 죽을 것만 같았던 음성을 들었다.

"게일!"

환청. 루카가 아주 가까이서 자신을 부르는 소리였다. 그러나 혹여 잘못된 지각일까 싶어 소리가 들리는 곳으로 몸을 돌리지는 않았다.

아니, 그렇게 하고 싶어도 게일은 무작정 달릴 수밖에 없었다.

"아니, 저것이 미로로 들어갑니다!"

"잡아! 더 들어가기 전에 당장 잡아!"

황제 기사단들이 게일이 미로 정원으로 들어가는 것을 알아차렸다. 그들은 게일이 사라지자마자 즉각 움직이며 사라진 방향으로 뛰어들었다.

그런 기사들이 알아차리지 못한 사실이 하나 있었으니.

"어딜."

각자 흩어져 미로 정원으로 들어가려는 황제 기사단 앞에 나타난 루카. 지옥에서 막 솟아난 듯 그의 존재감은 어마어마하고 무시무시했다.

부대장의 언질에 루카는 바람보다 더 빨리 동편으로 움직였다. 단 한 가지의 염원을 간절히 바라고 또 바라며 온 마음을 다해 그녀를 그린다.

그 누구도 게일에게 손대지 마라. 그녀에게 시선 하나도 주지 마라. 게일은 오직 나만, 세상 천지에 오직 나만 볼 수 있고 만질 수 있으니.

치졸하다 해도 좋다. 나를 욕해도 좋다. 그 어떤 평판에도 흔들리지 않을 것이니.

단단한 눈빛으로 사방을 얼리며 막 다다른 루카가 발견한 것은 게일이었다.

손을 내밀고 있는 게일이 고개를 뒤로 꺾으며 하늘을 올려다보고 있었다. 발끝까지 든 채 세상의 고요함을 만끽하는 그 모습은 눈물 날 만큼 애틋했다.

그러나 그 사랑스러움은 얼마 가지 못했다. 가까이에 황제의 문양을 새긴 갑옷을 입고 어슬렁대는 황제 기사단이 다가왔다. 전부 일곱이었다.

루카는 등에 매단 검을 즉시 빼어 들었다. 그리고 게일을 소리쳐 불렀다. 허나 듣지 못한 듯 그녀는 미로 정원 속으로 사라졌다.

"자, 장군……."

루카를 보고 놀란 황제 기사단 중 한 명이 뒤로 자빠지며 엉덩이를 질질 끌고 도망가려 했다. 표정 하나 없이 다가오는 그에게서 도망가려던 기사는 비굴한 웃음을 머금었다.

"장군도 알지 않소이까. 황제의 명이기에……."

"그래서?"

"저는 명예를 아는 기사이니 지킬 수 밖에요."

웃기는 것들. 살고 싶었으면 게일을 보고 그냥 지나쳤어야 할 것 아닌가.

기사는 루카가 머뭇거린 것을 보고 살 수 있는 절호의 기회라 여겼다. 다시금 명예 운운하며 몸을 일으키려 했다. 그러나 루카는 미동도 없었다.

황제가 죽었다는 것을 알면 지금과 달라질까. 그렇지 않을 것이다. 이미 황제의 간악한 졸개가 되어 버린 기사들은 뼛속까지 스며든 비열함에 더는 무가치(無價値)했다.

"죽어라."

루카는 사선으로 빼어 든 검을 내리그었다. 부드러운 소리, 살점이 베어지는 소리가 바람과 더불어 하나의 선율처럼 사라락거렸다.

그리고 황제의 기사는 목이 잘린 채 옆으로 넘어갔다. 루카는 거기서 멈추지 않았다. 아직 남은 황제 기사단, 그들이 게일의 뒤를 쫓고 있었다. 그래서 루카 또한 미로 정원으로 뛰어들어야 했다.

게일은 달리고 또 달렸다. 보이는 것이라고는 제 머리보다 높은 렐란디 나무들. 싱그러운 향내를 벗 삼아 구불구불한 미로를 이리저리 돌기 시작했다.

어서 출구를 찾자. 황제의 기사들이 헤맬 동안 이곳을 벗어나는 거야.

게일은 쩔그럭거리는 소리를 듣고 직각으로 꺾인 나무 틈에 주저앉았다. 그리고 그들이 지나가기를 기다렸다. 숨소리조차 낼 수 없는 상황. 게일은 두 손으로 터지려는 비명을 막았다.

"이쪽에서 소리가 들렸는데?"

"꽤나 어지럽다 말이야. 미로는."

"얼른 잡자고. 큰 상을 내린다 했으니 우리야 좋지."

게일의 머리 위에서 탐욕스럽게 주절거린 두 명의 기사들. 입을 쩝쩝거리며 다시금 게일이 갔을 방향을 유추해 몸을 틀었다.

그들이 사라진 뒤 게일은 조심조심 몸을 굽힌 채 그 자리를 벗어났다.

마찬가지로 게일을 쫓아오는 또 다른 기사들. 그러나 그들은 게일을 찾기도 전에 한 명씩 사라지기 시작했다.

"봐, 반대쪽에 소리 들리지? 이쪽으로 돌아가자고."

두 명이 짝을 이뤄 미로를 수색하는 하던 중 한 명이 뒤에 붙어 오는 기사에게 중얼거렸다.

"거 말이나 해. 너무 조용하니 이상하잖아."

아무 말도 들리지 않는다. 대신 기사는 낯선 인기척에 몸을 휙 하고 돌렸다.

"이상할 것 없는데."

루카였다. 생각도 못 한 장군의 출현에 기사는 말문이 막혔다. 황제가 뭐라 했더라, 장군을 조심하라 했던 것도 같은데.

"장군이 왜 이곳에 계신지요?"

단단한 눈빛. 존재감에 상대를 압도하는 흡입력. 그리고 살기.

그제야 기사는 저와 함께 있던 기사들을 찾기 위해 두리번거렸다. 그것이 그의 마지막 행동이 되었다.

루카는 단번에 그를 제거했다. 이곳에서 게일의 뒤를 좇는 기사들은 전부 그의 손에 사라지고 있었다.

루카는 아래로 내린 검을 꽉 잡았다. 검에는 핏물이 흘렀다. 그리고 향기가 스며들었다. 싱그러운 렐란디에서 풍기는 것과는 다른, 초록 풀밭에 자라는 아름다운 꽃들의 달콤한 향. 그 중에서도 투명하게 빛나는 초록의 백합이었다.

"게일!"

루카는 그녀가 가까이 있음을 알 수 있었다. 그대로 렐란디 나무들을 훌쩍 뛰어넘어 길이 아닌 곳을 가로지르며 게일의 이름은 수십 번, 아니 수백 번 불러 댔다.

이제 게일을 찾는 황제의 기사들은 전부 세 명.

"전부 어디 갔어?"

"미로가 어지럽지 않나, 다들 찾고 있겠지."

"그래도 그렇지. 수색하며 소리치라 했잖나! 입구가 있으면 출구가 있는 법인데!"

"어서 어두워지기 전에 견습 기사를 찾자고. 밤이 되면 넓은 성 어디에 숨은 줄 어찌 알아? 그마나 미로니 망정이지."

다들 그 말에 동의하며 움직였다. 담벼락 같은 나무의 밑도 살피고 구석구석 전부를 확인했다.

그때 발소리가 들렸다. 그러자 가장 앞서가던 기사가 손짓했다.

'저기다!'

'나는 이쪽.'

'그럼 나는 저쪽.'

세 명이 동시에 무기를 단단히 들고는 각각의 방향으로 흩어지며 게일을 잡을 만반의 준비를 했다.

"으헉!"

그러나 들리는 것은 짓눌린 비명 소리였다. 그 소리에 해머를 잡은 기사가 뒤를 살폈다. 아무도 없었다. 오직 짙푸른 나무들뿐. 기사가 한숨을 내쉬며 다시 한 발을 움직이려는 찰나.

"꾸엑."

그는 마치 가축처럼 비명을 내지르며 쿵 하고 넘어졌다. 그리고 다시는 일어나지 못했다. 그런 기사를 태연히 바라보며 루카는 중얼거렸다.

"이제 남은 건 하나."

다시 날카로운 창을 들고 있는 기사를 따라가기 시작했다.

게일은 숨이 찼다. 얼마나 달렸는지, 그리고 또 얼마나 숨을 참았는지 체력의 한계를 느낄 정도였다. 그러나 쉴 수는 없어 마지막으로 구부러진 나무들을 돌아 나가려던 참이었다.

"잡았다."

게일은 발을 내딛지 못했다. 그녀의 뒷덜미를 잡아채는 누군가가 있었기 때문이었다. 어찌나 힘이 좋은지 게일은 그대로 들어 올려져 두 다리를 버둥거려야 했다.

"어쭈, 이것 봐라? 왜 이리 가벼워, 사내놈이. 너 계집이냐?"

마지막 남은 황제의 기사였다. 그는 게일을 보며 아주 요상하게 웃었다.

소년 같으면서도 야리야리한 몸선. 멀리서 보던 것과는 천지 차이인 모양새에 괜히 선덕거리기까지 했다.

"어디 얼굴을 좀 볼까나?"

기사는 들고 있던 창을 옆으로 던져 놓고 손으로 게일의 얼굴을 감싸고 있는 천을 들어내려 했다. 게일은 힘차게 도리질을 하면서 다리 하나를 들어 기사의 중심부를 한껏 가격했다.

"아악! 이것이!"

정통으로 맞은 기사는 아픔에 손아귀의 힘을 풀 수밖에 없었다. 그리고 게일은 땅으로 떨어질 수 있었다.

"이놈을 그냥, 잡히면 죽었어!"

일그러진 얼굴로 게일을 좇아오는 기사. 게일은 이제 풀려 버린 천 따위는 신경 쓸 여력이 없었다. 달려야 한다. 어서, 어서!

사사삭. 스윽.

그렇게 비틀거리며 달리는 게일의 등 뒤로 바람이 일었다. 그러나 하늘에서 불어 대는 바람과는 본질이 달랐다.

잘 벼른 바람 소리. 너무나 날카로워 차마 손을 내밀지 못하는 그런 바람.

게일이 익히 알고 있는 소리였다. 게일은 입술을 꽉 물었다. 혹시나 그가 온 것일까.

드디어 게일은 달리던 두 다리를 그대로 멈췄다. 그리고 점점 다가오는 거대한 그림자를 인식했다. 그가 자신을 온전히 덮을 때까지 게일은 그 자리에 멈춰 있었다.

순간의 순간. 그것이 얼마나 짧은 지 예측할 수나 있을까.

너무나 짧기도 하고 너무나 길기도 한 그 순간, 게일은 차마 뒤를 돌아보지 못했다.

대신 거대한 그림자에서 손 하나가 뻗쳐 나왔다. 그리고 게일의 눈가를 그대로 덮어 버렸다.

"보지 마."

그윽하고 깊은 음성. 게일은 곧 울음이라도 터트릴 듯 울먹였다.

"괜찮아."

게일은 고개를 끄덕였다. 그가, 루카가 왜 이곳에 있는지는 알 바 아니었다. 황제가 어쩌고 세르안의 미래가 어쩌고는 전혀 상관이 없었다.

단지 그가 자신의 옆에 있다는 것. 제 눈을 따뜻하게 감싸며 괜찮다고 해 준다는 것. 오직 그것만이 중요했다.

"루카."

"괜찮아."

눈가를 가린 손을 치울 생각을 안 하는 루카. 그에게서 비릿한 냄새가 나고 있었다. 그것이 무엇에 기인하는지 너무나 잘 알고 있었다. 목이 메었다. 울컥하는 감정을 감당키가 어려웠다.

"안 보여. 당신의 얼굴이 보이지 않아."

억울한 듯 게일은 깊고도 깊게 속삭였다. 그러자 서두르지도 급하지도 않는 루카의 그림자는 떨고 있는 게일을 한껏 덮어 버렸다.

제일 먼저 그의 입술이, 그다음으로는……

사방은 고요와 적막에 휩싸이고 두 사람은 뜨거운 해후를 시작했다.

활짝 열린 꽃이 그치지 않는 정원 한구석에서, 루카는 드디어 게일을 품에 안았다.

가슴이 터질 듯한 감동이었다. 두 손에 꽉 쥐고 있는데도 이것이 실제인지 아니면 환상인지 혼란스러워하던 루카는 게일의 목소리를 듣자 눈빛이 촉촉해졌다.

게일을 만난 이후 루카의 세상은 오직 그녀를 중심으로 돌아간다. 지금 당장 세상을 등지게 되더라도 게일만 두 손에 꽉 움켜쥐고 있으면 더 바랄 것이 없었다.

아침이 오는 것이 두려웠다. 저녁 해가 지는 것도 두려웠다.

혹시나 그녀가 눈을 감아 버리고 다시 눈을 떴을 때 자신을 더 이상 담지 못할까, 평안에 젖어 하루를 마감할 순간에도 두려웠었다.

그렇기에 황제의 기사들이 게일의 뒤를 좇고 있는 모습에 지옥의 악귀가 되더라도 단숨에 처단하고자 그대로 내달렸다. 더러운 손아귀가 닿을까 싶어 졸인 마음은 게일을 품에 안는 순간, 다시 뜨겁게 솟구쳤다.

더 이상 혼자서 흐르는 시간은 무의미했다. 게일이 자신이었고 자신이 게일이기를 바란다. 둘로 나눠진 각각의 하나가 되기 바라지 않는다.

벅찬 감정을 어쩌지 못한 그는 급하게 게일의 입술을 찾았다.

게일은 급하게 다가오는 루카를 환영했다. 발끝을 올리고 제 얼굴을 감싼, 피로 얼룩진 루카의 두 손 위로 제 손을 덮은 채 깊이 반응했다.

처음, 루카의 눈길을 받은 것만으로도 가슴이 불타는 경험을 했었다. 두려운 존재인데도 불구하고 게일은 그만을 좇고 그의 눈길에 얌전한 숨결마저 거칠어졌었다.

루카, 나만의 나반. 되뇌고 또 되뇌는 이 순간 루카가 있음에 게일도 있었다.

아아, 사방 천지의 모든 신들에게 감사를 전하고픈 심정이었다.

부디 다시는, 절대로 떨어지지 않게 하소서.

날카롭고 뜨거운 입맞춤이 끝나고 루카는 아쉬운 듯 얼굴을 들었다. 살아 움직이는 게일을 확인하길 바랐다.

"미안해."

너무나 다정한 한 마디. 미안할 게 무언가. 달콤하게 부풀어 오른 입술을 한 채 게일은 고개를 저었다.

"혼자 둬서 미안하다."

게일은 대답 대신 제 얼굴을 감싸고 있는 루카의 손을 들어 그가 했듯이 손바닥에 입을 맞추었다. 피로 얼룩진 그의 손에서는 쓴맛이 났다.

핏물이 그에게 차오를수록 무거워진다. 머리부터 발끝까지 비릿한 혈 향이 흘러내릴 때마다 그의 영혼은 둔탁하게 울부짖었다. 멍에로 가득 찬 슬프도록 얼룩진 삶을 살아왔다.

그의 무거운 짐을 나누고 싶다. 아주 조금이라도 좋았다. 지금 이 순간부터 제 모든 것을 걸고라도 안식을 주고 싶다. 그것만이 게일이 원하는 것이었다.

"앞으로 절대는 혼자 두지 않아. 다시는!"

루카는 잇새로 짓씹고 그것도 부족해 벌겋게 된 눈으로 속삭였다. 그것은 신서(信誓)였다. 성심성의를 다해 자신의 미래를 게일에게 주겠다는 철저한 의지. 게일은 그 의지에 제 모든 것을 걸고자 했다.

"루카, 오직 나와 함께할 수 있나요?"

게일이 먼저 구혼의 몸짓을 했다. 순간, 루카의 미간이 살짝 찡그려졌다. 무엇을 가늠하려는 눈치에 게일이 버릇처럼 입술을 사리무니 루카는 눈가에 주름을 만들었다.

그리고 엄지로 게일의 입술을 꾹 눌러 버리는 동시에 게일의 이마에 입을 맞추었다.

그 일련의 행동이 어찌나 부드럽던지 게일은 울음이 터질 것만 같았다. 루카도 마찬가지, 머리칼이 짧게 잘린 데다 헝클어진 몰골을 한 게일에게 더 없는 애정과 영원의 사랑을 느꼈다.

"세상을 버릴 수 있느냐고?"

달달하다 못해 녹아내릴 것 같은 루카의 음성. 루카는 그녀의 손바닥에다 입을 맞춘 뒤 손가락에도 제 입술을 각인했다.

"그깟 세상."

"세상을 버리진 못해요."

"아니, 난 세상을 버리고라도 너와 함께할 것이다."

농담이 아니라는 듯이 루카의 눈빛은 무시무시했다. 비로소 게일이 웃는다.

검푸른 눈동자. 보석처럼 일렁이는 게일의 눈은 온전하게 루카를 담으며 안도했다. 어느새 보랏빛으로 변한 그녀의 사랑스런 두 눈이 기쁨에 물들어 갔다.

"별 볼 일 없는 척박한 곳이에요."

"대단한 땅이다. 절대 하찮지 않아."

"얼마 있으면 브륀에 예견된 재해가 올 것인데도요?"

"그러니 더더욱 나와 함께해야지."

"세르안은 어쩌고요?"

"그깟 황제 따위 개나 주라 하지, 뭐."

틱 하고 내뱉은 루카는 그녀의 얼굴을 쓰다듬었다. 게일의 미소는 환한 꽃보다 더 밝았다.

최고의 권력, 절대자의 자리. 그것을 자신과 함께하기 위해 아무렇지 않게 멀리 던져 버린다. 오직 자신만을 보는 본연의 루카. 그렇기에 한눈에 반한 건지도 모를 일이었다.

게일은 안심 섞인 긴 한숨을 쉬고 루카의 목을 얼싸안았다. 그러자 기다렸다는 듯이 그는 게일을 두 팔로 안아 들었다. 가뿐하게 안긴 게일은 그와 한 몸인 양 공기같이 감겨들었다. 단순한 행동이 분명한데도 루카는 불끈거리는 기운을 참을 수가 없었다.

벼락이 치듯 단번에 게일의 입술을 물어 버렸다. 루카의 몸에 불꽃이 어렸다.

그것이 시발점이 되어 게일에게 전달되고 그녀 역시 루카의 목을 그러안으며 제 몸을 그에게 바짝 밀착시켰다. 두 사람의 마음과 몸이 뜨겁게 부딪쳤다. 아울러 다시는 떨어지지 않을 만큼 꽉 안아 서로의 몸을 조였다.

루카는 혀를 내밀어 게일의 입천장을 핥은 뒤 그 안의 달콤한 액을 전부 마셔 버렸다. 또한 목구멍 깊숙이 부드럽게 들어가 그녀의 모든 것을 흡입했다.

게일은 입맞춤으로 인해 그에게로 빨려 들어가는 것 같았다. 색색거리는 숨조차 몽땅 루카에게 흡입되어 그녀의 전부가 그에게로 전이되었다.

혀와 입술일 뿐인 열정의 도구는 누구보다 뜨겁고 남달랐다. 루카의 피가 뜨겁게 소용돌이쳤다. 게일을 안고 뜨거운 입맞춤을 하는 순간, 시공간을 뛰어넘어 영원히 하나가 된 채 저 하늘의 별이라도 된 듯 마음이 부풀어 올랐다.

서로의 입술이 더없이 엉켜 갔다. 이리저리 방향을 바꾸는 두 개의 혀가 밀착하고 다시금 떨어지기를 만류하는 서로의 팔다리가 더더욱 닿고 싶고 하나가 되고 싶었다. 절절한 욕구를 맘껏 발산했다.

당장 게일을 이 자리에서 눕히고 싶다. 그것이 안 된다면 어느 틈에라도 세우고 싶다. 루카는 게일이 필요했다. 게일도 루카의 손길이, 애정이 필요했다.

그러나 이곳, 정원의 한구석에서는 앞으로 나갈 수 없음을 알고 있는 두 사람이었다. 그는 아주 힘겹게 게일에게서 제 입술을 떼어 냈다. 게일은 본능적인 반응을 보였다.

그녀는 열정에 젖은 눈으로 루카를 보았다. 흐릿하게 젖은 입술을 반짝인 채 그를 갈구하며 살며시 벌어지니, 루카의 표정이 울 듯했다.

루카는 게일을 힘차게 끌어안았다. 그리고 제 얼굴 가까이 게일을 올리고선 맹세와 같은 주문을 외웠다.

"나에게는 그대가 전부다. 세상이 갈라지고 종말이 다가온다 해도 절대 벗어날 수 없어."

게일은 그의 절대적 진심에 온 마음이 녹아내렸다. 걸음을 옮기는 루카에게 안긴 게일은 쿵쾅거리는 그의 심장 소리에 귀를 기울였다.

더 말하지 않아도 그의 진심과 사랑까지 전부 자신의 것이라는 걸 확신했다. 그렇기에 세르안을 뒤에 놓고 자신과 함께 돌아간다는 루카의 말에 눈물 날 정도로 기쁘고 두려웠다.

루카를 기다리는 많은 이들이, 과연 세르안이 그를 놓아줄 것인가.

❁　　　❁　　　❁

그로부터 사흘 뒤, 황제의 집무실에서는 아르까 공작의 언성이 쩌렁쩌렁했다.

"절대 안 됩니다. 당연히 황제의 자리에 오르셔야지요!"

공작의 외침에 행정관 필라를 비롯하여 모여 있는 귀족들과 관료들은 비장한 표정을 지었다. 절대 루카를 놓아주지 않겠다는 의지가 가득했다.

상석은 비어 있었다. 루카는 자리에 앉지도 않은 채 등을 보이고 있었다.

"처음부터 장군의 자리였습니다!"

마침내 악을 쓰듯 공작이 소리치자 루카는 천천히 몸을 돌렸다.

그의 눈빛에 그 누구도 입을 열 수 없을 정도로 위압감을 느꼈다. 루카가 걸음을 옮겨 다가올 때마다 아르까 공작은 숨을 삼켰다.

"처음부터 내 것이 아니었다."

툭. 루카는 손에 쥐고 있던 황제의 옥새, 젤브를 탁자 위로 떨어트렸다. 반쪽이었던 펜던트는 완벽하게 하나로 이어져 있었다.

"어, 언제 이것을⋯⋯."

"젤브를 그대들에게 맡길 것이다."

"당치 않습니다! 황제의 추락사가 알려질 터이고 후사가 없는 지금, 당연히 다음은⋯⋯."

"필라."

"네, 장군님."

"난 브륀으로 간다."

"아니 대체!"

루카의 한마디에, 그것도 황량한 브륀으로 간다는 말에 다들 경악했다. 그러나 감히 루카의 존재 앞에서 반박조차 하지 못하였다. 그는 그들을 일일이 바라보면서 일침을 가했다.

"이미 부강한 세르안. 지금처럼 위험하고 폭력적인 세상에서 각자의 기사를 양성하여 군대를 조성해라. 또한 늘린 토지를 쟁취하고 분할하는 일을 떠맡아 더 많은 책임을 부담해야 할 것이다."

루카의 말이 이어질수록 아르까 공작과 행정관 필라는 입이 벌어졌다.

지금 루카는 세르안의 앞날을 제시하고 있었다. 각자의 영역에서 책임을 다하라. 난민들을 받아들여 각자의 토지를 관할하라. 이름뿐인 황제는 필요치 않다는 것이 그의 지론이었다.

"제왕다운 면은 어느 것 하나 갖추지 못한 나다. 손에 묻힌 피가 강을 이루고 있는 내가 황제의 자리에 앉아 봤자 좋을 것 없다는 것은 그대들이 더 잘 알고 있을 터."

"당치 않으십니다. 세르안의 진정한 혈통이신 장군께서 어찌……."

참다못한 행정관이 머뭇거렸다. 루카의 말이 틀린 것도 아니나 맞는 것도 아니었다. 충분한 자질을 갖췄지만 그가 거부하고 있다. 최고의 권력을.

필라는 도움을 청하듯 아르까 공작을 보았다. 그러자 공작이 자리에서 일어났다.

"우리도 그냥 보내 드릴 수는 없습니다."

공작의 단단한 결심에 루카가 피식 웃었다.

"뭐, 자결이라도 하겠다는 건가?"

"그것은 아닙니다만, 대신 브륀의 영주님과 이곳에서 세르안의 예법에 따라 예식을 치루시지요."

아르까 공작은 의지를 굳히며 생각도 못 한 발언을 했다. 예식, 그리고 브륀의 영주라는 말이 공작의 입에서 터지자마자 다들 난리가 났다. 가짜였던 브륀의 영주. 그것에 대한 숨은 진실에 경악하였다. 그런데 그 브륀의 영주와 루카와의 예식이라니!

모두 입을 벌린 채 루카만을 보았다. 루카 역시도 한 방 먹은 듯 어깨를 으쓱하고.

"흠, 그녀가 원할까."

절대 당혹한 반응은 아니었다. 도리어 기뻐하는 양 보였다면 모두의 착각일까.

"준비하겠습니다. 화려하지는 않겠지만 격식에 맞게."

"공작!"

"세르안의 황제는 오직 장군뿐입니다!"

"뭐? 예식이 전부가 아니잖나! 다음 것을 말해."

강력하게 권고하는 태도에 그제야 의문을 가진 루카는 즐거운 가운데도 핵심을 찌르는 것을 잊지 않았다.

"브륀으로 가십시오. 보내 드리겠습니다. 단, 후사는 세르안으로, 왕자님이시든 공주님이시든 첫 혈통을 우리 세르안의 다음 황제로 보내 주십시오. 이 오지 아르까, 가문의 명예를 걸고 최상으로 보필하겠습니다."

그제야 공작의 저의를 알아본 필라 또한 함박웃음을 머금고 루카에게 허리를 숙였다.

"행정관의 직함을 걸고 세르안의 미래를 위해 최선을 다할 것입니다!"

모든 귀족들 관료들 또한 자리에서 일어나 루카를 향해 허리를 굽히며 머리를 조아렸다. 모두가 한뜻을 다짐했다. 루카 대신 그의 후사를 황제로 올리겠다는.

공작은 알고 있었다. 루카가 보이는 브륀의 영주에 대한 뜨거운 사랑을.

그렇다면 후사야 앞으로 얼마든지 가능할 것이고 전설이 깃든 브륀의 혈통은 당연히 두 팔 벌려 환영할 좋은 배필이 아닌가.

그동안 행정관과 관료들이 흐트러진 세르안을 충분히 방비할 것이고 아울러 아르까 공작 또한 세르안을 탄탄히 만들 것이다.

루카는 또다시 등을 돌렸다. 그러나 그의 뒷모습에서 왠지 모를 기대감과 설렘이 동반하고 있음을 알아차릴 수 있었다.

공작의 마음이 바빠졌다. 갑작스레 진행되는 뜻밖의 국혼은 조촐하나 세르안의 희망과 함께 축복을 담아 치러져야 했다.

다시 열흘 후.

황제궁의 일각에 선황제와 황후가 고요히 잠들어 있는 그레이스풀(Graceful). 두 개의 비석이 중앙을 차지하고 사방은 아름다운 정원으로 가꾸어져 있는 곳이었다. 바로 그곳, 작은 분수가 물을 뿜고 있는 주변에 아름답게 치장된 천막이 세워지기 시작했다.

천막 안에는 허름한 바지 차림을 벗어 던지고 공작 가문의 도움으로 기품 있게 꾸며진 게일이 베일을 드리우고 있었다.

또한 얼룩진 눈으로 그녀를 바라보는 궁정관 마예로는 그간 마음을 졸이며 지낸 날들을 기억하며 주름 진 얼굴에 울음과 웃음을 동반한 채 감격에 겨워했다.

"이 얼마나……."

게일이 천천히 몸을 돌리자 그는 다시금 고개를 저으며 아름다운 게일의 모습에 울먹이기 시작했다.

신비한 눈동자와 곱게 틀어 올린 머리에 빛나는 티아라까지. 드레스 또한 알알이 박힌 수정들이 그녀의 몸에 맞게 우아함을 강조했다.

"이런 날이 올 줄은 생각도 못 했습니다. 우리 영주님께서 최고의 배필을 만나…… 이제야 조상님들께 면목이 섭니다."

"마예로."

"아울러 이번 천재(天災)는 조용히 지나갈 것을 믿어 의심치 않습니다."

"마예로는 여기에 남아야 해요. 괜찮겠지요?"

"물론입니다. 배울 것이 많습니다. 더욱이 후사께서 탄생하신다면 우리 브뤼의 역사에 대해서도 제가 알려야 합니다. 첫째 왕자님의 학습이 끝나면 곧장 브뤼으로 달려가겠습니다. 둘째 왕자님부터는 제가, 브뤼을 위해 단단히 키워야 하지 않겠습니까?"

곧 닥칠 일인 양 입이 찢어져라 웃는 궁정관의 모습에 게일
은 당황스러웠다.

"저, 아직 후사는……."

"아닙니다. 분명한 자연의 이치로 두 분의 금실이 무척 좋
아 남다른 기대를 하고 있습니다!"

게일은 굳은 믿음 속에 있는 궁정관의 희망을 방해하고 싶
지 않았다. 저 역시도 세르안에서 영원의 맹세를 할 줄은 생각
도 못 했었다.

게일은 아름다운 자태로 목에 걸려 있는 장미 문양의 목걸
이를 만지작거렸다.

며칠 전, 루카는 이국적인 장미들이 가득한 정원으로 게일
을 이끌었다.

많은 장미 중의 하나를 손에 든 루카가 게일을 향해 한쪽
무릎을 꿇었다. 마치 기사가 아름다운 숙녀에게 사랑을 속삭
이는 듯.

"로즈 다마수키나(Rose damascena)."

마법의 주문 같은 이름을 부르며 루카는 게일에게 장미를
내밀었다.

그것은 보랏빛과 노란빛을 가진 신비한 장미였다. 마치 감
정에 의해 색이 변하는 게일의 두 눈처럼 신비하기 짝이 없었
다.

"나는 말할 줄 모른다. 다만 깊게 고민해야 할 것들, 가슴 아프게 하는 것들, 슬프게 만드는 것들이 생길 때면 늘 내가 함께 있다는 것을 알아주기 바란다. 그대의 모든 감정을 함께 느끼고 나와 함께 일궈 나가고 싶다. 영원히."

루카는 신비한 장미를 게일의 손목에 묶어 주었다. 그다음 내밀어진 펜던트 하나.

"또 다른 젤브를 그대에게 주고자 하니, 게일 쿤드리 가나베일 아만. 오직 나만의 반려가 되어 나와 함께 생과 죽음을 다하겠는가?"

제법 자란 루카의 머리칼이 고요한 아침 바람 같이 휘날리고 있었다. 이제 게일은 비바람이 몰아치듯 급작스런 우기를 접고 생명력을 꽃피울 대자연과 함께 마지막을 장식해야 할 차례였다.
그러나 게일이 쉽사리 대답을 하지 않자 루카의 눈빛이 흐려졌다. 황제의 옥새인 젤브를 받지 않는 그녀로 인해 슬퍼하고 있었다.
게일의 속마음은 전혀 다른 것이었으니, 표정 없던 루카가 여러 가지 감정을 내보이는 모습들이 여간 사랑스러운 게 아니었다. 특히 지금처럼 안달하고 있을 경우는 더욱더.

게일은 웃고 싶은 것을 간신히 참아 내며 대답 대신 등을 돌렸다. 젤브를 직접 목에 걸어 달란 의미였다. 그제야 루카의 안색이 단번에 밝아졌다. 그는 일어서 새롭게 만들어진 젤브를 게일의 목에 걸었다.

"세상과 갈등할지언정 나 파르지팔 사이프리드는 영원히 게일 쿤드리 가나베일 아만을 사랑할 것을 맹세합니다."

마치 혼약의 서약을 하듯 혼자 읊조린 루카는 그대로 게일의 목덜미에 입을 맞추었다. 그것은 뜨거웠고 번개가 관통한 듯 불꽃을 일으켰다. 루카가 입을 맞춘 자리는 그녀의 성감대였다.

입맞춤을 끝낸 뒤 루카는 게일을 두 손으로 잡고 저를 보게 만들었다. 루카의 눈빛은 장난기가 그득한 소년 같았다. 그는 어디를 공략하고 만지면 게일이 더 뜨겁게 반응하는지, 또한 어떤 행동을 했을 때 자신을 가장 사랑스러워 하는지를 잘 알고 있었다.

"진부한 말임에도 불구하고 이 말만 떠올라. 정말 사랑한다, 게일."

그다음 루카는 게일의 입술에 살짝 입을 맞추었다. 그러자 게일의 입에서는 달근한 신음과 함께 어린 고양이 울음소리가 터져 나왔다. 루카 또한 찌릿하며 온몸에 힘이 들어가니, 제가 판 함정에 자신이 빠진 경우랄까.

"나빠요."
"아니, 나쁘지 않아."

그러면서 서서히 가까워지는 둘의 입술. 그러나 한껏 달아오른 그들은 입맞춤을 하지 못했다.

바로 아르까 공작과 필라, 그리고 마예로가 어느새 다가와 축하의 박수까지 치며 환호하고 있었다. 그리고 앞서 나온 마예로는 게일을 향해 고개를 숙였으니……

"지금부터 예식이 치러지는 그날까지 신랑은 신부를 보지 못합니다. 그것은 브륀의 관례이고 아주 중요한 의식이니 부디……."

그는 루카가 뭐라 말하기도 전에 게일을 앞세워 자리를 벗어났다. 그렇게 하여 반강제적으로 게일과 루카는 얼굴도 보지 못하게 되었다.

그렇게 열흘, 마침내 예식 당일이 되어서야 서로를 볼 수 있었던 것이다.

게일이 있는 천막이 들리고 정장 차림의 시녀들이 게일을 안내했다.

나팔이 울렸다. 아울러 악공들의 유려한 선율이 흐르고 게일은 궁정관인 마예로와 함께 길고 긴 꽃길을 걷기 시작했다.

매혹적인 작약의 크고 아름다운 잎들이 사방으로 흩뿌려진 가운데 붉은 카펫을 걷는 게일은 밝게 미소 지었다. 꽃길이 끝나는 시점, 완벽한 격식을 갖춘 채 자신을 기다리고 있는 루카가 있었다.

열흘 동안 보지 못한 만큼 루카는 더욱더 단단하게 늠름해져 있었다. 그의 깊이를 알 수 없는 눈빛에 담긴 게일을 향한 불꽃은 꺼질 줄을 몰랐다. 빙산처럼 차고 단단하기만 하던 그가 이제는 부드러움까지 갖춘 채 게일을 향해 손을 내밀고 있었다.

"부디 영원한 행복을 이루소서."

마예로가 게일을 루카에게 넘겨 주었다. 루카는 게일의 손을 아프도록 움켜잡았다. 다시는 떨어지지 않을 것처럼.

게일은 더 강하고 세게 자신을 잡아 주기를 바랐다.

두 사람이 예식을 주관할 세르안의 대법관 앞에 나란히 서자 지켜보던 많은 이들은 약속이나 한 듯 흐뭇한 미소를 짓고 말았다.

완벽한 한 쌍.

세월이 켜켜이 쌓인 세르안의 한가운데서 평생의 언약을 하는 두 사람은 때묻지 않은 채로 서로를 향해 뻗어 간 영원의 사랑에 꽁꽁 둘러싸인 모습이었다.

예식을 마친 게일과 루카.

두 사람은 세르안에서 정확히 사흘을 보낸 뒤 브륀으로 가기 위해 말에 올랐다. 그리고 황야의 땅 브뤤으로 힘껏 내달렸다.

그 후, '가장 오래되고 가장 경이로운'이라는 수식어를 가진 첫째 아들, 빌라데스테(Villa d' Este)가 한 살이 지나자마자 세르안의 황자로 등극하였다.

아르까 가문의 막강한 위세를 등에 업고 많은 귀족들과 관료들의 기쁨 속에 정확히 10년 후 어린 나이임에도 불구하고 세르안의 황제로 올라서게 된다.

그리고 다시 세월이 흘러 브뤤에도 왕자와 공주가 동시에 탄생하니 마예로의 바람대로 쌍둥이였다.

분명 사람의 손끝에서 만들어진 브뤤의 성채. 태초의 여자와 남자가 만났으니 그들이 이어 가는 에덴의 땅 브뤤.

그러나 태초부터 자리 잡은 듯 신기루처럼 쉽게 눈에 보이지 않는 곳. 강렬한 바람이 사방에 굴러다니고 다시금 우기를 맞이할 채비를 갖추고 있는 이곳에 신비한 영주와 그의 반쪽에 대한 소문은 꼬리에 꼬리를 물고 브뤤의 전설에 이야기를 더하고 있었다.

외로움은 타인으로 인해 만들어지는 감정. 고독은 자신의 의지로 만드는 감정.

그러나 게일과 루카는 외롭지도 고독하지도 않았다. 서로를 채워 가며 제아무리 열악한 환경일지라도 자기 그릇에 맞는 삶을 살아가는 두 사람은 평생을 사랑으로, 서로에게 가장 중요하고 행복한 삶을 살아갈 것이다. 영원히 빛나고 있는 뜨거운 태양처럼.

끝없는 이야기 하나

An endless story

그것은 거대한 먼지 폭풍에서부터 시작되었다.

전날 오후부터 시작된 하늘이 심상치 않은 기운으로 물들더니 다음 날, 브륀의 성채에서 바라보는 하늘색은 오색(五色)으로 화했다. 불그스름한 기운에 엷은 보랏빛, 거기에 살짝 섞인 분홍빛까지.

회색 융단처럼 펼쳐진 구름마저도 평소와 다른 하늘임에 틀림없었다. 처음 브륀 땅을 밟는 자들이라면 불길해 보이는 하늘에 진저리를 칠 것이나 루카는 달랐다.

"닮았군."

신비한 하늘, 마치 색이 변하는 게일의 눈동자처럼 그윽하고 황홀했다.

"닮다니요? 뭐가요?"

정교한 석상처럼 우뚝 솟은 채 하늘을 올려다보는 루카.

어느새 옆으로 다가온 게일이 나란히 섰다. 루카는 게일과 손가락에 깍지를 낀 채 손을 빈틈없이 맞잡았다.

"닮았어, 오로라의 빛과. 무척 아름다워."

루카가 무엇을 말하는지 충분히 이해한 게일은 괜히 부끄러워 하늘을 올려다보았다. 저 멀리 둥실 떠오른 거대한 폭풍의 전조가 다가오고 있었다.

"이제 시작되겠어요."

"이것이 그것인가?"

"맞아요. 몇십 년에 한 번씩 찾아오는 신의 정화(淨化)."

루카는 입매를 굳혔다. 다부진 인상마저 장대한 그와 반대로 우아하며 사랑스런 게일은 묘한 대조를 이룬다. 그러나 분명한 것은 두 사람이 운명이며 사랑이라는 것. 그것도 영원의 짝임에 틀림이 없었다.

"절대 떨어지지 마."

게일이 웃었다. 루카는 게일의 이마 부근에 입술을 내리고 각인했다.

"이렇게 꽉 잡고 있는데 어찌 떨어지나요?"

"그래도 절대 떨어지지 마."

"안 떨어져요. 이제는 절대 떨어지지 않아요."

굳건히 맹세를 하듯 게일은 루카의 어깨에 살포시 머리를 기댔다. 루카 역시 손아귀에 힘을 주어 게일의 손을 맞잡았다.

때를 같이해 삼지창처럼 생긴 번개가 사방 천지에 내리꽂히더니 거센 바람이 일어났다. 거대한 나무들이 일시에 뿌리가 뽑혀 나갈 정도였다.

"시작이군."

"이제 가야해요."

"괜찮은가?"

성채를 버리듯이 벗어나 더 안전한 곳으로 움직여야 하는 게일의 마음을 묻는 것이었다.

"다시금 안정을 찾으면 돌아올 테니 괜찮아요. 선조들은 허물어진 곳을 비우고 다시 가꾸며 수천 년 동안 브륀을 이어 왔지요."

"힘들지 않겠나?"

"대자연 앞에서는 무의미한 것이죠. 애초에 선조들은 알았을 거예요."

"현명하군."

그래서 브륀의 주민들은 대피를 한 것인지도 몰랐다. 물리적으로 어쩔 수 없는 재난을 피해 각자의 삶을 찾아 안전한 곳으로 향하는 이주. 오직 남은 것은 게일과 루카뿐이었다.

루카는 다시 게일에게 입맞춤했다. 그의 눈빛을 받으며 게일은 그와 함께 움직였다.

그 뒤를 이어 구름 융단들이 일시에 움직이며 구불거렸다. 그것들은 융단에서 거대한 구름 장벽으로 변신했다. 어찌나 두텁고 거대한지 익히 들어 알고 있던 루카마저도 그 어마어마함에 혀를 내둘러야 했다.

구름들은 웅장했으며 위엄 있고 엄숙하기까지 하다. 거기에 바람이 세차게 불며 비바람이 시작되는 순간, 구름 한가운데서 뻗쳐 나오는 번개는 더욱더 장엄했다. 정말이지 다시없을 절경이었다.

루카와 게일은 성의 비밀 문을 통해 건너편 절벽인 클링으로 이동했다.

가파른 클링, 이곳에 도착한 루카는 단순한 공간이 아님을 짐작했다. 오밀조밀한 샛길을 빠져나오자 제일 먼저 눈에 들어온 것은 짙푸른 이끼들이었다. 마치 카펫처럼 너른 공간을 풍성하게 덮은 이끼들.

그것을 중심으로 가지를 내려트리고 어른 서너 명이 팔을 뻗쳐도 닿을 수 없는, 두툼한 기둥을 가진 나무가 루카를 환영했다.

"에레크(Erec)."

"에레크?"

"에레크의 나이가 천 년도 훨씬 넘었을 거예요. 마예로가 태초의 나무라며 경외심을 가지고 있을 정도로 오래된 나무니까. 이 나무 아래가 브륀의 수호자인 태즈매니아의 쉼터라고도 해요."

천 년이라니. 그 오랜 세월을 담대하게 견뎌 내고 있는 나무는 깊이가 있었다.

루카는 게일의 차분한 설명을 들으며 에레크를 올려다본 뒤 주변을 좀 더 새로운 느낌으로 관찰했다.

수북하게 자라나고 있는 풀과 나무들, 에레크를 중심으로 주변에 졸졸 흐르는 시냇물이 마침내 절벽 아래로 폭포를 이룬다. 또한 병풍처럼 또 다른 산맥이 뻗쳐 공간을 보호하듯 둘러싼 신기한 곳이었다.

이곳은 공기마저도 온화했다. 불어오는 바람조차도 성채에서 느꼈던 세찬 바람이 아니라 부드러운 실바람이었다. 흐린 하늘만 제외하면 완벽한 낙원이라 할 수 있었다.

"오랫동안 브륀의 대피소가 되었던 곳이에요. 그러나 이곳조차도 정해진 자가 아니면 오지 못하는 곳이지요."

"정해진 자?"

"가나베일 아만 가문의 핏줄만이 드나들 수 있는 그런 곳이지요."

루카는 게일의 손을 꽉 잡았다. 맞물려 잡고 있는 두 개의 손이 어느새 마디마다 빈틈없이 채워 두 사람을 하나의 몸인 양 연결시켰다.

절벽 맞은편은 험난한 재해를 겪고 있었지만 이곳은 완벽하고 온화한 낙원이었다.

"혹시 이곳이?"

"짐작한 바 그대로."

"역시나 사랑의 장소로군."

루카의 엉뚱하고도 심각한 어조에 게일이 환하게 웃었다. 그랬다. 피난처이기만 한 장소가 아닐 수도 있었다. 풍성한 가지의 에레크가 지붕이 되고 푸른 이끼가 자연스럽게 침상이 되는, 주변과 완벽하게 차단되어 있는 공간.

"그럼, 충분히 활용해 줘야지."

루카는 서두르지 않았지만 손과 입은 빠르게 달아올랐다. 게일의 우아한 팔이 물결을 만들며 섬세하게 움직였다.

"루카."

게일은 뜨겁게 입술을 맞부딪치고 있는 루카의 목덜미를 따뜻하게 감쌌다. 그의 몸은 차가웠다. 아마도 거친 비바람으로부터 자신을 보호한 탓일 것이다.

언제나 혼자였다. 과거에도 현재에도. 그러나 지금, 그리고 미래는 다르다. 서로에 의해……

"사랑해요."

루카는 게일이 전하는 고백을 천천히 음미했다. 그다음 그녀의 얼굴을 두 손으로 받쳐 올린 채 뜨겁게 속삭였다.

"내가 더 많이 사랑하고 내가 더 많이 원해. 언제나."

그리고 시작된, 폭풍보다 더한 몸짓.

공간과 시간을 잊은 채 서로를 향한 손길은 더없이 따뜻하고 생생했다. 루카의 손길이 게일의 어깨를 지나 허리를 쓰다듬고 다시 가슴을 보드랍게 매만졌다. 그것만으로도 게일은 충분히 젖어 갔다. 아릿한 아픔의 감각, 늘 그렇듯 기대해 마지않았다.

게일 역시도 루카의 등과 팔뚝을 쉼 없이 더듬었다. 손과 손이 맞닿을 뿐인데도 한껏 솟구치고 몸서리쳐진다. 닿으면 닿을수록, 가지면 가질수록 바닥을 알 수 없는 늪처럼 끝이 없었다. 어서 뜨겁고 안락한 곳으로 인도하라고, 더는 시간 낭비 말고 풀어 달라고. 세차게 번쩍거리는 번개보다 더하게 루카를 압박했다.

언제 옷가지를 벗어 던진 것인지 두 사람은 완벽한 알몸이었다. 거기에 작고도 작은 이슬비가 소리 없이 내리며 두 사람의 열기를 부채질했다.

"루카……."

그를 부르는 게일은 애가 닳았다.

루카는 사랑스러워 미칠 것만 같았다. 붉고 윤기 나는 그녀의 입술을 물어뜯고 온몸에 제 각인을 새기고 싶을 정도로 달아올랐다.

"언제나 내 것이야, 게일."

"난 물건이 아니에요."

지고 싶지 않은지 한껏 소유욕을 드러내는 루카에게 반박했지만 그녀 역시도 그의 모든 것을 소유하고 싶었다.

그것조차 루카에게는 유혹이었으니 단번에 게일의 가슴 한가운데 뾰족하게 솟아 있는 정점을 입에 담았다.

"아!"

신음성마저도 쾌감이나 다름없어 둘은 맞물린 바퀴처럼 하나가 되어 갔다.

루카의 단단한 엉덩이가 불끈거리는 모양새로 올라왔다. 그 위로 게일의 하얀 손이 타이르듯 움직인다. 빠르게 느리게. 강약을 조절하며 속도를 달리할 때마다 게일의 입에서는 단내가 풍겼다. 어찌나 먹음직스러운지 루카는 입에 넣지 않을 수 없었다.

게일의 입안을 루카는 맘껏 휘저었다. 혀와 혀가 함께 노닐고 허리와 엉덩이가 합주를 했다. 태초의 모습 그대로 합일을 이룬 루카는 그녀를 제 몸으로 꼭 덮어 버렸다.

게일은 몸에 불이 붙는 것 같았다. 루카가 움직일 때마다 열락이 찾아왔고 숨을 전할 때마다 그녀의 신비한 눈동자는 색을 더하며 쾌락의 눈물을 흘렸다.

게일의 두 손이 루카의 목과 어깨를 거머쥐자 그의 허리 짓에 박차가 가해졌다. 좀 더 느긋하게 게일을 느끼고 싶었다. 그러나 늘 그렇듯 그의 의지를 배반하니 이번에도 열정이 먼저 앞서가 버렸다. 특히 게일의 눈빛에.

아아. 마녀 같은 게일의 눈동자에 빠져 도저히 참지 못한 루카는 게일의 목 안 깊숙이 제 혀를 넣었다. 그와 동시에 게일의 몸 안으로 한껏 파고들었다. 최대한 깊게, 그리고 절대 떨어지지 않을 요량으로. 열렬히 서로를 원하며 얽혔다.

두 사람은 맞닿지 않은 곳이 없었다. 루카는 공기조차도 지나가는 것을 용납지 않았다.

게일에게 힘을 가해 밀어붙였다.

더 가까워야 해. 아직도 멀었어, 한 치의 틈도 없어야 해. 더, 더!

뜨겁다 못해 녹아내릴 듯한 게일은 그의 몸에 더욱더 달궈졌다. 그녀의 중심에서 뜨거운 열기가 느껴졌다.

좋아, 너무나 좋다. 이대로 죽어도 여한이 없을 정도로 좋았다. 원초적인 움직임일지언정 이것마저도 신의 축복이니 더 맞닿고 싶다. 서로에게 자신을 맡기고 탐하며 모든 것을 전부 제 것으로 맞바꾸고 싶다.

"하아, 미칠 것 같아. 루카, 루카……."

사막 한가운데서 물을 찾듯 게일은 루카의 입술을 찾았다. 루카 역시 반갑게 게일을 맞이하며 움직였다. 천천히, 그리고 서서히 달렸다.

크게 더 크게! 힘차게 요동치는 감각을 맘껏 풀어 버렸다.

"아……."

"게일……."

탄식 같은 신음, 그러나 절대 끝이 아니라는 진격의 속삭임이었다.

쿠르르 쾅!

그에 발맞추어 천둥이 함성을 질렀다. 루카의 성급함을 탓하는 것인지 아니면 두 사람의 움직임이 사랑스러워 못내 부러워하는 것인지 알 수는 없었으나 그들을 향한 함성임에는 틀림없었다.

루카는 천천히 입술을 떼며 아쉬움을 느꼈다. 그러나 다시 게일을 가질 것이며 맛볼 것이므로 결코 섭섭하지는 않았다. 루카의 손바닥이 게일의 뺨에 닿았다. 그녀는 그 손바닥에 제 얼굴을 비비며 미소 지었다.

"그렇게 웃으면."

곧 루카의 중심부가 다시 일어섰다. 이것은 움직임을 종용하는 신호가 아닌가.

"너무 좋아서 죽을 것 같아요, 루카."

"안 돼. 죽지는 말라고."

"루카, 루카……."

루카는 게일의 부름에 맞춰 제 입술을 내리며 다짐했다. 이번에는 진짜 천천히.

그러나 흥분을 가라앉힐 수가 없었다. 게일과 함께 있으면 늘 열망에 가득 찼다. 도저히 북받쳐 오르는 흥분을 억누를 수가 없었다. 열락을 느끼고 그것에 절규하며 함께 몸을 떨어야만 조금이나마 가셔질까.

루카의 벌거벗은 상체가 다시 한 번 게일을 덮어 버렸다.

루카가 눈을 뜨자 사방에 따뜻한 안개가 깔려 있었다. 온천의 따뜻한 공기를 한껏 품은 듯했다. 낮인지 밤인지, 며칠이 지났는지도 구분조차 되지 않는 천지.

루카는 맨몸 그대로였으며 가슴팍에 잠들어 있는 게일 또한 맨몸이었다. 거친 숨결, 뜨겁게 소용돌이치며 서로를 잠식했던 야릇한 감각에 두 사람은 몇 날 며칠을 나른한 열기에 휩싸여 있었다.

그러나 아직도 부족한 기분이었다. 루카는 제 품에서 색색거리는 게일을 꼭 보듬어 안았다. 홀로서기가 아닌 내 연인,

나만의 운명. 아마도 평생을 목말라하며 게일과 함께할 터였다.

"잘 잤어요?"

"아니, 잘 못 잤어."

"나 때문에?"

"응, 다시 만지고 싶어서."

고개를 든 게일이 장난스레 루카의 맨가슴을 톡 건드렸다. 욱신거리지 않는 곳이 없었으며 물들지 않는 곳이 없었다. 얼마나 물고 빨고 얽혔는지 이를 헤아릴 수가 없을 지경이었다.

루카의 절륜한 기운은 상상을 초월할 정도였다. 그러나 좋았다. 그가 일으키는 감각은 무한했으며 부드럽게 녹아내릴 것 같았다.

"안개가 따뜻하군."

"보여 줄 곳이 있어요."

게일이 일어나려 하자 루카가 한발 빨랐다. 그녀의 몸을 성큼 안아 들었다.

"지시만 하시지요, 영주님."

맨몸임에도 당당한 루카. 익숙해진 게일은 루카의 목덜미에 입 맞추었다.

이윽고 에레크의 두툼한 기둥을 지나 루카가 본 것은 또 다른 환상이었다.

"멋지지요?"

루카는 고개만 끄덕였다. 게일이 손을 뻗치자 그녀를 내려 준 후 함께 걸었다.

바로 수많은 별이 내려앉은 듯 작은 호숫가 주변은 반짝이는 빛들로 가득했다. 안개 틈 사이사이 반짝이는 별빛이라니.

"기나긴 세월만큼이나 이곳에서만 빛났다고 해요. 그것도 신의 정화가 끝나갈 무렵에. 마치 인간의 힘으로는 어쩔 수 없는 것이니 이해해 달라는 신의 손길이라 여겨요."

그녀가 움직이면 빛도 움직이고 부유하는 빛에 손을 내밀면 그것들은 손에 닿았다가 멀어졌다. 게일은 루카의 손을 잡아 빛이 닿게끔 유도했다.

"따뜻해요."

루카는 고개를 끄덕였다. 춤을 춘다, 빛들이. 그와 더불어 게일도 환하게 웃으며 살랑거렸다.

"함께해요, 루카."

게일이 두 손을 내밀었다. 루카는 당연히 손을 내밀어 그녀와 움직였다. 연주에 맞추어 춤을 추는 형국이다. 두 사람은 행복했다.

클링 절벽의 작은 호숫가에서 빛과 함께하는 영원의 약속.

그들을 바라보는 태초의 나무 에레크도 사르르거리며 가지를 움직였다. 빛이 움직이자 하늘에 퍼져 있던 두터운 구름들이 서서히 멀어지려 했다. 그러나 게일과 루카는 염두에 두지 않았다.

아무것도 걸치지 않는 맨몸인 것이 서로에게는 자연스러웠다. 격식도 없고 신분도 없다. 오직 남자와 여자인 루카와 게일만 있을 뿐. 그렇기에 서로의 시선과 감정은 둘만의 것이기를 바란다. 영원토록.

"사랑한다, 게일. 나의 영주여."

"내가 더 많이, 내가 더 많이 사랑하고 연모하는 것을 알아주세요."

"아니, 내가 더 많이⋯⋯."

은근하게 속삭이는 루카의 입술이 어느새 게일의 가슴에 닿는다. 또다시 게일의 눈가로 귓가로 그리고⋯⋯.

영원히 이어질 두 사람의 사랑은 끝없을 것이 분명했다.

다시 낮과 밤이 지나 절대 지나지 않을 것만 같던 신의 정화가 물러났다.

신의 정화가 어떠했는지는 아무도 알 수가 없었다. 다만 오래된 브륀이 강한 세르안과 손잡고 평안을 되찾았다는 것이 간간히 주변국들에게 전해졌다.

오랜 세월, 영겁의 세월 속에 신비한 눈동자를 가진 브륀의 영주와 그 반려자가 입에서 입으로 끊임없이 회자되었다.

끝없는 이야기 둘

Two : an endless story

"싫습니다."

"왜?"

"싫은 것에 이유가 필요합니까?"

"필요하다."

"떨어지기 싫습니다."

"왜."

세르안의 황궁 한편에 있는 미로 정원 앞.

눈부신 대리석에 물을 뿜는 조각 분수까지, 평화로웠다. 그러나 그것을 배경으로 길게 이어진 그림자 둘은 전쟁을 방불케 했다. 하나는 무시무시한 그림자였고, 또 하나⋯⋯.

"어머니와 떨어지기 싫다고요!"

루카의 겁박 같은 눈빛에 눈물을 보이는 빌라데스테.

'가장 오래되고 가장 경이로운' 이라는 의미의 이름을 가진 게일과 루카의 아들이었다.

루카와 게일의 아이가 황제가 되리란 것은 이미 태어나기도 전에 결정된 사실이니, 이제 와서 무르지도 못한다는 걸 빌라데스테도 잘 알고 있었다.

괜한 고집이라 해도 좋다. 오직 한 가지만을 바랄 뿐이었으니.

"떨어지는 것이 아니라 했다."

아들의 눈물에도 꿈적하지 않는 루카. 왠지 모르게 그는 신나 보였다.

"어찌 떨어지는 것이 아닌데요? 세르안과 브륀은 멀지 않습니까."

"너의 운명이다, 아들."

"그깟 운명 따위."

냉소적으로 내뱉는 어조가 루카와 똑같다. 아니, 땅에 끌리는 그림자마저도 똑같다. 그것을 알고 있는 그는 괜히 아들을 한 번 더 노려봤다.

"아버지는 브륀에서 어머니와 함께 계실 거면서 나보고는 세르안에 있으라니요. 싫습니다!"

아직은 소년임에도 불구하고 루카 못지않은 살벌한 눈빛이다. 웃기는 녀석 같으니.

"싫어도 세르안에 있어."

"제가 모를 줄 알고요? 어머니를 독점하시려는 거지요."

"그래서?"

"두고 보세요, 아버지."

"두고 보긴 무엇을?"

마주한 부자(父子). 그러나 서로를 바라보는 눈빛에는 서로에 대한 애정이 그득했다. 다만 한 가지를 놓고 고군분투 중일 뿐.

그때 그들 주변에 들리는 소란스런 기운이 있었으니, 두 사람은 동시에 고개를 돌리며 더없이 환해졌다. 우습게도 그 표정마저도 똑같았다.

"루카!"

게일이었다. 그 옆에는 브륀의 궁정관 마예로와 아르까 공작, 행정관 필라가 뒤따르고 있었다.

"어머니!"

빌라데스테의 눈빛이 변한다. 루카의 살벌한 눈빛도 언제 그랬냐 싶게 부드럽게 변했다.

"휴전이다, 아들."

"물론입니다, 아버지."

언제는 적을 대하듯 싶던 부자. 약속이나 한 듯 한껏 미소 지었다. 게일을 앞에 둔 그들은 애정 어린 부자간으로 돌아갔다.

"어머니!"

"우리 황자, 아버지와 좋은 산책이 되었나요?"

"물론입니다. 아버지께는 배울 점이 많습니다."

"물론이에요. 세상에서 제일 강한 분이지요. 또한 세르안에도 무척이나 좋은 분들이 우리 황자와 함께할 것이니 걱정 말아요."

게일의 말에 괜히 시무룩해지는 빌라데스테. 그와는 반대로 루카는 점점 즐거워졌다. 사실 아들로 인해 게일의 사랑이 분산되는 점이 조금은 못마땅했다.

그러나 이제부터는 저 혼자 독점할 수 있게 된다. 그만의 게일을. 그것이 루카를 못내 즐겁게 만든다는 것을 눈치챈 빌라데스테는 입이 비쭉 튀어나왔다.

조금 더 어머니와의 시간을 갖고 싶건만 뜻대로 되지 않았다. 특히 이곳 세르안에서는.

"이 마예로가 함께할 것입니다, 황자님."

"저희 오지 가문 또한 황자님께 더없는 충성을."

앞에는 루카, 뒤에는 세르안의 관료들에 할아버지 같은 충직한 마예로까지. 빌라데스테는 점점 자신이 이길 수 없음을 깨달았다. 루카는 조용히 아들을 보았다.

"인정해라, 아들."

"두고 보세요, 아버지. 어머니는 저를 더 사랑하십니다."

"호오, 과연 그럴까!"

순간, 빌라데스테의 눈동자가 반짝하며 빛나더니 은은한 색으로 물들어 갔다. 게일의 신비한 눈동자의 영향이었다.

부자간의 속마음을 알 리 없는 게일은 루카를 바라보며 부드럽게 물었다.

"루카, 혹시 방 안에 놓인 장미들⋯⋯."

"로즈 다마수키나(Rose damascena)."

루카가 은근히 웃었다. 게일 또한 환하게 웃음 지었다. 그녀의 침실은 온통 장미로 가득했다. 루카가 직접 지시해 둔 것들이었다. 게일에게 청혼했던 날 주었던 보랏빛과 노란빛을 가진 신비한 장미들로 말이다.

마치 감정에 의해 색이 변하는 게일의 두 눈처럼 신비하기 짝이 없는 귀한 장미들이 한 아름이었으니 감회가 새로웠다. 그녀는 루카의 입술에 자연스레 입을 맞추었다. 그러자 루카는 주변에 사람이 있거나 말거나 뜨거운 입맞춤을 되돌렸다.

"어머니, 저도 함께 옮겼어요."

그에 질세라 게일의 손을 제 작은 손으로 끌어당기는 아들.

"그랬어요? 이 어미는 정말 기쁘답니다."

어느새 게일은 아들인 빌라데스테와 나란히 걸었다. 그것이 마냥 기쁜 어린 황자님.

루카는 한숨을 쉬며 가슴에 팔짱을 끼고 모자간을 바라보았다.

루카와 나란히 서 있던 아르까 공작이 한마디 하는 것을 잊지 않았다.

"또 다른 혈육이 나타난다면 그 혈육께서 황자님과 함께할 것이니 더는 어머니를 찾지 않으실 겁니다."

솔깃한 루카는 금세 머릿속으로 계획을 짰다. 다만 마예로와 필라만이 몸을 돌리며 어깨를 떨었다. 아르까 공작의 노련한 술수에 박수를 보내며.

루카는 얼른 나란히 걷고 있는 두 사람에게 다가갔다. 내일 클링으로 돌아갈 생각에 루카의 발걸음은 가볍기 그지없었다. 그렇게 이어지는 그림자가 이제는 셋이었다.

닮은 그림자가 둘, 그리고 신비하게 일렁이는 그림자가 하나.

그들을 바라보는 관료들의 눈가가 감회에 젖었다. 또한 그들은 약속이나 한 듯 희망으로 가득한 황성을 기쁘게 응시했다.

그로부터 오래지 않아 게일과 루카의 첫째 아들 빌라데스테는 세르안의 열세 번째 황제로 등극했다. 또한 황제 옆에는 쌍둥이 동생인 황자와 공주가 활짝 웃으며 만인에게 손을 흔들고 있었다.

—*fin*

앞으로도 우리만큼 사랑할 수 없다고 믿을 때

–요한 볼프강 괴테

제가 가장 민감하게 느끼는 것은 변하는 계절입니다.

자연의 사계는 늘 그렇듯 경이롭지요. 봄날의 흩날림, 여름날의 청명함, 가을의 우수(優秀)와 색감, 그리고 겨울의 백설(白雪).

중세 3부작 중에서 두 번째 작품인 〈황야의 나반〉은 그중에서 겨울과 여름이 잘 섞이기를 바라는 작품이었습니다.

뜨거운 열기와 더불어 차디찬 냉정함이 특히나 도드라지게 드러났기를 바랍니다.

그러나 선명한 계절을 뛰어넘을 정도로 게일과 루카는 그 이상이었다고 여겨집니다. 어찌나 분명한 색으로 뛰쳐나오던지 손끝에서 새겨지는 글자들에 스스로가 데일 정도였으니까요.

거기에 오직 이미지 하나만을 가지고 작업해 나간 두 사람. 깊이를 알 수 없을 만큼 열렬히 저를 지나쳐 갔습니다. 너무나 놓아주기가 아깝습니다.

부러워 몸 둘 바를 모르겠는 게일과 루카. 부러운 만큼 그들의 뜨거운 사랑이 변함없이 이어지기를 바라마지 않습니다.

또다시 함께한 '봄미디어'에 한결같은 감사를 전합니다. 믿음, 신뢰, 애정. 감사할 따름입니다. 아울러 여러 번의 기획, 교정을 함께해 주신 김민지님에게도 감사의 인사를 드립니다. 또한 감탄을 자아내게 해 주신 멋진 표지의 디자인팀에게도 깊은 애정을 전합니다.

그럼 저는 중세 3부작 중 마지막 작품을 들고 다시 한 번 인사 드리도록 하겠습니다.

끝없는 이야기가 더없이 간절해질 수 있기를 바라며.

감사합니다.

—2016년 11월
곧 다가올 시린 계절의 문턱에서,
윤희원.